书写之辨

林丹娅◎著

闽籍学者文丛

张炯 吴子林 主编

海峡出版发行集团
THE STRAITS PUBLISHING & DISTRIBUTING GROUP
福建人民出版社

图书在版编目（CIP）数据

书写之辨/林丹娅著. —福州：福建人民出版社，2015.9
（闽籍学者文丛/张炯，吴子林主编）
ISBN 978-7-211-07213-2

Ⅰ.①书… Ⅱ.①林… Ⅲ.①妇女文学—文学研究—中国②性别差异—研究—中国 Ⅳ.①I206②C913.14

中国版本图书馆 CIP 数据核字（2015）第 220504 号

书写之辨
SHUXIEZHIBIAN

作　　者：林丹娅
责任编辑：陈斯敏
特约编辑：张　宁
出版发行：海峡出版发行集团
　　　　　福建人民出版社　　　　电　　话：0591-87533169(发行部)
网　　址：http://www.fjpph.com　　电子邮箱：fjpph7211@126.com
地　　址：福州市东水路 76 号　　　邮政编码：350001
经　　销：福建新华发行（集团）有限责任公司
印　　刷：福州德安彩色印刷有限公司
地　　址：福州市金山工业区浦上 B 区 42 幢　　邮政编码：350007
开　　本：710 毫米×1000 毫米　1/16
印　　张：17.25
字　　数：274 千字
版　　次：2015 年 9 月第 1 版　　2015 年 9 月第 1 次印刷
书　　号：ISBN 978-7-211-07213-2
定　　价：34.00 元

总　序

本丛书为闽籍知名学者的学术论著精选集。

福建地处我国东南海隅，有一条美丽绵长的海岸线，让人联想起一种开放性；北为武夷山脉等群山所隔，又略显局促、逼仄。地理位置的这种矛盾性特点，一方面，使闽地学者不安于空间狭小的故园，历经磨难而游学四方，冲出“边缘”进入“中心”；另一方面，又有一种与“中心”相疏离的“外省”特色，在“中心”与“边缘”之间保持着必要的张力。这有力地塑造了闽地文化独特的“精神气候”：有比较开阔的世界性视野，善于借助异域文化经验、文化优势来实现自己、完成自己，建构属于自己的原创性理论话语，占据着学术思想的高地。

自魏晋南北朝以来，中原文化渐次南移，尤以唐宋为甚，故闽地学人辈出不已。在19世纪末、20世纪初中国社会文化的转型期，福州、厦门被列入“五口”开放，西学进入沿海城市，闽地涌现许多文化先驱，一度成为中国的文化中心之一。如，“开眼看世界第一人”的林则徐，引进西方社会科学理论的严复，译介域外小说的林纾，等等。此后，闽地文化人如鲍照诗所云“泻水置平地，各自东西南北流”，以其才智和气魄在激烈竞争中居于重要地位。

在20世纪80年代的中国文化又一转型期，闽地文化人再次异军突起、风云际会，主动发起、参与了当代中国文坛数次意义重大的论战，发出时代的最强音，大大深化了80年代以降的文学变革和思想启蒙，成为学界思想潮流的“尖兵”。为此，当代著名作家王蒙提出了文学理论、批评界的“京派”“海派”“闽派”三足鼎立之说。这对于一个文化边缘省份而言，既是悠久历史传统的复苏，也是未来文化前景的预期；既是一项殊荣，也是一种鼓舞。

当代学术中“闽派”的提法，不仅仅是一个地域概念，更是一种文化概念。这个以地域命名的学术群落，散布全国各地学术重镇，每个人的文化素养、价值观念、审美向度和言述方式大相径庭，但都在全国产生了辐射性的影响力，充分展现了八闽大地包容万象的气势。职是之故，我们不拘于一“派”之囿，以“闽籍学者”定位这一丰富的文化现象。

受福建人民出版社的委托，我们欣然编选、推出这套“闽籍学者文丛”，其志在薪梓承传，泽被后学，为学术发展尽一绵薄之力。古人云：“文章千古事，得失寸心知。”闽籍学者阵容强大，我们拟分期分批分人结集出版，以检阅闽地学人的学术实绩。“闽籍学者文丛”具有开放结构，第一辑推出的为我国当代文学界著名的文艺理论家、文学史家、文学评论家，既有年逾八旬的老学者，也有中、青年学术新锐；每人一集，收录“有分量”的代表性论文，凸显“一家之言”的戛戛独造。

“闽籍学者文丛”还将推出第二辑，并将进一步扩大规模。我们真诚地希望读者诸君提出宝贵的批评建议。

张　炯　吴子林

2015.1.6

目　录

声音（代序）

访：林教授，您好！目前看，您应该是具有双重身份的人，既是高校教授，又是作家，曾读过您的《女性景深》，感觉您在里面对中国女性注入了很深的情感，对女性文化有许多独到而新鲜的见解，你是从什么时候开始涉足其间的，能谈谈吗？

答：我是在20世纪90年代初，开始把自己的研究方向调整到女性文学与性别文化研究上的。我自身是女性，女性自身品质的优劣与境遇的优劣，我不仅耳濡目染，而且感同身受，感觉女性的人际关系、社会关系里有很多见怪不怪、欲说还休的奥秘。这肯定是我后来偏重做女性与性别研究的感性基础吧。记得我写的第一篇文章是关于女性的，编的第一套丛书是关于女性的，申请的第一个国家社科基金项目是关于女性的，写的第一部论著是关于女性的。近年来，愈来愈多的学者对女性文化的生成与状况产生研究的兴趣与关注。对女性文化的研究不仅涉及人文学科的各个领域，如文学、历史学、哲学、人类学、社会学、宗教学、经济学等，同时，也会涉及自然学科的方方面面。这里面有件很有影响的事情，就是美国物理学家出身的女性主义作家伊夫林·福克斯·凯勒对诺贝尔奖获得者、遗传学基因“转座”发现者女生物学家芭芭拉·麦克林托克科学生涯的研究。麦克林托克的遭遇激发了同为科学家的凯勒对性别与科学关系的探索。她发现男权对女性文化的历史，怎样影响了女性在科学中的权利与位置，而这种影响又如何影响了科学的走向与发展。性别歧视的文化，究竟在人类文明进程史上生成了那些恶疾，留下了哪些后遗症，这是以明智见长的人类迟早都要意识到的问题，无论男性与女性。中国这几年的研究有很大的发展，最显著的变化是高校、研究机构与妇联组织的联手，使女性文化的研究更具有现实性与实效性。

作为女人，肯定有我自己的体验与观察。我发现在一种性别歧视的文化语境中，做女人的确更难些。她得领受活得特别不是人的滋味：你像个女人意味着你是只花瓶；你不像个女人意味着你讨人嫌（无论你是女强人还是男人婆）；你生活坎坷，能力平庸，那是因为你是个女的——女人的名字就是弱者；你顺风顺水，事业有成，那也是因为你是个女的——谁知道你是靠什么挣上去的呢，脸蛋还是身体？如果一个女人真的没任何空隙被人指摘是靠什么而做成事，她也免不了如当代出色的女诗人翟永明那样得到这种评议："女人嘛，写到这种地步就不错了。"这也是上面提到的美国女物理学家凯勒在她的学习、研究生涯所感受到的巨大压力，它使许多女性选择放弃，半途而废。而这样的结果反过来又成了女人不行的证明。我现在能够理解，没有文化的老祖母生前总是感叹：观音修行一万年也要修来一只男人脚。更能理解我的学长、一位学富五车的大学女教授的感慨："妇女解放"的口号在中国也有百余年历史，她的母亲就是中国五四时期最早的一批觉醒者，可她身为女人，至今仍不知什么是女人，女人是什么。做人难，做女人更难，性别歧视从根本上说起就是"本质主义"的。正因为它是"本质主义"的，所以，性别歧视文化是有问题的文化，是不符合人性与人道的文化，是一种糟糕的文化。它对生活中的男女两性的塑造与逼迫都是有害的，尤其对女性来说，它可以消解努力意志在前，消解努力成果在后，正如写《女性的奥秘》的美国作家弗里丹说的，它让女人一辈子沮丧。无论你成功不成功，你都无法改变性别。你终身笼罩在男性话语对你的描写与侵害中。人生而平等是梦想，人生而不平等是现实，但是，人们总想通过现实的努力去实现梦想，否则就各安天命，就不会有改变命运这一说了。这是人生存在的意义，也是社会发展文明进步的意义。

访：看起来你由文学而社会学，你可以给我们谈谈中国女性解放与男女平等的情况吗？

答：我谈一点。1949 年以来，有愈来愈健全的法律条文与政策法规使中国男女平等工作的进展实绩得到体现，但这同时也体现它"自上而下"的特质。因此几千年性别歧视文化的历史形成的集体无意识与个体意识，是不会因为法律条款的制定而倏然消失的。由于中国特殊的社会与文化背景，社会意识与文化意识在性别问题上相对游离。"社会"具有组织性与法规性，处于社会组织中的女性，在表层形态上似乎可直接享受到男女平等的权益。也就是说，在"硬件"层面上，国法规定了女性的权益。而文化却是“软件”，性别歧视的历史形成的文化话语在我们的日常生活与人际关系中几乎无所不在、无孔不入。这是目前中国女性处境的艰难之处：在社会组织结构中，女性的处境相对好些，虽然仍存在城乡差别、阶层差别与群体差别；在文化意识形态中，女性的处境则相对恶劣甚至恶化，不容乐观。我们触目所及的女性身体被作为大众消费的物化、商品化现象就是这种恶化的表现之一。

最早的“妇女解放”概念是由男性精英们提出的。如伏尔泰等人从人的发现、人性解放的角度提出“妇女解放”；戊戌变法时期，康有为、梁启超等出于“保国保种”目的也提出“解放妇女”，虽然他们各揣用意，出发点不同，但亦可见女性解放从来就不是单性别的解放，是两性共同的问题，是关涉人类完善自身与可持续性发展的问题。恩格斯有句名言，在任何社会中，妇女解放的程度是衡量普遍解放的天然尺度。从中不仅可以意会到妇女解放不仅是漫长的，而且注定是最艰巨的。女性要从这种“被解放”的历史状态中走出来。女性解放首先、也最终要落实到女性主体性的确认上面，才可能完成真正意义上的解放。期待人们可以营造出一个性别平等的环境，使女性有自主选择的权利与施展才能的机会，激发女性潜在的生命力与创造力。

访：女性话语指的是什么？现在是女性话语的时代吗？

答：顾名思义就是指女性说出来或写出来的话/语言，是特定社会语境中人际活动中呈现出来的具体言语行为。女性话语当然不仅是指“女性说的话”这样表层与单一，它包含多层面的内涵。“女性”从会说话起她就在说话，但她究竟是在说谁的话。所以这个女性话语会特别指是相对于男性话语体系而提出的，它显然是在女性具有主体意识后产生出来的概念，显然是在意识到话语产生后面的男权历史文化背景后产生出来的概念。女性话语要在这样的认识层面上，特指女性说出自己的话。在男权文化历史过程中，女性要么沉默，要么只会说他的话，或者是他要她说的话。这是因为大多数情况下女性没有自己的话语权，也就没有自己的话语，也即自己的声音。

举个例子。譬如，第一篇发表的作品通常被称为“处女作”。不要说社会上凡有点文化的人等，就是女作家自己，在提到首发作品时也习惯性地毫无性别意识地采用这个经典性比喻，因为它足够准确、传神、生动、形象。我也一样。我的第一篇小说就发表在刊物特设的“处女地”的专栏上，大家都没有认为这有什么不妥。处女的意象象征着纯洁和新鲜，第一次的占有，据说这是男性的经典体验。但女性为什么也只会用男性的体验与感受来比喻？男性的感受与体验为什么会堂而皇之地写进文学教科书里，成为社会每一个成员共同的审美趣味与经典修辞？还譬如，中外女作家都追问过女人为什么会有自己的节日，世界以“妇女节”体现妇女解放的努力与成效，但最能体现文化特色的民间语言，早已赋予“三八”一词予女性几乎是介于人身与人格攻击之间的双重贬义。性别语话的成分显示着性别关系的状态。显然，无论是说话人还是受话人，两性平等的交流、理解、渗透、促进、改善与和谐，只能建立在都有自己话语的前提上。如果占人类一半的女性没有自己的话语，那么又怎么可能出现如马修·安诺德所说的那种在很大程度上饱富思想、极具美感、聪明解事、生气蓬勃、人们生活鼎盛、一切文学艺术与创作才思百花盛开的时代？

从这个角度来说，任何单性别话语存在的时代一定是有问题的时代。女性话语要改变的正是这种状况，而不是取而代之形成另一种话语霸权。“女性话语时代”的提法，既不是女性话语实践的理想，更不是当下社会文化生活各个层面中男性话语依然占据主导地位的现实。

访：关于“美女作家”“身体写作”等等，不时争议四起，您如何看待？

答：“身体写作”原是法国女性主义文学批评提出的一个写作策略。关于“身体”这个概念，首先应是出自哲学层面上的意义，是与“灵与肉”“精神与物质”“理性与感性”等一系列二元概念相关联问题，由于这些二元概念之间被赋予高低优劣的等级性，使它们之间的分离与对抗不仅成为哲学家们热衷讨论的问题，也成为文化实践的策略。这种二元对抗的意义与形式，最经常地被艺术家们所运用，对“身体”的作为常常成为反清规戒律及精神统治的先声与信号。由于在社会学的层面上，这一系列的二元对立等级制与性别等级制的相联系，使得“身体写作”这个文学行为具有了严肃的性政治意义与文化意义。但在“女性身体”成为男性欲望化对象的中国语境中，“美女作家”加上“身体写作”，其轻薄、调侃的贬义性起到了消解女性写作的意义。如有一评论者以“身体是美女写作的本钱”为题发表言论道：“有的人用生殖器思考，故而才有‘身体写作’和‘美女作家’之说。”可见这种所谓中国式想象的“身体写作”与女性主义“身体写作”完全不是一回事。我曾说过，最可悲的莫过于女性主义话语的内涵被中国式的男权习惯性思维所推理、所演绎，然后再给予非难。在此情形下，男权中心历史化社会化的“女性问题”言说，不仅不可能就此终结，甚至只会更趋复杂化——从被忽略的空白，到不屑的冷漠，到特别热闹得呈扑朔迷离状。对于进入公共空间试图进行任何交流的女性话语来说，在交流过程的任何一个环节上，几乎都不可避免地要受到来自男权文化话语的间离、扭曲与操作。甚至在这样的过程中，她们本身也会被同化为操作机制的一部分。

访：21世纪被人称为“她世纪”，也有人引用此概念说中国文坛的“她世纪”来了，您这么看吗？

答：这要看“她世纪”的内涵是就何种意义上来概括的。如果从整个文学现状来看，我想这个提法虽然是基于新时期以来中国女作家创作愈来愈活跃、业绩愈来愈醒目的事实，但同时它更是基于与历史的比较而言的。由于男性书写历史的既定，从前的女性几乎没有书写的权利。现代女性解放使女性能够接受教育，学习文化，参与公共事务与社会生活，尤其是改革开放的大气候，促使更多的中国女性能够以文学的形式表达自己。但这种情况是否就意味现在就是文学的“她世纪”，而没有“他”的存在？我想这简直是耸人听闻了，太夸张，根本不符合客观事实。作家是一项非常个人化的艺术工作，不管你是男性还是女性，在今天，如果没有性别歧视的文化机制继续在制约着他或她，个人应该完全是可以听凭心的召唤，走进文学门槛里一展才华，实现价值的。所以，男作家听到此话大可不必心有戚戚或愤愤不平，女作家听到此话也千万别信以为真。要知道，女性写作从无到有，从弱到强，从数量到质量，已被注定看起来要发展得快，进步得快。这其实是跟女性自己的过去在做纵向比较。如果做横向比较呢，那就得同志尚需努力了。法国女作家伍尔芙在她著名的《一间自己的屋子》里表达出她一个很重要的观点：女人如果不拿起笔来写自己，写他人，写世界，那么就只好任由他人去写自己，让自己成为被他人写的女人。但这个世界是两性共存与相处的世界，两性性别的“互见”才能带来“互明”。为了照亮自己和他人的灵魂，女性必须写作。“我们平等，我们分享。”如果这个世界是两性并存的世界，那么文学的世纪也该是两性并驾齐驱的世纪。

访：我读过你的《用脚趾思想》《用眼睛感受》《用痛感想象》这样的书和文章，感觉是很奇怪的名字，为什么以此命名呢？

林：是啊，我们常常会有如此体验：有的事看上去挺奇怪，但细想下去却并不奇怪；有的事看上去并不奇怪，但细想下去却愈发奇怪。女性文化就是这么一个让人见怪不怪，却又让人愈想愈怪的事。《用脚趾思想》是出于一个大家都能感同身受的体验：当权力给我们削足适履时，我们的头脑可能只会告诉我们权力的旨意，甚至这种旨意因文化环境而化成我们自觉的美感与追求，如三寸金莲，但脚趾头却仍会告诉我们真实的疼痛，我想这就是“身体写作”的意义，也许最终只有身体的痕迹与记忆才会告诉我们、提醒我们历史的真相，也许女性更会对强权下的思想意识与身体记忆的背离有较深刻的体验。《用眼睛感受》也是出于我的身体体验：因为近视我戴上了眼镜。眼镜在延伸我的视力的同时，又强加于我它的视域，并让我以为它就是我的，或者它所看到的就是真实的。我们常常忽略自我视野的遮蔽性与扭曲性，如安徒生童话里写的，人类几乎不可避免地要沾上魔鬼的镜片，变成“他性”的眼光。作为研究者，对自我“眼睛”阅辨功能的缺陷，尤其要有警觉、自审与修正的意识，正如那英唱的那首歌“借我一双慧眼吧，让我把这纷扰看个清清楚楚明明白白真真切切”的意思。《用痛感想象》是《当代女学人文丛》中的一本，它表达的是我对前面的我、我的后面还有我的逻辑想象。也就是一位女诗人在诗中写出的那种对女性角色历史化的感悟：母亲前面有母亲，母亲后面还有母亲。

访：作为学者，您的研究方向之一是女性文学。什么是女性文学？为什么没有男性文学这个概念？

答：一直以来，有人对什么是女性文学、为什么要对文学标识出“女性”界定而感到困惑，其根据之一就是：为什么没有男性文学？之所以提出这个问题是因为还未意识到性别研究中一个基本命题，即父权宗法制君临天下的统治地位，在漫长的历史文明进程中，造就了以男权话语为中心的社会、政治、经济、文化形态，男性历来执文化霸权之牛耳，男性意识成为普遍性。德国哲学家西美尔曾一针见血地指出：“男性不单比女性占优势，而且成了人的一般性，以同样的规范方式支配具体的男性和具体的女性。这是由男性的权力地位以种种中介造成的。”又说：“人类文化可以说并不是没有性别的东西，绝对不存在超越男人和女人的纯粹客观性的文化。相反，除了极少数的领域，我们的文化是完全男性的……”认识到了这一点，我想，上面的问题便可迎刃而解，因为一部既定文学史本身即是男性文学史，他不用标示即可堂而皇之地存在，而女性要创造出有别于此的文学史，就不能不标示出自己的性别。就如中国足球常常在人们的意识中指的就是男足一样。

访：女性文学有什么作用与意义？

答：以女性话语的出现作为标识的现代女性文学产生近百年来，她的意义首先是相对几千年来男权文学话语对女性形象的塑造与传播，以女性为经验主体、思维主体、审美主体、言说主体的女性文学，呈现与表达的是来自女性自己的体验与声音，这使女性不再遮蔽在他人的想象与虚构、塑造与观赏之中。二是女性意识的觉醒促使女性自我表达。在表达自我的前提下，艺术个性才会得到充分的体现与张扬。女性所具有的独特的生命体验、生存感受、生活方式、思维形态乃至审美经验等等，通过独特的表达方式，丰富了文学的表现力与审美元素。三是它以文学的书写行为与话语成效，介入了对现代新文化的创造之中。女性主义文学理论弥补了有史以来文学批评与研究中的一个理论盲点，提供了一个前所未有的从性别与社会性别视角出发的研究方法与途径，在文学审美的创造与文本解读的两方面功能中，已然产生了不可忽略的影响与渗透。它影响既定的文学标准，对既往研究结构与学术导向产生了明显的作用。它使文学在更深刻、更广泛、更丰富、更符合人类精神旨归的层面上的重现、重读、重解与重写，成为可能。

总之，无论是从审美经验上，还是从文体学、主题学、艺术学、思想史上，她们都为文学提供了前所未有的女性书写。

访：您指导学生排演过多部女性主义教学实践剧，如厦大版的《阴道独白》等，引起很大反响。有观众说，剧中那些极具震撼力的台词，是他们有生以来第一次听到的，第一次去想的。请您给我们谈谈有关情况吧。

答：《阴道独白》有一个惊世骇俗的剧名。它是美国女剧作家伊娃·恩斯勒在采访不同群体的女性基础上创作的一个话剧。她让她们说出在世俗观念中被遮蔽、被扭曲、被漠视、被玷污的深刻事实和疼痛，揭示“阴道”是如何由一个类同于“手臂”“眼睛”的身体器官名词变成贬义缠身的禁忌字眼，揭示女性身体、精神与生命、生存的真相。该剧推出后在国际社会引起巨大反响，经常被欧美各国高校的学生改编上演，成为经典。这种情况有些类似当年世界各地争先上演易卜生的《玩偶之家》，即娜拉出走剧。“五四”时期，进步学生甚至上街去演该剧，尽管其所涉问题与中国当时的“妇女解放”内涵完全是两码事。但《阴道独白》避免了这个问题，伊娃特别声明她欢迎世界各地排演此剧，她不要版权，唯一条件是不能更改这个肯定会让人感觉无法说出口的剧名，她要的正是这种振聋发聩与直面存在呈现真相的效果，这是她创作此剧的动机与初衷。与此同时它的最大特点是，不同国家和地区在改编时，都可以加入当地女性的体验与遭际。这一方面表明它是一个包容性很大、蕴涵丰富的开放式剧本，另一方面也再次证明，性别问题的世界性。所以，《阴道独白》剧版本奇多，厦大版就肯定与中山版、北京版、上海版不一样。

厦大版的《阴道独白》是学生张甜甜编导，并领衔组织厦大学生自愿者排演的。多年前，我虽有勇气把此剧作带回厦大，却没有想到我们会克服那些预想中的障碍，去上演这部原剧作者可以不要版权但绝对不能更改此剧名的要求的剧目，因为我恐怕还是会如伊娃所预见的那样，在大庭广众面前羞于启齿说出这个剧名。其实，每一个人都是从“阴道”那儿来，但“阴道”却被男权观念中的我们意识成污秽、龌龊、肮脏、下流、黄色、桃色的地方，它的苦难、悲剧、梦想、真相就这样被遮蔽在我们不愿说、不想说、不屑说、不知说什么、不知怎么说之中。我的学生比我勇敢，更能接受世俗的挑战，此剧的上演，获得了“没有人在看了《阴道独白》以后，还会以原来的方式看待女性的身体”的效果，这才是女性主义“身体写作”的真谛。也没料到演出时的盛况，闻讯而来的校内外观众，把剧场挤得水泄不通。他们之中有学生情侣，成年夫妻，甚至老年人，他们凝神屏气静静倾听着那些极具震撼力的台词，把泪花与一阵阵热烈掌声，献给也许是他们有生以来第一次听到的来自女性生命深处的告白。身置此情此景中，甚至会觉得“女性解放”似乎不会如预言中的那么漫长，“性别平等”也不会如想象中的是个神话。我们也以此剧的演出积极参与了那年“全球消除性别暴力，推进性别平等”的活动，应该说是获得了性别教育与艺术感染的双重效果吧。

接着，我们在妇女/社会性别学学科发展网络的支持下，把这种形式作为教改的一项内容继续推进，与相关课程配套，学生们自编自导自演，不分学科共同参与，先后又成功推出原创剧《美人计》《风语》《第二次迁徙》等，产生了良好的社会效应，被认为是一项把性别意识教育与教学结合，把理论学习与社会行动结合，具有创新意义的教学成果。

访：您还主编出版了第一部女性文学教材，成为这个领域教学研究的必读书，这也是一项了不起的工程，怎么做到的呢？

答：情况是这样的。20世纪80年代以来，随着女性文学创作的繁荣和研究的兴盛，国内不少高校陆续开设了女性文学方面的课程。然而，在相当一段时间里，由于学科建设只是刚刚起步，这门课程进入高校教学体系也还处于探索阶段，因而没有合用的教材。在这种情况下，许多任课教师都是白手起家，满怀建设的热情，在吸收学界研究成果的基础上，结合自己的心得进行教学实践。而编写适合教学的女性文学教材，也便成为许多教师的共同心愿。

这里还要提到的一个背景是，1995年在首届中国女性文学研讨会上，来自全国各地的十多所高校与相关机构单位的学者们，动议成立我国第一个女性文学研究团体“中国当代文学研究会中国女性文学委员会”。委员会成立至今，经过多年开辟与努力，已培育和凝聚了国内众多高校及科研机构的教研人员，在学术研究与学科建设方面都取得了令人瞩目的成就。委员会的标志性成果应该有以下几项：一是持续召开了12届国际性全国性的学术研讨会，影响广泛；二是进行了四届全国女性文学优秀作品、女性文学研究优秀成果的评奖，并配套出版了优秀奖丛书；三是由会长谭湘策划，我来组织申报，南开大学乔以钢教授和我合作主编，十多位从事女性文学教学和研究、在国内女性文学界有着广泛影响的高校教师撰写的《女性文学教程》，被列为全国普通高等教育“十一五”重点规划教材。正如你所见，它是中国第一部全面介绍女性文学学科基本理论和相关知识的高校教材，甫一出版，即成为高校相关课程的教学研究重要用书，也成为社会读者系统了解女性文学的入门书。有关评论说，这部教材的出版，标志着女性主义文学研究开始进入中国高校主流课程，也标志着妇女/性别研究走向学科化、主流化。

访：太好了，你们所做的工作真的很有意思也很有意义。真心希望经过大家的共同努力，推动中国两性平等构建文明社会的实践与进程。谢谢您！

答：谢谢！

（本文由两次访谈整理而成。访者为厦门日报社记者黄静芬、年月，答者为林丹娅）

第 一 辑

性政治隐文：“私奔”模式与女性解放叙事

一

私奔，按《现代汉语词典》解，为“旧时指女子私自投奔所爱的人，或跟他一起逃走”。在此基础上，我们还可以根据“旧时”与此行为延绵至今的现实情况，对此概念做出更客观更准确的解释：私奔一般指一对男女两情相悦，为环境或权势所不容，而私下从原有生活环境与秩序中逃离的行为。综合上述两种解释我们可以归纳出私奔的三点要义：第一，私奔在古典情境中特指女性所发生的行为；第二，私奔在现代情境中还包括男女双方的共同行为；第三，私奔成为婚恋自主的代名词，在不同的历史情境下具有反叛性与革命性。

“私奔”作为一个在日常生活中出现的反常事件，在满足人们反规心理与破禁欲望的同时，它还具有某种程度上的戏剧性。因此，“私奔”会作为一个故事，或者一个情节，十分频繁地出现在中国古典文学的叙事中，广受创作者与接受者的青睐与欣赏。颇有意味的是，“私奔”是以明显构成对封建宗法制与封建道德礼教的反叛与对抗，在封建社会中以文学叙事的形态出现并广为传播的。“万恶淫为首”，私奔的主角既为女子，而女子私奔既为男女情事，故实为“淫奔”。这么一种身为女子的罪大恶极之事，一方面是在社会道德观中理所当然被列为严防死打之首；而另一方面是社会生活中的人们对私奔故事的强烈兴趣与津津乐道，人们不仅接受它同时还助长它的传播。清代小说家曹雪芹在他的传世之作《红楼梦》中，非常形象也非常典型地再现了这样一个充满悖谬的情形。贾府过元宵开夜宴，瞧罢大戏听说书，“两个门下常走的女先儿进来”，要捧上一段近来创作的新书《凤求鸾》，封建女家长贾母觉得书名倒好，但要求先说一下故事梗概，“若好再说”。但女先儿刚说了个头，贾母就已知下文是什么了，故此回回目为“史太君破陈腐旧套”，原来这就是一段关于“私奔”的故事。从“新书”说的还是“陈腐旧套”中，可见这种故事在当时流行的程度，尽管接下来曹雪芹马上让我们看到它是如何遭到贾母声色俱厉的斥责，并得到贾家贵戚李婶娘、薛姨娘等异口同声的附和“我们从不许说这些书”，“这正是大家子的规矩，连我家也没有这些杂话叫孩子们听见”等。可颇具讽刺意味的是，紧接着贾母却又炫耀性地大谈她在史湘云那般“女孩儿”时在娘家听《西厢记》《玉簪记》的事。这种在叙事逻辑的前后里外出现的明显悖谬，其实并非出自曹雪芹的叙事纰漏，它反映的正是当时社会对“私奔”这个行为貌似壁垒森严内里却稀松平常的心态，这使得“私奔”一方面因其有违礼教女德而被视为大逆不道，另一方面则又可以毫无阻碍地在深宫内外的男宾女眷前长期公演。这种看似十分矛盾的现象，细究之却自有它的逻辑成因。

如果说“私奔”反叛的是封建礼教的清规戒律，追求的是婚恋自主，那么这种叛逆与反抗行为，也仅仅是起于情欲而已。如果从性别关系的角度来考察这个行为的话，那么我们还可以非常容易地发现此中一个最为关键的因素，那就是在事实上挑起这种行为的始作俑者大多是男性。也即是男性常常充当情欲的主动勾引者，而女性再勇敢也只不过是充当了一回被勾引者而已。这个性别关系形成了“私奔”模式中最重要的也是基本的特质。所以，可以这样说，古典式私奔的所谓反叛性，充其量只是表达出男性潜意识里最希望的贞洁女人往自己性开放的方向前进了一步而已。换而言之，如果女子个个都那么墨守礼教女德，那么以风流自命的男子又何从满足自己的情欲？因此，我们也可以这样说：女性做出的私奔行为，在更大程度上只是为男性欲求所做出的一种另类满足，所谓《凤求鸾》，即鸾为凤所求是也。曹雪芹是深谙其中之秘的，否则他不会借贾母之口也演了一出“掰谎记”，直指私奔模式中的男性立场与男性视角之要害：“编这样书的人，有一等妒人家富贵的，或者有求不遂心，所以编出来遭塌人家。再有一等人，他自己看了这些书，看邪了，想着得一个佳人才好，所以编出来取乐儿。”既然是如此一干男人的移情所至，也就决定了此反叛行为起于情欲而止于情欲的结局。古典叙事通常在男女“私奔”后，亦即情欲得到最大满足后，一般便就照常入了轨，不再“鬼不成鬼，贼不成贼”，做回正常的贤夫良妇去，故事通常也再没有反叛的下文，这是“私奔”修成正果的喜剧版。而在另一种悲剧版中，则是以女子痴情献身，男子忘恩负义，而构成一个始乱终弃的故事。此类叙事看上去似在颂扬或同情女子，批判或贬斥男子，但其主观意图与客观效果其实都不离对女性的训诫：淫奔女子的下场有多么可悲，没有父母之命媒妁之言的男女关系有多么不可靠。可见，无论“私奔”做的是正反剧还是悲喜剧，其立场皆不出男性视角之囿定。所以，这也是作为封建卫道士表征的贾母，为什么对私奔模式的讨伐虚张声势得厉害，一面明禁一面明行并不叫真的根本原因，更何况，“私奔”其实还暗合了儒家很是认可的“食色，性也”的人性观。

可见，“私奔”模式也许并非如我们以往所认知的那样，在它身上承载有多大的反叛性。或者说，我们必须认清它所具有的反叛实质是什么。也许，在客观上它的确具有反父权宗法制之效应，但在主观上可以说是毫无反男权之意识。换而言之，作为女性在封建社会里最具反抗行为的表征，“私奔”模式其实并不构成对男权社会秩序的任何侵犯与挑战，也即并不具有反性别秩序的内涵。也许这才是“私奔”这个有悖封建伦理，如此伤风败俗、大逆不道的叙事，却能在封建社会中得以最广泛的欣赏、捧场与流传的潜在原因。否则，有关私奔的故事或情节，也不会新瓶不换旧酒地、层出不穷地、不绝如缕地被演绎与繁衍，墙头马上，柳毅传书，张生煮海，倩女离魂，牡丹亭，陈三五娘，唐伯虎点秋香，追鱼等等，脍炙人口生生不息地成为古典文学中最令人难忘、最令人兴奋的情景。

二

以反几千年封建之专制文化，倡导民主科学之现代文化为标志的五四运动，使中国社会风气为之一变。个性解放、男女平权、婚恋自主等一系列表征现代文明观念的思想，促使中国社会关系发生了一些重要变化，性别关系即是其中之一。作为人类社会生活反射形态而存在的文学，也十分敏感地反映了这种变化。对这一时期以及以这一时期为题材或背景而创作的文学文本进行系统考察，我们可以看到其中出现的一个相当明显的叙事模式，而这个模式通常是与我们耳熟能详的性别模式联结在一起的，即：代表五四新文化的先进人物，把深受旧文化荼毒的受害者从水深火热的境遇中，或把向往新生活的人物从禁锢她的环境中解救出来，前者清一色为男性，后者清一色为女性。也正是因为这种性别关系，二者之间本因人生拯救之命题而生成的社会关系，不得不被加进了因情欲解放命题而构成的性别关系之中，由此形成了中国现代版的私奔模式。

换而言之，这个模式之所以还被命名为“私奔”，正是因为它所具有的与古典式私奔相类似的，并不因现代变革而改变的既有的性别关系与情欲内容。男性在其中身兼人生与情欲的双重解救者，女性则为被动者。析其原因，大致有二：其一是出于性别角色差异的历史定式，女性对男性从精神到物质、从政治到经济、从心理到体能的全方位依附，使得现代解救模式中性别关系也概莫能外；其二是出于社会心理的传统定势，即只有恋人关系才会使这种在当时大多由男女青年所充任主角的解救行为，多少吻合了在伦理层面上的合法性与合理性。因此，这个定式注定了他们二者构成情爱关系的同时又构成解救与被解救的关系。反之，这个关系必然也蕴含着这样一种定势：是否具有古典式的情爱关系也决定了现代解救行为的能否实施与实现。以沉樱的小说《某少女》[①] 为例：作家以“某少女”的模糊指称，指称了“少女”这一群类在当时所具有的带有普泛性的人生状态：她们是如何渴望代表新生活的文化精英/先进男性/情哥哥对自己的解救，但因情哥哥并不爱她（们），没有与她（们）形成情爱关系而使她（们）的期待与被解救落空。而与此相比照的经典性文本是鲁迅写于1925年的小说《伤逝》，因为主人公涓生与子君情爱关系的成立，子君就可以那么大无畏地目不旁视地成功实现从封建家庭里的出走。但一旦这种关系结束，子君就只能回到了封建大家庭里，回到原有的未被解救的状态中直至死亡。

与此相映衬的是巴金完成于1931年的经典之作《家》，家中三少爷觉慧与丫环鸣凤虽有恋情关系，但因错过解救的最佳时机，致使鸣凤也只能走向绝路。当然，这个模式还蕴含有另一种形态的可能，即由解救而发展成为情爱关系。最典型的莫过于柔石小说《二月》中男主人公萧涧秋之于文嫂，尽管这是一次由于被救者的自我放弃而最终不成功的解救，但这种形态却因为太适应日后中国革命与性别关系的国情，而发展成为革命叙事中最常见的也是最为流行的性别模式，这当是后话。但在那时，我们至少可以看到，男性性别身份与解救女性的社会身份的重合，解救者与被救者性别身份与情爱关系的重合，以至于可以反映出这么一个历史事实：五四时期反封建父权制/家长制、倡导女性解放之最为见效的社会性成果，莫

---

① 沉樱：《某少女》，北新书局1929年版。

过于新文化青年所争取到的婚恋自由。换而言之，情哥哥对妹妹的解救，可以说是五四运动反封建父权制与女性解放运动双重任务的产物。但如果从文学叙事的层面上来仔细分析的话，我们会发现一个显明的事实，那就是，这个关于五四最富有时代特征与文化活力的新鲜事物，其实并不全然是五四运动的产物，它也并非如我们想象的那样全然是新文化的表征，如果一定要用褒义词来描述的话，我们可以这样表达：它是古典情欲式私奔传统与现代个性解放理念堪称完美的结合。

概而言之，也许是“私奔”模式中脍炙人口的反叛情结与深入人心的戏剧化元素，加上五四时期社会条件对女性的局限，使得以五四为背景的女性解放——男性启蒙女性，女性寻找男性，先进男性解救苦难女性的过程，沿袭成几同自古以来情哥哥与情妹妹私奔的模式，不管是先救后爱式还是先爱后救式。现在，我们再来详细分析因袭了传统私奔元素后的五四式私奔模式中出现的两大问题。一是我们可以看到，传统的性别权力或等级关系在现代私奔之后，依然存在于二者关系之中。显而易见，无论是修成正果的喜剧版，还是始乱终弃的悲剧版，女性在其间始终都是被动与无能的，她们的性别身份与地位并未得到丝毫改善，在这样一种男权化政治大背景下，女性对清规戒律的大胆反叛，对追求婚恋自主的勇敢“私奔”，似乎只是为了给男性情史增添一笔浪漫与刺激的色彩而已。这个悖谬的问题实际上在当时就成为反对抑或怀疑女性解放者的一个口实：把青年女子从家庭中解放出来，只会成为男性更方便玩弄她们的猎物。因为在废弃了父母之命媒妁之言后，她们只会更无设防地被男性所勾引，做下淫奔苟且之事。而当时跑出家门，脱离家庭支持后的新女性，或出于志同道合，或出于生活所逼，与男性同居成风的事实，也有力地支持了此类论证。二是我们可以看到，在私奔模式中，男性解救者大多是以个人身份出现的，在古典叙事中是一个情欲先知者对禁欲受害者或情欲苏醒者的解救，在五四叙事中是新文化启蒙者对后进者或受难者的解救，前者的解救以回到既有的生活秩序与性别角色秩序中而告终；后者则因为新女性对这种换汤不换药的解救感到困惑而无以告终。最后这一点，既是五四式私奔有别于传统私奔最显明的特点，也是中国现代私奔女性在性别意识上对古典私奔女性的超越。况且，这种困惑实际上也是五四新男性所共有的，首先是社会还未建构起给私奔男女提供最有力庇护的政治背景；再则如古典式回到旧秩序中也不是他们引领女性私奔的初衷。显然，男性以个人主义或人道主义为出发点的解救，在强大的社会现实面前，显然无法背负女性继续前行，这种沉重与无能为力，在鲁迅的《伤逝》与柔石的《二月》中有着深刻的体现。两个故事中的男主人公涓生与萧涧秋，最后都以被解救者的死亡来预示他们解救女性行动的彻底失败。

一场轰轰烈烈的现代女性解放，原来产生的就是这样的结果。其实，我们可从五四私奔模式中预感到，如果五四女性解放的形态大多是以此来体现的话，那么其中所含有的女性解放的质量与程度当然是十分可疑的。这种可疑实际上也已被当时置身其中的一些女作家们，直接反映在她们的文学叙事中。而正是此点的表现，才使我们多少明了她们不同于古典的现代性所在：尽管她们还在“私奔”，但其中所包含的性别关系再也无法令她们安之若素，再也不能不令她们深感困惑。因为受五四新文化感召的女性与古代受情欲诱惑的女性有着本质上与目的上的区别：后者起于情欲而止于情欲，前者貌似起于情欲却已无法止于情欲，她们所追求的个性解放，不只是为了满足对自我情欲的自由支配，更多的是为了追求对自我生命的自由支配，对人生的自由支配。她们渴望摆脱，她们渴望新生活，之所以选择“私奔”是因为在当时有限的社会条件下，私奔是弱势的她们最可借助的一个依托或一条途径。因此，一种不绝于私奔的叙事便自然而然在此之后产生：故事女主角在私奔得逞后并不会安于小家庭的满足以及束缚，她们更焦虑地在续写私奔之后的故事，因为她们更愿意感应的是时代对她们的彻底改变而不是情欲，“一切，都是在继续地变迁着”，这是写《喜筵之后》的女作家沉樱的感觉。① “神秘的热烈的爱，感到平淡了……如轮般思想的轮子，早又开始转动……人生的大问题结婚算是解决了，但人决不是如此单纯，除了这个大问题，更有其他的大问题呢……眼前之局，味同嚼蜡，这胜利以后的情形何堪深说。”② 这是写《胜利以后》的女作家庐隐的感觉。她们共同写出了当时新女性私奔以后的感觉，这是她们与古典式私奔女性与私奔主题的根本区别所在。

由此，我们可以发现其中一个关键的问题所在，即叙事与性别的关系。我们可以看到的事实是，私奔题材历来为男作家所热衷，受情欲诱惑的女主人公在私奔胜利后就温顺地回到既定的角色秩序与生活轨道中扮演

---

① 沉樱：《喜筵之后》，北新书局 1929 年版，自序。

② 庐隐：《胜利之后》，《庐隐小说全集》上，时代文艺出版社 1997 年版，第 235 页。

贤妻良母，因此他/她们可以“从此幸福地生活在一起”。可是，受新生活诱惑远胜于受情欲诱惑的新女性，在私奔胜利后当然会发现，女性角色的困境并未因为情欲的自由实现而结束，她们难以顺从既有的角色指定，难以心甘情愿回到原有的生活秩序中，幸福的生活并未从此开始，这是她们在“胜利以后”“喜筵之后”失望、痛苦、迷惘的症结所在。因此，对现代新女性来说，她们面临的最大的问题是私奔之后的问题，私奔仅仅只是故事的引子。私奔胜利后事与愿违的情状，是她们独有的内心感受与生命体验，这是一直处于引领私奔的男性无法体验与代言的，甚至可能是无法理解与沟通的。这种情状甚至构成了她们文本中自话自说式的倾诉式文风，如庐隐《海滨故人》《胜利以后》《或人的悲哀》《丽石的日记》，冯沅君的《春痕》，绿漪的《鸽儿的通信》，沉樱的《某少女》《生涯》，丁玲的《莎菲女士的日记》等等。女性这些真实的感受，很难出现于男性笔下，男性写的只能是他们想象与主观判断中的女性。即便敏锐如鲁迅，已然发现私奔之后的问题，写了一篇当时没有发表，日后却成为名作的《伤逝》，[①] 但他也只能非常客观地从涓生的角度去揣测子君，作不无主观的臆断与独白，而真正的主角子君却只能在文本中沉默，直至死去。与之构成比照的文本可以取沉樱的《爱情的开始》与《喜筵之后》，表现的问题虽类似，但子君们沉默的心声，却在这里得以吐露，可见性别立场与叙事视角之间存在的区别。而且，从男主人公每每以忏悔来追述拯救失败的心态与形式上，我们还进而可见男性在性别关系中的强势地位以及作为施动者的心理优势。总之，五四式私奔模式在体现着当时女性解放形态的同时，也潜伏着自古以来性别权力秩序派生此中的负面效应，女作家们对私奔之后苦闷与困惑的抒写，意味着她们开始对此模式的反思与反诘，其锋芒直指貌似女性解放模式的中心症结，即性别权力中心的存在，这是现代女性意识的一大进步，是五四式私奔对传统私奔沿袭中崭露出来的突破。

三

上述分析可见，五四式私奔的效果如果是以女性的绝望为结束之日，

---

① 1925年10月21日，鲁迅创作了小说《伤逝》，没有发表，收入1926年8月出版的《彷徨》集中。

那么也便会是隐藏其中的男权性别机制曝光之时。若按此逻辑推演，这也将是女性解构男性解救神话之始。中国女性在经历了五四式私奔出现的问题之后，应该说已逐渐接近了这样一个逻辑性走向，但中国革命的具体进程，却使这一个逻辑性偏离它预设的轨道，而朝另一种逻辑形成发展下去。

仍以鲁迅与柔石两位男作家的经典文本来分析。鲁迅《伤逝》中的男主角涓生所具有的性别强势位置是显而易见的，一是忏悔式本身就意味着在事件过程中他曾经据有的主动性与决定性的作用；二是其独白式口吻充满精神导师与事件引领者居高临下的主观臆断。由于子君扮演的是一个不思上进，不懂爱情与人生要义，只懂吃饭饲油鸡等在主流价值观中显然毫无价值的角色，使得涓生即便是在做忏悔，也处处流露出他居高临下的思想境界与生活态度优于子君的心态与姿态。自从"破屋里便渐渐充满了我的语声，谈家庭专制，谈打破旧习惯，谈男女平等，谈伊孛生，谈泰戈尔，谈雪莱……她总是微笑点头，两眼里弥漫着稚气的好奇的光泽"开始，涓生对子君说教连带鄙视的贬损话语，几乎成了此文中最为著名的关于人生与爱情要义的格言与圣典，如"爱情必须时时更新，生长，创造"；如"她近来实在变得很怯弱了，加以每日的'川流不息'的吃饭；子君的功业，仿佛就完全建立在这吃饭中"；如"我一个人，是容易生活的……只要能远走高飞，生路还宽广得很。现在忍受着这生活压迫的苦痛，大半倒是为她，但子君的识见却似乎只是浅薄起来，竟至于连这一点也想不到了"；如"盲目的爱，——而将别的人生的要义全盘疏忽了。第一，便是生活。人必生活着，爱才有所附丽"；如"她的勇气都失掉了，只为着阿随悲愤，为着做饭出神；然而奇怪的是倒也并不怎样瘦损……"；如"我那时冷冷地气愤和暗笑了；她所磨练的思想和豁达无畏的言论，到底也还是一个空虚，而对于这空虚却并未自觉。她早已什么书也不看，已不知道人的生活的第一着是求生，向着这求生的道路，是必须携手同行，或奋身孤往的了，倘使只知道捶着一个人的衣角，那便是虽战士也难于战斗，只得一同灭亡"。如果子君就是这么一个女性，那么涓生还有可能与她一起爱下去吗？如果答案是否定的，那么涓生又在为什么而忏悔呢？难道"我觉得新的希望就只在我们的分离"不是正确的选择吗？而这个正确的选择难道不是我们耳熟能详吗？

想想同样经典的"杜十娘怒沉百宝箱"中的李甲吧，当他因携杜十娘有家难回而把她转让予另一个男性孙富时，说的不就是这样冠冕堂皇的话吗？涓生只不过是李甲的现代版，它最经典地再现了悲剧式私奔模式中握有主动权与决定权的男性惯常的思维与作法。对男性来说，甩甩手不带走一片云彩既潇洒又可以逃避责任，而对私奔女性来说，无论是传统版的杜十娘们还是现代版的子君们，面临的似乎都是死路一条。有意味的是，一方面是故事开头与结语部分所表现出的高度忏悔的情状与请求饶恕的低调，另一方面是正文部分对其忏悔对象充满贬损与训导的高调，这种叙事的布局与格调，使这个文本产生了一种言不由衷的叙事效果，与其说它是在刻意张扬生者的忏悔和请求死者宽恕，倒更像是叙事者急于通过这个途径，把死者自己所造的夙因一一点出来给大家看，以减轻自己的负罪感——子君既在生前就是一个无言沉默的影子，死后当然就更不需要说出她自己的感觉与看法了。叙事为什么会产生这样明显的矛盾与反差呢？如果鲁迅写此文意不在以此叙事效果来揭穿涓生之流的虚伪乃至卑劣的话，那么就只有一种可能：鲁迅虽已意识到两性私奔胜利以后存在的问题，他也极力想找出这个问题的原因所在，但男性的立场、视角、感受与思维方式，使他只注意到维持两性间爱情要有新花样，要有经济这样比较表层的因素，并未探究到自古以来性政治权力在私奔模式中的作用这个最根本性也是最容易被忽略掉的深层次原因，以致在涓生与子君的关系中，不能不留下这样悖谬的痕迹，这也折射出鲁迅对此问题困惑的程度，以及在思考中彷徨游移的状态。

子君死了，涓生回到原来的破公寓里，一场轰轰烈烈的情爱私奔——解救女性的行动，转了一圈又回到原地，且留下“无尽的悔恨与悲哀的”身心。当初涓生不是明明以主导者的语气对子君发出“新的希望就只在我们的分离”的指令吗，而现在，分离成功了，“新的生路还很多……但我还不知道怎样跨出那第一步”，“我要向着新的生路跨进第一步去……用遗忘和说谎做我的前导……”难道这就是涓生以子君生命的代价换来的所谓新的希望吗？男主角坐而论道式的呓语，充满矛盾的话语，行动的无能感，精神的孤独感，同时也折射出五四式私奔模式中男性解救女性行为的个体性、自发性、盲目性，以及在当时特定的社会背景下难以为继的窘况。

差不多三年以后的1929年，鲁迅非常器重的青年作家柔石也写了一篇解救女性题材的小说《二月》，故事的背景是1926年，与鲁迅写《伤逝》

的时间相近。① 男主角萧涧秋与女主角陶岚和文嫂，构成了一个三角异性爱关系。这是一个饶有意味的文本，五四式私奔模式把情爱与解救合二为一；拯救行为个体化的特质在这里得到更直接更充分的体现。萧与陶同属新文化青年，相互爱慕，按过去的话叫门当户对，按现在的话叫有共同语言，按当时的语境是赶上自由恋爱的时尚，怎么看都应该是一对儿。但在二者的关系中插进一个孤苦无依的寡妇文嫂。萧涧秋最后做出了一个现在看起来令人不可思议的决定，他要弃陶岚而娶文嫂为妻。但放在当时的社会条件与文化语境下，这却是一个最能代表新文化青年价值观与社会使命感的做法。他们不能不凭借着一己之力，努力做到“救救妇人与孩子”的社会性宗旨，他要利用自己男性所具有的身份，包括社会地位与经济能力，通过婚姻情爱的途径把女性从她的既定命运与困境中解救出来。对萧涧秋们来说，情爱固然怡人，但其使命更为重要，“我为了这事，我萦回，思想，考虑……我当用正当的根本的方法救济她”。情爱的方法是“正当的根本的方法”，这也是上文我提到的私奔模式具有合法性与合理性的问题。如果说陶岚在这个三角恋中是输给文嫂的话，那么她恰恰输在她是个已不需要男性解救的新女性上。对萧来说，没有解救内涵的情爱是没有人生意义的。或者说，他更愿意或者更感兴趣的是把自己的情爱抑或婚恋，投放到解救女性的使命上。

从小说塑造的萧、陶两个新青年的角色形象上，我们还可一窥当时人们对男女角色的性别认知乃至定位：以萧涧秋为代表的新男性与以陶岚为代表的新女性在思想境界与生命意义上显然有着高下优劣之分。新女性似乎只在于寻找新男性结合，以实现情爱自由；新男性即使在情爱关系上也不忘履行他的社会使命。这也解释了为什么文嫂死后萧涧秋不是顺理成章地与陶岚结合，而是选择远走高飞的原因——他的情爱或婚姻不仅仅也不应该只用于单纯的情爱或婚姻，他赋予它解救女性的使命与意义。当这个行动最终以文嫂的自杀而失败时，它同时也意味着男性个体化解救理想与行动的失败。他的困惑与悲哀与涓生是一样的，只是涓生还停留在个人的困顿状态中冥想与呓语，而萧涧秋则知道怎么跨出新希望的第一步，去寻找一个能与现实抗衡的更强大的政治背景与力量：“人说光明是在南方，我亦愿一瞻光明之地。又想哲理还在北方，愿赴北方去垦种着美丽之花。”

① 柔石：《二月》，上海春潮书局1929年版。

然而就是这一步，让我们看到了五四个体式私奔模式向日后红色革命集体式私奔模式转化的一个关键环节：当个体行动失败后，他们的希望是什么，他们将转向何方。

四

无论是从女作家绝望的文本中，还是从男作家充满挫败感的文本中，我们可肯定五四式私奔模式在现实中遭遇到的瓶颈。新女性的私奔貌似为情爱实为人生，所以业已不满足情爱自由的实现。男性个人英雄式的解救，即使能达到情爱与人生的统一，无奈时势不造，英雄末路，无以自救，何以救人。在此情境下，寻求一种更为强大的变革社会的政治力量成为新青年们的心理需求与现实需要。而中国现代革命史的事实是，经过无数次错综复杂的政治与权力的格局变幻后，代表大众革命利益的共产党脱颖而出，成为能够凝聚起新青年个体的一个群体中心。于是，看似本该寿终正寝的私奔模式，却由于时局的变化，随着五四主题话语的淡出，而朝着一条新生发的逻辑之道演化，形成了一个统领文坛数十年，而且势必还会一直影响下去的主流化性别关系定式的叙事模式。

从《二月》中的萧涧秋选择南下或北上起，失败的五四新男性们就开始纷纷显示出他们放弃个人解救的路子，寻求强大的政治势力作为社会背景的兆象。哥哥们再也不能凭知识分子的精英意识、个人道义及人性良知，只能凭借政治集团的集体利益与宗旨，才能构成与敌对势力足够的威慑与抗衡，拯救妹妹脱离困境，并引领妹妹奔向光明与真理所在。随着中国革命进程的具体变化，红色叙事中的男主人公身份由五四时期的小资产阶级知识青年，渐渐被具有无产阶级先锋意识的革命者所取代，这种模式便越发顺理成章，流行昌盛。1945 年 4 月，由延安鲁迅艺术学院集体创作的五幕歌剧《白毛女》，几经修改审定后，在中国共产党第七次全国代表大会上演出，感动了来自四面八方上至红色首脑下至军士百姓的观众，反响热烈，广受好评。此后直至今天，电影、京剧、舞剧等各种艺术门类争先移植，同名剧目长演不衰，堪称跨新中国前后之红色经典。这个红色经典向我们讲述了这样的一个故事：杨各庄贫苦农家少女喜儿，因貌美而被居心不良的地主黄世仁以抵债为名，抢进黄府糟蹋。事发时，情哥哥王大春和乡邻们赶来阻止，但敌不过黄世仁的枪杆子，王大春等欲要和地主拼命，被地下党员赵大叔劝阻，并指点他们去参加八路军闹革命。成为八路军的大春与部队打回老家，斗倒地主，枪毙黄世仁，才把逃进深山变成“白毛鬼”的喜儿救了出来，从此开始他们的幸福生活。这个叙事，几乎包含了当时共产党要向全国民众广而告之的所有真理：枪杆子里面出政权；阶级斗争你死我活；受苦人要翻身就要闹革命；闹革命要靠党指方向；受苦人要翻身得解放，就要拿起枪杆子跟党走；旧社会把人变成鬼，共产党领导下的新社会把鬼变成人……

与此前的五四式私奔模式比较来看，我们很容易看出这个叙事模式中的不变与变化，那就是男性依然是那个与妹妹有情并要拯救妹妹的哥哥，但这个哥哥已不能只凭借着个人能力来拯救妹妹，他必须投靠一个具有鲜明政治意图与坚定宗旨的政党，从而把自己的身份改变成这个政党的具体代表者，于是哥哥的身份不再是个人自己，而是党的代表者。比如地下党员赵大叔，比如参加了八路军的大春。于是，在这个模式中，性别身份便自然而然地演化为“男性/情哥哥/党/拯救者”与“女性/情妹妹/个人/被拯救者”。与具有个体性、自发性、盲目性特质的五四式私奔模式比较，红色经典式突显了它的集体性、组织性与目的性。只要找到了党，涓生们就不会再困坐孤屋中迷茫忏悔，萧涧秋们就不会好心还被好心误，不仅他们自己得救，他们所要实施的拯救行为也会成功，即只有把个人的利益汇进党的整体利益中，个人的利益才会实现，在此我拟用“公奔”来形容此种模式的特质。

当然，《白毛女》是创作者基于现实生活基础上的逻辑想象，它既符合共产党是贫苦大众救星的政治定位，又吻合弱势群体的心理期待，所以它既吻合革命政党与贫苦大众从心理到行动的双向选择，也吻合了中国现代革命史的选择。但本文特别要指出的是，尽管“私奔”在此演化为“公奔”，但从性别分析的角度来看，显然其中所蕴含的性政治关系并没有改变。于是，在五四后受到当事人质疑而本该走向消解的私奔模式，却不意通过这样的一个契机与途径重获生机，并从此随着红色经典不可动摇的地位，而一发不可收地、非常牢固地、影响深远地成为红色作家们争先效仿的叙事模式。我们在李季的长篇叙事诗《王贵与李香香》（1945）、《杨高传》（1959），梁斌的长篇小说《红旗谱》（1957），冯德英的长篇小说《苦菜花》（1958）、《迎春花》（1959）、《山菊花》（1972、1982），冯志的长篇小说《敌后武工队》（1958），欧阳山的长篇小说《三家巷》（1959），李英儒的长篇小说《野火春风斗古城》（1958），梁信编剧、谢晋导演的电影《红色娘子军》（1960）等一批当时几近家喻户晓并影响至今的红色经典作品中，都可看到这个模式滥觞的影子。而在此类作品中，能最全面地涵盖、最细致地体现出从“私奔”到“公奔”模式转化风貌的，在主人公身份上更接近五四新女性的，发表后不仅火爆当时而且至今仍被各种艺术形式不断翻新的，莫过于女作家杨沫创作的长篇小说《青春之歌》（1958）。

《青春之歌》中的女主人公林道静，是个出身于大地主家庭的小知识分子，她因为反抗包办婚姻而离家出走。“她竭尽了全副勇气刚刚逃出了那个要扼杀她的黑暗腐朽的家庭牢笼；想不到接着又走进了一个更黑暗、更腐朽、张大血口要吞食她的社会。”①正当她走向绝路时，余永泽，一个喜欢她并能够给她提供栖身之所的男性出现了，他以同居的方式拯救了走投无路的她，完成私奔模式中的第一个重要环节。但林道静并不安于也不甘于自己所处的家庭妇女的角色位置，困惑与绝望再次产生，这是五四式私奔模式所显示出来的最为尖锐也是现代新女性对性别问题有所突破的问题。如果放在鲁迅写作《伤逝》的年代，那么子君的命运未尝不就是林道静的命运。但在杨沫笔下的时代，共产党已是进步青年心中真理与光明所在，所以林道静可以遇到地下党员卢嘉川，后者向深感孤独而没有出路的她指点迷津：“只有投身到集体斗争中去，把你个人的命运跟大众的命运联系起来，那才有出路！”② 此后，林道静就摆脱了本来注定要成为子君的形象与命运，按上世纪五六十年代主流话语的评价是：“林道静的形象正是一个典型，她集中地反映了我国相当一部分知识青年，在三十年代到四十年代里奋勇前进的精神面貌以及他们所走过的共同道路：由个人的反抗到加入为民族和人民解放而斗争的行列，由民族觉悟到阶级觉悟，由小资产阶级知识分子到无产阶级的革命战士。……林道静所走过的道路，说明了什么呢？说明了知识分子只有坚决跟着共产党走，坚决在斗争中实行艰苦的自我改造，才能够使自己成为一个有益于人民的人，能赋予生命以真正的崇高的价值。”③ 而 80 年代的代表性说法是：“林道静是三十年代在党的培育和革命斗争的锻炼中不断成长的知识分子典型。她的思想性格的发

① 见杨沫：《青春之歌》第 4 章，人民文学出版社 1958 年版。

② 见杨沫《青春之歌》第 11 章，人民文学出版社 1958 年版。

③ 一九五八年级“青春之歌”研究小组：《林道静的成长及其典型性》，《开封师范学院学报》1960 年第 3 期。

展，大致经历了三个阶段：从反抗封建家庭、要求个性解放到谋求民族的解放和阶级的解放；从个人奋斗到参加集体的大规模阶级斗争；从一名小资产阶级知识分子到一名无产阶级先锋战士，而这正是‘五四’以后，特别是三十年代大多数革命知识分子走向革命的共同道路。……她的成长过程，说明了知识分子只有投身于党领导的革命洪流，才能使自己的青春发出绚丽的光辉。”①从上述引言中可以很清楚地看到，80 年代的三阶段说，秉承的其实就是 60 年代主流说中关于以林道静为代表的知识青年从个人反抗到民族解放再到人民解放这三个层次的划分。

21 世纪的今天，因特网上有关《青春之歌》和林道静的介绍，可以“百度百科”为代表，其道：作品从生活的实际出发，描写林道静向无产阶级革命战士攀登过程中的三个阶段……在这三个阶段中，林道静实行了三次决裂。第一次是为求得个人解放与封建家庭决裂；第二次是为争取民族解放与小家庭决裂；第三次是为整个无产阶级的解放与旧我决裂。② 从中不难看出，其核心阐述完全来自于 20 世纪 80 年代的三阶段说，只是措辞略为不同而已。从这个贯穿四十年间大同小异的主流性评价里，我们可以确定林道静叙事的两个基本元素：一是她成长过程的三个阶段或三个层次的转变；二是转变的内涵为从小资产阶级个人化知识分子到无产阶级集体化战士。把这两个元素返回到文本语境中，我们可以看到，在林道静经历的这三个阶段的转折点上，分别出现了三个男性，第一阶段的救命恩人余永泽，第二阶段的精神导师卢嘉川，第三阶段的革命伴侣江华。饶有意味的也正在于此，不管他（们）具有什么身份，代表的是什么阶级，有什么样的思想境界，反正他（们）皆对她（们）有拯救之恩。而且，这种恩总会与她（们）最终要献身于他（们）的叙事联结在一起。

于是乎，林道静每飞越一道或生活或生命或精神的屏障，都伴随着她情感的转向，她从对救命恩人余永泽的感恩与爱慕，转向对引导自己参加革命的恩人卢嘉川的感恩与爱慕，当后者牺牲后，作为卢替身的江华出现，前赴后继地在完成把林改造为具有无产阶级先锋战士的同志后，也把她发展为自己的爱人。卢和江不仅是有能力把林彻底拯救出困境的个人，更重要的是他们是党和革命的化身，他们的性别与政治身份造就了“公

① 杨荣星、霍惠玲：《林道静形象谈》，《内蒙古电大学刊》1988 年第 2 期。

② 参见“百度百科”中“林道静”词条。

奔”模式中最为鲜明而统一的特征：她献身于党/革命＝献身他/爱人；献身他/爱人＝献身党/革命。因此，仿照四十年一贯制的三阶段说，林道静形象的喻义便就有了如下描述：她通过三个象征着不同层次与境界的男性拯救者，完成了她人生意义不断递进与升华的三部曲：第一个阶段表现为与封建体统决裂的追求个人解放的行为；第二个阶段表现为与小家庭决裂的追求民族解放的行为；第三阶段表现为与旧我决裂的成为无产阶级解放战士的一员，最终走上解放全人类，最后才能解放自己的道路。

综上可见，从阶级政治的角度来看，红色经典模式无疑包含着非常革命的内涵。但从性政治的角度来看，这个模式中所包含的男权形态却丝毫没有被革命的痕迹。被五四式私奔模式解构于前的父权，质疑于后的男权，在中国革命实践中，难以觉察地抑或还是难以言说地回到红色“公奔”模式的形态之中。究其原因，不外有二，要么是阶级政治完全取代了性政治的革命，要么就是性政治革命压根就被阶级革命所忽略。不管是前者还是后者，我们可以看到的事实是，在今天风头愈发强健的红色经典电视剧改编风中，红色“公奔”模式中的这种性别关系甚至成为改编者最感兴趣的亮点，不仅被着意强化而增加了戏份，甚至有的还被专门扩张成为新戏的主线。若从中国革命的具体情况出发，也许此种倒退也是一个权宜之计：对新女性来说，情爱婚恋对象与革命政党的结合，好歹解决了五四式私奔模式中女性对自己固有身份的不满与如此解放的困惑；也是使她们在不得不为之的小家庭主妇角色与她们心往神之的社会角色之间取得兼容的可能途径。而对男性来说，凭借着女性扮演社会角色的渴望，凭借着他们作为政治集团的化身，他们不仅是力所能及地，而且是完全圆满地担负起拯救女性的使命，维持住男性在性别关系中的强势地位。也许事实只能如此，这个融私人情感生活空间与公共社会政治空间于一体的红色公奔，带着千古不变的性政治内涵，凭借着革命的身份而成为文学叙事中最为坚固最为稳定的模式。

结　语

综上可见，私奔模式的叙事，经过一百年的现代女性解放之后，仍然体现的还是男性化的主体拯救女性的神话。无论女性将如何完成凤凰涅槃般的超生与辉煌，她都体现的是他的神力。从追求情欲自由的古典式私奔开始，到追求个性解放的五四式，再到追求阶级解放的红色公奔式，一脉相承，一成不变的仍是男性中心主义的性政治观。如果我们对此判断有所疑虑的话，我们还可以提出与此叙事模式作为比照的另一种事实，一种从近现代起，被冰心、陈衡哲、白薇、袁昌英、苏雪林、凌叔华直至张爱玲、苏青等一大批在现代文学史上成名成家的知识女性的生活与生命经历所佐证的事实（这还不包括出国留洋的在自然科学领域里的新女性）：新女性们通过个人奋斗与接受现代教育的途径，尤其是得益于同性长辈传承、帮助与指引而完成个人解放，成功进入公共领域，实现社会角色的模式。但奇怪的恰恰就是：哪怕这些事实都曾出现在纪实性散文的叙事与历史性记载中，但它从来也没能成为虚构类作品中的一种叙事模式。这种现象只能有一种解释：性政治关系决定了人们对叙事模式的好恶与取舍。或进而言之，性政治态度影响作家的叙事行为，他们在虚构性的文学文本中对现实进行了有选择性的想象与塑造。

"私奔"模式所蕴含的与所显示出来此种性政治景象，让我们不能不惊叹法国哲学家、女权主义作家西蒙娜·德·波伏娃（Simone de Beauvoir）早在半个世纪以前在对西方文学五位代表性作家的作品进行深刻剖析后所做出的论断的尖锐性与精确性："她注定要处于被限定的存在中"，因为，"他者是按照此者为树立他自己而选择的独特方式而被独特地界定的"，"在任何情况下，她都以特权的他者（the privileged other）出现，通过她，主体实现了他自己：她就是男人的手段之一，是他的抗衡，他的拯救、历险和幸福"。①

那么，中国女性解放为什么会把自己解放成这种完全没有获得主体性的解放形态之中呢？

英国著名社会理论家与社会学家安东尼·吉登斯（Anthony Giddens），提出解放政治与生活政治两个概念的意义与区分。他说："我把解放政治定义为一种力图将个体和群体从对其生活机遇有不良影响的束缚中解放出来的一种观点。解放政治包含了两个主要的因素，一个是力图打破过去的枷锁，因而也是一面向未来的改造态度，另一个是力图克服某些个

---

① ［法］西蒙娜·德·波伏娃：《第二性》第1卷，陶铁柱译，中国书籍出版社1998年版，第286页。

人或群体支配另一些个人或群体的非合法性统治①。”“所有解放政治的目标，都是要把无特权群体从它们所不幸的状况中摆脱出去，或者是要消除他们之间相对的差别。”② 中国现代女性解放自五四始，就具有这种鲜明的特征性，因而它无疑是行驶在解放政治轨道之中的女性解放。吉登斯接着解释了生活政治的内涵：“解放政治是一种生活机遇的政治，而生活政治便是一种生活方式的政治。”他指出生活政治的特性：“生活政治是一种由反思而调动起来的秩序……在一种反思性秩序的环境中，它是一种自我实现的政治，在那里这种反思性把自我和身体与全球范围的系统联接在一起。在这一活动领域中，权力是一种产生式的而不是等级式的。……应当重申，生活政治是一种生活决策的政治。”他注意到：“在对‘个人的便是政治的’（personal is political）这个理念加以探求中，学生运动，但更特别是妇女运动，是生活政治的先驱。”接着，他更为明确地指出，“应当把女权主义更为贴切地看作是生活政治领域的”。③

把吉登斯关于解放政治与生活政治的概念引进“私奔”模式的对照中，我们可以发现上述中国女性解放问题的症结之所在。其一，在此模式中，女性从来还没有实现过“自我实现”；其二，在此模式中体现的性政治，还从来就是等级式的而非产生式的。也许从中我们也可以看到解决问题的所在：当有一天我们能够把女性解放纳入生活政治的轨道中去时，那么，显示男性中心性政治关系的私奔模式才会自动消除。反之，也只有这种模式的消除，才会真正表明中国女性在解放全人类之后，还真正解放了自己。

（原载《人文国际》2010 年 1 月创刊号）

① 本人以为提非合情性与非合理性统治更为准确。因为这种支配之所以被打破与克服，通常不是因为它不合法——更可能是在特定的历史语境中它恰恰是合法的——而是因为它的不合情理，但这不是本文论述的范畴。

② ［英］安东尼·吉登斯：《现代性与自我认同：现代晚期的自我与社会》，赵旭东等译，生活·读书·新知三联书店 1998 年版，第 247—248 页。

③ ［英］安东尼·吉登斯：《现代性与自我认同：现代晚期的自我与社会》，赵旭东等译，生活·读书·新知三联书店 1998 年版，第 251—253 页。

语言的神力：神话隐喻的性别观

一般来说，文学语言具有自发性、情感性、主观性与内在性的特质，这个特质与文化作用于人的特性相结合，会使性别意识形态更普遍、更广泛、更持久地在文学语言中体现出来。在20世纪的语言学界，语言学家们合力掀起一个“语言学转向”的浪潮，它促使人们对语言本性有着更深入的探讨与界定。如果对其进行考察，会发现一个十分令人深省的现象，即那些被人们重新发现的语言本性，其实早蕴含在由文学语言构成的神话文本中。创世纪神话以神说的方式表明语言对于人的先在性。而在语言型神话中，父/男权制性别秩序话语，同时也被形象地赋予“天赋”的性质，语言在此成为性别无序到有序的唯一通道，“神说”性别秩序成为造人神话的核心内容。通过对神话如何彰显语言神力的叙事分析，可以发现与其语言观同在的性别观。

一

在文化全球化的今天，恐怕很少有人不知旧约圣经中的创世纪神话。这是一个与其说是由“神说”构成的奇迹，莫如说是由文学语言构筑的奇迹。① 它不仅是在说神的故事，而且是在说神在说的故事，而且是在说“神说”在发生神效的故事。它说，神造了亚当后——

神说：“那人独居不好，我要为他造一个配偶帮助他。”……神就

① 犹太学者艾里克·奥尔巴赫（Erich Auerbach）在其著作《模仿：西方文学中对现实的表现》（*Mimesis: The Representation of Reality in Western Literature*）中，成功地揭示了《圣经》不仅是一部宗教和历史文献，它也是与荷马的《奥德赛》并驾齐驱的伟大史诗，也就是说，它同时也是一部伟大的文学作品，从而开启人们对圣经的文学解读，包括其文体、叙事特点、人物塑造、整体结构、修辞手段、隐喻和象征含义等等。本文所采用的圣经故事皆出于《圣经》串珠版，中国基督教协会1996年版。

> 用那人身上所取的肋骨造成一个女人……

人们也许会注意到这个叙事中所标明的男先女后、女人经由男人肋骨造成的情节——这几乎就是女性这个性别具有附属性与从属性的话语渊源。语言的神力以它自身的语言形式而展示，它赋予神以“神说”，即命名的方式，创造万物的权力与神力。然而，不仅如此，在此之前，它还为“神说”的情节安排了这样一个常常会被人们所忽略的细节：

> 神用土所造成的野地各样走兽和空中各样飞鸟都带到那人面前，看他叫什么。那人怎样叫各样的活物，那就是它的名字。那人便给一切牲畜和空中飞鸟、野地走兽都起了名……

这是个尤其要引起我们注意的重要细节：以神说命名的方式创世界的神，在此却没有直接给这些活物命名，神把活物带到那人面前，把他的命名权转授予了“那人”，使“那人”拥有了天赋神权。于是，作为男性的亚当，便因此具有了造物者的身份与地位。于是，当“神就用那人身上所取的肋骨造成一个女人，领她到那人跟前。那人说：这是我骨中的骨，肉中的肉，可以称她为女人，因为她是从男人身上取出来的”。毫无疑问，叙事在此已完成了一个别具性政治意味的文学塑造，即相对于女人夏娃来说，男人亚当是她的造物主，于是，一个鲜明的性别权力等级制从中出现，而这个等级制恰是经由文学语言所描述的语言权力的拥有与否来界分的：神命名那人，那人命名各样活物与女人。这不仅意味着神对那人与女人的等级界分，还意味着女人是与“各样活物”即飞禽走兽处于同一“非人”位置的界分。神/男性与女性，因语言所赋的命名或被命名，从而被界定了各自在生物学意义上的、社会学意义上的高低身份与地位。一种包含有性别不平等原则的秩序，在此开始经由语言的神力而得到确立。

然而，如果就让故事终结于此，似乎还不足于表现其“让语言表述语言性别”之神妙。接着，故事对这个被“神说”界定了性别等级与秩序的情节，进行了一次不无用心的反复：神曾吩咐亚当说，伊甸园当中那棵树上的果子他不能吃。但作为亚当骨中骨肉中肉的夏娃，却偏偏没有听从神说，而是听从了“蛇”的诱惑，进而诱惑了亚当。从“蛇”于中出现的逻辑关系与所起作用来推测，“蛇”应是女性之“性”萌动的隐喻物（她引诱他，开始为赤身裸体害羞，这隐喻着女性较之于男性性早熟的经验，并于性禁忌中走进作为社会人的第一步)。[①] 这是夏娃这个被"man"命名为"woman"的女人，自被造以来所做的唯一一件违背"神说"的事，也是一件以事实来验证神说有所藏匿的事。但就是这样一件事，却被神说为人类堕落的始由，女人从此为此背上永远无法洗脱的原罪。其实这也是一个表述人的自然本性违反神意的情节，设置这个情节似乎只是为了更加强调"神意/理性力量"对"人本性/自然力量"的绝对控制与统治。从神对人的指责与诅咒来看，神最恼怒的既不是事件本身，也不是事件的后果，而是男人居然没有听从神说，而去听从了女人的话，神说的语言权威在这里受到女人言说的挑战与事实上的颠覆。听从本能的夏娃叛逆了"神说"的权威，因此，"神说"必须在此重建它的语言权威。"诅咒"——这个古老的充满神秘感的语言武器，它的灾难性后果完全经由语言效应而产生，原来就是这样从创世纪开始便伴随着人类而来。从中我们可以看到，语言不仅有着它至高无上的权力与威力，同时，更有从语言权力与威力中派生出来的暴力。在创世纪的"神的创造"一节中，圣经以神与语言与世界的同一性，显示了语言匪夷所思的权力特质[②]；在紧接其后的"伊甸园"中，圣经不仅显示了语言的控制力，而且还显示了语言控制力与性别的关系。神/男人与夏娃/女人经由此一回合的较量，更加确立了"神说"的不可违抗。

"伊甸园"是神造人的神话，而与伊甸园造人神话同时共生的不是别的什么，而是男女性别次序与等级的话语。"伊甸园"紧接在神说开天辟地之后的叙事位置，也充分表明它在圣经话语体系中的首要性与重要性。这起码说明在人类文化思维中，首当其冲的当务之急不是别的什么，而是性别等级的划分与秩序。为了更充分地说明这个问题，我们可取一则来自东方神话来互为见证。

据日本神话故事集《古事记》记载，日本的创世神共有七代十二人。第七代神是叫做伊耶那歧与伊耶那美的两兄妹。从故事寓意来看，这兄妹

---

① 亚当之所以会违背神说，是因为夏娃的诱惑；而夏娃是因为"蛇"的唆使。那么，"蛇"究竟为何物，为什么会与神对立？神说为何在此突然失去制约力？夏娃为何一反性别等级与秩序既定，而变为主动？本人曾就此做过辨识，认为"蛇"即女性之"性"之隐喻。参见林丹娅的《用脚趾思想》，上海人民出版社 1999 年版。

② 旧约圣经的创世纪神话显示了"神以语言呼唤世界，语言与神同在并先在于世界"的理念。笔者在《语言的神力：神话寓言的语言观》一文中做此辨识。

俩无疑是日本国与大和民族真正的始祖，是他们生育了日本列岛与地上诸神：

二神降到岛上……伊耶那歧命道："我的身子都已长成，但有一处多余。想以我所余处填塞你的未合处，产生国土，如何？"伊耶那美命答道："好吧。"于是伊耶那歧命道："那么，我和你绕着天之御柱走去，相遇而行房事。"即约定，乃说定道："你从右转，我将从左转。"

约定后，绕柱而走的时候，伊耶那美命先说道："啊呀，真是一个好男子！"

随后伊耶那歧命才说："啊呀，真是一个好女子！"

各自说了之后，伊耶那歧乃对他的妹子命说道："女子先说，不好。"然后行闺房之事，生子水蛭子。……于是二神商议道："今我等所生之子不良，当往天神处请教。"即往朝天神。天神乃命占卜，遂告示曰："因女人先说，故不良，可回去再说。"

二神回去，仍如前次绕天之御柱而走。于是伊耶那歧命先说道："啊呀，真是一个好女子！"

随后伊耶那美命说道："啊呀，真是一个好男子！"

这样说了之后，复会合生淡道之穗之狭别岛。其次生……①

这两则分别来自东西方的创世纪神话，有着惊人的异曲同工之妙，为了更好地说明这一点，我们可做比较性阅读如下：

1. 圣经：神造男人，后取男人肋骨造女人——男为先，女为后。

古事：男女为兄妹——男为长，女为幼。

男性位先、位长，女性为位后、位幼，暗符先来后到、长幼有序之伦理关系。

2. 圣经：神领她到男人跟前，男人命说：这是我的……可以称她为女人。

古事：兄指定产生国土的方式，妹妹答：好吧。

因男性位先，位长，故顺理成章男性占语言先机，使女性成为听从男性的姿态。男性占语言主动位、主动态，女人在此关系中自然生成为语言

---

① ［日］安万侣：《古事记》，周作人译，中国对外翻译出版公司 2001 年版，第 4—5 页。

被动位、被动态。因语言所占的主动、被动位与主动、被动态的不同，从而显示出男性为主、为支配方，女性为附、为服从方的性别关系。

3. 圣经：女人见那棵树的果子好做食物，也悦人的眼目，且是可喜爱的，能使人有智慧，就摘下果子来吃了，又给她丈夫吃。

古事：绕柱而走的时候，伊耶那美先说道："啊呀，真是一个好男子！"随后伊耶那岐才说："啊呀，真是一个好女子！"

女性听从自己内心（女性性成熟、性本能）的召唤，忘乎所以，产生的冲动言行破坏了"神说"的性别秩序，导致女先男后、女主男附、女支配男服从的"人说"后果。

4. 圣经：神对"蛇"说：你既做了这事，就必受咒诅，比一切牲畜野兽更甚……又对亚当说：你既听从妻子的话，地必为你的缘故受咒诅……

古事：因女人先说，故不良，生子水蛭子。

神让胆敢违反性别秩序与等级的男人女人备尝违背"神说"的严重后果。现实男女的性别境遇，见证了"神说"的灵验与服从"神说"的事实，"神说"男女之等级秩序，从此定矣。

通过上述比照，我们可以显而易见地看到这二则东西方经典神话在叙事上的共性特点：其一是"伊耶那岐与伊耶那美"在"古事记"中的位置，犹如"伊甸园"在"圣经"中的地位，它们都处于"神造人"叙事的首要位置上；而关于男女两性性别角色与位置的规定性情节，又都处于该叙事结构的核心位置上，这意味着在语言/意念型神话体系中，关于男女性别等级、秩序、角色规定性的叙事，是被置于人类秩序的一切之始、之首，是高于这个世界中饮食男女所必须与必然的一切之上、之要。它们共同表明：从一开始就与人类共同诞生的社会秩序不是别的什么，而是性别的秩序与等级的框定，而打造这个人类社会第一秩序的神话情节，其设置模式也如出一辙。其二，由男先女后的次序关系顺理而成的男女长幼有序的人伦关系；再由男女长幼有序的人伦关系演化为男女主从有别的性别关系。其三，与打造男女主从有别之性别关系情节相匹配是他们的语言：凡由男主人公口中说出的话，皆为肯定式句式和因肯定式句式而产生的命令式口气，它具有概念性、条律性、逻辑性特征，显示出语言的理性特质。其四，它们都在故事情节进程中设置了一个反复型的"纰漏"：在两性关系中处于被动位与被动态的女性，因之一反常态在语言与行为上变为主动位与主动态。但这个"纰漏"立即就会被凌驾于"动物本能/自然力量"

之上的象征理性力量的“神说”所纠补。

德国哲学家恩斯特·卡西尔（Ernst Cassirer）的一个论断，恰好可以作为这个“语言性情节”所深含隐义的诠释：“人正是借助 logos[①]，借助理性的力量，才有别于动物。”[②] 把这句话还原到故事中来解释，也即是说，受动物本能（女人）诱导而犯错的人，只有借助“神说/理性”（logos）的力量才能够摆脱“感性/女人/动物性”。其五，神通过惩戒重新修复了被女人言说颠覆与破坏了的性别秩序，从而再次强调并夯实了“神说/神赋”的不容置疑、不容轻视、不可违背、不可动摇的神圣位置，这使得男主女附、男支配女服从的性别关系，终于成为一种社会化的约定俗成的人伦关系。

二

上文已述，神话叙事是通过一种男女有别的言语颠覆与反颠覆的情节设置，从而夯实了“神说”真正成为牢不可破的神话的基础。而其中，最令我们感到不可思议并意味深长的事实是：尽管东西方文化有千差万别，但这两则分别来自东西方文化体系内的神话故事，却都不约而同地以概念性的、抽象性的、理性的语言形象为特征的男性言说主体，对以具体性的、形象性的、感性的语言形象为特征的女性言说主体的彻底征服与胜利而告终。如果我们的心智足够敏锐的话，我们当然可以从这个叙事模式中发现一个关于“文化”自身的习性与命题的隐秘与隐喻所在：这个“拨乱反正”的情节过程，即像喻着理性/男性力量征服、取代、统领自然本能/女性力量的过程。换而言之，它隐喻着一种显而易见的视点：出于人的自然本能习性的言行，原来是“无序”的，它们必须也必然地会被来自人文的理性力量置放到“有序”的状态中，从而使性别秩序成为一种并非源于人的自然本能的习性活动，而是出自理性语言的规定过程，也即是人之所以成为真正意义上的“人”的过程，亦即“社会人”的过程。可见，所谓“性别”，以及由此而产生的关于对“性别”的认知，如何能够来自“自然”？一个社会化了的“人”，只能拥有“社会性别”（Gender），这就是被

① logos 在古希腊又作“语词”（word），同时意指着言语的能力与理性的能力。

② ［德］恩斯特·卡西尔：《符号·神话·文化》，李小兵译，东方出版社 1988 年版，第 116 页。

美国女性主义学者盖尔·卢宾（Gayle Rubin）所揭示的“社会性别”的特征：它是“人类社会的一种基本组织方式，也是人的社会化过程中一个最基本的内容”①。在“神话”中，这个性别社会化的内容，被充分地表现在不容置疑与不可小觑的、具有无上权力与威力的“神说”上，因为我们可以从这类神话中非常清晰地看到正是由“神说”带来的一种既定的社会体制习俗，战胜了或压抑了来自自然本能的男女习性，把自然男人女人从此组织到规范好的“男性”“女性”的角色与活动中去，从而成为被社会认知与认同的男性与女性。

同时，这个过程也充分体现了被凯特·米利特（Kate Millett）概念为“性政治”的特征，即性别关系也是一种权力关系，是“一群人可用于支配另一群人的权力结构关系和组合”②，因为我们可以从中看到“神说”让男性依据天生的生物学性别就可获得“天赋”特权，并以此控制、支配女性，并让这一性别统治权在父权制社会中得到制度化。由此，拥有这种“神说”的神话，其实也就是“一种为了使女性处于从属地位，并设法将其永远置于此从属地位的一系列观念、偏见、趣味和价值系统”③。在此意义上，此类叙事可以说是维持一种性别权力制度所必需的一个叙事策略，其叙事本身既是性别文化过程的隐喻又是性别文化策略的体现。当然，如果我们在这样的一个叙事过程中，看到的是唯有语言使性别从无序到有序的话，那么，语言也即是这个性别文化策略的核心。而从另一方面来说，如果我们看到语言所规定的“有序”被打上的是性别歧视的烙印的话，那么，它所显示出来的必定也是关于性别歧视的“有序”语言。

明确了上述问题以后，那么随之浮现的必然会是这样一个问题：对男女性别秩序的规定性为何会如此重要？它为什么会被叙事者置放在创世纪神话中如此首要的位置上？或换而言之，究竟是出于何种原因才使创世纪叙事有了这样的安排与记述？非常有趣的是，关于这些问题与这些问题的答案，我们居然可以从汉民族的神话类型与文化话语中，找到几近一致的

---

① 王政：《社会性别与中国现代性》，2002年12月9日复旦大学讲演，《文汇报》2003年1月12日第6版。

② ［美］凯特·米利特：《性政治》，宋文伟译，江苏人民出版社2000年版，第32页。

③ 林幸谦：《历史、女性与性别政治：重读张爱玲》，麦田出版股份有限公司2000年版，第210页。

对应与反映。在中国古代神话与传统伦理中，我们可以看到中国的先知与圣贤们，把性别秩序的奠定看做是与开天辟地齐头并进的同等大事来对待的现象与思想渊源。如中国著名的神话“盘古开天辟地”[①]：

> 天地混沌如鸡子，盘古生其中，万八千岁，天地开辟，阳清为天，阴浊为地。盘古生其中，一日九变，神于天，圣于地。天日高一丈，地日厚一丈，盘古日长一丈，如此万八千岁，天数极高，地数极深，盘古极长……故天去地九万里。

这则神话从故事表层上来看，它记述的似乎就是盘古开天辟地的事件；但从语义解读的深层意蕴来看，它记述的更是“盘古”这个神区分阴阳/男女秩序的事件。众所周知，阴阳在中国文化话语体系中也是男女性别的符号。盘古的出现，造成原来阴阳混合的分离。随着盘古的生长强大，阴阳的分离越来越明显，越来越清楚：阳为天，阴为地，天去地九万里，阴阳被盘古开出的天地位置，就是男女被定性的位置与身份。二者的叠合，一语双关，开天辟地之日也是区分阴阳性别秩序之时。有意味的是，尽管盘古的形象说明他是典型的力量之神，这则神话当属于力量型神话，与语言/意念型神话不可同日而言，但它们却对把性别秩序的规定性放在与创世纪的位置上一起叙事的策略是如此一致。当然这不仅仅只是一种巧合，在这种巧合的背后，显然是一种思维的共同性使然，是某种相同的宇宙观、世界观与性别观使然。

那么，这是种什么样的宇宙观、世界观与性别观呢？它们之间又为什么会有这样的内在逻辑联系呢？应该说，最为简洁精辟的表述莫过于《易经》所云：“日月运行，一寒一暑，乾道成男，坤道成女。”[②] 有天地，始有男女，阴阳之分，始于天地之分；男女生成，始于天地生成，这是自然的逻辑，也是人类认识自然的逻辑。这个共同性也许就是注定了不管是来自何方神圣的创世纪神话，都会把男女之事放在创世纪叙事里一并产生的基础。但我们必须注意到的一点是，在人认识自然的过程中，本身包含着人认识事物的逻辑思维层次。如神为创世纪所做（说）的七日上，先说什么后说什么，次序排列有它的内在逻辑性，反映的是自然构成的生物链，是人对自然生物链的逻辑性认知。然而，叙事要把男女性别分别安排在什

① 马骕著，王利器整理：《绎史》卷一《开辟原始》，中华书局 2002 年版，第 3 页。

② 见《周易·系辞上传》。

么样的次序位置上，却并非出自自然性的逻辑认知，而是出自人文性的逻辑认知。因为只有出自人文性的逻辑认知，才会在神话叙事中留下显然是出自不同时代背景、文化背景、社会背景的话语痕迹。譬如，在创世纪神话中，有神照自己模样用泥土造的世上第一个男人的叙事；也有女娲用泥土照自己的模样造出来的不知性别为何的第一人的叙事。至于为什么会在造人神话中出现造物神性别不同的情况，一般都认为这是由于该叙事出自或反映不同社会形态的缘故，如前者一般被认为是出自或反映的是父权社会；而后者出自或反映的是母系社会。类似这样的例子还有如“只知其母不知有父”的叙事与“只知其父不知有母”的叙事等等。正因为有这些差异的存在，才显见我在这里特别要指出来的这种情况的特异之处：它们在有关性别的叙事上，则几乎没有什么差异。

首先是在此类神话中出现的对性别属性的刻意强调；由此对性别属性的刻意强调，使性别排列的次序在这个叙事中突显出来。“男先女后”“男长女幼”通过创世纪神话言语而成为男女经典范式，它对人们的影响是如此深刻与深远，以至于这种范式成为人们对男女关系的审美无意识。同时，通过“神说”的言说，把此种范式“自然”转换为“男强女弱”“男主女附”“男支配女服从”的性别关系形态。而为什么要将男女关系的次序做出如此编排，《易经》对此也有明确的说道，即：“天尊地卑，乾坤定矣。”所谓“定”，定的就是人世秩序，无秩序就是“混沌”，把人世从混沌中澄清，就是要从无序中分离出有序。从这个意义上来说，创世纪神话哪里是在说开自然天地之辟，分明是在说开人文秩序之辟。或者说通过开自然之天地，隐喻建人世之秩序，这是文学语言所特有的功能与功效。在这个用语言建构的秩序中，首要须定的便是男女性别之秩序，天地之定，就是乾坤之定；乾坤之定，就是阴阳之定；阴阳之定，就是男女之定；男女之定，就是尊卑之定。但“神说”最“神”的地方也许并不是它说出的性别观，而是它可以把这种性别观的人文痕迹抹到几近了无——性别歧视观念溶入开辟“天地/阴阳”的自然景观中，使之完全“自然化”，从而造成性别歧视话语天经地义存在的人文化景观。“乾，健也；坤，顺也”①；“阴卑不得自专，就阳而成之”；“男帅女，妇从男，夫妇之义，由此始

① 见《周易·说卦传》。

也”[1] ……中国历代圣贤对“乾坤/阴阳/男女”属性的诠释，不外乎都源自于此性别秩序的演绎。

把男女性别之秩序的定位看得如此重要与首要，当然并不仅仅只是为了“夫妇”之义。换而言之，对性别秩序的定位，此意义并不在于夫妇关系本身，而在于它的社会伦理意义。宋明理学创始人周敦颐曾经对这一套源自于中国儒家思想的伦理观，有十分精到的总结与说教。他说：“君君，臣臣，父父，子子，兄兄，弟弟，夫夫，妇妇，万物各得其理然后和，故礼先而乐后。”[2] 也即是说，一个社会，一个由万物之灵长的人类构成的社会，首先就必须要有理性之秩序，各居其位，各守本分，各司其职，各尽其责。显然，在阶级社会中，这种秩序的安排只能出自统治阶级的需要。但颇为奇特的是，在神话中，与开天辟地一起被开辟出来的秩序话语，并非是有关于阶级、阶层、种族抑或还有别的什么秩序的话语，而是关于男女/性别秩序的话语，这是为什么呢？我们可以从中国数千年来被统治阶级最为推崇的儒家经典里，找到这个问题最明确的答案。在相传为孔子所做的《易经·序卦传》中，有这样一段话：“有天地然后有万物，有万物然后有男女，有男女然后有夫妇，有夫妇然后有父子，有父子然后有君臣，有君臣然后有上下，有上下然后礼义有所错。”[3] 从“有天地”到“有夫妇”，这完全就是一段被圣经创世纪神话所演绎的情节。

来自中国古代最为经典的儒家言论，完全可以作为来自西方创世纪神话的正解，这不能不说是人类文化的奇妙之处。汉代女教圣人班昭制《女诫》曰：“夫者天也，天固不可逃，夫固不可离也。行违神祇，天则罚之；礼义有愆，夫则薄之。”何谓礼义，《韩非子·忠孝》曰：“臣事君，子事父，妻事夫，三者顺则天下治，三者逆则天下乱，此天下之常情也。”是为“三纲”：君为臣纲，父为子纲，夫为妻纲。人们当然会意识到夫妇关系的产生远在父子、君臣关系之前，由是，天地定矣，阴阳定矣，男女定矣，夫妇定矣；而夫妇定矣，则父子定矣，君臣定矣。“夫妇”既是人类社会的起源，对其秩序的定矣就意味着它将是所有父/男权制社会秩序定义的范式，因此，我们还可从中明显看到，原具有性别特质的秩序话语如何顺理成章转化为具有阶级特质的秩序话语的逻辑轨迹。“乾坤/阴阳/男

① 见《礼记·郊特牲》。

② 见周敦颐《通书·礼乐第十三》。

③ 见《周易·序卦传》，“错”同“措”。

女”三位一体同，“夫妇/父子/君臣”三事一式同，父/男权制秩序社会由此建构。这就是为什么在神话中，人类被创造出来后，他第一个必须面对的问题，第一个被安排的命运，不是别的什么，而是其性别的位置与秩序，这既是父/男权制的思维必然与逻辑必然，也是建构父/男权制社会的话语必须与渊薮所在。

对神话颇有研究的法国文化人类学家，结构主义人类学创始人克洛德·列维-斯特劳斯（Claude Lévi-Strauss）曾指出神话的这种特质：神话是人类心智所创造的，同时神话也创造出人类的世界观以反映人类心智本身的结构。[①] 来自人类起源之始的夫妇自然之义，与父/男权制社会统治谋略的人文需求（如果不是从性别视点来表述的话，那么这句话还可以被这样表述：人类普遍的经验或人类潜藏的渴望与需要），促使中外东西方神话——无论是力量型神话还是语言型神话——都不约而同地把开辟性别秩序放在与开天辟地同等重要、同等首要的叙事位置上。如果考虑到力量型神话与语言型神话是体现/反映人类思维发展不同时期或不同形态的产物的话——前者体现/反映的是对自然力量的重视乃至膜拜；后者体现/反映的是对语言（精神/意念/主观）力量的重视乃至膜拜——我们还可以看到这样一个现象：尽管二者在语言观的表现上是如此不同，[②] 但在性别观的表现上却是如此一致。这个事例也再次验证了我的判断：尽管中外东西方文化有着众同周知的千差万别，但于性别文化上，却有着不同寻常的高度惊人的一致性。由此，它还证明了另一个必须引起文化研究高度重视的事实，那就是性别文化的确比其他文化更具有普遍性，更来得强势，它可以涵盖不同民族与不同文化，跨越不同国界与不同时代，取代有差异的叙事而显示出统一叙事的能力。

了解了这一点，我们就能够理解凯特·米利特（Kate Millett）为什么会为两性关系与男权制作出这样的论断：其一，从历史到现在，两性之间的状况，正如马克斯·韦伯说的那样，是一种支配与从属的关系。无论性支配在目前多么不为人所意识而显得沉寂，但它仍是我们文化中最普遍的

---

① ［法］克洛德·列维-斯特劳斯：《神话学：裸人》，周昌忠译，中国人民大学出版社 2007 年版。

② 笔者以为，中国盘古神话与圣经创世纪神话中神创世界方式的不同，也反映了中西方语言观的不同，反之也是中西语言观不同的产物。详论见拙作《中西方语言观之辨异》，《东南学术》2006 年第 4 期。

思想意识、最根本的权力概念。其二，男权制根深蒂固，是一个社会常数，普遍存在于其他各种政治、社会、经济制度中，它也充斥于所有主要的宗教中。①

三

综上所析，我们可以透过神话叙事表层，看到沉淀于语表之下关于神话言语与性别文化的诸多信息：

其一，父/男权制性别秩序与开天辟地秩序同生，它们都存在于语言型神话与力量型神话中，它意味着父/男权制社会对性别秩序重要性的特定认知与需求。性别秩序高于、先于一切秩序。

其二，语言型神话比力量型神话更为深刻的是，它反映了人类对语言力量的感悟与认知。语言通过“神说”，形象地被赋予“天赋”的性质，从而揭示了语言所具有的超乎个体与自然力量之上的文化本质与实质。从这个意义上来看，索绪尔所说的“我们的思想倘若没有语言的鼎力相助，只能是一团混沌不堪、毫无条理的东西。思想就其本身来看，犹如一层雾幔。在语言出现之前，不存在任何先定的观念，任何事物皆混沌一团”这番话，正是创世纪神话叙事所预示我们的：我们的世界倘若没有语言的鼎力相助，只能是一团混沌不堪、毫无条理的东西。世界就其本身来看，犹如一层雾幔。在语言出现之前，不存在任何先定的观念，任何事物皆混沌一团——索绪尔所意指的，不正是被“神说”体现出来的语言的功能与功效吗？一个有序的世界，正是被各种形态的“神说”，即理性/语言，从混沌中开辟出来。

其三，在语言型神话中，一种有关父/男权制性别秩序的话语，同时也被语言形象地赋予“天赋”的性质。语言在此成为性别无序到有序的唯一通道，“神说”性别秩序成为造人神话的核心内容，它构成人类文化最初始的也是最基本的元素。在语言开辟世界秩序的同时，也把“语言——父/男权体制话语——文化”三位一体地根植在人类意识之中。因此，“神说”既揭示了语言的文化本质，也揭示了文化——首先是在此之中体现出

① ［美］凯特·米利特：《性政治》，宋文伟译，江苏人民出版社2000年版，第33—34页。

来的性别文化的语言本质。

其四，人们不能忽略的且对本文命题尤其有着核心意义的是，这种对语言的文化本质与文化的语言本质的显示，对隐身其间的父/男权制意识的显示，却都是隐身于“神话”这样的文学语言文本中显示的。原型—神话批评的著名学者诺思洛普·弗莱（Northrop Frye），他毕生都在坚持一个批评理念，即神话与文学的一致性原理。在他的研究后期，他把对神话与文学关系的认识，从文学结构规则扩展到意识形态、权力、性别政治等方面，他在意识形态从何而来的追问中，提出了意识形态与言语模式的关系问题。他认为短暂的描述性叙事①很可能构成自古以来人类交际的大部分，而且每种意识形态开始时都就其传统神话体系中意义重大部分提出自己的认识，并利用这种认识去形成并实施一种社会契约。弗莱就此说过一句相当精辟的话，他说：“当人们行施或促进一种意识形态达到张狂和入迷的地步时，它的神话基础就十分明显地暴露出来。”这可以说是意识形态的一种特质，是意识形态蜕变为神话形态的秘径，是人们认识意识形态与神话关系的一个关键点。

用以上这个观点来审视创世纪神话，可以说它就是父/男权意识形态达到张狂和入迷地步时，脱离“科学语言—陈述”的语言形态，进入“文学语言——伪陈述，亦即神话”语言形态中的产物。因为“神话”的伪陈述的文学语言元素就滋生于这种“张狂和入迷”的情感状态之中，意识形态在此间蜕变为“神话”形态。正是在这样理解的基础上，才能理解弗莱接下去所说的“这样一来，意识形态便成了应用神话体系，只要我们生活在一种意识形态结构中，它怎样为自身需要去改变神话，我们都必须相信或表白我们是相信的”。而意识形态一般都表达如下的内容：“你们的社会状态并不总使你们如愿，但是就目前而言，它就像神为你们所确立的秩序那样，是你们能指望的最佳状态。服从并工作吧。”这种话语，总会受到统治阶级的支持，因为其目的就是要使其神话规范成为人们思想唯一能寄托的准则。因此，“神话体系不论好坏，都是创造了或好或坏的意识形态”。这就是从意识形态到神话，从神话到意识形态的一个文化流程，亦即意识形态促使了神话的产生，神话反过来亦以自己的方式强调、渲染、

① 按英国语义学家兼文艺理论家瑞恰兹（I. A. Richards）的概念，即为“伪陈述”(Pseudo-statement)，这也是神话的文体特征。参见徐葆耕编：《瑞恰兹：科学与诗》，清华大学出版社2003年版，第1页。

巩固、推行了特定的意识形态，这也是创世纪神话所显示出来的文学语言与性别意识形态之间的关系，也是弗莱发现的神话中确有的一种特征，即神话体系变成意识形态并参与形成一种社会契约的过程。①

最后，我还要提出一个颇为蹊跷的但很值得探究的现象，即从理性生发而来的对语言膜拜的历史事实，其本身恰恰却是被体现在、被保存在充满感性的文学语言文本（如神话）中。尽管这个事实曾长久地被冷落在人们对理性的狂热膜拜之外，但它却毫无疑义地证实了文学语言本身所具有的超乎寻常的强大文化功能。这个事实同时还意味着，那些来自人文化的理念与意识，也只有在文学语言中，才会被如此形象地、生动地、具体地显示，并起到润物无声、潜移默化的最佳人文效应；才能使集语言本体观、父权/男权制性别观于一体的东西方创世纪神话，创造出一种根深蒂固的性别意识形态话语，从而源远流长地影响着人们，令人们不仅感到它存在的顺理成章，而且更感到它存在的天经地义。德国著名剧作家、诗人席勒（F. Schiller）曾经发表过一个很有见地的观点，他以为艺术可以拯救信仰的尊严，就如把信仰保存在有意义的石料中，从而使真理在虚构中永生。② 借用席勒的意思，我们可以这样描述上述创世纪神话所具有的功用：是神话拯救了语言的尊严，是它把它保存在永垂不朽的活化石般的圣经抑或别的什么典籍中，从而使人们对语言的认知——某种类似真理的真理——在虚构中永生，这也许也正是文学语言所具有的性别文化功能的奥秘。

（原载《南开学报》（哲社版）2008 年第 4 期）

① ［加］诺思洛普·弗莱：《神力的语言——“圣经与文学”研究续编》，吴持哲译，社会科学文献出版社 2004 年版，第 23—27 页。

② ［德］席勒：《美育书简》，徐恒醇译，中国文联出版公司 1984 年版，第 62—64 页。

作为性别的符号：从“女人”说起

要探讨文学语言中的性别问题，符号是一个重要概念与对象。因为符号不仅构成文学语言的有机成分，而且还构成其特定的修辞元素与意义。一个符号所蕴含的性别性，都终被体现为文学语言的性别性，同时出现在每一个具体文本中的具体形象上，融入被塑造或被接受的过程中而发生其不可思议的定向作用。

而要揭示符号所具有的性别性与文学形象之间的关系，“女人”“男人”这样的符号与形象，在表征性别的意义上，不仅是首当其冲的，也是本源性的。日本的语言文化学者池上嘉彦曾指出：凡是人类所承认的“有意义”的事物均成为符号，人们不断地在文化的各个方面进行着这种类似“创造语言”的活动，现代符号学所关心的就是探讨这种活动的原型和本质。换言之，现代符号学关心的是人类“给予意义”的活动结构和意义，即这个活动如何产生了人类的文化，维持并改变了它的结构。① 因此，本文将借由对“女人”这个本源性的性别符号在文学文本中的形象构成，来探讨人类——一个由“男人/人类”（man/human）所构成的以男性为中心的文化，对男人—女人（man—woman）这个符号在文学中进行了什么样的“给予意义”的活动，它与性别刻板印象形成的关系与过程，而这个过程与结果又怎样反过来加固了性别符号的既定，以期揭示人类的性别歧视文化结构在文学语言结构中的投射、反映与功用。

一

众所周知，著名语言学家索绪尔为“符号”界定做出巨大的理论贡

① ［日］池上嘉彦：《符号学入门》，张晓云译，国际文化出版公司 1985 年版，第 3 页。

献，择其要点阐述如下：其一是索绪尔经过一番慎重的比对与思考后，确定用“所指”与“能指”这两个概念来表示符号的组成部分。法国著名学者罗兰·巴尔特评价说，在索绪尔找到能指与所指这两个词之前，符号这一概念一直意义含混，因为它总是趋于与单一的能指相混淆，他认为索绪尔的这一主张至关重要，应时刻不忘，因为人们总易于把符号当做能指，而它实际上涉及的是一种双面的现实。① 其二就是关于这个“双面的事实”。索绪尔认为语言符号连接的不是事物和名称，而是概念和音响形象。他特别强调说这两个要素都是心理的，它们紧密相连而且彼此呼应，由联想的纽带连接在我们的脑子里，因此，语言符号是一种两面的心理实体。② 按巴尔特的总结是：在索绪尔的术语系统中，所指（signified）和能指（signifier）是符号的组成部分。能指面构成表达面，所指面则构成内容面。或者说能指是符号的表示成分或声音，而所指则是被表示成分或概念。所指并不是“一个事物”，而是该“事物”的心理再现。“索绪尔本人明确指出了所指的心理性质并称之为概念（concept）”。③ 这当然是一个伟大的发现与阐述。但我在此想提出的一点是，也许索绪尔的研究是基于拼音语言文字之上的，故他对符号的“能指”面概念只能建立在音响形象之上，而对于如汉语言文字这样的象形文字来说，其符号的“能指”面可能不仅仅只限于其音响形象，应还包括其文字形象，即巴尔特所说的符号的表示成分。如果这个推理可以成立的话，那么，索绪尔所强调的“能指”面的心理性质，应同样也是文字形象这一要素所具有的。

本人以为，与索绪尔区分符号的能指与所指一样伟大或重要的是，他指出了语言符号的心理性质。这就为我们把对符号进行探究的视野从符号本身的结构，扩展到与人类文化结构的关联上，是特定的人类文化活动在人心理上的投射，造成人类心理在特定符号上的投射。这是我们能够洞察与讨论“女人”被当作一个性别文化的符号与文学形象的理论前提。

当代中国著名作家贾平凹，曾用不愿“一副奴相去逢迎，百般殷勤做

---

① ［法］罗兰·巴尔特：《符号学原理》，王东亮等译，生活·读书·新知三联书店1999年版，第29页。

② ［瑞士］费尔迪南·德·索绪尔：《普通语言学教程》，高名凯译，商务印书馆1980年版，第100—101页。

③ ［法］罗兰·巴尔特：《符号学原理》，王东亮译，生活·读书·新知三联书店1999年版，第33页。

妓态"[①]的表述，来表达自己傲然不流于俗的人格与个性。这个境界，是中国从古至今知识分子人格的理想境界，是中华民族人格史上的主旋律，"做人要做这样的人"，说出来完全可以达到一呼百应、心领神会的效果——尽管在现实面前不知有几人存焉，但可以肯定的是，没有一个人会愿意说自己"奴相""妓态"，不为别的，只因为这两个符号所指意指都甚为不堪。作家只在此使用了这两个符号，便轻而易举地达到不仅是言简意赅的而且更重要的是形神兼备的传达效果，从而不仅显示了作家的人格境界，同时也显示了作家深厚的文学修辞功力。这种效果无疑得归功于"奴相"与"妓态"这两个修辞意义极为强烈的形容性名词。而这个充满贬义不堪的修辞义，正是人类文化活动所赋予符号的意义。它们共同把这两种原本十分抽象的、既难于表述同时也难于理解的概念性"表达物"——一种人格状态，连带对这种人格状态的价值评判倾向，通过具有一定修辞意义的文学语言——一种符号，具体地、生动地、形象地跃然纸上，令人一目了然。试问谁愿为奴做妓，任人凌辱蹂躏践踏？被逼可谓惨，自甘则是贱，女人的别称是"贱人"，为人妻是"贱内"，从"贱人"的指事到"人格贱"的会意，于是，心领神会也好，一呼百应也好，人们是很容易于中共鸣的。从这两个符号表示成分（能指）的"女之属"——一种屈辱的文字形象，到这两个符号被表示成分（所指）的"贱人"——一种低贱的人物形象，源远流长的性别等级制与性别歧视文化，已教会人们如何神速地读解其中意蕴。

"我爹爹像松柏意志坚强，顶天立地是英勇的共产党"[②]，这个陈述就是"一副奴相去逢迎，百般殷勤做妓态"的反比，同样经典。与"奴相""妓态"的"女之属"符号的负面形象与特征相反，它充满了男性化的正面形象与特征。顶天立地如松柏一样的形象，既是爹爹与共产党的男人形象，同时也是男性性特征形象，松柏成为能够标志男人精神气质与人格状态的符号，含蕴着顶天立地，意志坚强，光明磊落……阳性的褒义意象与色彩充满其所指，成为阳/男性符号的所指。而作为与阳性二元对立而存在的阴性所指，则充满了贬义意象与色彩，成为阴/女性符号的所指。

作为"女性"的另一个符号"阴"，也典型地反映出性别文化作用于

① 贾平凹：《辞宴书》，《长舌男》，作家出版社 2004 年版，第 166 页。

② 引自革命样板戏京剧《红灯记》中李铁梅唱段"打不尽豺狼决不下战场"。

符号结构的组成部分。其实，最早的阴，仅仅只是一个表示方位意义的词，如《说文》解，“陰，闇也。水之南，山之北也”。在清代的段注里，词义的内涵有了进一步的补充，意义更详细了：“陰，闇也”，“闇者，閉門也。閉門則為幽暗，故以高明之反。”（段注）用以表示并形容阳光照不到的空间，即阴地也。但当“阳清为天，阴浊为地”“阳在上，阴在下”“男为阳，女为阴”成为人们的性别习得观念时，当阴阳二极同时也成为男女二性的性别符号时，阴阳二词的词义所指的不再仅仅是自然方位的结构，它承载更多的是人类性别文化的结构。从《说文》到《现代汉语词典》，可以直观的是，从古代的“陰”到现在的“阴”，字形简化了，但意蕴则大大扩充了：阴沟、阴私、阴谋、阴险、阴曹、阴间、阴暗、阴沉、阴毒、阴风、阴魂、阴冷、阴霾、阴森、阴翳、阴雨、阴影、阴鸷等等，这里的每一个由同时也象征着女性性别符号的“阴”所构成的双音节词语，也都同时具有形容、比喻、双关等贬义修辞的作用——当它们进入特定语言陈述系统之时，便也会是它们开始作用于这个陈述系统的修辞之刻。于是，我们可以看到并感觉到的是，阳/男性符号中所蕴有的褒义性修辞有多么自然而深入人心，阴/女性符号中所蕴有的贬义性修辞也就有多么自然而深入人心。从“女”字屈膝跪伏的象形，到如“奴”与“妓”等“贱人”的意会，再到如“奴相”与“妓态”等“贱格”的意蕴，承载着阴/女性符号太多负面修辞意蕴的“女人”，作为文学语言中不可或缺的一个性别文化的符号，就这样产生：她被文化所文化，被符号所符号。

二

女，据《说文》解，为妇人也，象形。女人，据《现代汉语词典》解，有两个含义：一为女性的成年人，二为妻子。前者是对生理发育到一定阶段的女性的指称；后者是对处在一定人物关系状态中的女性的指称。如孙犁的《荷花淀》：

> 女人坐在小院当中，手指上缠绞着柔滑修长的苇眉子。（成年女性）
>
> 水生的女人说：“又给他们送了一些衣裳来！”（妻子）

以上这两种意义上的“女人”，可以说是“女人”这个符号的初始义。可以看出，“女人”在这里，还只是对处于“自然关系”状态中的女性的客观性命名，本身不含有来自于命名者的主观评价而形成的褒贬义。它与一指“成年男性”、二指“丈夫”的“男人”指称一样，同样是表示人物在生物学意义上的和社会学意义上的角色身份的词语，只是它们分别表示着不同的性别而已。因此，按理说，“女人”和“男人”这两个词语的意义，就在于它们是可以用以区分成年人或婚姻关系人的性别、也只能起到区分性别的词语。但在文学语言中，情况却远非如此，它们不仅各自蕴有大大超越于区分自然性别与人物关系身份的客观性词义，而且二者之间还蕴有意义完全相左的、意味微妙的修辞意象，这使它们在文学语言的语境中，从词义到词意，都产生了巨大的差异性，并发生完全不同的修辞效果。这种差异性与不同效果，可从堪称经典的戏文《沙家浜》“智斗”一场中的男女对话中，一窥其奥妙：

刁德一：这个女人不寻常！

阿庆嫂：刁德一有什么鬼心肠。

胡传魁：这小刁一点面子也不讲！

阿庆嫂：这草包倒是一堵挡风的墙。

刁德一与阿庆嫂是敌对的双方，当作者让刁德一用“这个女人”来指称阿庆嫂时，就完全可以把刁德一对阿庆嫂的敌对心理、敌对情态、敌对状态完全地、鲜明地刻画出来，表现出来。显然，“女人”在此，已不仅仅只是具有指称“成年女性”的客观性意义，它同时更蕴有某种可以与此表达情景相匹配的具有贬义性所指的主观性词义。或换而言之，是一种含有对“女人”这个性别群体具有约定俗成的、贬义性词义的所指，恰与刁德一所要表示的对阿庆嫂这个女人个体的敌意构成了一致性，才使“这个女人”指称，得以以最简约的话语形态，却可以最生动、最形象、最切合作者意图地、也是最能让读者迅速领会地表现出刁德一对阿庆嫂的敌意，从而达到最佳的修辞效果。

但是，有意味的是，在这同一个场景与情景中，阿庆嫂却不能以其道而用之，即用“这个男人有什么鬼心肠”来替代“刁德一”这个个体男人的实名所指。如果从词义所含有的生物学意义上的所指来说（即成年的、女性的），按理说用“这个男人”来指代刁德一，就像用“这个女人”来指代阿庆嫂一样，是没有什么不可以的，因为，这里既不存在语法上的错误，也不存在词义上的错误。那么，是什么阻挠了作者使用同样的修辞手法来表达阿庆嫂的表达呢？——这种语言情景几乎也是约定俗成的，具有普泛性的，人们自然而然是不这样用，如果这样用，那么就会有种不对劲、不对味、别扭的感觉。这种不对劲、不对味、别扭的感觉，就是一个词语用在此时此地时所产生的修辞作用，它不是最贴切的与最恰当的，它所产生的修辞效果不是最理想的甚而有可能是完全败坏的，是它构成了文学语言表述中的所谓“败笔”。那么，这是怎样的一种“败笔”呢？也即是作者为什么不能让阿庆嫂沿用刁德一的说法，用“这个男人”来指称刁德一呢？

显然，问题就出在“女人”与“男人”这两个本应完全不带有任何主观性评价倾向的表示自然人的词义上。但现在，情况却出现了微妙的变化，如果阿庆嫂也用了“这个男人”来指称刁德一的话，不仅不能产生如刁德一用“这个女人”指称阿庆嫂时所产生的恰到好处的、十分精妙的修辞作用与效果，而且还可能削弱了这种作用与效果。这是为什么，其奥妙就在于“男人”这个符号里，因为“男人”不仅没有“女人”这个符号中所蕴有的贬义性所指，反倒更多的是具有褒义性所指。因此，如果在贬义性陈述句中用了“男人”这个词语的话，那么，就会与贬义性的陈述句构成意义上的冲突与悖反。具体到阿庆嫂的这句话中，就是说使用它并不能起到与阿庆嫂这个人物所要表示的对刁德一的敌意的作用，它不但不能与这种敌意构成统一性的一致性的语境，反倒会破坏掉文本所要营造的这种情境。这也就是为什么听众会听到刁德一唱“这个女人不寻常”，而不会听到阿庆嫂唱“这个男人有什么鬼心肠”的内在因素。

同理，作者也不会让阿庆嫂用“这男人倒是一堵挡风的墙”来取代“这草包……”的所指。因为，如果让阿庆嫂用了“这男人”，那么“男人”中所含有的褒义性所指的修辞作用，就会使这句话的意思和味道完全改变，它将不再是这个贬义性陈述句原来所要表达的意思了，它表现的也不再是作者所要表现的人物关系的情景。因为，阿庆嫂在这里要表达的是：利用明知是敌人的胡传魁缺心眼、头脑简单，即“草包”的缺陷，来为自己打掩护，也借此，作者在这里塑造了阿庆嫂形象中智慧的一面。但若用“男人”来取代“草包”的话，那么，这句话的意思和所要表现的情景就会变为：因为胡是男人，所以他成为身为女人的阿庆嫂的挡风墙，这是符合男人保护女人、男强女弱的性别既定与公众心理的。那么，它所起的修辞作用与效果就可能发生一些不必要的歧义，甚而还可能接近褒义，这显然是不符合这个特定情景中的人物关系与情节关系的，不仅词不达意，而且至为不伦不类。

可见，“男人”与“女人”，这样一个原来只是在自然的生物学意义上对人所进行的性别区分的符号，却也正因为其区别的恰恰是性别而不是别的其他，从而就被显然具有“性政治”意味的性别歧视文化，赋予了远远超逾于生物学自然本义的、并且已全然不能对等的社会学、文化学意义上的意蕴。

如：

你是女人……女人啊，你的名字叫弱者——贬义性

你是男人……男人啊，你的名字是强者——褒义性①

我是女人……做女人难，做名女人就更难——否定性

我是男人……要学那泰山顶上一青松——肯定性

她是女人……一个女人，就是再要强，又能强到哪里去——否定性

他是男人……一个男人，有事业能担当才是真男人——肯定性

我们还可从否定式反证来证明这二者之间的差别：

别看他是个男人，做起事来可一点都不……

——因为不像男人，这句话含有对不像男人的男人的贬义。

别看她是个女人，做起事来可一点都不……

——因为不像女人，这句话则可能含有对不像女人的女人的褒义。

我们可以从类似上述的表述话语中，归纳出这样一种语言心理现象，那就是人们不能像对“男人”这个符号那样来认同“女人”这个符号。这是为什么呢？这是因为，“今天，男子是积极的和中性的人，意即代表着男性和人。而女子则只是消极的人，只停留于女性，每当女子作为一个人做出什么行动的时候，人们便认为这个女人和男人同化了”②。与之相佐证的，还有西美尔的发现：“在所有可能的领域中，凡有缺陷的表现都被贬为女性的，当人们不知道如何更好地称赞一个女人在同样领域内的成就时，就只能称之为‘简直像男的’。这一事实显然得归咎于文化客观因素

---

① 如果女人是强者，一般就会特指其“女”性，即“女强人”，在具体语言使用环境中，非褒义性更多，有“另类”之意指。

② ［日］服部正：《女性心理学》，江丽临等译，上海翻译出版公司1987年版，第32页。

的男性特征。这不仅因为男人的自大，好像‘男性的’是有价值的同义词”①。这也就是为什么在实际生活中，我们常常可以发现，如果一个男人被比作女人，那是对这个男人极大的污辱；而一个女人若被比作男人，则多少含有对这个女人从个性到人格、从经验到事业的肯定与嘉许。“男人”的符号成为“女人”是否具有社会价值的标杆，“男人”本身就被性别文化赋予没有缺陷的和有价值的符号，这就是为什么刁德一用“这个女人”的指称就可以达到他对阿庆嫂敌意的效果；而阿庆嫂若用“这个男人”的指称，则无法达到同等效果的原因。所以，作者只能让她选择避开“男人”符号而直呼其名或其类，比如，草包、败类、孬种、恶棍等等。

三

“你有什么话嘱咐我吧！”

“没有什么话了，我走了，你要不断进步，识字，生产。”

“嗯。”

“什么事也不要落在别人后面！”

“嗯，还有什么？”

“不要叫敌人汉奸捉活的。捉住了要和他拼命。”

那最重要的一句，女人流着眼泪答应了他。

这是孙犁小说《荷花淀》中主人公水生夫妇的一段对话，也是最为人称道、引人入胜的文学桥段，它常常被引来证明孙犁小说的美文特色，进而引来说明以孙犁为代表的“荷花淀”派的叙事特色。② 而准确地说，这是孙犁式人物白描的最大特色：它不是通过对人物外形的直接描绘，而是通过人物的对话间接来体现的。他的人物形象与人物关系，完全是在对话的场景中，被“对话”活灵活现地勾画到读者面前的。他的这种白描“对话”的手段，是文学描写中的经典。中国最为传统的女性形象与夫妇关

---

① ［德］西美尔：《金钱、性别、现代生活风格》，刘小枫编、顾仁明译，学林出版社 2000 年版，第 141 页。

② “荷花淀派”为中国当代文学的一个流派，顾名思义便知这一命名源自于孙犁的短篇小说《荷花淀》。一般认为此派叙事的大体特征是具有浪漫主义气息与乐观主义精神，语言素朴清新，描写逼真，心理刻画细腻，抒情味浓，富有诗情画意，主要代表作家还有刘绍棠、从维熙、韩映山等。

系，与最富有时代进步（抗战）气息生活的融合，无疑是这篇小说叫好又叫座的关键。而其中可以肯定的一点是，孙犁内敛的、素朴的，但富有空间想象感的而充满韵味感的白描对话手法，与传统女性形象与夫妇关系的古典模式，形成一种天衣无缝般的诗意场景，是这关键中最为亮点的地方。可以想见的是，如果抽取了这部分对话“白描”精华，即使这篇小说写的题材有多么重大或应时，恐怕也难成为“荷花淀”派的文学气候与叙事标志。

那么，这个经典的对话场景体现了怎样的人物形象与夫妇关系呢？

在这个场景中，男主角水生，作为男人，成年男性，在他作为“夫”的身份中，的确完全相应地显示了他作为成年男性应有的成熟与独立，他有独立的心智、人格、意志、思想与主事的能力。而女主角，水生家的女人，成年女性，则在她作为“妻”的身份中，非但丝毫没能体现出她作为一个成年女性也应有的与成年男性一样的成熟心智与独立能力，恰恰相反，它显示的是她完整的“没有”。“女人”的在场，先是只作为一个活动着的男人的沉默背景或活道具而存在，进而是作为烘托男人主事的形象而存在。男人女人的关系在这样的场景中形成了一个鲜明的对比与尖锐的对照。有男人在，凡事有男人做主，女人只要听男人的，干活就是了。但现在男人要出远门了，女人就只好要男人的“嘱咐”——一种可以继续保存男人话语权在女人生活中的、保证男人继续对生活中的女人行使话语权的形态。也只有通过这样的描写，才会把“女人”温顺听话的“正面”价值与传统形象，表现得如此鲜明突出。当然，与此同时的是，“女人”无主见的负面价值与形象便也相伴而生。

于是，在这个场景中人们看到的只能是，一个作为成年女性的女人/妻子，只能全面、完全、严重依附并依赖于作为成年男性的男人/丈夫的语言生活。因此，二者之间的关系，便在实质上被表现得完全不像是处于同一个“成年”阶段的、都具有主体意识与主体能力的心智成熟的男人与女人之间的关系，而更像是有思想能力的、知道做什么怎么做的、心智成熟的成年人，与毫无思想能力的、不知道做什么如何做的、心智发育未成熟的儿童之间的关系。除此之外，这个动人的桥段还有涉终极性意义上的生命权问题，这也是这一对话情境里最打动人的高潮：“女人”因其“性”属而绝不能被“敌人”——潜在的男人——所占有，在一系列温顺的“嗯”之后，最后还得流泪答应男人“最重要”的一件事：只为一个“男人"的性占有而活命的原则。

很显然，女性在此关系中是毫无主体性可言的。人们，包括作者与读者，塑造与读解的是把性别文化中的"妻子"作为潜在标准而塑造的女性形象，而不是作为"女人"而塑造的女性形象。女人在此，完全剥离了作为"女人"符号的能指，男权制夫妇关系中"妻"的伦理内涵，成为"女人"符号的潜在所指。这种性别关系塑造的不平等要害之处在于正如劳拉·穆尔维所揭示的那样："男人在这一秩序中可以通过那强加于沉默的女人形象的语言命令来保持他的幻想和着魔，而女人却依然被束缚在作为意义的承担者而不是制造者的地位。"① 有意味的是，作者并非是要在此小说中着意揭示"女人"所具有的这种弱根性，而正相反的是，他完全是从审美的角度上来体现"女人"的这个"温顺如水"的。事实也证明了这一点，绝大多数读者都接受了这样的审美信息以至熏陶：《荷花淀》能够以美文著称并流传于今，是与其中对"女人"的审美笔致分不开的。这也是本人要在此举这个文本作为事例的意义所在。因为，它可以使我们更清楚地看到，符号是如何主导了作家的审美意识，这样，我们才可能切入其中的逻辑缝隙，揭示出被惯常审美表层掩盖了的深层悖谬。

现在，我们可以来做这样一个有趣的实验：如果把上述文本中的"女人"与"男人"的符号与形象互置，那么，文本会产生什么样的修辞效应呢？首先它应该会是非常令人不安的，因为它看上去是这样不真实与不合实际。如果硬要把它当做有意义的文本来看——犹如李汝珍在《镜花缘》里所描写的"女儿国"，那么它即便不是反讽的，至少也是荒唐与滑稽的。但是，如果这些表现是置放在"女人"这个符号下——犹如孙犁的《荷花淀》，那么，它不仅是非常真实的，而且还"看上去很美"。不仅如此，这"女人"被表现得越软弱和弱智，越没有主意与主见，越主动让"男人"对自己耳提面命，越使自己表现得俯首听命，那么，它的修辞效应就会越"美"越"正点"。因为这样的"女人"就越具有人们想象中的东方女性的"美德"，或者说是越满足人们对"女人"的想象——在男性视角、男性观点、男性声音成为普遍性的历史（history）场景中，在与男性同化的艺术审美与社会价值观中。学者朱学勤曾针对性别问题说过这样一段话："在

① ［英］劳拉·穆尔维：《视觉快感与叙事性电影》，中国艺术研究院影视研究室《影视文化》编辑部编：《影视文化 1》，文化艺术出版社 1988 年版，第 225 页。

男性为中心的社会，文化是男性文化，性别歧视渗透到最细小的一层文化细胞。女性如有价值，也只有美感价值，而且是生理性的美感价值，不是文化意识上的审美价值。”[①] 这个见解固然精辟，但我还想说的是，男性文化不唯对女性“生理性美感价值”感兴趣，男性文化其实也“创造”了女性在文化意识上的审美价值。

对“女人”的这种审美价值观，直至今天，它依然根植于人们的意识之中，并且很少受到其他包括政治、经济、职业、教育程度、意识形态差异的影响。换而言之，在这世上，人们对事物的认识会存在太多的差异，但对“女人”这个符号的认知却几乎没有什么差异。随便举一个生活中的但不乏典型性的例子：从事先锋艺术创作并以此标榜于世的艺术家艾未未就曾这样公示：“我希望在女人身上看到我所没有的东西，包括她的幼稚、善良、她的容忍性。”他认为这是女人的天性，女人如果不这样，就是“丧失了自己的天性”，他希望女人不要丧失了自己的天性。[②] 这番体现说话人女性观的话语不无意识地反映了男权话语的显著症候：他没有的东西，即所谓“美德”，但却并不想让自己通过后天努力去获得，反而希望“女人”先天就为其所备。

显然，与其说这种“美德”是“女人的天性”，莫如说，是说话人通过话语权强加给“女人”的天性。当然，这种话不是艾未未的发明，他只是在重复数千年以来的而他信以为真的话，用他的话语权，再一次强加给“女人的天性”而已。他不是说这种话的第一个，也绝不会是最后一个；也不是身为男人的艾未未才会这样说，很多生为女人的女人也会这样说。因为，这世上的很多男人和女人，都习惯了对重复了很多次的语言信以为真，并把它当做自己的思想。“人类一旦成为语言生类，就有了其他动物完全不具备的可能，就可以用语言的魔力，一语成谶，众口铄金，无中生有，造出一个又一个的事实奇迹。”中国著名作家韩少功把这种事实叫做用语言新造出来的“再生性事实”。[③] 因此，绝对不排斥男人把什么当作“女人的天性”，女人就把它当做自己天性的事实，无论是在现实生活中，还是在文学语言中。

---

① 朱学勤：《书斋里的革命：朱学勤文选》，长春出版社 1999 年版，第 201 页。

② 艾未未：《我喜欢〈聊斋〉里的狐狸精》，厦门晚报 2007 年 6 月 5 日，原题出于《女人是女人，男人是猪——SOHO 小报对话艾未未》，2005 年 8 月 15 日。

③ 韩少功：《马桥词典》，上海文艺出版社 1997 年版，第 149 页。

可见，作为表示人的性别成分的符号，“男人”与“女人”在文学语言中，除了它们的客观词义外，性别文化赋予它们别有意蕴。如果注意到索绪尔所指出的语言符号所具有的心理性质，我们便可以理解这种语言现象或语言行为的产生：它的确不取决于被什么符号所标识，而取决于人们对被标识的这个符号的心理反应。正因为符号有这样的特质，它启发我们可以继续进行这样的探究，即在文学语言的范畴里，具有特定意蕴的性别符号是如何形成的，又是怎样作用的：一方面是性别符号在形象塑造时的作用，另一方面是被塑造的形象对性别符号的固成或改变的作用。

（原载《南开学报》（哲社版）2010 年第 6 期）

中国女性文化：从传统到现代化

一、传统文化中的中国女性

中国女性文化伴随着中国漫长的父权封建制社会形态与文化形态的形成，形成了一种可谓根深蒂固的传统文化内涵，在这个内涵中，“性别/位置/角色/属性”是一串重要的文化识别符号。它们之间的关系密不可分，它们中间任何一个符号的出现，同时也意味着其余符号意义的同在。在实际运用上，它们成了可相互取代的指称。假设一个人生下来就是个“女性”的，那么，她就被社会意识“意识”了自己这一生所处的“阴性”位置。而阴位，即“坤位”，早在中国上古时代（公元前11世纪左右）的卜筮之书《易经》里，这种位置的属性便已被规定好了：“坤，顺也。”① 顺，即顺从。之所以要“顺从”，是因为这个位置的“卑”，阳为天处上而尊，阴为地处下而卑，故“古者生女三日，卧之床下”，为的就是“明其卑弱，主下人也”②。女性“主下人”之身份与位置，也即法国女作家西蒙娜·德·波伏娃所指的女性为“第二性”的实质。如此，她的角色属性业已界定：做一个在家从父、出嫁从夫、夫死从子的女儿、妻子、媳妇与母亲。从而她的角色分配也已注定：主内，做一个贤妻良母孝妇。女人生命的全部价值，被集中体现在这里。从她做女儿起，她就必须在娘家接受一整套的妇德教育，只为了在将来可以如他人意地扮演好这些角色。

因此，生活在中国传统文化意识中的女性，她们最高的人生价值，她们的审美期待与最圆满的前途，是做一个贤妻良母孝妇。她们因之会受到

---

① 元阳真人著，倪泰一编：《易经·说卦传》，《周易》，西南师范大学出版社1993年版，第83页。

② 班昭：《女诫·卑弱第一》，《后汉书》卷八十四《列女传》，中华书局1965年版。

男权社会的极大崇尚与褒扬，会被记载在男人专权的典籍中，尽管她们通常是以无名的形式，以某氏、某妻的模糊名目出现。如被记载在《明史》中韩太初妻刘氏的孝行：她多次割下自己的血肉为药引子，治好了婆婆的病，推延了婆婆的死亡。① 这是一个女人用最残酷的"凌迟"之刑来完成的道义上最美满的孝行，它表示了一个女人必须对其公婆履行的一系列孝顺义务的限度，同时也表明一个女人修持圆满女德所必然具有的血腥方式与实质。在有关清末慈禧太后专权过程的多种故事版本里，人们最津津乐道的是西太后慈禧虽母因子贵，但对懦弱成性的正宫娘娘东太后慈安原还是有所忌惮的，于是慈禧效孝女之行，剜肉做药引子，使久病的慈安痊愈。慈安因此对慈禧大为感动与放心，终于当面烧毁了夫君咸丰帝暗遗的一条专辖慈禧野心，以保护正宫自身安全的密诏。② 可见当时社会，人们对孝女品德的褒扬与崇尚程度。慈禧太后很好地利用了这一点，为自己的专权参政扫清了来自宫内的阻力。

家有贤妻，在今天的中国，仍然是男人娶妻所持有的最普遍的心理期待，也是社会对妻子角色是否称职的衡量标准。因为夫妻关系的主从性质，妻子的本分与职责就是为满足丈夫的需要而存在的。汉时的女教圣人班昭形象地说："夫者天也，天固不可逃，夫固不可离也。"③ 事夫便当如事天。具体来说，妻子要如何"事"她的丈夫呢？其一，需对丈夫的事业与生命有助，是谓"贤内助"也。元关汉卿的著名杂剧《望江亭》中的女主人公谭记儿，就很能表征这种贤内助的内涵与功能：身为潭州理官的白士中，面对持皇帝势剑金牌前来取他首级的杨衙内束手无策，妻子谭记儿挺身而出，假扮一美丽渔妇，以酒色迷之，赚取杨衙内所携之势剑金牌，从而保住了丈夫的性命。④ 明梁辰鱼的《浣纱记》，演绎了民间有关春秋时代著名美人西施的传说：有倾城之貌的西施，不惜牺牲色相，以身事敌，力助情人范蠡行灭敌复国之业之计。⑤ 甚至为解做官丈夫久断粮饷的燃眉

① 参见张廷玉等撰：《明史》第二五册卷三百一，《列女》一，中华书局1974年版，第7691页。

② 类似传说见蔡东藩：《慈禧太后演义》，浙江人民出版社1980年版。

③ 班昭：《女诫·专心第五》，《后汉书》卷八十四《列女传》，中华书局1965年版，第2790页。

④ 臧晋叔编：《元曲选》，中华书局1958年版。

⑤ 梁辰鱼：《浣纱记》，中华书局1959年版。

之急，有的妻妾还得献出生命与身体，自烹饱饥馑。[1] 其二，是对丈夫的忠贞守节，从一而终，不管“他”是死是活。

中国大地上虽经“文革”破坏而今犹存的一座座贞节石头牌坊，就是用节妇们的贤举换来的。现代电影《红色娘子军》中有一个典型场面：一个乡村女子将姐妹引到她的床前，撩开床帏——同时也把中国一个贤妻生活的真相撩开给观众看——与她夜夜同枕共眠的是一尊代替她那未婚先死的丈夫的木头人，她的生命属“他”所有，她的身体也终生属“他”所有，不能被他人所染指。《女世说补》记载董京起早亡，妻张氏独守贞操，终身不沐浴。《新五代史·杂记》载王凝未亡妻因臂膀不幸被他人所扯，便断臂以明贞洁。《慈溪志》载孙义妻姑妇孀居，见其孤苦，问：“何不嫁？”对曰：“饿死事极小，失节事极大。”然更为悖谬的是，如果要做一个地道的贤妻，有时还包括她必须服从丈夫的意志而放弃自己的贞节。如《十二楼》记述明末南京地方上一位秀才娘子，在乱军到来之际，原是抱着捐生守节意愿的，但在丈夫存孤的需求下，她只好不作烈妇做了军妓。[2] 总之，唯丈夫的利益高于一切，是为贤妻。

良母，是作为一个好母亲的标准。实际上，除了特殊情况外，女性出于母爱的天性，大多都会悉心喂养自己孩子的。但这里“良母”的意思，是要母亲按照一定的道德规范教养孩子成才。如在中国流传甚广的“孟母三迁”，说的就是两千多年前儒家亚圣孟子的寡母，为使儿子远邪近正成就栋才而一次次迁居的故事。而实际上，一个女人在做孝妇与贤妻良母之间，有时会处于一种两难境地的。正如美国学者凯瑟琳·卡利兹注意到的在《绘图烈女传》中所绘的唐夫人，因为她的尽孝，把母乳挤给婆婆吃而孩子饿得直哭。[3] 可见，孩子的利益被孝道牺牲了，母爱也同时被牺牲了，这是其一。其二是所谓“良母”，完全是建立在“贤妻”的基础上，如果她不按规范成为“贤妻”，那么她的“良母”资格同时也就不具备。如孔子的孙子子思不让儿子给生母也即他的“出妻”服丧，他的理由是由孔子传下来的：“是我的妻子，才是他的母亲；不是我的妻子，便不是他的母亲。”[4] 那么，到底怎样才算一个“良母”呢？也许可以用曹禺的名作《雷

---

① 类似故事参见吕坤叔简注之《闺范》，1927年版，缺其他出版信息。

② 李渔：《奉先楼》，《十二楼》，人民文学出版社1986年版。

③ 李小江等主编：《性别与中国》，生活·读书·新知三联书店1994年版，第168页。

④ 郭维森、柳士镇主编：《古代文化基础》，岳麓书社1995年版，第122页。

雨》(1934)中男性家长周朴园对妻子繁漪的态度来说明：周令其妻吃药，其妻表示不想吃。周说："就是自己不保重身体，也应当替孩子做个服从的榜样。""替孩子做服从的榜样"，这就是传统文化对良母品质最重要也是最具体的要求与认定。

二、接受现代化洗礼的中国女性

传统文化壁垒中从未松动过的"孝女贤妻良母"的角色文化模式，在19世纪末20世纪初中国剧烈的社会变革与思想变革中，受到了有史以来的第一次重大冲击。当时的有识之士，面对中国之腐败没落之现实，无不痛感封建体制的腐败没落，人心不古，人心思变，反封建思潮遂成为主流。而西方现代文化挟物质文明、学术思潮，还有军事侵略，长驱直入国力衰弱、国门洞开的中国，在引起国人极大的震惊外，同时也引起国人对自身文化的反省与批判，尤其是对可称为惨无人道的女性文化。在关注国家与民族前途的视野中，在关注"人道"状况的视野中，女性所身受的非人待遇才被人们前所未有地关注并被力倡改善。在此情况下，中国的"男人接过女权主义反对封建主义"①。女性在这场"君不君，臣不臣，父不父，子不子"的推翻封建固有秩序的斗争中，可以说是不很"自觉"地就成为一个"妇女解放"的天然同谋者、参与者与受益者。

同时还可见，在中国女性文化的过程中其实也一直存在着一种反文化的声音。作为女性反叛妇德驯化的经典作品，唐传奇《离魂记》、元杂剧《倩女离魂》、明传奇剧《牡丹亭》这三种一脉相承的文本，正可以反映女性被文化与反文化的程度与本质。作为待字闺中的女主人公，她们完全被置身于文化付诸实施的特别场景"闺"中，为能够胜任孝女贤妻良母三位一体的女性角色，在"闺禁"中接受一系列"闺范"。但是，不被文化的那部分天性，却促使她们在自愿脱序上频频冒险。她们在被禁中破禁，在被文化中反文化。《倩女离魂》② 与《牡丹亭》③ 都突出呈现了这样两种关系：其一是文化与被文化者的对立关系。女主人公想摆脱现有的文化秩

① 李小江认为这是女权主义进入中国的一个特点，见李小江等主编：《性别与中国》，生活·读书·新知三联书店1994年版，序言第5页。

② 臧晋叔编：《元曲选》，中华书局1958年版。

③ 汤显祖著，钱南扬校点：《汤显祖戏曲集》，上海古籍出版社1978年版。

序、文化场景及文化角色，这在现实文化状态下几乎是不可实现的。于是，女主人公只能灵肉分离，倩女与杜丽娘都把肉体留在现有文化场景中——闺中，以满足现实的、社会的、道德的文化要求。而让灵魂出窍，来自由地满足自我潜意识中那部分来自梦想的、个人的、越轨的自然需求。灵肉分离是她们能够反叛与实现反叛现实的唯一途径。当然，这种形式本身也在告诉我们，如果在现实中根本无法进行灵肉分离活动的话，那么，反叛行为实际上也只能在想象中完成。反之，它也在一定程度上暗示了现实中女性被文化的可疑质量：她们是否只是像倩女们那样，仅仅是把身体留在闺中作为顺从强权文化的标志？其二是文化与自然的对立关系。自然通常被作为文化场景“闺中”的鲜明比照而存在，女主人公们情不自禁地弃“闺中”而近自然，而她们的心愿的确只有在自然场景中才能实现。如原就“一生儿爱好是天然”① 的杜丽娘，正是在逃离闺中书斋，游园任情感春梦游之时，做下离经叛道之事的。杜丽娘通过睡去或死去，来摆脱理性世界的控制，摆脱文化场景与现实角色，进入自然场景与自我意愿。一边是闺范森严的书斋绣房，一边是任情放性的春景物态，女主人公宁愿通过死亡逃避前者而进入后者，强烈地暗示了“文化”的反自然性。

与张倩女、杜丽娘们采用“离魂”的形式来破禁越轨达到自我意愿不一样，六朝乐府《木兰诗》② 中的花木兰、清长篇弹词《再生缘》③ 中的孟丽君，不仅要在行为上“破禁越轨”，而且要在实质上改变文化对女性角色的规定。她们不约而同采用脱下女儿装，穿上男子服的策略，摇身一变，不仅可以从禁闭她们的闺中飞出，而且，也从她们的角色规定中飞出。花木兰转战沙场当上传统上只能由男性充当的将军，孟丽君施才考场，当上传统上只能由男性充当的状元。她们都是通过采用服装变换的方式来达到改变自己文化性别的目的，从而跻身于男性角色中一展毫不逊色于男性的才华，从而打破男女能力与智力有别的神话界限，从而改变了自己似乎是命定的身份与位置。尽管她们最后又都如返阳于世的张倩女们一样，又换上女儿装回到闺中，但她们的尝试为女性彻底改变自己既定传统角色，显示了一种不容怀疑的可能。

---

① 《牡丹亭》，汤显祖著，钱南扬校点：《汤显祖戏曲集》，上海古籍出版社 1978 年版，第 267 页。

② 郭茂倩编：《乐府诗集》第二十五卷，西苑出版社 2003 年版。

③ 陈端生著，梁德绳续补：《再生缘》，中州书画社 1982 年版。

另外，我们也不能不注意到这种情况，无论是《倩女离魂》《牡丹亭》还是《木兰诗》与《再生缘》，无论作者是同情女性的男性还是怀抱经世之才的女性，他们不约而同地都把“破禁越轨”“改变角色”等诸类反文化之行为，赋予未嫁人妻、做人母、为人媳的少女。这也是绝大多数有涉“反封建”主题的古典文本中的普遍现象。这个现象是否意味着，即使是在这些具有离经背道思想的作者思想深处，也有一处绝对不可逾越的禁区，那就是女性作为“贤妻良母孝妇”所拥有的绝对正统地位。女性对传统文化角色的冲击，在此门槛前便禁步不前。也许正是由于这个不可逾越的分界线，张倩女们才无法彻底地“破禁越轨”“改换角色”，在嫁为人妻之时，便又纷纷回到“闺”中来，回到既定的文化角色中来。这个现象同时也佐证了“贤妻良母孝妇”是传统女性文化壁垒中最为坚固的部分。

清末反封建志士、革命先行者秋瑾（1875—1907）的出现，在中国女性反传统文化史上，具有承前启后的重要意义。其一是秋瑾作为一个自觉的女性革命者，她的行为已总张倩女们的“破禁越闺”与花木兰们的“改换角色”于一身。但如果说花木兰们的“改换角色”多少迫于情势，是不得已而为之的话，那么秋瑾却是从自身境遇出发，真正激愤于“角色”分配的不公平。秋瑾虽嫁为人妻为人母为人媳，然而又不甘仅仅如是，她有壮志卓识，想与男人一样做一番有益社会进步的大事业。中国女性的传统文化使她不得不成为这样的一个女人：当她走上革命道路之日，便就是她不能不背弃做“贤妻良母孝妇”之时——她不得不抛夫弃子离家而去。她常常把自己妆饰在一袭男装之下参与社会活动，这种“换装”行为是否反过来也可以这样表明：即使是作为革命者的秋瑾，在她文化女性的意识深处，仍隐藏着她对是女性——以文化本质的服装为性别鉴别——就该天经地义地成为贤妻良母孝妇的潜在认同？“秋瑾现象”的第二重意义便也就在这里——她代表着一种前所未有的形象：借现代新文化之风，以“贤妻良母孝妇”之身份，破禁而出，终于使这一块从未被触及的坚挺堡垒有了不可修复的破绽。

就在秋瑾同时或稍后，一批生长在较为开明的中国贵族家庭或知识家庭中的女性，得西洋现代风气尤其是女权思想之先，也不约而同鄙视并拒绝自己本该扮演的传统角色。如杨绛的姑母们，她们由父母之命“出嫁后都和夫家断绝了关系”。尤其是三姑母杨荫榆（1884 年生），其夫为独子，“不孝有三，无后为大”，她却索性不为夫家生儿育女，完全抛弃做“贤妻良母孝妇”的角色后，杨“一心投身社会，指望有所作为”。她苦学勤工，先后留学日本、美国，从事女子教育，直至当上北京女子师范大学的校长，杨绛母亲就很佩服她“个人奋斗”的能力。[①]“个人奋斗”对从来就有依赖属性的传统女性，是一个破天荒的改变。张爱玲的母亲（公公是同治进士张佩伦，婆婆为清廷要臣李鸿章之女）也是婚后才选择离家留学的，她数度抛夫弃子离家出走直至离婚。[②] 她们企图从西洋现代文化知识的汲取中，来改变自己传统的属定与命运。她们显然不再是“贤妻良母孝妇”，不再是中国传统文化中的女性了。值得注意的是，她们不再是裹在一袭男装之下，进入传统上由男性活动的领域与扮演的角色之中，这显然标志着她们对传统性别文化已从某种认同而走向真正的否定。

与此同时，在中国广大的地区与众多家庭中，“贤妻良母孝妇”仍在源源不断地被制造产生。如巴金小说《家》中的典型人物瑞珏。巴金用瑞珏的悲惨境遇，打破古来此类形象塑造中“善有善报”的模式，以其悲剧性的毁灭，涉及了传统女性角色事实上毫无生路的揭秘。这无疑从另一个角度促动了人们的反思：中国女性也只有接受现代化，把自己从传统角色中解放出来才有出路与生机。

三、传统与现代化狭缝中的中国女性

艰巨复杂的中国女性解放，却意想不到地被裹挟在中国民族革命与阶级斗争的过程中，随着无产阶级政党的胜利与无产阶级政权的建立而顺利完成。此后，女性问题，不再因反封建任务的需要与迫切而被重视与提出。这就造成了一种奇怪的现象：在妇女解放了的表象之下（如妇女参加社会工作，同工同酬），在制造了女性对自己性别意识的漠然之下（如妇女半边天，男女都一样），性别压迫与性别歧视依然强大地存在于革命阵营、社会关系、人际关系、家庭关系、夫妻关系以及个人意识之中——反几千年封建文化意识的任务实际上远远还未完成，也不可能就此完成。中国女性陷进了一个对性别问题既十分敏感又认识模糊、既言不由衷又无法

① 杨绛：《回忆我的故母》，《将饮茶》，中国社会科学出版社 1992 年版，第 87—116 页。

② 张爱玲：《私语》，《张爱玲文集》第 4 卷，安徽文艺出版社 1992 年版，第 99—110 页。

言说的境地。从说个体（女性）话语蜕变成说大众（革命）话语的女作家丁玲，在四五十年代书写了大量的革命作品间写了一点对女性问题的观察与思考的作品，便被视为异己分子，直至远远发配到北大荒不再写作发言为止，可见当时意识形态对女性问题（当然还有别的问题）忌言的程度。

于是，中国女性文化革命似乎进入这样的一个特殊阶段：以取消女性性别表面特征的方式来掩盖性别差异问题的依然存在，来取代解决此问题的漫长过程。换而言之，中国女性的文化革命以新文化的名义，以被飞跃的假动作，不仅断离了她们自己反文化的历时性经验，也断离了她们的共时性经验。中国女性出现了一种前所未有的精神与身体的双重分裂：强烈的男性化意识与在男性化意识压抑下的更为强烈的女性差异意识；强烈的男性化身体与更被驱动更为奴化的女性身体。在以男性特征为一统化的解放标准之帷幔之后，女性的解放必定只能、也的确只能以这样的形式存在：在趋向男性化的浪潮之下是返回传统文化中女性本质的暗流。

中国重提女性问题是在 20 世纪第二次思想解放的 70 年代末 80 年代初。包括女性主义在内的西方现代思潮，再次借世界性文化交流之气候与中国加速现代化之契机，堂而皇之地涌进国门，给思想文化界带来了革故鼎新的助燃剂。中国文化女性在较为宽松而活跃的人文环境中，开始尝试直面男性谈论男权状态下存在的性别歧视与性别压迫问题。女作家开始在自己的文学文本中呈现这个问题和对这个问题的思考。“贤妻良母孝妇”的角色内涵在两性关系的历史层面上，受到前所未有的质疑与剖析。在台湾，西方女性主义思潮比大陆更早风起云涌。女作家廖辉英的《油麻菜籽》（1982）展示“贤妻良母”那“油麻菜籽”命的无可奈何的悲哀生命实质；李昂的《杀夫》（1983），重演女性是如何被“传统角色文化”的，并如何被此挤压得被动走向“文化”的反抗面去的：在精神失常的情况下操刀直接杀夫（而非“美狄亚情结”之杀子），从而使自己从既定的角色关系中摆脱出来。而袁琼琼用《自己的天空》（1980）一脉相承了西方女性主义的经典话语（如英国女作家弗吉尼亚·伍尔夫的重要文献《一间自己的房间》），象征了女性作为一个独立于世的人所必备的一个生存空间——这个空间已经被人们，包括女性自身忽略掉很久了——它显然既是物质的，同时又是精神的。

在中国，受西方女性主义思潮“启蒙”与女性主义话语的渗透也显而易见。在职业女性身上，她们从并不意识到自己是女性性别始（或是忌讳或是模糊）到意识并强调自己的性别，并把自己的性别意识带进自己的工作或作品中去。人们可以非常清楚地看到从70年代末80年代初涌现的一批女作家从努力创作与男性作家同步话语的作品，到终于有意识、且不齿于讲述出自己有关于性别问题的种种体验与故事。张辛欣《在同一地平线上》(1981) 率先尖锐地把一个长期以来人们避而不谈，或无法说清的问题揭示出来：在中国目前的性别意识状态下，即使是一个接受过高等教育，有良好文化素养的知识女性，她也根本不可能在自己的追求事业、坚持独立与做一个贤妻良母的角色之间兼得；同时她还揭示了当代中国知识女性所特有的两难境地，即要爱就必须牺牲，牺牲自我与个性。在爱人面前最好只表现你的女性气质，温柔、顺从，不要在爱人面前显示你比他高明，事业更成功，或仅仅是社会事务更多；但同时，你也不能纯粹按传统方式做一个完全的贤妻良母，因为，他再不会喜欢一个完全没有自我没有个性的女性。这就是张辛欣的女人公在男主人公指责她太要强时感觉："我根本不是要强，而是你把我推到不得不依靠自己的路上。"但她真的要依靠自己时，她又有可能失去他的爱，因为他从心底里不欣赏她"太"要强，或者是害怕她太要强。①

从中可以看到中国女性面临的问题及处境：其一是经历过"男女都一样"后的中国女性，仍然面临的是角色扮演问题，而这个问题的核心部分，依然是"妻性"；其二是现代男性对现代女性的"妻性"要求有着与传统不一样的尺度；其三是尺度尽管改变了，但由男性意识作为衡量女性本质的准星的传统立场没有改变；其四是上述这些问题造成中国女性处于传统与现代化的狭缝中，从而有着上不着天、下不着地、左右两难的精神状态与生活状态。由此，在此阶段有着"浮出历史地表"（孟悦、戴锦华语）之意识与行为的她，如果真的要像自己所理想的那样与他"肩并肩"（舒婷《致橡树》）地站在同一地平线上，似乎是不太可能的。她只能被迫必然地成为这样的形象：她站着面对背向着她的他。于是，她的形象不可避免地孤独而且惶惑。

张洁的《方舟》② 可以看做是《在同一地平线上》的续部。从这里看到她终于也背向他的情景：当她背向他的时候，她就等于背向他们——整

---

① 张辛欣：《在同一地平线上》，《收获》1981年第6期。

② 张洁：《方舟》，《收获》1982年第2期。

个社会。社会，在这里被微妙地象征为具有没顶之灾的四面洪水，她避难于女性自己建构的友情方舟中，漂浮并挣扎在充满敌意并具吞噬功能的汪洋之中，寻求生机。如果说，张辛欣描述的是现代女性所处的家庭关系现状，那么，张洁描述则是陷进这么一种家庭关系后的女性所处的社会关系现状。《方舟》中的三个女主人公，都是已婚知识（职业）女性。当她们不得不从各自的家里——丈夫身边——逃出时，她们当然已背弃了做“贤妻良母孝妇”的角色。但严重的是——《方舟》文本的重要揭示意义也在于此——当她们失去“妻性”时，她们也同时失去了“社会性”。也即说，当她们无法成为好妻子时，她们同样也无法成为事业成功的好职业女性。因为，虽然她们可以从家里——丈夫身边——逃离，但她们根本无法从社会里（大家），从男性（同事、上司）身边逃离。其实，从女性在家庭关系（两性关系）中的境遇，实际上也可明了她们在社会关系中的境遇，家在中国，历来就是国的缩影。

同时另外一批女作家的作品表明，即使是在知识女性以外的劳动人民阶层，传统女性角色是否存在也很值得怀疑。以写实著称的女作家方方在《风景》① 中，池莉在《你是一条河》② 中，第一次让读者面对了这样一个不无残酷的事实：她们在如此生存境遇下，怎么可能会成为“贤妻良母孝妇”？在具有现代派写作风格的残雪笔下，那层女性被公众道德披上的美轮美奂的角色外衣，已全然化解于无，有的只是她们在关系中能够形成的也只能这样形成的实质，那便是“妻不妻，母不母，女不女”。与上述二张仍把自身置放于男性话语系统中观照两性关系不同，近年来这种完全有异于男性文化中心历史的女性视点与女性立场，在女作家的文本中破土而出。翟永明、伊蕾、唐亚平、邵薇等的诗歌创作，如林白、陈染、徐坤、徐小斌、海男、赵玫等的小说创作，如斯妤、叶梦、唐敏等的散文创作……那些不断出现的关注灵魂状态，重视内心体验，强调内在感受的文学文本，经由正处于文化现代化进程中的女性来操作，便成为她们从自身出发的话语存在形式。

如年轻的陈染在清理女性与世界的关系方面，老辣异常，其经验与深刻与年纪阅历并无多大关系，而是来自她的话语形式，而这种话语形式因

① 方方：《行云流水》，长江文艺出版社 1992 年版，第 88—150 页。

② 池莉：《你是一条河》，《小说家》1991 年第 3 期。

根植于一个古老性别的特殊存在，使得陈染文本能够以个体为通道口，开启了一个来自集体的深广记忆。因此她的文本几乎不能不是记忆的方式，在记忆的隧道中，她与世界的关系从黑暗的远方中蜕变而来。她在象征传统的过去与象征现代的现实之时间中悬置，在象征东西方文化差异的都市空间中漂浮，她游离传统文化又迷失于现代文明之中。林白创作的小说《致命的飞翔》[①]，从写作意图到文本结构显然与法国女作家埃莱娜·西苏关于“飞翔是女性的姿势”的隐喻有着一脉相通之处：女性用语言飞翔也让语言飞翔。[②] 林白在她的小说里，让现代都市女性继李昂笔下的那位传统乡村女子在性压迫下失常而举刀杀夫后，也举起刀理智地杀向让自己在性爱中备受屈辱与不平的爱人。这在中国，是很石破天惊的一次女性性感觉的暴露。因为，在中国的两性生活中，作为妻子（或情人），她被注定有义务、天经地义地永远为性伴侣的需要奉献自己，甚至男性还乐于看到对方的不能忍受或痛苦，他们可以以此向他人夸耀证明自己的性强大与征服力；而女性则永远不能表示自己对对方的不满足，甚至羞于仅仅是向对方启齿，因为这则表明女性在道德品质上的败坏。

四、不能结论：中国女性新文化正在进行时

综上所述，近一百年来现代西方女权思想与女性主义思潮对中国女性文化有着两次重大的冲击。一次发生在本世纪初左右，它使中国先进女性在她的同盟者先进男性的召唤下与帮助下，从封建家长制束缚下解放出来，实现婚姻自主，从而使自己有可能因为参与社会角色的扮演而不再扮演专属女性的“孝妇贤妻良母”角色；一次发生在本世纪的七八十年代，它使中国女性从“性朦胧”中苏醒过来：从停滞在“男女都一样——以说男性的话、做男性工作、穿男性服装”为标志的“平等”之中，开始性别的觉醒，针对有史以来于今仍存的两性间的不平等状态，真正关注自身性别的历史状况，审视其文化形成，呈现其性别生存现状，争取其性别权益。从近几年来的女性文学中，我们会发现，新一代的知识女性不仅拒绝女性传统角色“孝妇贤妻良母”在自身上的延续，而且反过来质疑并解构

---

① 林白：《致命的飞翔》，《花城》1995 年第 1 期。

② ［法］埃莱娜·西苏：《美杜莎的笑声》，见张京媛编的《当代女性主义文学批评》，北京大学出版社 1992 年版，第 203 页。

“孝妇贤妻良母”的定义及其存在。她们正在寻找“女性是什么”的道路上艰难跋涉。如果说，中国女性在前一次现代性的进程中有男性同盟者的话，那么，这一次，她们不能不是、不得不呈孤军奋战之势，是在进行“一个人的战争”①：在外部，它似乎直接表现为一个性别针对另一个性别的思想之争；在内部，它直接表现为现代女性针对传统女性的思想之争。

但是，与中国现代知识女性对两性关系、对性别文化呈愈演愈烈的探秘之势相比较，一种属于公众的、社会的、传统的（实际上就是男性视点的）强大话语则表明了不以为然的甚至是截然相反的态度。1991 年电视剧《渴望》在中央电视台公演引起轰动。其中，出身劳动人民家庭的、本人是工人，住土房、说土话的刘慧芳，因被赋予“孝妇贤妻良母”品质而被观众交口称赞并同情（无疑她是民族优良传统的化身），而出身于知识分子家庭的、本身也是知识女性的，住洋楼、说文话的王亚茹因被赋予自私自利刻薄尖酸“不是好女人”的形象，而被观众厌恶与指责。无独有偶，1996 年在中央电视台公演的一部被重点宣传为重新呼唤我们民族优良传统的电视剧《咱爸咱妈》中，来自乡村的劳动人民家庭出身的二媳妇心兰，被赋予经典的“孝妇贤妻良母”的品质与温柔贤淑的可亲形象。与之相比照的则是来自都市现代家庭（知识分子＋高级干部）的相当洋派的大媳妇罗西，她不仅不愿花钱为公公治病，最后还与丈夫离了婚，离开孩子，其自私刻薄的形象令人厌之唾之。在这样的形象定式后面，显然是一种以本土文化对抗外来西洋文化，以传统乡土文化对抗深受西方现代文明浸染的都市文化的意识与思维在支配着创作。女性现代化过程在这里被人为地一分为二，并以鲜明的褒贬倾向，引导大众对女性传统角色的认同，对女性现代化的恐惧或厌恶。

尤其值得注意的是，在这两部精心策划，重点宣传的道德剧中，它不再是简单地重复劳动人民是唯一道德英雄的观念，有现代化知识装备的人才也被特别重视。只是这种又有知识又现代化同时又兼任传统道德英雄的角色，无一例外落在男性身上。在《渴望》剧中是罗刚，在《咱爸咱妈》剧中是乔家伟。乔家伟既是劳动人民出身，本人又是知识分子，目前又从事高科技工作（尽管他拒绝妻子罗西的安排去国外留学，但他的高科技工

① 这里借用女作家林白的小说之名《一个人的战争》，以概括中国女性在此时社会性别文化进程中之状态。小说见《花城》1994 年第 2 期。

作不可能不与科技发达的现代化西方世界勾连），并因此受到政府的重奖，但同时他又是个尽孝之子，仁义丈夫，有责任感的父亲，这样的一个男性，代表着本土文化与现代文明的最理想结合。而在女性形象身上，她们只有分裂——她们在大众的审美期待中，被编剧分裂：要么是土里土气的传统式“好女人”，要么是洋里洋气的现代式“坏女人”。

可见，虽说在目前的中国，女性要摆脱自身的旧文化因袭已不可能不接受西方女性主义的冲击与影响，而且改革开放也提供了这样的良机：社会现代化不能被中止，中国女性的现代化也不可能被中止（自强自立自尊自爱的新女性话语被各级妇联组织反复灌输给基层妇女，以取代她们的旧文化观念便是明证），接受现代化洗礼的女性清醒地意识到自己不可能回到从前的“非人”状态中去。但在她们还远未建立起一种融旧与新/本土与外来/传统与现代之精华为一体的新文化女性的模式之前，在女性自己的愿望、实践与仍作为“民族的”“本土的”“传统的”的公众期待之间，的确存有相当的差距，甚至矛盾。迄今为止的中国女性文学文本的某些遭遇，足可表明女性主义在中国仍然处在“自话自说”的状态。它的价值在于，它提供了自鲁迅的《伤逝》(1925)[①] 产生的时代以来，众多的文学文本欲说还休的中国女性生存真相：她们是如何不得不进入社会角色之中以求摆脱她们的传统角色与既定命运；而她们社会角色的形成，又如何扰乱了原有的社会关系、两性关系的传统秩序，以及她们身置其中前进的困难、停滞不前，甚至倒退的状况。它甚至会被用很不乐观的叙事基调警示，两性现时正在度过的是一个重新建立两性新秩序的艰难前期；传统的两性关系由于女性的新文化正面临着危机，甚至崩溃。因此，女性主义在中国要达到一种理想的渗透、在中国落实化并本土化，恐怕还要有待时日；建立一个两性认同的中国现代女性角色的新模式以取代传统模式，也还有待时日。

（原载《厦门大学学报》（哲社版）1997 年第 1 期）

---

① 《伤逝》中的新文化女性子君置社会非议于不顾，冲出“父”门，与爱人涓生同居之后便遭其厌弃，子君只好回父家并寂寞地死去。见鲁迅：《彷徨》，人民文学出版社 1973 年版，第 114—137 页。

女性与自然：如何“被现代”的文学[①]

“性别与自然”作为修辞手法或表意系统，在文学叙事中的运用由来已久。由于人类男权文化历史给性别打上的“阶级/性政治”烙印，男女性别与自然的关系便会在叙事中成为具有不同意象与意旨的象征符码。

现代性语境中的“自然”概念一般分为两个层次，一个是外在于人类的自然界，一个是内在于人的非理性世界。启蒙时代的牛顿学说认为人类可以凭借科学和理性知识认识和征服自然，这成为现代精神的主要隐喻。启蒙世界观把公众世界与自然界分开，宇宙的一部分被理性统治着，另一部分，即它的次要领域统治着非理性的一切。[②] 无论是外在于人类社会的大自然，还是内在于人的非理性欲望、情感等，都是理性世界的对立面。男性中心主义话语系统中的“女性”符码同样隶属于非理性的世界。生育哺乳等特殊生理现象使女性从远古时代起就被认为是更贴近自然的、更为生物性的存在。精神分析学在貌似公允的临床医学和生理学话语基础上，为女性外在于理性文化的历史和现状提供了科学依据：如弗洛伊德认为，由于拥有阴茎，男孩的阉割情结抑制了俄狄浦斯情结，帮助他塑造一个强大的超我；而女孩的阉割情结却为俄狄浦斯情结开辟道路，超我的形成就会受到妨碍，不能具有文化意义的力量和独立权。[③] 如拉康认为，男孩在由镜像期走向俄狄浦斯阶段的过程中，完成了对母亲静默原初的子宫状态的分离和对以父亲代表的象征秩序和语言世界的认同，男孩不仅进入主体性和个性，而且内化了统治秩序和负载着价值的社会角色；而由于生理结构的不同，在同样的阶段中，女孩不能完全与父亲认同，也就不能充分接

---

① 本文合作者为博士研究生张欣杰。

② ［美］约瑟芬·多诺万：《女权主义的知识分子传统》，赵育春译，江苏人民出版社 2003 年版，第 4 页。

③ ［奥］弗洛伊德：《精神分析导论讲演新篇》，程小平、王希勇译，国际文化出版公司 2000 年版，第 135 页。

受和内化象征秩序，她被排斥在象征秩序之外，或被压抑在象征秩序之内[①]……这些描述或观点，无疑为性别偏见提供科学依据，实际上，现代科学话语及其运行机制本身就具有性别特征。“科学研究的主要隐喻、它的语言的非人格性、科学中权力和交往的结构及其内部文化的再现所有这一切都来自性别化世界中占支配地位的男性的社会地位。”[②] 在人类文学话语的象征系统中，女性与自然的“自然”联系或联想，并非真的出自于它们有着所谓本质上的联系，而是因为它们在男性文化象征系统中所处的位置与性质相类似。

现代性由西方植入中国，成为近现代中国文本叙事的宏大主题。西方现代性的侵入从“政治—经济制度、知识理念体系和个体—群体心性结构及其相应的文化制度方面发生的全方位秩序转型”[③] 三个结构层面猛烈冲击了中国社会和传统文化，这也造成了近现代知识人身份认同的危机。因此，寻求认同成为20世纪中国文学最重要的意义关切，“这一关切同时意味着一个知识、意义系统的建造，它无疑要吸纳最广泛的象征资源，要诉诸一系列文化象征符码。性别作为社会象征系统中极为重要的文化符码，必然与这一知识、意义系统的运作密切相关。”[④] 20世纪初，许多青年从乡村来到城市，这一旅程具有隐喻的时代内涵，它象征着一段现代性的时间旅程，通过这段旅程，他们从传统的过去抵达了现代的当今，他们在精神上也融入了20世纪的意识形态。[⑤] 世界观的变化使他们亟待描绘和确立新的现代主体，他们创作的文本便蕴含了有关现代主体建构的大量信息。反映在当时的文学叙事中，我们可以看到的是，一方面是除旧布新的社会大变革背景带来的思想自由，使文本符号系统较充分呈现了不同知识群体对现代主体的不同想象；另一方面是不同作家群体所创作的各不相同的文

---

① ［美］罗斯玛丽·帕特南·童：《女性主义思潮导论》，艾晓明等译，华中师范大学出版社2002年版，第290页。

② ［美］R.W. 康奈尔：《男性气质》，柳莉等译，社会科学文献出版社2003年版，第8页。

③ 刘小枫：《现代性社会理论绪论——现代性与现代中国》，上海三联书店1998年版，第3页。

④ 王宇：《性别表述与现代认同——索解20世纪后半叶中国的叙事文本》，上海三联书店2006年版，第3页。

⑤ 李欧梵：《二十世纪中国历史与文学的现代性及其问题》，见季进编的《李欧梵论中国现代文学》，上海三联书店2009年版，第19页。

本对此都有一个共同的表达形态，那就是通过将女性与自然范畴编织到文本中来实现其对现代主体身份的认同。本文将从颇具代表性与文学史影响力的乡土写实小说、新感觉派小说和京派作品入手，透过“女性与自然”这个修辞形态抑或表意系统如何成为现代文学中的一种象征符码实践，抑或可以洞察到一种文化意义的产生与再造，或换而言之，探析它在现代文本象征系统建造过程中起到怎样的作用，以有助于我们对现代文学中所隐含的父/男权制话语形态表现的识别与认知、批评与反思。

一

乡土写实小说作家在从乡村到城市的旅程中感受到了极大的文化和文明反差，他们接受了启蒙现代性，以现代理性精神和强烈的民族国家忧患意识批判传统封建文化，反映在他们的乡土写实小说①中，对“女性与自然”表述，便成为其体现与表达这种文化行为与价值取向的最佳象征符码。同时，“女性与自然”符码作为一种必要的构成性因素，参与到乡土写实小说作者现代主体身份认同的过程中。

乡土写实小说最为关注自然/大地的生产状况以及与人的关系。农业文明极端依赖自然环境状况，尤其依赖大地。大地的丰产是其赖以生存和延续的关键。在世界各地的文化中，普遍存在着对“大地母亲”的崇拜。英国著名的人类学家弗雷泽通过大量的文化人类学考察，在其获得世界性学术声誉的著作《金枝——巫术与宗教之研究》中，归纳出人类远古的巫术思维，其中一种为“相似率”，即认为一个事物与另一个事物表面相似，则这两个事物就拥有同样的性质。② 基于这种“相似率”思维，因为女性与大地生育功能层面的相似性，使得它们的“身体”都蕴含着生命的奥秘，于是在生殖崇拜领域，女性与大地都成为具有“丰产”意义的符号。这是一种基于原始思维的建构，并有着深刻的集体无意识渊源。同样基于

---

① 丁帆认为将“五四”以后的“人生派小说”与“乡土写实派小说”进行分类并不科学，因为“人生派”的许多作家（包括鲁迅）一开始创作就是致力于“乡土小说”的。因此，在这里把他们的作品统一都叫做“乡土写实小说”。见丁帆：《中国乡土小说史论》，江苏文艺出版社 1992 年版，第 43 页。

② ［英］弗雷泽：《金枝——巫术与宗教之研究》，徐育新等译，大众文艺出版社 1998 年版，第 89 页。

“相似率”的思维方式，丰乳肥臀、丰满壮硕的女性被认为是长于生育的标志，在生殖崇拜的原始信仰中是生殖力、丰产的象征，因而也是美的；而平胸窄臀瘦弱苗条则被认为于生育不利，在象征层面上对于大地的收获也是不吉祥的，因而也是不美的，[①] 这种原始信仰在整个封建农耕社会都是存在的。

乡土写实小说对自然环境和乡村女性形象的表述并不局限于其自身的意义，它们同样是在象征层面上起作用。破败萧条的大地和虚弱困苦的乡村女性，被用来象征他们眼中正走向日暮途穷的封建制度与封建社会。鲁迅“苍黄的天底下，远近横着几个萧索的荒村，没有一些活气”（《故乡》）不仅是乡村自然环境的描写，更是落后乡村的表征。这样一幅暮气沉沉、了无生趣的景象，在柔石、罗淑、艾芜、许杰、彭家煌、鲁彦等乡土写实小说作家的描述中比比皆是：贫瘠的土地、荒草连天，灾祸频仍，生计维艰。即使丰收，果实也在土豪劣绅的盘剥掠夺下所剩无几。叶圣陶《多收了三五斗》中就写到丰收反而成灾，艾芜《一个女人的悲剧》就因其辛苦劳作的果实而酿成。腐朽的封建制度给丰产的大地带来噩运，肥硕丰满的“大地母亲”原型则化身为贫病瘦弱、走投无路的乡村女性：鲁迅《祝福》中的祥林嫂、艾芜《一个女人的悲剧》中的周四嫂、柔石《为奴隶的母亲》中的春宝娘、罗淑《生人妻》中的妻、彭家煌《阿银》中的年轻寡妇……她们最终都无不是求告无门、心如死灰。生存的艰难致使她们希望破灭、生命枯萎，不仅“大地母亲”化生万物、滋养哺育的能量消失殆尽，就连她们自身也走到毁灭的边缘。有些女性不得不出卖自己的身体以维持丈夫和子女的生存，有些女性选择死亡来结束悲惨的生活，有些女性在吃人的礼教中耗尽一生……

美国学者詹姆森指出包括中国在内的第三世界文学的特征：“第三世界的文本，甚至那些看起来好像是关于个人和力比多趋力的文本，总是以民族寓言的形式来投射一种政治：关于个人命运的故事包含着第三世界的大众文化和社会受到冲击的寓言。”[②] 乡土写实小说中乡村女性的命运正是个人对于民族国家政治意义上的投射。譬如鲁迅的《祝福》，祥林嫂初到

---

① 具体论述及相关考古学例证可参见叶舒宪：《高唐神女与维纳斯》，陕西人民出版社 2005 年版，第 14 页。

② ［美］弗雷德里克·詹姆森：《处于跨国资本主义时代中的第三世界文学》，见张京媛主编的《新历史主义与文学批评》，北京大学出版社 1993 年版，第 235 页。

鲁四老爷家时健康能干，完全可以凭借自己的力气生存。然而经历了买卖婚姻，儿子的死，雇主的嫌弃和冷眼，以及最为致命的封建节烈观、鬼神观等对其精神的逼压，祥林嫂渐变为“脸上瘦削不堪，黄中带黑，而且消尽了先前悲哀的神色，仿佛是木刻似的；只有那眼珠间或一轮，还可以表示她是一个活物”，她最终默默死在新年的雪夜。乡村女性个人命运的悲剧指向的是封建社会制度合法性的消失。

大地的悲剧和女性生命的枯竭都指向对封建社会及其礼教伦理的有力控诉，它们作为乡土写实小说象征系统中极为重要的符码承担起了“反封建”的重任。在政治层面，大地和女性的悲剧来自封建制度和与其相适应的封建意识形态，而对悲剧的展示指涉了对现代性“他者”的想象。灾荒不断的大地与病弱困苦的女性形象是一种象征，是关于封建制度与现代性之间关系的隐喻。将病弱、衰朽的大地母亲树为他者镜像，进而对走向穷途末路的封建社会的审视、解剖、想象与揭露，体现了乡土写实小说作家在中国社会剧烈变动时期主体精神的潜在焦虑，也使它们成为乡土写实小说作家寻求对新的民族主体身份认同过程中必不可少的一种构成性因素。

秉持现代理性精神的乡土写实小说作家在城市生活中对乡土世界的逆向精神回返，想象并书写乡村大地和女性生存之艰难以喻示封建社会的趋亡，正如“铁屋子”里的呐喊，试图惊醒沉睡的众人。这种启蒙式的写作立场和写作实践本身造成了持有现代观念体系的作者个人主体与乡土世界中的封建制度、价值体系、运转法则等的疏离，有助于确立作者的现代个体身份认同。同时，由于小说中的“大地母亲”他者镜像指涉的不仅是具体的对象，而往往是更为广阔的、与封建制度相适应的一套封建伦理、价值观念和生活方式，对这一系统的批判与揭露就是对整个封建社会系统的拒绝；再加上“启蒙”本身就是一种宏大的民族国家话语，“启蒙的目标，文化的改造，传统的扔弃，是为了国家、民族”①，包含民主、科学、自由、解放等的启蒙话语承担着对现代民族国家之未来在文化象征系统层面上想象与建构的责任。这样，乡土写实小说在将“大地母亲”奉为神圣的牺牲时，作家主体的个人认同与民族国家认同合而为一。

乡土写实小说中的“女性与自然”范畴作为一种必不可少的、极为重要的象征符码参与到启蒙个人主体和现代民族国家主体身份认同的过程

① 李泽厚：《中国现代思想史论》，生活·读书·新知三联书店2008年版，第6页。

中。恰是因为其在现代认同环节中如此重要的位置和作用，它又同时处在双重主体话语的压迫之下，承担起“不能承受之重”。对凋敝的自然乡土与病弱的乡村女性他者镜像功能的想象与描述，表面上成就了进步的、现代的、强势的“反封建”启蒙话语和现代主体，在本质上却是对最为古老的男性中心主义话语系统的回访和延续。它迎合了潜在的父/男权制话语霸权预设，使“女性与自然”范畴停留在其作为他者镜像的文化象征资源层面，而远非将“女性与自然”本身作为审美形象或讨论对象。

二

新感觉派小说可以理解为是他们对现代城市文明及其价值系统急切认同的产物。新感觉派小说首次相对完整地描述了现代知识人对西方现代文明影响下中国都市生活方式的体验和想象。新感觉派的文本符号系统吸纳了性感迷人的都市女郎、清新自然的田园风光和难以驾驭的非理性力量（内在自然）等象征符码，它们作为文化资源在新感觉派小说中的意义，及其在新感觉派现代主体建构中的功能，正是此处需要探讨的。

新感觉派小说中的都市生活体验，首先是以一系列具有西方都市异域风情的现代事物来表达对都市生活的沉迷，其次是以清新自然的田园风光来舒缓都市生活中的疲惫身心，而这两重体验都是通过对女性的想象和描述来展开的。前者如穆时英《黑牡丹》《Craven A》、刘呐鸥《两个时间的不感症者》等文本的女主人公，她们手指夹着香烟喷云吐雾，习惯喝咖啡和酒，穿网袜和性感的丝裙，还往往长着希腊式的高鼻梁，在男性之间周旋婉转。她们是都市生活的物质载体，充满现代生活气息和西方异域风情。后者如刘呐鸥《热情之骨》中“像是从春神的花园里出来的”姑娘，穆时英《公墓》中令他想起“山中透明的小溪黄昏的薄雾”的玲姑娘，《Craven A》中引起男性各种自然地貌联想的性感女体，以及《黑牡丹》中的“牡丹妖”等等。她们也是都市中的女性，却完全体现了男性对都市生活的另一重需求。

女性形象承担并满足了以上提及的男性都市生活双重体验的双重期待。以《黑牡丹》中的女主人公为例。黑牡丹涂着鲜艳的红唇，穿着黑缎高跟鞋，随着音符飘动着动人的舞姿。她是文本中两位男性主人公口中谈论的“牡丹妖”。女性被想象成自然物，或自然物幻化为女性，将女性与自然建立起了严丝合缝的同构关系。女性与自然界的异类互相幻化其实是男性文化中的一种传统性别思维方式。从《离骚》的“香草—美人”到《聊斋志异》的花妖狐怪，女性与自然物共同作为异类徘徊在男性主体世界的边缘，展示着“男性文化对女性有意识上的排斥和无意识上的欲望”①之难解的矛盾。这里对都市女性与自然物互相幻化的想象，是传统性别思维方式与现代男性对都市生活的期待相结合时产生的变体。对女性作为都市尤物与自然梦境的双重身份的想象，在黑牡丹身上出现，差异如此鲜明，以至于仿佛呈现出了女性形象上“致命的断裂”②，然而又恰因为男性对都市生活的沉迷、欲望，以及对郊外生活的自由、清新的双重需求，使得这种“致命的断裂”在同一女性形象上得到了弥合和消解。类似的表述还有《Craven A》中被表述为自然地貌的欲望化都市女性身体。然而这样的女性形象恰恰又体现了男性对女性与自然他者化的想象之思维局限，导致真实的都市女性生命体验无从产生。与大自然无缘的都市女郎形象是沉迷于都市生活的男性欲望的投射，他们只需从都市女郎身上就可以满足对现代生活的欲望和想象；而都市女性与自然风情的融合，同样有赖于都市男性生活体验中的另一种渴望与期待。女性与自然的分离或融合，或女性与自然在文本象征系统中的意义，都来自男性主体主观欲望的操纵，在此过程中，都市男性的主体身份得到确认。这再次证明女性与自然的关系是文本的建构，而并不存在所谓本质上的关联。

都市生活的第三重体验是通过对潜意识的描述来表达的，这是新感觉派之所以为“现代小说流派”的重要特征。对人的潜意识、非理性内在自然的表现是西方现代文学极为重要的层面。排斥理性、开发直觉和本能的现代文学与诉诸理性的科技现代性，构成了现代性内部两个对立的维度。③《白金的女体塑像》《石秀》《魔道》《梅雨之夕》等诸多文本都探讨潜意识，并将理性自我与难以驾驭的非理性自我的关系设置在两性关系域中进

① 孟悦、戴锦华：《浮出历史地表》，中国人民大学出版社2004年版，第25页。

② 李欧梵：《上海摩登》，北京大学出版社2001年版，第233页。

③ 现代性概念本身是一个悖论式的概念。现代性本身包含了内在的张力和矛盾。在欧洲，现代性是和世俗化的过程密切相关的，因此，它集中地表现为对理性的崇拜，对经济发展、市场体制和法律/行政体制的信仰，对合理化秩序的信念。但是，产生于同一个进程的现代主义文学却具有激烈地反资本主义世俗化的倾向。现代性在某种意义上是一个“自己反对自己的传统”。参见汪晖：《死火重温》，人民文学出版社2000年版，第9—10页。

行表现，这种男性/理性自我、女性/潜意识（内在自然）的自我与他者关系的设置，显然表明新感觉派在有意识地探讨潜意识。对潜意识的关注和考察使得新感觉派成为最有可能突破“民族寓言”式的文学表达、接近个体式内心世界表现的文学流派，为新感觉派抵达现代主义文学的深层精神维度提供了绝佳契机。

新感觉派的作者往往将潜意识、非理性的内在自我的萌生诉诸某个女性的引诱，如《白金的女体塑像》中性欲亢奋的女体，《石秀》中风骚的潘巧云；或将难以驾驭的内在自然直接外化为具体的女性，如《魔道》中的黑衣妖妇，《梅雨之夕》中的姑娘。这同样是一种女性与自然之他者地位的建构。施蛰存的《魔道》欲表现一种混乱的“恐慌”，通篇将这种潜意识外化为无所不在的黑衣“妖妇”。叙事者对“妖妇”充满敌意，她被描述为一种威胁主体性的强大异己力量。这意味着作者并未坦然接受理性自我与非理性自我的分裂与抗衡。对潜意识更为极端的表述体现在《石秀》中。潘巧云被描述为石秀性欲的引诱者，被她引发的强烈性欲令石秀疯狂，于是他便将难以控制的性欲之恨转嫁到潘巧云身上，对她血淋淋地宰杀意味着对自身内在自然不清醒的认识、不彻底的胜利，和对依然无法战胜的性欲的潦草征服。在这些表述中，理性自我与非理性自我（内在自然）的二元对立，被放置在性别的二元对立甚至性别暴力模式中来实现，这种典型的男性中心主义思维方式不仅使女性与内在自然的关联成为一种建构，还将文本卷入激烈的性别政治的旋涡中，甚至产生超出性别文化的后果：通过对内在自然所外化的女性的敌视或剿杀来实现对非理性力量的敌意与仇恨，这在象征层面意味着对潜意识的压抑和消灭。也许正是这种表意方式，使其现代文学试验在一定程度上局限于对意识流、象征等现代表现手法的热衷，而阻断了其正视与释放潜意识的契机，使得新感觉派失去了抵达更深广的文学文化空间的可能，与真正意义上的现代主义文学精神失之交臂。如果说，新感觉派并未发育成为真正意义上的现代主义小说流派，其根本原因在于当时中国还缺乏现代工业文明经济基础的外部条件，那么，上述的分析可谓是源其文本内部的因素了。

事实上，这种表述方式显示了新感觉派作家对一个有着坚定理性精神的现代主体的想象和建构，这在某种程度上是与时代精神的暗合。自由民主与科学的启蒙话语是理性精神的突出代表。理性精神是民族国家危亡时代强大民族国家话语的表达方式。即使新感觉派作家也并未放弃认同坚定不移的理性主体。代表都市生活欲望和自然田园风情的女性与自然他者镜像，是男性主体需求的一部分，对理性主体不存在威胁，因此男性对其是喜爱的。而潜意识世界中非理性的强大力量则对现代理性主体构成了强烈威胁，而这样的女性与自然表象必须要被压制和消灭。新感觉派对现代理性主体的建构是以抵押作品的精神深广度来实现的。

三

与乡土写实小说作家一样，京派作家同样将写作热情献给广阔的乡土世界。京派作家抱持现代理性精神在乡土世界建立全新的家园，以显示对封建伦理和现代工业文明的拒绝。不同于乡土写实小说中病弱痛苦的大地母亲，京派作家笔下的女性和自然是优美的、诗意的、健康的，女性与自然在京派文本中的价值，及在京派作家想象和建构现代主体中的功能，成为这一部分主要探讨的问题。

京派作家拥有“乡下人”和现代知识人的双重视角，他们看到了现代文明的畸形发展所带来的人性失落和道德沦丧，对现代城市生活中泛滥着的腐化、无聊和庸俗感到愤怒，转而用全新的眼光去发现乡土世界的现代价值。乡土社会未被现代工业文明浸染的大自然成为他们社会理想、精神追求的家园。对乡野自然象征系统的有意识建构，体现了他们对功利、进取的现代主体的批判和反思，对审美的、超越的现代主体的想象与认同。京派文本是对现代性的理性反思。京派文本仿佛将大自然建构成为一个充满生命力的“象征之母”，与庸俗功利的现代文明“象征之父”摆成对阵之势。

京派所建构的自然乡野“象征之母”，并不是现代性语境中隶属于非理性世界的自然界，亦不是精神分析女性主义理论中的原初母体，而是现代理性精神标尺下母亲化的“象征界”。远离尘嚣的自然乡野象征系统，是一个有着独特价值观、伦理观、时间观和独立运行机制的有机体系。

首先，自然之母旺盛的生命力和创造力是这个体系运转的原动力。不同于乡土写实小说中常遭灾荒的自然乡土，京派的乡野自然草木葱茏、万物滋生。河流、山峦、竹林、桃园、鸟兽等构筑了生机勃勃的生态世界，这本身就是生命力的象征。这其中一个个纯洁美丽的少女被自然风日长养、教育：《边城》中的宁静灵秀的翠翠、《萧萧》中一派天然的萧萧、

《竹林的故事》中白璧无瑕的三姑娘、《桥》中温厚贤惠的琴子和活泼率真的细竹等，她们是京派文学世界，也是自然乡野象征系统中的精魂。大自然还孕育了沈从文笔下尤为珍视的“人性”。将沈从文描写都市生活的《八骏图》《绅士的太太》《虎雏》等与描写乡野“优美、健康、自然，而又不悖乎人性的人生形式”① 的作品相对比，即可体会大自然对“人性”的滋养哺育功能。

其次，正是大自然所生养的“人性”——朴素正直的自然伦理——是这个体系的运行法则。对“人性”的赞美显然是有意针对现代文明“唯实唯利庸俗人生观”② 的批判。妓女与水手对爱情誓言的践行、老船夫和渡船者为一把铜钱的推拒、婆家对媳妇失身早孕的宽恕等，朴素的“人性”对应于亘古不变的民间美德：正直、善良、宽容、守信、利他……人们按照这些美德为人处世，不仅造就了单纯的人际关系，而且依顺了对生命的守护。

这一自然体系最为核心的部分是与其自然空间相对应的一种近似于循环论的时间观。沈从文在散文《老伴》中提到了一位绒线铺的姑娘，十七年后作者故地重游，恰恰又在同一个绒线铺见到了她，一样的容貌和年龄。十七年前铺子里的是少女的母亲，十七年后，女儿接替去世的母亲站在那里。这种梦幻一样的时间感给沈从文很大震动，他就是以这种审美的“常与变”的时间观来看待人生。时间之“常”仿佛是历史的循环，而人世的一切都在静默的时间中运转、变化。湘西的很多故事就是在“常与变”的时间观中被讲述着。《边城》开篇时翠翠在白塔小溪边守着渡船，结尾时翠翠还是在白塔小溪边守着渡船，然而一切都已不同：老船夫和大老已死去，二老也已驾船出走。《萧萧》中“萧萧抱了自己新生的月毛毛，却在屋前榆腊树篱笆看热闹，同十年前抱丈夫一个样子”。

城市空间中依赖科技、工业的现代文明有与之相匹配的线性时间观，其价值标尺是物质、利益等。京派作者在自然空间中感悟到生命在大自然中的循环，与之相适应的价值标尺则是健康、优美的人性。这两个时空截然不同，然而却并不是各自运转、相安无事的。沈从文清醒地意识到湘西社会在现代物质文明的入侵下，“农村社会所保有的那点正直素朴人情美，

---

① 沈从文：《从文小说习作选》，上海良友图书印刷公司 1945 年版，序第 5 页。

② 沈从文：《〈长河〉题记》，《沈从文选集》第 5 卷，四川人民出版社 1983 年版，第 235 页。

几乎快要消失无余，代替而来的却是近二十年实际社会培养成功的一种唯实唯利庸俗人生观"①。以沈从文循环时间观的价值标准来看，线性时间观所谓的"进化论"只能是一个神话。现代文明对人类自然、和谐、健康的生命形态的戕害，不仅不是进步，反而是倒退，是对人类文明的逆袭。他对现代性"父之法"之所赖以运行的线性时间观坚决拒绝。在"象征之母"的自然空间中让生命在"常与变"的循环时间中流转，不仅是对现代性线性时间观的排斥，而且也是个人理想、精神追求、哲学思考的铺展。循环的时间观不以物质功利为标尺，转而进入感悟生命哲理的精神层面，具有审美的、超越的特征。在自然空间与循环时间中，有着独立自由精神追求的现代知识主体得到建构。

饶有意味的是，主流现代知识人的身份认同危机来自民族国家的生死存亡与西方世界的强大威胁，而京派知识人的身份认同危机来自西方现代文明的渗入与朴素人性人情的消失。他们明知想象中的故乡不过是一片并不存在的桃花源，还是建立起了梦幻般的乡野自然家园，使诗意的精神得以栖居，超越的、审美的主体得以建构。这显然刻意与民族国家话语保持了距离。然而"象征之母"对他们来说并不是父系"象征界"，而是外在于他们的客体镜像。他们并不内在于"象征之母"，这个象征世界的中心和灵魂是那些美丽纯洁的少女。自然空间中的循环时间观，总是通过女性（绒线铺母女、翠翠、萧萧等）来做象征性展现，恰恰是因为女性的生命周期和大自然的生命周期具有同构性（由萧萧十年前后怀抱婴儿的景象对比便可知），而这也不过是一种基于性别生物性的男性中心主义思维的建构。美丽诗意的女性与自然世界，有效地调解了庸俗功利的现代文明给京派作家带来的精神危机，协助他们确认了对独立自由的现代主体身份的认同。可是，在"自然—女性—循环时间"的封闭象征系统中，京派作家并没有给自己留下位置。他们只能站在遥远的现代城市做忧郁的精神返乡，却始终不曾以主体身份（以象征符号而存在的主体）存在于象征之母的世界。

卡洛琳·麦茜特说："在田园意象中，自然和女人都是从属的、本质上被动的，她们培养而不控制或展示被破坏的激情。这种田园模式尽管将

① 沈从文：《〈长河〉题记》，《沈从文选集》第5卷，四川人民出版社1983年版，第235页。

自然视为仁慈的女性，却被作为都市化和机械化压力的解毒剂而创造出来。"[①] 京派作家笔下的女性与自然不仅仅只具有"解毒剂"的精神慰藉功能（新感觉派小说中具有自然风情的都市女郎也在这个功能层面产生意义），它们还是突出身份差异的他者镜像，却远不是现代主体本身。

结　语

"自然的概念和妇女的概念都是历史和社会的建构"[②]，确实如此。乡土写实小说中灾荒不断的自然和病弱困苦的女性形象，在文本表意系统中承担起"反封建"的重任，有助于小说作家对启蒙现代主体的想象和确立。女性与自然在宏大的民族国家话语中背负起"不能承受之重"，在此意义上获得自身价值。男性中心主义话语与民族国家话语的重叠，使乡土写实小说文本表述中的女性与自然生活在双重主体话语的阴影中。新感觉派小说中性感迷人的都市女郎与清新自然的田园少女是都市男性主体欲望的投射，满足了男性主体的双重期待；而性别政治模式下对女性/内在自然的压抑和剿杀，使新感觉派小说未能够抵达真正现代精神的彼岸，却有助于树立坚定的现代理性主体。京派文本中的纯洁美丽的少女与宁静悠远的自然不仅对反对现代文明的京派作家具有精神慰藉功能，而且还是突出差异的客体，有赖于它们，京派作家确立了独立自由的现代知识主体。在同一历史时段的文本中，现代主体话语将对女性与自然的表述据为己有，使得它们作为主体的整体性被抵制、掩埋和割裂，在多层次的叙述结构中呈断裂式存在。作为建构现代主体的他者镜像，它们被不同作家群体的文本表述各取所需、填充为各种不同的所指内涵，却不过都是"空洞的能指"，这在事实上构筑了一种深刻的父/男权制话语霸权。这种话语霸权压制、忽略或遮掩了二者的本真存在，使得女性与自然范畴似乎只能在父/男权制话语象征系统中实现意义和价值。

上述有关女性与自然的文本实践恰似印证了朱迪丝·巴特勒之所指：它们"承受男性特质的意指行为的镜面仅仅返还了一个（虚假的）影像，

① ［美］卡洛琳·麦茜特：《自然之死——妇女、生态和科学革命》，吴国盛等译，吉林人民出版社 1999 年版，第 10 页。

② ［美］卡洛琳·麦茜特：《自然之死——妇女、生态和科学革命》，吴国盛等译，吉林人民出版社 1999 年版，前言第 3 页。

保证了菲勒斯中心的自足性，却没能为自己作任何贡献”[1]。文本中的父/男权制话语表述不仅仅是对话语霸权的建构，还是一种再生产。女性与自然作为他者镜像在父/男权制话语表述中的结构性功能被文本表述再生产，最终指向的是社会实践和心理、观念层面。因此，本文意欲通过这种分析与揭示，以抵达一种新的认知彼岸。

（原载《社会科学》2013 年第 6 期）

① ［美］朱迪丝·巴特勒：《身体至关重要》，汪民安、陈永国编：《后身体：文化、权力和生命政治学》，吉林人民出版社 2003 年版，第 204 页。

论近年女性写作中的乡土伦理观[①]

随着21世纪以来中国乡村都市化的迅猛发展，大批失地的近郊农民抑或并未失地的远乡农民，越来越向往城市并涌向城市以寻求新的谋生机会，从而产生了新的谋生手段与生存方式。而城市的生活理念与行为方式，也使农民的观念发生冲击性改变：农民不仅渴望从象征贫穷的土地羁绊中挣脱出来，同时也希望从象征愚昧落后的农民身份中蜕变出来。但另一方面，城市还未能对空前涌入的农民完全吸纳，除了无法为他们提供“城里人”的政策性保障外，他们在政治经济文化诸多领域里并不能真正成为“城里人”。因此，他们的生存形态与伦理形态在呈现背离乡土传统的同时，又仍然处于城市的主流社会与其价值之外；当他们正面涌入城市迎向城市现代文明时，固有的乡村传统依然在其身后深刻地影响着他们。他们的伦理观显现出前所未有的复杂形态，其产生的状态与状况同时还牵连、辐射并影响着与他们有着千丝万缕联系的更广大的乡村社会及其人群。这些情况近年来越来越引起一些女作家的关注与呈现，由此而产生的文学现象同样值得研究者关注。再者，有关“乡土文学”的写作，在现当代文学史上几乎由男作家所为，[②] 这种现象背后自有其性别文化与中国社会传统文化的成因，在此暂且不论，我们要说的是，近年来女作家以前所未有的热情“染指”史上多由男作家为主导的“乡土文学”，并获得令人瞩目的成果，[③] 在女性意识相对自觉的今天，她们的书写介入使文本及其

---

① 本文合作者为博士研究生郑斯扬。

② “乡土文学”的概念及代表性作家的情况，可参见如洪子诚著：《中国当代文学史》（北京大学出版社1999年版）、钱理群等主编的《中国现代文学三十年》（北京大学出版社1998年版）等文学史专著。

③ 如孙惠芬《歇马山庄的两个女人》获第三届鲁迅文学奖，葛水平《喊山》获第四届鲁迅文学奖，迟子建《清水洗尘》获第二届鲁迅文学奖，《世界上所有的夜晚》获第四届鲁迅文学奖，《额尔古纳河右岸》获第七届茅盾文学奖，北北《寻找妻子古菜花》入选2003年中国中篇小说排行榜等。

意义产生何种变化，这也是亟须我们关注与研究的。

一、土地与“生存伦理”之观

都市化政策对从根本上改变我国长期存在的城乡二元对立，成功实现社会经济结构调整无疑起到积极的作用。但同时，这种转型对中国千百年来建立在农耕社会基础上的诸多伦理形态都产生了巨大的震荡与冲击。就农民传统生存伦理而言，正如美国著名社会学家詹姆斯·斯科特的研究所揭示的那样，农民的“生存伦理”是以生存和安全为核心的，为了规避风险而不去追求利益最大化，其“生存理性”表现为“安全第一”的生存原则。① 然这种生存伦理现在却逐渐被挑战，嬗变为敢于不回避风险、追求利益最大化的新的生存逻辑。他们不再像祖辈那样，视土地为根，把“种地”作为最基本的最稳妥的经济活动和生存方式，② 勤勉重农的生产伦理不再作为世代相继的生存守则受到农民的珍视，他们的生存伦理与道德伦理随之也产生巨大的变化。那么，女作家是怎么表现与看待这些变化呢？从她们创作的相关作品来看，她们不是把乡村与城市简单地作为相互依赖的共生体或彼此分裂的矛盾体来呈现；而是将乡村都市化进程中乡土伦理道德的必然变迁作为思考重点，从而展现出有别于批判国民劣根性式的或是田园牧歌式的乡土文学，呈现出发展中的乡土写作新范式。

20 世纪 90 年代末以写“歇马山庄”而声名鹊起的女作家孙惠芬，及时观察与捕捉农民在都市化浪潮冲击下的惊人变化。她在《吉宽的马车》（作家出版社 2007 年版）中借主人公之口写道：“歇马山庄大多数男人，都离家做民工去了……谁要是像我这样，还把梦撂在野地里，撂在村庄里，谁就是天大的傻瓜头号的蠢蛋，被所有人耻笑。”由于都市化建设大大增加了对乡村劳动力的需求，既挣钱又开眼的进城打工生活成为农民获益最大的谋生路径，大批劳力离开自己熟悉的土地涌向城市。当谋生不靠土地

---

① ［美］詹姆斯·C. 斯科特：《农民的道义经济学：东南亚的反叛与生存》，程立显、刘建等译，译林出版社 2001 年版，第 14 页。

② 王露璐：《乡土伦理——一种跨学科视野中的“地方性道德知识”探究》，人民出版社 2008 年版，第 36 页。

时，乡土文明所赋予土地的崇高价值便一落千丈，给祖祖辈辈提供安全感和生存之需的"'土地'这位最近于人性的神"① 不再受人膜拜。守家种地就意味着低能乃至无能。从前与农民联系在一起的土地，是彰扬中国农民优秀品格的最好场域，勤快、勤劳、勤俭、勤勉……诸如此类的形容词都从农民生活中来，指向褒义。但如今这些褒义词被进城拼搏冒险、爱拼才会赢所取代，如果今天有人还留在乡村不思进城，那就等同于不思进取，等同于吉宽那样爱睡懒觉只与妇人厮混的光棍无赖懒汉。因此吉宽在爱情的刺激下，最终还是放弃乡村去城里，因为"这年头没一个黄花姑娘不想进城"，想要媳妇的吉宽就只能选择进城，这是这年头一个农民所能显示的主流价值。姑娘的价值取向改变了吉宽的人生观，也改变了农民与土地的伦理观。孙惠芬的《最后的乡村》《芒种》（2001 年第 3 期）呈现了另一种逼压：一个没有资源优势可以依托的小村落，面对工业文明和城市文明的侵袭，面对市场经济对农作物种植的影响，"来年俺再也不在家折腾了，俺也出去干民工……"一句话显露了土地生活的大势已去与进城生活的大势所趋。

无独有偶，与《最后的乡村》所寓意的不无凝重的忧伤构成反讽式映照的是迟子建的《花牤子的春天》（《小说选刊》2007 年第 3 期）。青岗村的青壮男人都出去打工了，留守女人和庄稼成了他们的记挂。因为意外而失去性功能和左手的"村长"花牤子，便成了他们可信赖的后方生活秩序的监管者和维护者。于是花牤子在男人们外出打工的第一年里尽职尽责，把村子里的生产生活秩序和道德伦理秩序维护得很好，受到了赚钱返乡的男人们的赞许与犒劳，有残疾的花牤子由此活得有价值有尊严，春风得意。接下来的数年里，男人们依旧外出打工，留守在家的女人们长期得不到丈夫的体贴关爱，越来越不能承受孤独寂寞与劳动重负，对忙着照应家里田里的花牤子也越来越不领情。由城乡"分居"引发夫妻双方出轨的现象似乎在所难免，作为乡村秩序与道德维护者的花牤子力图挽回，却遭到留守女人的怨恨和返乡男人们的报复，花牤子徒劳无功，回天无力。男主"城里"女主"乡里"，城乡兼顾双赢的理想模式彻底瓦解，当夫妻双双外出打工只给乡村留下老人孩子时，当外出夫妻把孩子接走只给乡村留下老弱病残时，那么乡村离死亡还有多远呢？作者尖锐地看到这一点，用因肢

---

① 费孝通：《乡土中国》，北京出版社 2005 年版，第 2 页。

残无性而有“幸”做了留守村头的花牤子短暂的“春天”，十分辛辣地反讽了乡村即将到来的命运，实乃“最后的乡村”之写照。

然而更为纠结的是，一方面本来作为“具有最大缓冲性和抗击力的自然资源”① 的土地，已不再成为农民最信赖的依靠，而另一方面农民脱离土地想靠进城打工致富几近不可能。他们在城乡政治经济文化地位的悬殊中陷入可悲的处境与心境中，社会生活的变化在不断刷新农民传统土地伦理观的同时，也给他们的生活和心理带来巨大的压力和痛楚。女作家们对此表现深切的人文关怀的同时也呈现了自己独特的理解：这种纠结的产生一方面与农民自身渴望改变的心理有关，另一方面则是农民身不由己处境下的选择的结果。

女作家葛水平在其创作的小说《黑口》(《中国作家》2005 年第 5 期)、《浮生》(《黄河》2005 年第 5 期)、《黑脉》(《人民文学》2006 年第 1 期)等系列作品中，无意向读者展示风光旖旎的太行山峡自然景观，她关注的是缺少土地资源和环境优势的山区农民如何一步步沦陷在生存和道德困境之中。由于靠天吃饭的艰难，在有煤矿资源的太行山深处开山采矿，成了当地农民求生存谋生计的一条出路，他们对土地供给食物的热切企盼，被发现矿藏的企盼所替代。为能炸山开矿，他们家家户户炒制炸药；为能过上好点的日子，他们全家冒险入矿；为能避免被发现挖私煤，他们总在入夜才开工；为能逃避因矿难带来的失业，他们私埋葬身窑底的工友；为能避免被告发，他们谋害同行和工友……作为太行山的女儿，葛水平从不回避太行农民生存状态下的苦难与苦难下的选择。“为什么会有那么多人要放弃他们赖以生存、视为生命的土地，远离他曾经日夜厮守的村庄和熟悉的农业，宁愿一切荒芜也要豁出去!”② 农家出身的她对此有刻骨铭心的体验：对于接近生存边缘的农民而言，想活好便是他们虔诚的生存目的，脱贫致富是他们最大的生活理想，他们在放弃土地的同时，也放弃曾经与土地相生而长的伦理道德。作为隐形叙事者，女作家的描述并不具有道德批判或责难的意向，她们放弃通常在乡土文学中男作家所惯常采用的精英者立场、视角与态度，她们对道德问题的考量是在具体情境与个体选择的关

① 王露璐：《乡土伦理——一种跨学科视野中的“地方性道德知识”探究》，人民出版社 2008 年版，第 37 页。

② 葛水平、姜广平：《“我首先尊重我生活的这片土壤”》，《西湖》2011 年第 1 期。

系层面上展开的，思考的重点是具体个人生活处境中的多样性与异质性。

二、“越轨”与“弱者的武器”

虽然今天大多数农民会把进城当作改变生活境遇乃至终结农民身份的最佳捷径，但事实上对绝大部分农民来说，他们只是城市的低层次劳动力。而离开自己做主的土地到不由自主的城市，难免会使他们从心理内外都沦为城市“边缘人”，“这样所造成的一个直接的后果，是农民工自身在城里形成了一种社会的和心理上的结构性紧张和危机”①。“生活境遇的剧烈变化、巨大的心理落差和城乡的文化差异，导致一部分农民工选择了与社会断裂的行为来显示自己的存在，并借以获取生存的资源，农民工的行为失范由是产生并进一步扩展开来。”② 在此，我们可以把失范理解为与人们共同遵守的行为相悖的行为，也即“越轨”。美国学者杰克·D. 道格拉斯和弗兰西斯·C. 瓦克斯勒通过多方面的考察与考量，把越轨定义为“某一社会群体的成员判定是违反其准则或价值观念的任何思想、感受或行动”③。美国另一位学者詹姆斯·C. 斯科特发现农民反抗的“日常”形式具有避免集体性直接挑衅的特性，他认为此种低姿态的反抗形式是弱势群体的日常武器，包括装糊涂、开小差、虚假顺从、装傻卖呆、偷懒、偷盗、诽谤、纵火、破坏等等。④ 在此，如果我们把“某一社会群体”特指为弱势群体的话，那么，“越轨”行为即也能成为“弱者的武器”。近年来一些女作家对农民工的弱者处境及越轨行为给予特别关注，她们注意到此类行为是因他们的生存和安全尚未得到保障或受到威胁而诱发产生的，这对理解农民伦理观和价值信念转变具有更深刻的启示。

孙惠芬在《民工》（《当代》2002 年第 1 期）中描绘了民工生活环境与

---

① 李汉林、王琦：《关系强度作为一种社区组织方式——农民工研究的一种视角》，柯兰君、李汉林主编：《都市里的村民——中国大城市的流动人口》，中央编译出版社 2001 年版，第 16 页。

② 杨明光：《城市农民工行为失范的法社会学探析》，《理论学刊》2004 年第 12 期。

③ ［美］杰克·D. 道格拉斯、弗兰西斯·C. 瓦克斯勒：《越轨社会学概论》，张宁等译，河北人民出版社 1987 年版，第 11—12 页。

④ 参见［美］詹姆斯·C. 斯科特：《弱者的武器》，郑广怀等译，译林出版社 2007 年版，前言第 2 页。

人事关系的恶劣。在老家由农耕社会组成的血缘、亲缘、地缘、情缘底线，都在这里受到严峻的挑战与挤压。于是残雪的《民工团》（《当代作家评论》2004 年第 2 期）会被阴鸷的告密之风所笼罩。中国最具有现代派精神气质的残雪，以她对人性犀利的洞察，在《民工团》中，把建立在农耕社会基础上的人伦关系彻底撕碎并毁灭给人看。民工们在活得更好的诱惑下拿起“弱者的武器”，即弃血缘亲情而不顾争先巴结工头互相告发，如此这般，在不断壮大的“越轨”队伍中，良知泯灭，良善沦丧，生存之道变得更加暴力与邪恶，乡土社会中人与人唇齿相依的伙伴关系消失了，取而代之的是“他人即地狱”。残雪从生存现实的层面指出农民工在社会化过程中不无残酷的人际关系，尖锐地揭示了这种关系如何形成并成为农民在城市社会中生存、竞争以及自我发展的基础。

对人性黑暗的尖锐揭示，是基于残雪对光明的渴望，而对铁凝而言则是基于“对人类大的体贴和爱”[①]，这使她对人性善恶的理解有其独特性。《谁能让我害羞》（《长城》2002 年第 3 期）中以送水为生的进城少年，因被女主人“钦点”为其送水后，他的人格有了微妙的变化，面对乡下来的同伴他觉得自己已脱颖而出；面对城里女主人他则加倍自卑。为了使自己赢得女主人关注，他努力改头换面，但女主人要么不在意，要么在意了也是本能的嫌恶。这构成了一种悖反：少年越努力就只能离他的目的越远，绝望使少年最终使用“弱者的武器”“越轨”——把锋利的小刀指向女主人。而使少年更挫折的是女人手上的“枪”，它显然是强者的武器；更绝望的是城市针对弱者武器的武器——特别是当它是由 5 岁孩子本能地打 110 招来时，在这种对峙与解决方式的背后，可见作家有着如何深重的忧患。

老宋从山区来剧团当临时工，因人好人缘也好，当他患腿病急需救治时，全团上下自发筹款捐助。可匪夷所思的是老宋选择把腿锯掉，把捐款留给家人，这是铁凝另一篇耐人寻味的小说《逃跑》（《北京文学》2003 年第 3 期）中的主要桥段。老宋这样做显然有悖伦理原则，因而他只能以“逃跑”来不面对捐款人与自己的良心。在老宋看来，家人生存需要显然已超越伤恩主心理与伤己身体。那么，老宋应该背负愧疚感与不义之骂名

---

① 赵艳、铁凝：《对人类的体贴和爱——铁凝访谈录》，《小说评论》2004 年第 1 期。

吗？作者显然并非要读者在此分辨是非对错，而是要让读者感受到“越轨”是弱者无奈之下的选择，正如英国道德哲学家德里克·帕菲特（Derek Parfit）对无过之错的分析一样，“在这样的情形下，不道德的是行动而不是行动者”①。

三、另种中国式“越轨”

“越轨”的中文词义为“行为超出公共道德或规章制度所允许的范围”②，这与上述道格拉斯和瓦克斯勒对“越轨”的定义异曲同工。但除此之外，在汉语语境里，“越轨”一词还更经常地用以暗指男女两性关系的不正常。在夫妻关系上的“越轨”所指，可以是精神上的或身体上的，或二者兼而有之。在封建社会里，女性在两性关系上的越轨会受到残酷严厉的惩罚，在私刑废除的现代社会里，则表现为伦理道德上的苛责。

在中国都市化进程所引发的社会变革中，原来“男主外女主内”的性别角色格局被打破，越来越多的未婚或已婚女性离开乡村进入城市寻找打工机会。作为女性，她们的打工目的与产生的伦理形态有着更复杂的情形。一方面是她们有可能需要与男人一样，背负着改善家庭生存境况的责任；另一方面是她们毕竟不需要如男人一样，背负着发家致富、光宗耀祖的当然责任；而更有可能是出于摆脱农村的性别关系和女性遭遇，并在此过程中体验到一种独立于父母、配偶以及其他权威形式的自主和解放感，并获得了更加开阔的视野③。女性进城打工引发了另一种家庭伦理危机，北北《寻找妻子古菜花》（《人民文学》2003年第1期）就是这种社会影像的反映。相对“望夫石”与“千里寻夫”的传说，近些年却频频出现各种寻妻见闻，一度街头还相当流行前抱婴儿、后背幼儿的沉默男子以寻妻为名的乞讨。此现象背后可见的是，与新权富阶层二奶小三层出不穷有天壤之别的是，妻子的离去，只能使乡村贫困家庭雪上加霜，家再难成家，乃至崩溃。然而又是什么可以强制她们待在并不甘心承担的位子上，受苦受

---

① ［英］德里克·帕菲特：《理与人》，王新生译，上海译文出版社2005年版，第47页。

② 《现代汉语词典》，商务印书馆2012年版，第1609页。

③ ［澳］杰华：《都市里的农家女：性别、流动与社会变迁》，吴小英译，江苏人民出版社2006年版，第5页。

累受屈一生？换而言之，她们是否有权利换一种活法，追求个人幸福与理想，不嫁鸡随鸡、不从一而终？甚至就是嫌贫爱富、浪漫一把，享受城市化的生存梦想和爱情欲望又如何？如果曾有的乡土伦理不能规约她们，那她们真的就再也没有什么不能。这也是当今乡村社会身为人妻、人母者的她们最受诟病的伦理命题，是社会问题，更是严酷的现实。

然而，进入城市后的她们，又会面临什么样的生存境遇和道德困境？从实际情况看，她们除了要从事城市里最低层次的工作外，失去家族家庭庇护的她们，还更容易遭受来自男性世界的性别歧视、性剥削乃至性暴力的侵犯。而更大的道德危机则来自她们自身：高度商品化的生活理念和生活方式带给她们的刺激，可能在很短时间里瓦解粉碎掉她们之前似乎习惯持有的“守身如玉”观。在男性为性消费主导的花花世界里，更容易驱使她们把自身当作商品以换取生存乃至更好的生活。如果说在此之前，人们对逼良为娼有着道义感的话，那现在面对“苦主”们自主的选择，则只有鄙视、轻视、厌恶与不屑。面对同性自主的“越轨”，女作家有着更多的敏感，当她们在文本中呈现“元芳你怎么看”时，无疑更为细致，更耐人寻味。

葛水平《守望》（《中国作家》2006 年第 3 期）中的农妇米秋水与丈夫因躲债来到城市打拼，从一个从来没想过要靠肉体换取什么的女人，到最后选择去做这种违背公序良俗的事，以致命丧黄泉。作家提示这个过程背后那种残酷无形的推力，你看似在做选择其实别无选择。作家把米秋水的越轨场合放回田野中饱含深意，当她走向卖身场所时，背后是促使她选择如此生存的冷漠城市，面前则是她再也回不去的乡村，她是在现实城市的生存法则与过去乡村伦理合力的挤压下而死——她是因拒绝她感到不好意思的性交方式而死的。最有意味的是来自城里的画家把她死亡的场景看做是最美丽最艺术的，并付给已死亡的她梦寐以求的钱。阳光下的田野充满诗情画意，城里来的艺术家看不到发生在黑夜里的悲剧，作家的描绘也饱含类似美国作家梭罗曾描绘的深意：“使我们视而不见的光亮，对于我们就是黑暗。当我们清醒时，曙光才会破晓。”①

盛可以的长篇小说《北妹》（长江文艺出版社 2004 年版），可以说是一

① ［美］亨利·戴维·梭罗：《瓦尔登湖》，戴欢译，当代世界出版社 2003 年版，第 211 页。

幅进城打工妹的浮世绘，集进城女工各种境遇之大全。其中有被有妇之夫玩弄抛弃后自杀的李思江，有卖身却赔上命的朱丽野，有怀孕又染上性病被发廊老板赶走而跳楼的林中月，有为买户口替人代孕的张为美……与进城前相比，她们生活得更艰辛更复杂更诡异莫测，她们为改变自己的乡村命运、为城市理想付出了她们原先不能想象的代价。更有甚者，她们有些人会从原来的受害人转变为施害人，渐渐丧失了伦理道德感，“女性存在仅仅被当作纯粹手段来对待和评价，而且女性存在还发展形成了这样看待自身的意识：将自身看做是男人、房屋和孩子的手段。”① 如《吉宽的马车》中的黑牡丹把水红送给嫖客糟蹋，《北妹》中的春树将二妮推上卖淫之路等，弱肉强食的规则被用于城市丛林中的弱势群体内部，而利用的恰是从乡村带来的互帮互助的传统道义和信任。她们最能坑害的就是自己的亲人与熟人，并理所当然地并不以为耻。

当然，生活并不会如米秋水那样戛然而止。它以再常态不过的方式在继续。对乡村伦理保有最后留恋的葛水平让米秋水在挣扎中终结生命。但广大的妇女仍然会跨过米秋水的尸体义无反顾地涌向城市，因为城市的诱惑使它演变成这样一种伦理：留在乡村做土地主反而是现实无能未来无望的象征，而在城市为仆为奴反而是现实有能力未来有希望的征兆。在城市里再艰难，她们也要在城市待下去，为的是返乡时彰显自己的价值与荣耀。以乡村伦理的尊严作抵押，在城市里的自卑可以换来她们在乡亲面前的自信与自大。这种经历给她们的世界观、人生观、价值观带来很大的冲击，并且反作用于乡土社会的性别伦理与家庭伦理观。在林白的《妇女闲聊录》中，我们清楚地看到乡村正经历着这种变化：姑娘炫耀二奶身份，妻子笑谈丈夫偷情，婆婆劝说儿媳乱伦，丈夫纵容妻子滥交等等，而外出男女各自与他人同居组成临时夫妻，在城市租房中比比皆是，“一方面人们并不认同这类性事对于伦理道德秩序的破坏；另一方面，既然这类性事发生了，也就被生活接纳下来”②。

以往对女性在性方面品性的评判，通常呈现为二元对立的认知模式，如贞女/荡妇、烈女/淫妇、冰清玉洁/水性杨花、忠贞不渝/朝三暮四等

---

① ［德］西美尔：《金钱、性别、现代生活风格》，顾仁明译，华东师范大学出版社2010年版，第183页。

② 贺绍俊：《叙述革命中的民间世界观——读林白〈妇女闲聊录〉》，见林白：《妇女闲聊录》，新星出版社2005年版，前言第4—5页。

等。也由此可划分出恪守传统的或反传统的。这种划分无疑是刻板的，因为它忽视了个体生活和处境的多样性，而且也忽视了个体价值的差异性以及选择的可能性。也许很难想象，一种既区别于传统刻板印象也区别于上述几种类型的“越轨”女性，会产生于女作家笔下的民工潮之中。盛可以的长篇小说《北妹》，可以看做是成功拒斥刻板评判女性道德品性的创作。作者让湖南妹子钱小红，作为带有鲜明性特征的巨乳女孩，女性身体在男性欲望化世界所能遭受到的境遇，由此得到更加鲜明的显示。作为生活在城市最底层的边缘人，她们的身体只能成为最容易也更容易在城市生活中沦陷的伦理，无论在什么地方做什么工作，她们处处遭遇性骚扰和系统性的不平等。但正是在这样几无主体性的境遇里，钱小红则神奇地成长为自己身体与意志的主宰。在人们对女性的伦理期待中，她另类得令人惊诧：她在性方面随便又大胆，从不压抑自己的情欲，但她的任何一桩性事都不以众人想当然的谋利为目的，即使在各种诱惑下也从没放弃过自己死死坚守的“情欲不是肮脏的，交易才是可耻的”的信条。她既非恪守传统也非出卖身体，但也逃不掉品行不端的指责。作家由此传达出源于现实的一种焦虑：“即便女性保持了自己的独立，即便不将女性的（身体）资本用作交换的工具，女性还是避免不了在这个社会中不幸的命运；这种不幸的来源多种多样，你无法将之归纳为某一个人、某一件事，因为这个人、这件事都是按照自己的、有道理的逻辑在运转。”[①] 显然，写作《北妹》并非出于表面上的无奈，而是一种高于无奈的清醒认识，她所要澄明的是：社会对女性个体之间差异性的忽视，没有充分认识到每个女性都具有自己独特的、不可简单归类的生活意志——这个在伦理评判上的重要的客观事实。

结　语

中国社会变迁正以标榜城市文明的形态，从根本上改变乡村传统的社会秩序和农民的生存观念，几千年来建立在传统农耕社会形态上的生存与生活方式都发生了巨大变化，原本在乡土生活中赖以维系人际关系的伦理观与道德观，随之也发生了很大变化。综上可见，近年来一些女作家对之

---

① 吴强：《魔幻的乳房》，见盛可以：《北妹》，长江文艺出版社 2004 年版，前言第 14 页。

十分关注，在写作中不断呈现农民生存形态与其伦理形态的变化，并对这种变化进行了探寻性的思考。她们在观察农民工种种违背乡土伦理的欲念和行为时，体察他们生活和处境的多样性和差异性事实，避免写作者惯常不自觉行使的精英者俯瞰式的写作视角与立场；她们的写作呈现为以关注一个人要活下去的欲念为前提，并注意到生存意图与生存抉择之间的复杂关系；在写作中她们不依赖抽象的伦理原则对种种反传统或越轨行为进行道德评判，倾向于把对人的道德认识理解为“是通过一个人的想象力、品格和行为对复杂具体的情况作出的反应”[1]；这与她们在写作中追求“另一种文学伦理和另一种小说观”[2]，“不想有任何道德的立场”[3] 有很大的关系。据此，她们的乡土写作可以引导人们在更开阔的视野下体认处于发展和变革中的现代乡村社会，传统的生存理念不再适应人们当下的生存条件，依据社会、历史的发展目的打破曾经一成不变的生存体系是历史发展的必然选择；而在这个过程中出现的伦理问题一方面是不可回避的现实，另一方面则是形成和发展社会新伦理不可轻视的问题。在此意义上，女作家们对乡土伦理变迁的关注与呈现，无疑是对不断变化的时代语境中乡土文学写作的补充和丰富——它既作用于社会，同时也作用于文学。

（原载《东南学术》2013 年第 5 期）

---

① 肖巍：《女性主义伦理学》，四川人民出版社 2000 年版，第 62 页。

② 林白：《世界如此辽阔》，《妇女闲聊录》，新星出版社 2005 年版，第 226 页。

③ 盛可以等：《盛可以小说创作对谈录》，《河池学院学报》2005 年第 6 期。

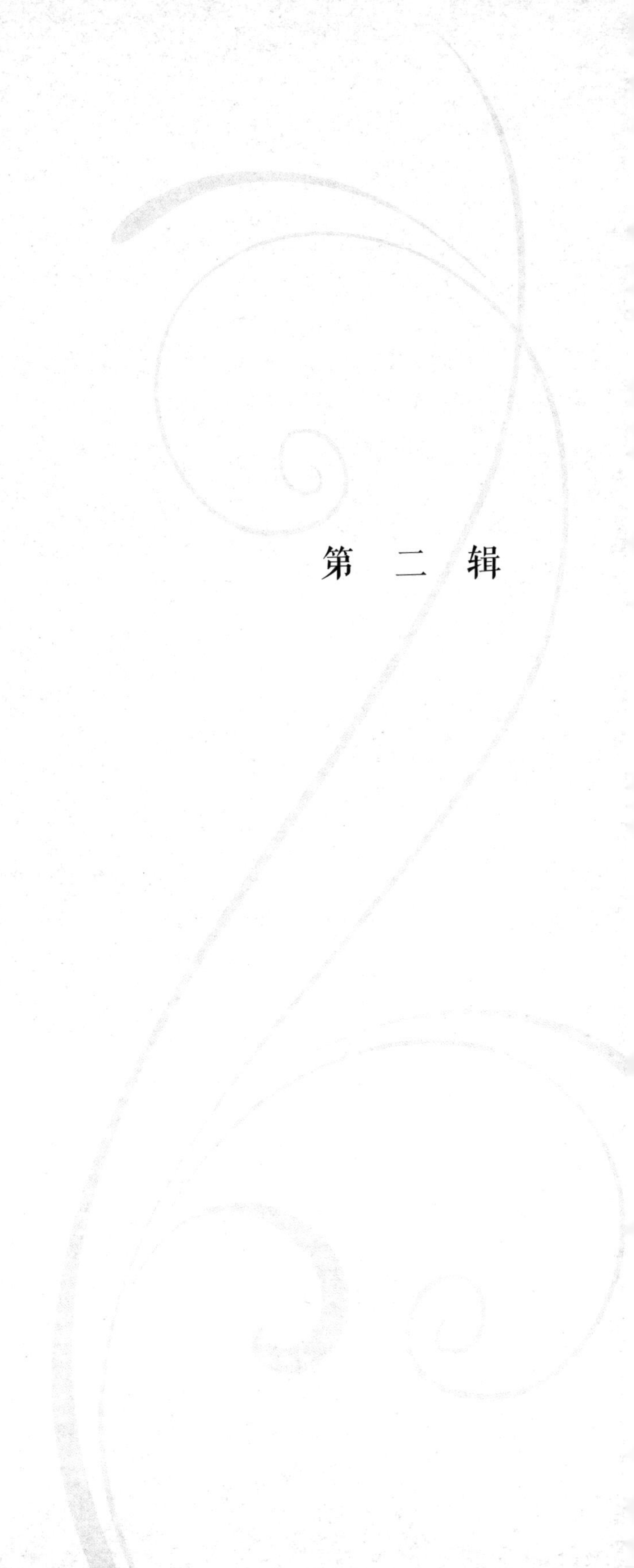

第　二　辑

中西语言观之辨异

一

20 世纪 80 年代后，随着西方现代语言研究成果的引进，语言在哲学层面的思考与研究，也悄然进入中国语言文学研究的视野之中。人们开始对根深蒂固的语言工具论与内容/形式二分法的文统思想发生质疑与探讨。如 1987 年，刚获得硕士学位不久，初出茅庐即锋芒毕露的青年文评家李劼，在《上海文学》上发表《论文学形式的本体论意味——文学语言学初探》。这个研究个案，很典型地反映出当时的这种学术动态。其一是年代：80 年代文学界开始的语言问题研究热；其二是作者身份：一批学养初成，学识敏锐，在人文学界崭露头角的年轻学者的介入；其三是命题中出现的三个关键词：本体论、文学形式与文学语言，它们既体现了中国学术界受西方语言研究思潮影响的事实与进程，同时还体现了当时这些理论新锐们所关注与讨论的问题焦点所在——关于语言作为形式的本质性思考与历史性清理，以及有可能发生的认识转向与变化。学者们开始从各种角度探讨语言成为工具的原因，他们注意到这样一种现象："没有一个作家不关心语言，这如同没有一个短跑运动员不关心自己的跑鞋一样。但是，哪一个短跑运动员愿意承认，他的比赛成绩仅仅由于他的跑鞋？多数作家总是将语言当成一种得心应手的器具。"而正是作家的这种心理，"实际上也决定了文艺心理学为语言所安排的位置"①。以此推论之，作家们对语言的态度与定位，也未尝不是传统语言观的始作俑者。当语言类似跑鞋的器具性质成为史家的思维惯性后，它在运动史上的地位也由此而定。热衷语言研究的文史学者郜元宝发现，任何一部流行的中国现代文学史著作，几乎都有

① 南帆：《超越的本义》，《上海文论》1992 年第 4 期。

专门章节讲五四文学革命中异常激烈的“文白之争”，但微妙的是，在讲完后，文学史家们便无例外地抛开这种例行公事的叙述，又回到将语言文字问题撇在一边的文学史描述模式，这是因为“文学史家们深信语言文字只是工具，比如一件外衣，它的改变对中国文学传统走向现代并无本质的意义”①。可见，跑鞋也好，外衣也好，语言被“深信”成此物的性质是语言成为此物性质的始作俑者。

于是，一个更有意思的问题浮出“语言”之表：语言为什么会被我们当作跑鞋和外衣而不是其他？这种认识或现象对我们有何影响？

二

西方的语言工具说与思想/语言、内容/形式二分的观念也由来已久。这个源头可以追溯至崇尚“最高的是理性”，贬低“对影子的感觉”的柏拉图。柏拉图把艺术定为对模仿的模仿，于是语言也被作为模仿的技艺，在“模仿者离真理很远”的判断下，一个精通模仿技艺的人，“我们就应该说他很傻”。② 可见，柏拉图不但把语言定位为“模仿”与“再现”的工具，而且把这种工具的作用与地位贬得很低。到了亚里士多德，对语言有了更为明晰的概念与理念。亚里士多德在阐述悲剧是对行动的模仿时，把语言明确界定为经过“装饰”的媒介。悲剧的语言形式，即亚里士多德所定义的“言语”，即是用来表达意思的，他把这种媒介所能起的作用的重要性，也即语言的位置排列在悲剧的情节、性格与思想之后。甚至认为即使在这个因素上做得差一些，但只要有情节，也可以取得成功得多的悲剧效果。③ 如果说，柏拉图对语言属性的认识更多的是在理性认识的层面上提出的，那么亚里士多德的研究则对语言的这种属性进行了理性的界分与规范。鲁枢元把他的语言学说带给后世的影响，形象地描绘为语言发展前途上开始出现的第一个岔道：“一条岔道的路牌上铭刻着‘心灵性’、‘游

---

① 郜元宝：《为什么粗糙——中国现代知识分子语言观念与现当代文学》，《文艺争鸣》2004 年第 2 期。

② ［英］拉曼·塞尔登：《文学批评理论——从柏拉图到现在》，刘象愚、陈永国等译，北京大学出版社 2003 年版，第 9—12 页。

③ ［古希腊］亚里士多德：《诗学》，陈中梅译注，商务印书馆 1996 年版，第 63—65 页。

移性'、'模糊性'、'直觉性'；另一条岔道的路牌上则标写着'实证性'、'稳定性'、'确切性'、'逻辑性'。人类之中大多数有才华的学者，都跟随在亚里士多德的身后选择了第二条道路"。① 这里出现的两组对立性概念，前者体现的正是柏拉图所鄙夷不已的感性特征，后者体现的正是被他们所尊崇的理性特征。在那以后的漫长岁月里，在一长串跟随者的名单中，我们看到了声名赫赫的笛卡尔、康德与黑格尔，他们把柏拉图、亚里士多德的古典式理性发扬光大，把理性的内涵在现代意义上进行了充分的扩展，他们认为只有理性才是人类获得认识与知识的内在能力。由于他们的努力作为，这种基于理性的"认识论"取代了中世纪的经院哲学而被推上了"第一哲学"的宝座，形成西方哲学史上的所谓"认识论转向"。这一时期，占主导地位的是理性主义，理性决定并制约着一切。文学思想与文学内容作为理性的体现物，自然也成为文学诸多因素中首要的、起决定性的因素。语言作为表达内容的媒介，传达理性思想的工具，它的卑微位置与次价值，在"认识论"中被更加牢固地确认下来。

但20世纪初索绪尔语言研究的出现，不仅有力地呼应了在哲学上重新认识语言的导火线，而且点燃了一场其意义与影响远远超过语言学界的语言革命。索绪尔以对语言结构的独创性发现与研究，以提供人们新知识的方法，巧妙地改变从柏拉图以来人们对语言几近约定俗成的传统认识。索绪尔用"所指"与"能指"这两个词，描述并概括了他对语言符号最为重要的分析与发现。他觉察到符号的任意性使语言的变化在理论上是可能的，但如果更深一步探究，这种任意性本身实际上在使语言避开一切旨在使它发生变化的尝试。这个微妙的对抗，是因为除了构成语言这个系统的性质太复杂外，其中一个重要的原因是集体惰性对一切语言创新的抗拒。索绪尔分析了语言存在于每时每人中的特质，"这一首要事实已足以说明要对它进行革命是不可能的。在一切社会制度中，语言是最不适宜于创制的。它同社会大众的生活结成一体，而后者在本质上是惰性的"。索绪尔更进一步说明："然而，说语言是社会力量的产物还不足以使人看清它不是自由的。回想语言始终是前一时代的遗产，我们还得补充一句：这些社会力量是因时间而起作用的。语言之所以有稳固的性质，不仅是因为它被绑在集体的镇石上，而且

① 鲁枢元：《超越语言——文学言语刍议》，中国社会科学出版社1990年版，第3—4页。

因为它是处在时间之中。"[①] 用罗兰·巴尔特的话来总结就是：语言结构是一种社会性的法规系统，同时又是一种价值系统，"它基本上是一种集体性的契约，只要人们想进行语言交流，就必须完全受其支配"[②]。从语言的这个特性出发，我们已然能够看到这么一种事实，那就是实际上它不可能受说话主体的自由支配，反之它却能够支配说话的主体。

继索绪尔之后的50年代，首创转换生成语法理论的语言学家乔姆斯基，针对行为主义语言习得理论提出的语言知识来自于后天的观点，他的研究做出了完全相反的判断。乔姆斯基发现，语言经验与语言能力二者之间的不对等状态，后者在人的语言习得过程中的作用远远大于前者。而人之所以拥有这样的能力，是因为在人脑中存在着一种语言的初始状态，一个共同的形式，即普遍语法。这是一个超越时空和个体的语言系统，是它决定了人类语言的基本形式，人们通过遗传基因而获得它，从而拥有与生俱来的语言能力与语言知识，因此，人的语言行为不能不受它的控制与支配。[③] 乔姆斯基的这个推论，与荣格的"集体无意识"对个人意识之作用的发现，有异曲同工之妙。"语言先天性"的说法可谓从另一个角度支持了索绪尔对传统语言观的颠覆性研究。他们的研究指向了一些从前未被发现的或被忽略的语言区域、语言特性，抑或还有被遮蔽的语言事实。"说话的主体并非控制着语言，语言是一个独立的体系，'我'只是语言体系的一部分，是语言说我，而不是我说语言。"[④] 语言在这里一反传统工具论的位置与价值，被索绪尔们的发现推到了一个史无前例的先决地位与作用上："思想离开了词的表达，只是一团没有定形的、模糊不清的浑然之物……思想本身好像一团星云，其中没有必然划定的界限。预先确定的观念是没有的。在语言出现之前，一切都是模糊不清的。"[⑤] 语言在这里，显然成为理性的先在，它完全颠覆了原来高踞于语言之上的理性，使语言从

---

① ［瑞士］费尔迪南·德·索绪尔：《普通语言学教程》，高名凯译，商务印书馆1980年版，第111页。

② ［法］罗兰·巴尔特：《符号学原理》，李幼燕译，生活·读书·新知三联书店1984年版，第116—117页。

③ 参见［美］乔姆斯基：《乔姆斯基语言哲学文选》，徐烈炯等译，商务印书馆1992年版。

④ ［美］弗·杰姆逊：《后现代主义与文化理论——杰姆逊教授讲演录》，唐小兵译，陕西师范大学出版社1986年版，第29页。

⑤ ［瑞士］费尔迪南·德·索绪尔：《普通语言学教程》，高名凯译，商务印书馆1980年版，第157页。

附庸其主的卑微奴仆摇身一变成为拥有中心权力的高贵主人，弗·杰姆逊以为现代语言学就是在此意义上“成为一场哥白尼式的革命”。

德国哲学家海德格尔，从他关注的存在角度阐述了语言的本质。他认为“如果人类言语简单地当作人的内在的声音，如果这样对待的言语被当作语言自身，那么语言的本性只能作为人的表达和活动显现。”而这种以前所作的规定，并没有充分地规定语言的本性。尽管语言的知识已经进步性地增长和改变，但语言作为内在情感的有声表达，作为人的活动，作为形象和概念的描述的同一这种语言观念，在语法和逻辑、语言学和语言的哲学中两千五百年以来保持不变，形成一种事实上的正确性，而所有关联语言现象的描述与解释的问题，都在这种正确性的领地中活动着。它们扎根于古代的传统，似乎不可动摇，超越了关于语言的不同的科学考察方式的全然领域。他尖锐地指出：“这种语言观念的正确性和流行性，不足以作为思考语言本性的基础。”因为“它们全然忽视了语言的最古老的自然的性质。因此，尽管其古老性，也尽管其明确性，但它从来没有把我们带到作为语言的语言”。正是从这一个认识的破绽出发，海德格尔打破“语言是由人创造，是人的感情和指导人的世界观的表达”的既定语言观，他认为，从根本上来说，语言既非表达，也非人的活动。人是能言说的生命存在，言说是人的本性，唯有言说才使人作为人的生命存在。因此，语言是存在的家园，人以语言为家，存在唯有在语言中显现，人所意识到的存在实际上就是语言的存在。语言不仅命名物，并由此命名世界：“那被命名因此被呼唤之物，自身聚集为天空、大地、短暂者和神圣者。这四者原初统一于相互存在之中，在四元之中。……统一的四元，居于物的物化之中，我们称之为世界。在命名中，被命名之物呼唤进入它们的物化。物化中它们显现世界。”在海德格尔的描述中，我们可以看到他所指语言“本性”的涵义：语言就是存在，语言与人的生命、思想同在，与世界同在，它们彼此印证而显示存在。[①] 如果说索绪尔们对语言思索的出发点还基于何为先决的二元对立思维上，那么海德格尔对语言本性的阐析，剥开的是理性历史加予它的层层帷幕，试图走近的是一个来自更为遥远的有关语言与世界同一性的神秘呼唤。

---

① ［德］海德格尔：《诗·语言·思》，彭富春译，文化艺术出版社 1991 年版，第 165—184 页。

三

分析西方“语言学转向”之产生，不仅会涉及在这个转向过程中起着重要推动作用的语言哲学家们，同时还会涉及历史的、社会的乃至资产阶级意识形态等诸多因素之合力的作用，更可以推论“更为根本的原因则是物质生产的发展……正是物质生产的发展所导致的语言表达方式的飞跃”。具体如印刷术的普及与发展，大众传媒的飞速扩张与对大众生活的介入等等。[①] 这些分析不可谓不正确，但需要指出的也不可回避的事实是，语言就是存在的本性，语言与世界同在的理念，并非是在这一切之后发生的，反之是在此之前就已经存在了——它最明显地被以神的名义完整地、清澈地、毫无疑义地呈现：

> 《旧约·创世纪》神的创造1：起初，神创造天地。地是空虚混沌，渊面黑暗；神的灵运行在水面上。神说：“要有光”，就有了光……神说：“诸水之间要有空气……”事就这样成了。神说：“……使旱地露出来。”事就这样成了。神说：“地要发生青草和结种子的菜蔬……”事就这样成了。神说：“天上要有光体，……”事就这样成了。神说：“地要生出活物来，各从其类……”事就这样成了。神说：“我们要照着我们的形象……造人”事就这样成了。天地万物都造齐了。到第七日，神造物的工已经完毕……神歇了他一切创造的工，就安息了。[②]

分析上述起源说，不能不注意到其中几个至关重要的表述。其一是“神说”，神以“说”的语言形象出现：唯此语言的出现才标示神之所在。其二是“事就这样成了”，神说什么就有什么，神在以语言呼唤物、命名物，物在神说中出现：唯此语言才标示神意与物质世界之所在。第三是神说的次序性，从第一日到第六日，世界万物依类在每日的神说中次第出现，并日趋完整：唯此语言才标示神说与物质世界的内在逻辑性与外在秩序性的关系。第四是“神说”止于“第七日，神造物的工已经完毕”，这是七日中唯一没有出现“神说”的一天。因为，这一日“神歇了他一切创

---

① 王一川：《从理性中心到语言中心——20世纪西方语言论诗学的兴起》，《文学评论》1994年第6期。

② 《圣经》串珠版，中国基督教协会1996年版，第1—2页。

造的工，就安息了”。可见，神说就是神为世界所做的工：唯此语言才标示神工之所在。对神创世纪的如此记述，至少传达了圣经时代的如此语言观：第一，语言具有神性，它显然超乎自然界与人为；第二，语言与神、神意、神工同一体，具有至高无上的权力、威力与魔力；第三，语言与呼唤物与被呼唤物同在。《圣经·创世纪》以神说作为宇宙世界的起源之本，语言在这里，是不可或缺的先在之因。这种语言观念自始至终一直存在于《圣经》的记述里，成为《圣经》独特的记述体风格：神说、耶和华说、先知说的言说构成了圣经的主要内容，所有的呼唤、昭示、预言、告诫、条律、咒罚、嘉许等等无不以语言之说来显现并实施。对于语言的这个特性与魔力，在“创世纪”的“巴别塔”中有更进一步的显现：人类往东边迁移的时候，在示拿地遇见一片平原，他们呼唤说：“来吧！我们要建造一座城和一座塔，塔顶通天，为要传扬我们的名，免得我们分散在全地上。”建塔是为了传扬名，传扬名是为了使人民聚集，耶和华知道了，马上识其利害：有一样的语言，就有一样的人民，“如今既做起这事来，以后他们所要做的事就没有不成就的了”。于是神的防备也是从语言入手：“我们下去，在那里变乱他们的口音，便他们的言语彼此不通。”神变乱了天下人的言语，致使众人分散，建筑半途而废。这座没能完工的城就叫做“巴别”，就是“变乱”的意思。① 它永远铭刻了语言对于人类这种奇特的控制力——人类对语言的这个认识。

《圣经·新约》是记述耶稣与第一批使徒们的言行录。借着耶稣基督，“神实现了在旧约中向他的子民许下的诺言”。新约因之也成为旧约记述传统的承继与发展。对用以首开圣经的“神说”之语言观，在《新约》里自然也有同样重要且更为深刻的呼应——

《旧约·约翰福音》道成肉身 1：太初有道，道与神同在，道就是神。这道太初与神同在。万物是借着他造的；凡被造的，没有一样不是借着他造的；生命在他里头，这生命就是人的光。道成了肉身，住在我们中间，充充满满地有恩典有真理。

何谓道？可察从希腊原文直译成的英文：In the beginning was the Word, and the Word was with God, and the Word was God. He was with

① 《圣经》串珠版，中国基督教协会 1996 年版，第 14 页。

God in the beginning. The Word became flesh and lived for a while among us.[①]Word的基本义是语、言、词语，又借以特指基督教里的福音。卡西尔说，人正是借助logos，借助理性的力量，才有别于动物，而logos在古希腊又作word，同时意指着言语的能力和理性的能力。[②] 对照《创世纪》，"神说"的就是Word，是语言能力与理性能力的合二为一。海德格尔的理解也是这样："圣约翰福音书的序言开头所说，语言的产生伴随着上帝。"万物是借着他造的，生命就在Word里面，成为人的光。正是基于这样的理解，海德格尔才可能重新理解语言和人的真实支配关系，才会发现："严格地说，是语言在言说。人只是在他倾听语言的呼唤并回答语言的呼唤的时候才言说。在我们人类存在物可以从自身而来并和自身一道成为言说的全部呼唤中，语言是至高无上的。语言召唤我们，首先但又在最后，朝向一物的本性。"[③] 在《新约》里，"神说"通过"没有人看见的神"的独生子，而成为人能够拥有的logos——"道成了肉身"，这是多么巧妙的叙事，它完整地隐喻了"语言成为肉身"的理念，即人的存在的"本性"。

在Word里面，是神造物的意念；在意念里面，是神造物的逻辑性与系统性思维。如果神话的确是人类以幻想的形式，以人类社会生活为范本来安排诸神的相互关系、联系及其活动的文本的话，[④] 那么神话其实就是人话。它在反映人类认识自然规律性的同时，也在反映人类逻辑思维的层次性。按照索绪尔关于没有语言就没有思想，没有任何清晰事物显现的描述，我们可以推论人类正是因为有了语言，才具有思维的逻辑性；有了思维的进化，才有了人的能力的进化，包括人类区别于其他动物的重要标志——制造生产工具。如果要问人类是什么时候开始从动物的低级思维进入人类的高级思维，那一定就是从《创世纪》中的"神说"起。

《圣经》本身即是神"说"，也即语言"说"。它充分显现了语言的存在和位置，但它不是一部关于语言的学术著作，它没有解释语言为什么具有这种本性，这使它的显现更接近玄学而离科学与理性很远。于是，有关

---

① *Parallel New Testament in Greek and English*. New York，1977.

② ［德］卡西尔：《符号·神话·文化》，李小兵译，东方出版社1988年版，第116页。

③ ［德］海德格尔：《诗·语言·思》，彭富春译，文化艺术出版社1991年版，第187页。

④ 冷德熙：《超越神话纬书政治神话研究》，东方出版社1996年版，第4页。

语言创造世界万物的故事，人们宁肯把它解读成正如它的表层结构那样，仅仅只是一个神话，一个天方夜谭——只有神话中的“神”，才具有这种超自然的语言能力，而忽略了先知们隐喻其中的对语言奥秘的认识与揭示。使语言的“本性”，既在人的现实与理性中潜伏下来，又成为一个荒诞不经的传说被人搁置一旁。人们由此得以绕开了在《圣经》中出现的这个几乎无可回避的语言命题而另起炉灶。但20世纪以海德格尔为代表的哲人们，重新回到这个古老命题上，冲破“千年来流行的语言概念束缚着”的局面，质疑“语言是由人创造”之语言观的正确性，这不仅是慧心独鉴，简直是师出有门——他的学说当然不是扎根于柏拉图、亚里士多德的古代理性传统之中，但又何尝不是扎根于自《圣经》而起的传统之中？

四

在探究语言在中国“文学史”或“文学概论”中的边缘或缺席状况时，有人认为一个很重要的原因是现代中国人由西方引进文学观念，只知其表，不知其凝聚在语言内的深刻蕴涵，因此在以西方文学为标准建构中国现代文学的新形态时，不约而同“得意忘言”，即直接研究语言文学背后的主题、情节、故事、人物、象征、意境等，而作为文学作品之根本的语言，“就跌落到单纯工具的地位”，不再成为问题的中心。[①] 这个看法注意到了中国现代文学、文学理论研究中文学与语言学分离、语言作为文学工具的现象，但需要指出的是，语言作为工具的事实，绝非仅仅是从西风东渐的现代史才开始的；作为工具的原因也绝非仅仅是出于引进与建构时带来的偏颇。语言工具论与思想内容/语言形式之二分法在中国源远流长，它与中国古代思想文化、社会文化的构成息息相关，“语言作为工具”的思想，恰恰却以语言是思想主人的本性，而成为我们根深蒂固的观念，习惯性思维无不显现在我们的话语之中，直至今天。

从中国最接近创世纪神话模式的“盘古开天辟地”与“女娲抟土造人”来看，无论是天地混沌如鸡子，盘古生其中，日长一丈，如此万八千岁，故天去地九万里；还是首生盘古，垂死化身为日月星辰、风云雷霆、

① 郜元宝：《在语言的地图上》，文汇出版社1999年版，第387—398页。

四极五岳、江河雨泽、草木田土等；还是女娲抟黄土作人或引绳于泥中举以为人，① 中国古人着重体现的是“化身”的理念：有机物与无机物之间能量与形象的转化。这与神说一样，是原始初民象征性思维特征在神话中的体现，但体现出来的认识点则是如此不同：“神说”体现的是西方人对语言的敏感，“神化”体现的是中国人对物质生成的敏感。“神化”的物质过程，没有涉及一星半点的语言。在创世纪这么重大的描述中，没有给语言留下任何位置，这一事实本身就反映了中国古人对语言的态度：不体现语言本身也是一种语言观的体现。这种语言缺席的中国创世纪神话与西方以语言为本的创世纪神话，显然有着泾渭之分的。它预示着二者之间曾经存在的，抑或说是一开始就存在的决然不同的语言观。

中国古代文明史是建立在理性高度发达的基础上，“子不语怪、力、乱、神”（《论语·述而》）。中国本土没有出现过可以类比基督教这样在历史上与统治术有密切渗透的宗教流派，但却有相当于此的集政治史、思想史、学术史之大成的儒教。儒家学说本身就是理性高度发达的产物，所以中国古代虽然没有像《圣经》这样从宗教意义上来记述神迹的文化典籍，却有记述第一大圣人孔子言论而被奉为儒家经典的《论语》。所以，对语言的认识虽然在中国神话体系中没有得到直接体现，但在中国式的圣经《论语》之中，却记载有孔子对语言的看法。

孔子曾为学生指定学科，涉及“德行”“言语”“政事”“文学”（《论语·先进》）四科。可见，语言在孔子的思想与教育体系中并未完全缺席，在孔子的言论中经常提到“言”甚至还是他的言论特色，关键的问题在于孔子是在何种意义上来认识“言”与界定“言”的。对孔子来说，“言”固然是指个人或一个社会群体、阶层所说的话，也即是言语或者言论，但有时更重要的是指“言”这个行为以及它的意义与重要性，如孔子对其学生子贡说：“志有之，言以足志，文以足言。不言谁知其志，言之无文，行之不远。”② 无论是说还是写，语言在这里都是为表达“志”并传扬“志”而服务的。孔子对语言的重视，有一个基本出发点，就是把它当作“宣传”的工具。宣教传道，即“言”，也是孔子游说列国，向上自王公贵族下至平民学子传播自己思想的基本方式。而著书立说，即“文”，是

---

① 《太平御览》卷二引《三五历记》，《绎史》卷一引《五运历年记》，《太平御览》卷七八引《风俗通》，袁珂编著：《神话故事新编》，中国青年出版社 1963 年版。

② 见《左传·襄公二十五年》。

"言"的深化手段。另一个出发点是把"言"当作事物表现的外在，因而可供"察言"："邦有道，危言危行；邦无道，危行言逊。"（《论语·宪问》）"可与言而不与言，失人；不可与言而与之言，失言。知者不失人，亦不失言。"（《论语·卫灵公》）语言在这里是凭借物，言论的核心是言者或与言者的品德学识。言者的品德学识好，即使说的再逆耳，也是忠言；若品德学识不好，则成花言巧语，成了孔子深恶痛绝的"巧言令色"的"佞人"了。所以孔子说："有德者必有言，有言者不必有德。"（《论语·宪问》）德与言分离，德高于言的思想倾向已尽显其中。这种关系也奠定了文质关系的基调，为了"言"的"行而可远"，"形诸以文"便顺理成章。

如果从"文"的角度来考察，最先被形诸以文的无不是圣贤之言、王者之事。"古之王者，世有史官，君举必书，所以慎言行；昭法式也。左史记言，右史记事。事为《春秋》，言为《尚书》，帝王靡不同之。"（《汉书·艺文志》）可以说，中国自有广义的"文学"诞生始，这种实用主义语言观就已蕴含其中了。从孔子的"质胜文则野，文胜质则史"（《论语·雍也》）的评论中，可以看出与"德""言"二分的思路相类，孔子也把"质""文"二分。于是从表面上来看，孔子虽然倡导"文质彬彬，然后君子"的统一境界，但把语言分离出德、质的本体，把它作为工具与形式的学术观念，从根本上导致了文质之争与文学批评史上重质抑文的主流倾向。如今人对春秋以上诸史，皆为治化而为文，周秦诸子，则皆为学术而为文，无专以文学为事者，故春秋周秦之文自然质朴；汉魏之际文章人力之巧渐加，才有"故文学之体则甚尊，而文学之质乃日衰矣"的评述倾向。[①] 而唐代韩柳辈出，倡扬的正是文学要去六朝靡靡之体，复秦汉古文。柳宗元也是这样反省自己的："始吾幼且少，为文章以辞为工。及长，乃知文者以明道，是固不苟为炳炳烺烺、务采色、夸声音而以为能也。"[②] 孔子的德与言、质与文的界分，至此以道与文、以"文以明道——文以载道"的说法，历经宋明理学、明清八股之争而不绝如缕，影响深广，及至近现代汉语变革之役，更是有过之而无不及。在当时具体背景下，文化精英们普遍认为文言文已成为传播革命思想的大障碍。推行白话文，实为革

① 陈柱：《中国散文史》，商务印书馆 1937 年版，第 1—2 页。

② 柳宗元：《答韦中立论师道书》，郭绍虞主编：《中国历代文论选》，上海古籍出版社 1979 年版，第 156 页。

命“急功近利”之需。而因之白话文的推行，实际上也是传统语言观的一次大普及。语言是工具，文章为目的服务，一切为急风暴雨式、不讲温良恭俭让的革命需要。文学——现代文体学上真正意义的文学，在国内战争、民族战争、阶级斗争等一系列此起彼伏、你死我活的重大历程中，越加被作为是宣传思想与主义的手段与工具而加以运用。“文以载道”是语言的使命，也是它存在的唯一价值与意义。

综上可见，中西语言观曾经有过一段漫长的相似历史与相同理念：一是语言工具论，或谓载体论；二是思想内容与语言形式的二分法。但到了20世纪，西方现代语言学家、哲学家、还有文学理论家们联手创造了一个语言“咸鱼翻身”的神话，对语言本质有了全然不同的认知。同样扎根于古代理性传统的中国语言观，则在语言工具论的道路上越走越远，愈走弥坚。它甚至规定了我们对其他语言观的理解与表述，譬如即使是在介绍反工具论的西方语言研究动态时，也依然摆脱不了诸如“语言这一综合性的多功能工具属性，使它成为西方人文科学研究的中心”① 等明显具有工具论思维模式的表述。也许我们还不能判断这两种语言观的孰优孰劣，但可以看到的结果是，西方语言观的“语言学转向”把语言自身发展成为一种对人文、社会等诸多学科产生深刻影响的基础理论与研究方法，但中国的语言研究却没能做到这一点。譬如在近十多年才引起我国学术界重视的西方解释学（Hermeneutics），就是从对西方古代经典，尤其是对《圣经》的诠释发展而来的。在中国古代，同样也有用以解释儒家经典的经学，在汉武帝“罢黜百家，独尊儒术”的倡导下，经学研究不可谓不博大精深，发展不可谓不根深枝茂，著述不可谓不汗牛充栋，但却也没能把它发展演变为对今天的人文社会各学科发展有影响的现代学问。二者的发展可谓同途殊归，可见“语言学转向”在此功莫大焉。

然而，还需要指出的是，西方“语言学转向”的发生绝非偶然，从隐喻于《旧约》创世纪中的“神说”到《新约》福音中的“Word 成为肉身”，是使他们走上转向之途的集体潜意识，是他们对一个来自被理性掩没已久的更为悠久的传统语言观呼唤的回应。比较而言，中国的确没有产生这种语言观的文化积淀，这是今天我们即使是在照搬或引用西方现代语

---

① 陆稼祥：《当前文学语言研究中的几个问题》，《锦州师范学院学报》1997 年第 2 期。

言学研究成果时，也不能不注意到的心理偏差与理解偏差。这的确不是一个类似日本人照搬西人喝牛奶便会长个子的经验就能解决的问题。因此，裹挟在今天引起西方语言观与做语言学问的热浪中，我们更需分辨的是：一，究竟哪条路是通向认识语言的真谛；二，今天我们距认识语言本性的道路还有多远；三，我们需要做什么，怎么做。

（原载《东南学术》2006 年第 4 期）

海外华文女性文学之概观

海外华文女性文学，一般指居住在海外的女作家以华文创作的文学作品及相关文学活动。海外华文女性文学创作成规模效应，并产生较大影响的主要有两块，一为东南亚地区的华文女性创作，一为北美、欧洲地区的华文女性创作。以海外、华文与性别为三大核心概念的海外女性创作，已然标出其有别于他的文学特质。

由于海外女作家文化身份与性别身份所具有的共性与特性，1989年7月，由陈若曦、聂华苓、於梨华等著名旅美女作家发起的“海外华文女作家联谊会”在美国加州正式成立，并于1993年吉隆坡举行的第三届年会上，定名为“海外华文女作家协会”。该会邀请凡以华文写作，且居住在中国（含港澳台地区）以外地区从事文学创作的女作家参加，以加强彼此之间的联络交流，促进华文文学的创作与发展。该会聚集了世界华文最具代表性的女作家与领军人物，会员遍布东南亚、北美与欧洲地区。每逢大会召开，来自世界各地的女作家们便欢聚一起，倾情交流，不仅带来各自的最新创作成果，也带来了对华文写作的持守与鼓励，展示了她们持续成长的文学阵容与活跃的创作姿态。女作家们以坚守不懈的文学创作，在异域生存环境中发出自身存在的声音，为华文文学创造出一道不可忽视而又别具一格、旖旎万千的文学景象。

一、在传统与现实之间：东南亚之观

东南亚华人女性是一个独特的群体，尽管她们所在国之间宗教信仰不同，文化差异明显，但中国传统文化与儒家思想仍然是她们所处的华文世界中的精神支柱与道德指南，她们的文学创作在此整体文化背景下显示出共通之处。在早期的华文文坛上，女作家可谓寥若晨星，如方修主编的《马华新文学大系》等小说卷中女作家踪迹罕见，但随着时代的进步与女性知识群体的出现，东南亚华文文坛在20世纪七八十年代迎来女性创作的兴盛，“这块本来由男性独霸的天下，已经被她们占据一部分的天空了”（朵拉语），出现“近十多年来，大马文坛几乎是让女作家领尽风骚”（云里风语）的文学景观。1987年秋笛编选的菲华女作家作品集《绿帆十二叶》，内收12位作家88篇作品；1988年张香华编选的《茉莉花串》，内收30位作家52篇作品。有学者指出：“女性文学的崛起是菲华新时期文学的又一个引人注目的特点。”① 而“在世界范围内，女性主义文学批评应该注意的，就是新华文坛，因为当今世界没有哪个国家像新加坡华文文学那样，女性作家及其创作不论在数量上还是质量上相对男性都有压倒的优势……如果没有这么多女作家的努力，新华小说以至整个文学的状况就不可想象了”②。泰华情况也相似，“进入九十年代，泰华文坛给人一个明显的感觉，就是两支‘异军突起’：在文种上，微型小说生机勃勃；在队伍上，年轻女性作者飒爽英姿。两者相辅相成，在文坛冷淡季节里，居然脱颖而出，其气之锐，其势之盛，令人瞩目！”③ 总之，东南亚华文女性创作于20世纪七八十年代大成气候并绵延至今，拥有一批创作实绩十分可观的优秀女作家、女诗人。如新加坡的孙爱玲、尤今、淡莹、尤琴、蓉子等；马来西亚的戴小华、朵拉、曾沛、爱薇、柏一等；菲律宾的谢馨、施柳莺、莎士、陈琼华、秋笛等；印尼的碧玲、茜茜丽亚、袁霓、明芳等；泰国的年腊梅、梦莉、李经艺等。

东南亚地区各个国家大致相近的政治、经济、生活形态，华人社会圈中华族文化渊源与价值观，使华文文学创作可以归纳出大致相近的主题、题材与体裁类型。例如，在体式上她们更多地采用短制微型的文体，在主题与题材上多表现如思乡恋故落叶归根情怀，独在异乡为番客的生存情景，认同所在国主流文化的落地生根意念，现代化进程中的社会道德伦理问题，以及世态炎凉、人情淡浓、壮游山水、感怀伤世等等。女性创作除了共享这些主题思想与题材资源外，从作品的数量上与质量上来看，女作

① 郑松锟：《七十年代以来菲华文学的几个特点》，《当代东南亚华文文学多面观》，厦门大学出版社1995年版，第199页。

② 李一平、周宁：《新加坡研究——华文文学论稿》，国际文化出版公司1996年版，第328页。

③ 曾心：《泰华年轻女性的微型小说》，见司马攻主编：《世界华文微型小说论文集》，泰华文学出版社1997年版，第257页。

家们还更普遍地体现出她们创作的趋同与偏重：一为在时代大背景下的女性命运与女性心理的描摹；二为在社会大场景中女性生命品质、生活品格、生存状况的表现。在知识与事业还不能够完全改变女性命运的东南亚社会，早期的女作家更擅长把女性命运置放在男欢女爱、男娶女嫁的婚姻悲剧或情感纠葛中来表现。随着时代与身份的双重变迁，多重文化与多地域经历的积淀，视域的开拓与主体意识的增强，文学成为她们表现自我意识与精神价值的言说方式，文学理念、取材对象与叙事方式也随之发生了质的变化。这既是她们在生命体验层面上进行的心路历程，也是她们在创作体验层面上所展露的文学特质。

1. 传统观念下的审美期许

东南亚各国从整体上来说乃是个以男性为中心的社会，而华人秉承的儒家思想更是强化了这种社会性别形态。在此双重男权文化背景下生存的华人女性，有着较为保守与稳定的审美倾向与规范。如果说家庭婚姻是女作家们最擅长表现的题材，那么此种审美倾向最为突出地体现在对贤妻良母式的女性形象塑造上。通常能够引发人们褒扬或同情的女性，就是那些被赋予传统美德元素的女性，如含辛茹苦，忍辱负重，任劳任怨，勤劳能干等等。尽管承受着男人带来的情感创伤与婚姻悲剧，但她们总是以宽容忍让与自我牺牲来保全原有的秩序，从而使自己成为传统审美规范下的好母亲、好妻子或好情人。

如孙爱玲的《斑布曲》中出现的四个女性，从亡母到继母到二位异姓妹妹，都是有这样美德的女性，她们使主人公无论处于何种境地都能看到生活的希望。《月季花》中的月季，即使与人做了外室，但她的美德，甚至可以冲淡这种身份带给她的缺德感，没有让她成为人们最不齿的坏女人，反为她增添了忍辱负重的光环。年腊梅在《轻风吹在湄江上》塑造的面对移情别恋的爱人，忠贞不贰宽容理解的安巧娜；曾沛在《身在福中不知福》中塑造的体贴弟妹、宽厚通达、识大体的大嫂；碧玲在《金耳环》《委屈》《女人》中塑造的一系列“她”。都是这样一些柔顺良善隐忍求全的好女人。即使像孙爱玲《悠悠湖畔草》中的方可欣这样一个出洋接受过西方高等教育的女子，时代新女性的教化痕迹也只在她上班时显示出来，当她一回到家里，便立刻成为一个因老大未嫁而在家中必须逆来顺受的受气包，既做任劳任怨的老母又做忍声吞气的童养媳妇；当她好容易找到对象要结婚时，又因担心自己不洁的谣言会玷污男人的名誉而放弃。正是诸如此类的唯利他主义的女性美德，使她们成为人们同情、怜惜与赞美的对象。换而言之，也只有这样的女性形象，才符合华人社会的审美观与价值观。

值得注意的一点是，职业女性一般是接受过现代教育的新潮女性，这是一个与传统女性角色以及附庸其上的传统美德很难协调的身份，因此，在早前女作家的叙事语境里，“时代新女性”并非褒义，如陈琼华《隐忧》中的女主人公为了养家糊口，不得不走出家门到社会上工作，于是在作者的笔下，她从昔日朴实的主妇，变成精明、势利、见多识广的“时代新女性”。“时代新女性”不仅与从前的家庭主妇相对而成为贬义词，而且这些职业女性常常也会在作者的笔下成为问题女性，因为她们不是成为男人“门外的女人”，就是小姑独处，在世人心目中成了快变态或已变态的老处女。而袁霓的《伞》，则多少道出了她们如此委曲求全的原委：一个女人无论如何成功，都仍然需要一把为她遮风挡雨的伞。伞的意象强烈地表达了她们与男性构成的社会性关系特征。可想而知，为了获取伞的庇护的女人们，也必得要付出迎合伞的意志与价值观的代价。

马华女性文学的领军人物戴小华曾在《谁说我不在乎》中谈到：“女性想在这个仍以男性为主的社会中脱颖而出，一定要使别人因你的才能所吸引，而非因为你是女性……女性想在事业上更进一步，一定要得到男性的尊重。而男人对女人的尊重，不单只看你的工作表现，更和你的品德分不开。”可见，东南亚的华人女性，在特定的社会现实中只是在承认现实的前提下力求做出有利于女性生存与发展的选择。因此，在女性形象的塑造上，自然会倾向于满足男性社会对女性的传统期待。

2. 现实境遇中的露丑指向

也许婚姻是东南亚华人女性最为现实的大问题，“华侨社会旷男不多，怨女却到处可见”（戴小华语），女作家们不能不从此类叙事中体现女性问题之所在。有意味的是，在此类叙事中，女性的社会身份与文化地位常常隐而不见，或者说并没有成为决定她命运的显在因素。无论她出身于何种背景，受过何种教育，有否职业，区分她们的身份标志与价值评判似乎只有两种——未婚或已婚。她们的心理活动、思维方式、处事方法也没有明显的区别，凸显出来似乎也只有两种传统女性形象的特征。一曰“弃妇”：一哭二闹三投井上吊；一曰“怨女”：一嫉二恨三自怨自艾。女性幸与不幸似乎完全取决于婚配与否、嫁得得当与否以及男人可靠与否。女性无论学历多高，事业多成功，只要她未能把自己适时嫁掉，便是个问题女人。对家庭来说，有女嫁不掉不光彩；对社会来说，单身女子的存在是威胁他人婚姻的最大“祸由”。纯纯小说《暮春》中的女主人公本该还是如日中天的青年女子，就因为没能把自己嫁掉，却成了暮春的景色。欣荷《门外的女人》，叙述一个未能把自己嫁出去的单身女子，因为情感与肉体的双重寂寞，更容易坠入情网成为有妇之夫“家门外的女人”，“锅边的新鲜菜”。而对已婚女人来说，她们遇到的最大问题则是丈夫对婚姻是否忠诚，这直接关系着她们人生的幸福感。以小四的《幸福》为例：女主人公原来嫌丈夫没有出息，甚为失落，常常自怨自艾，后来无意中发现看上去风光无限的好同学的发达丈夫有外遇，反而觉得自己能守住一个虽然不发达但没有外遇的丈夫很幸福。比较他人不幸而产生幸福感，原是人之常情，但如果作为一个具有诱导性功能的文学文本，用此叙事方法来解决女性心理与女性命运存在的问题，显然不无局限。

相对于正面颂扬女性美德的文本来说，还有一批专以揭短露丑为叙事意图的作品。那是一群在作者笔下举止不雅、修饰打扮没有品味的女人，无论是太太还是佣人，是富婆还是穷妇，是职业女性还是家庭妇女，她们大都浅薄虚荣，拜金贪心，矫情做作，平庸俗气，心胸狭窄，家长里短，胸无大志，脑无点墨。无论是在经济生活中还是在情感生活中，不是骗人就是被人骗，她们的悲剧性常常因她们自身品行的浅薄丑陋而变得可笑。如柏一的《千元贵妇》，说的就是一个实际上已经没落却不甘寂寞，挖空心思出入于名流之中的贵妇人，后终被人识破、自取其辱的故事。还有最常在女作者笔下出现的一干大龄女子，既自作多情又自命清高，偶动凡心又总被男人玩于股掌之中，一夜风流常可笑地付出相思泪，如戴小华的《白马王子》。而小四的《天凉好个秋》，最可看出作者的贬扬好恶：本来按照东南亚华人社会的观念，第三者是很不讨好的角色，但叙事者“我”从原先同情被婚外情伤害的表姐立场出发，最后却以同情让表姐受伤的“那一个女人”态度告终。而“我”之所以如此转变，全因为表姐的言行举止太过不雅，与表姐夫的风雅有天壤之别，故他们的私情才令人同情。

女作家们不约而同把笔尖对准女性丑陋面的刻画与揭示，显然与当时东南亚社会工商化进程中日益风行的拜金倾向有关。她们在持守传统与迎合现实之间，不由流露出对女性自身素质与瞬息万变生活的潜在焦虑与审视。但由于采取的是露她人之丑的叙事角度，故叙事者地位通常是居高临下的，态度是挑剔的，口吻是嘲讽的。这种热衷露她人之丑的传统笔致，在带给人们一定警示意义的同时，也流露出她们在性别文化层面上现代自省意识的相对缺失。但正因为如此，东南亚华人女性的创作才最为真实地反映了特定时期东南亚华人社会的生活形态与意识形态，最为逼真地描绘出浓郁的南洋社会风情与中国传统理念相生的风俗画。

3. 现代角色与传统母性延伸开的女性关怀

陈琼华在其小说《还乡客》中所表现的母亲，是所有下南洋谋生的“番客”母亲的缩影。在华人族群的所有人心底，都有这样的一个坚忍不拔、任劳任怨的母亲，她的爱不仅惠泽儿孙，而且还以德报怨惠及乡亲，这种母爱品格深深扎根于华人女性的文化气质中；而作为新一代的华人女性，随着日渐开放的社会风气与女性在政治、经济、社会上的地位大幅度提高，她们有更多的机会参与社会活动，接受现代思潮，扩大人生视阈，提升心智层面，从相对封闭与狭隘的生活形态与认知形态中走出，对自己有新定位新期许，对人生也有新观察新思考。她们的笔触不再大量停滞在个人情感与婚姻家庭的叙事模式与叙事习惯上，而是开始越来越多地延伸到社会的各个层面与各个角落去，以东南亚华人女性特有的宽厚温婉，关注现实问题，体察人性维度，凸显其越来越强烈的社会责任感与忧患意识，从而也凸显了她们的忧世情怀与人类关怀。

马华作家戴小华凭借80年代后期的话剧《沙城》“一炮打响”。这部剧作通过大马社会变迁与家族的演变，聚焦于道德与人性，展开戏剧纠葛与人物冲突，展现浮华世界的人心百态，扬善贬恶，讴歌正义与崇高。该剧以其人性刻画与社会批判力，使东南亚华文女作家的艺术创作达到一定的思想深度。在其散文集《永结无情游》中，戴小华更是凸显了这种特点。她的记游不再是常见的游记，她不仅描绘与再现了世界上的自然与人文交相辉映的景观，更还以人文情怀去透视并思索存在于景观内外的世界性问题。她从小贩歇斯底里的售卖行径中体察旅游点“世外桃源”假象的用心，她为人类自身之间的残杀所导致古老文明的毁灭感到痛心，为人类对自然的掠夺与人为操控下的动物屠杀而激愤。她对人世的慨叹与议论，代表着华人女作家的血性深情和理性思考与这个大千世界的联系。

爱好写作，同样爱好旅行的新华作家尤今，把东南亚华人女作家这种以旅行世界的方式，在生活中走出女性个体世界，在文学中注入探察人性的精神欲求与洞明世事的母性关怀，张扬得淋漓尽致。“世上的繁华与落后，雅洁与肮脏，富裕与贫穷，美丽与丑陋，原都是现实生活的一部分。湖光山色的妖媚，固然令人魂牵梦萦，穷街陋巷的朴实，也一样叫人难以忘怀。”她们使自己的记游不再耽以山水的优游与玩乐，而是成为开拓自我人生的心灵游历。于是世界各地的风光人情，在尤今细致入微又不失情趣盎然的笔下，成为读者们都会拥有的“奇异的经验”——尤今正是以《沙漠里的小白屋》等一批游记，在打出自己的文学天地与知名度的同时，也打开东南亚华人女性创作的一片新视野。她的小说系统地再现社会存在的各种矛盾与问题，对现代都市化进程中附生的毒瘤进行剖析。如《织布匠》《香蕉美人》《沙漠的噩梦》《合乃流泪了》等，对生活在社会底层的劳动妇女与背井离乡的打工者们的命运给予了深切的关注与同情。作为一名职业教师，尤今对青少年的成长与教育问题尤为关注。其长篇代表作《瑰丽的旋涡》就是围绕着青少年的成长之路，展开对学校、家庭和社会三方面的问题的探究与揭示。其创作的大量小说、散文、随笔也都涉及这方面的问题。《那个像豹的女子》和《魔鬼与警铃》，主角都是问题学生。她们虽然年轻，但性格非常复杂，在复杂扭曲的人物性格后面是复杂扭曲的家庭。尤今从这角度撕开了新加坡当代城市生活的一个隐秘角落，视角独特，富有洞穿力。

随着受过高等教育的职业女性大量出现，在社会上拼搏的职业生涯也使女性创作渐渐游离此前较为单一的取材定式与叙事模式，如尤今一样将职业与创作结合，成为她们的一个鲜明特色。如新华作家蓉子曾从事的行业与疗养院敬老院有关，这使她更关注老年这个弱势群体的生存处境与心态问题。她把自己开办的养老院命名为“阳光老人院”。她的经典社会关怀系列散文《谁道风情老无份》《芳草情》《烛光情》等创作，便建立在这份融合了职业责任与母性温暖的极现代又极传统的情怀上。而在同是新华作家尤琴的创作中，可以看到现代生活与视野的拓展在给作者带来跨地域性和历史性题材元素的同时，也使她的关爱与悲悯折射出博爱的光辉，如《素丽叻要去合艾了》描绘泰国山地人民生活的艰难困苦；《桥》呈现马来西亚平民的挣扎与抗争；《老姨和她的时代》展示的则是印尼社会动荡不安的一幕。马华作家朵拉的创作更如万花筒，擅长写情爱短制小说的她，对微妙繁杂的人性隐疾和斑驳陆离的众生世相，也有技高一筹的剥离与呈现。庸人自扰，自作多情，作茧自缚，同床异梦，心怀鬼胎，流言蜚语，虚情假意，窝里斗，冷漠，近乎干涉隐私的“热情”，人一走茶就凉的人情，人心难测与人性悲哀，都在她四两拨千斤的笔下活灵活现。不过，她的笔端并不尖刻，她擅长于“恰在人生憾事的苦味中渗透出人性的美，道德的美，远离自私的美”。按著名作家邓友梅在《朵拉的散文》中所说，这是朵拉作品的“格”，而“这‘格’产生自善良、单纯的‘女人心’和美丽、明净、敏锐的‘艺术眼’”。其实，这也是东南亚华文女性创作的一个特色，谢梦涵的《董事长》，孟紫《今后我是真的》，碧玲《撑伞的小女孩》《鸡翼》，雯飞的《北渣夫》《派报员》，明芳的小说《车祸》等大量作品，都体现了这种由传统母性情怀构成的“女人心”与经由现代生活历练而成的“艺术眼”，这使她们的创作有了一个新的地平线与亮点。

4. 西方文明与传统观念挤兑中的女性意识

东南亚各国有一共同点，那便是它们一方面极力融入全球化经济发展进程中，在物质上接受西方文明；另一方面极力维护并倡导本土传统文化，这种维护甚至因为面临西方物质文明所派生的强势挑战而得到更着意的强化。在此大背景下，华人女作家同时还生活在一个相对稳定的族群文化圈内。在这里，生存高于一切。为经济地位而拼搏，几乎成为华人集体无意识，处于弱势地位中的女性更不例外。家庭婚姻形式经由社会制度的保障，而与经济利益的保障紧密联系在一起，促使华人女性与社会主导性观念与话语保持同步一致，从而也使传统观念思想中所蕴含的男权意识与性别秩序更显得根深蒂固。总之，华人整体的生存矛盾与危机感冲淡了性别矛盾与女性生存的危机感；经济利益弱化了性别差异与性别歧视的尖锐性，远离政治的儒商文化氛围，生存需求的经济依附心理，使东南亚华人女性普遍缺乏政治敏感与角色的困惑。反映在她们的文学实践中，以传统审美规范为尺度满足男权社会对女性的传统期待便在所难免，沿袭便在所难免。因之即便是在她们特别擅长的女性形象塑造上，无论是人物的喜怒哀乐，还是命运的悲欢离合，大多都会被描述成个体间的差异，一般都被归咎于某个男性的个体责任，缺乏对性别文化制度本质的洞察与揭示。

尽管如此，她们的创作也并非都是“男性的写作”——并非完全不自觉地混同于他者的经验与体验、模仿他者思想与表达的写作。首先，作为全球化现代化语境下的女性作家，女性意识的觉醒几乎是当今不可回避的一个文化现实。其次，作为处于性别和文化双重边缘地位的华裔女性，对于文化传统与性别制度对女性身心的压抑与伤害，她们深有体验，束缚总是与破茧并存，屈从总是与抗争相生，对自我的确认也是人性的一个高度，所以华人女性对自己的性别处境、性别遭遇也不可能是全然麻木、一味认同并承受的，她们也有“觉醒”的诉说，有时甚至相当强烈。再者，对女性形象的塑造与对女性心理的表现，既然为女性作家所热衷并擅长，那么通过这样的方式，女作家也自会激发出自身生命的真正感觉，心灵的确切感受与诗性的真实力量。何况，女作家的成长经验是与全社会乃至全球性的成长经验紧密相关的，因此，有别于传统审美观价值观，有别于以男性为主导的社会意识的女性意识，在女性作品中的产生十分自然。只是相对于世界其他地区女作家创作表现出的“女性意识”形态来说，生活在东南亚这个特定社会文化圈中的女作家有其自身特点罢了。

例如，在许多女作家创作里都能看到，她们一方面印记着传统文化，一方面却又不无自省，尤其是对传统妇女观的反思；一方面表现本土男性中心主义的现实存在，一方面又体现多元文化交汇下两性关系矛盾所在，如柏一的《烟绕一颗心》《蛹期漫漫》《荒唐不是梦》和《糖水酸泔汁》等。柏一特别擅长描写都市职业女性的性别境遇，她们一般总是处在敏感而公然的性别歧视的社会场景中，但经过极为艰难的历练，她们在这种环境中打磨成钢，成为拥有自尊、自爱、自立、自强的现代素质的女性。戴小华《悔不过今生》中的女主人公叶佳，就是一位历尽情感坎坷与身心磨难，最终走出命运怪圈，享受独立自强、奋斗成功喜悦的女性。而她身上特别体现出来的女性对自我身份的确认，对自我价值的肯定，对来自男权文化认同的唯一性与重要性的抵触与消解，其实就意味着、折射着华人女作家对女性形象的审美从传统到现代的潜在转变，表明她们从迎合到自主心态的悄然转化。

一直坚持文学创作的朵拉，在其作品中也一贯体现着她对女性生命价值的探求，对女性生活真谛的思考。她善于表现女性与日常生活的关系，在其中显现女性意识萌发的蛛丝马迹。如在《问情》等系列小说中，家庭主妇虽然习惯性地以丈夫为中心，但对这种迷失自我的生活却开始有了深重的困惑。这种困惑在微型小说《唱片日子》中得到经典的表现：唱片在重复，时间表在重复，主妇的生命也在重复中转眼白头。她唯遗有一份渴望：“我不要再做一张唱片。”精短的小说语言与体式，精要地营造出重复枯燥、毫无创意、了无生趣的日常生活，改变自我生命与生存形态的意识于其间昭然无余。于是，在《单身女郎》和《十九场爱情演出》中，她们开始用行动走出困惑，选择不做唱片的生活方式，重建自我价值观与人生观。那个把搁置多年的文凭从衣橱深处翻出，用熨斗烫平，以期持之通往职业生涯的细节，典型地再现了华人女性角色所特有的在现代与传统之间、在社会与家庭之间的挣扎与代价。

不过，对马华作家爱薇来说，女性自立自强的代价不过是对往日不如意生活的彻底埋葬。她的《晚春曲》塑造了一个全然不同于传统模式中的女性形象。她不再面对婚姻变故怨天尤人哭天抹地，自尊自爱激发她的自强自立，她在变故中凤凰涅槃，从此获得新生。从某种意义来说，这也是东南亚华人女性意识的新生。蓉子的《趁我年青》、曾沛的《上司》等作品中的女性形象，都因具有女性意识而洋溢着不同于传统的现代都市文化气息。

最能够说明她们与文学关系的是著名新华女诗人淡莹的《家务诗五题》。其中之一《吸尘》写道："尘埃/悄悄落在/墙对墙的地毯上/我没有诗的生活/也沾满了厚厚的/尘土/希望这一管柔软若蛇的/真空/在三十分钟/吸尽世上的污秽/人间的荒谬/最要紧的是吸干净/蒙在心中多时的尘垢/好让我谛听/诗的种子/破土而出的声音"。诗人言犹未尽，在注中附言："最近忽觉得生活似乎失去了意义，思考再三，始知是没有写诗之故。"诗中出现的没有诗的意象，很能表征文学创作对她们存在的意义，其责任感与使命感也正是在"诗"的书写中才得以自然实现。因此，有理由相信，只要她们在写，她们就会不断地听从自我生命的召唤，追求真正属于自己的表现与表达。如果说文学创作是因为人类心灵的需要而产生的话，那么这也是生活在东南亚华人社会特殊环境中的她们心灵的需要。

二、在东方与西方之间：欧美之观

相对于东南亚地区，欧美华人女性处于比自身传统强势得多的西方文化圈内，因此，文化差异的相吸与排斥并存，同化与反同化的现象共生，从早期的留学生到后来的新移民，华文写作既慰藉她们融入西方社会的焦虑心灵，又释放着对民族文化的顽强情结。20世纪五六十年代，中国台湾留美学生潮带动北美"留学生文学"的产生，成为北美华文文学兴起的一个重要标志。独在异乡为异客的漂泊感，浓郁的文化乡愁，包括种族歧视、学业、就业、婚姻等等问题在内的生存困境与压力所造成的抑郁，形成北美留学生文学的内在美学况味，引起华人世界的共鸣，产生重大影响。而身置其间的美华女作家，更是以其特有的女性敏感与艺术领悟力，在留学生文学中脱颖而出。她们的名字与作品不仅流传一时，且影响至今。20世纪八九十年代，随着中国的改革开放，留美热潮的持续高涨，新移民的大量涌进，北美华文女作家群不断扩大，於梨华、聂华苓、陈若曦、欧阳子、严歌苓、查建英、周励、张翎等几代女作家，各显身手，老作家打下的深厚积淀与新作家的群起锐进，在北美大陆描绘出一片属于华文女性创作的斑斓天空。如果说“美华文学研究逐渐演变为华文文学研究领域的一个热点，方兴未艾的世界华文文学研究出现了重心从东南亚向北美转移的趋势”（陈晓辉语），那么，毫无疑问，女作家们的创作业绩是促成这个趋势的不可忽视的重要力量。

与北美情况略同，随着20世纪五六十年代开始的台港澳乃至大陆华人文化精英流向欧洲，华文文学在欧洲土地上生根发芽。但由于当时居于欧洲的华文作家与其创作都呈零星状态，彼此沟通少，力量相对分散，且中文报刊尤其是华文文学刊物在欧洲难于生存，致使华文作品的发表困难重重，加上欧华文学处于极为强势的西方文化壁垒与语言环境中，故边缘化严重，难以进入西方文坛。这种情况很大程度上制约了欧华文学的发展。但即便是在如此不利的创作环境与条件下，欧华文学仍然涌现了一批优秀作家，其中又以女作家居多。

随着20世纪七八十年代留学生与移民高潮的到来，来自中国的女作家使欧华文学队伍得到迅速扩张。赵淑侠、凌叔华、龙应台、郑宝娟、吕大明、虹影、林湄、张弄潮等新老女作家，以其创作体式与风格的缤纷多样汇聚成势，令欧华文学生机勃发，面貌日新月异。从老枝新发的赵淑侠到“龙卷风”龙应台，再到近年来颇具影响的虹影，正是活跃于英、法、德、瑞士、比利时、荷兰等欧洲诸国华文女作家的代表。她们的作品不仅盛行于华文区域，更还以多种西方国家的语言翻译出版。经过华人作家们的共同努力，华文文学在欧洲渐渐得到承认，华文刊物渐多。为了促进欧华作家之间的交流与文学发展，在赵淑侠的倡导下，1991年3月，欧洲有史以来第一个全欧性华文文学组织“欧洲华文作家协会”在巴黎诞生，赵淑侠任首任会长。该会成立之初有60多位会员，其中大多数为女作家。1998年，欧洲第一份中文文学杂志《荷露》，在女作家林湄与其同伴的努力下创办。可见，在欧美华文文坛上，女作家已成为名副其实的中坚力量，她们的创作及其文学价值，获得了世界性的广泛关注与认同。

1．“无根一代”的女性体验

20世纪50年代留学北美的第一代女作家群，有着大致相近的迁徙背景：从祖国大陆迁至台湾岛，再从台湾岛飞往陌生的北美大陆。这一批人几乎都是在中国传统文化与古典文学的浸淫下长大的，此时又从传统保留较完整的台湾飘零国外，完全置身于异己文化圈与社会圈中。她们一方面在心理上必然要承受从身份到地位迅速边缘化的现实危机，另一方面在现实中又必定要经受从文化到观念的强烈排异所造成的心理危机。无根的漂泊感，浓郁的文化乡愁，化为文学的形式与意象，成为她们的心理需求与精神补偿。於梨华，一个全程式经历了50年代留学生涯的女性：在美国学校获米高梅文学创作奖与硕士学位，与同为华人精英的一位物理学博士结婚并生儿育女，不仅在心灵深处体验了乡愁，特别是文化的乡愁，更还在具体生活中体验了由文化差异性带来的种种问题与危机。她以女性特有的对事物的敏感及感受力、表现力，将这一切付诸长篇小说《又见棕榈　又见棕榈》，形成人所共鸣的具有强烈现实感与美学况味的“留学生文学”。换言之，“留学生文学”之特质，被於梨华以极具代表性典型性的个人体验与文学叙事体现到了极致。正由此，这篇小说被公认为“留学生文学”的开山之作，她本人也以“无根一代的代言人”而蜚声文坛。

《又》中的男主人公牟天磊在传统文化的熏陶下长大，60年代随留学之风赴美，苦熬十年后虽然得到一纸博士文凭，找到一份工作，但却始终无法摆脱孤独与迷惘的心态。他既无法完全融入美国文化意识中去，把自己当美国人，又与日思夜念的故国亲友在交流上渐渐疏离。如果说，“又见棕榈　又见棕榈”的呢喃式意象折射的是无根者的幻影，那么，其长篇小说《考验》直面的则是他们这批人所构成的移民家庭的生存现实。在《考验》中，於梨华成功地把中国传统性别文化图景置放在中西文化交锋的背景下描述，使其所揭示的华人精英们复杂的心理危机与生存困境更显精辟与独到。在她的笔下，华人男女精英不仅置身于由种族歧视所造成的边缘困境中，而且还置身于白人与华人共有的性别歧视所造成的双重边缘困境中。《考验》的女主人公吴思羽在留美校园里“钓”到高才生乐平后，便一洗铅华，关起门来做全职太太，最时髦的留美学生身份与传统女性角色定位观的结合，使吴思羽理所当然地扮演了这样的角色：她的留洋似乎只是为了能够更高级更体面地嫁为人妇。而她的留洋身份决定了她在婚姻中的分量与筹码以及她对婚姻的期许与回报。当回报不能兑现，当期许总是落空，处于美国社会对华人定位与中国传统文化对性别角色定位双重困境中的夫妻俩，便内战频发。有一个细节很能说明这个问题：吴思羽因不满丈夫不成功而导致不满现状，于是开始外出结交包括白人在内的朋友，这使黄种人丈夫感到巨大的精神压力与心理压抑。大男子主义的传统情结与身份，在社会与家庭生活中同时遭遇双重边缘化而产生的焦虑，使他做出偷窥妻子内裤这样大失身份的举动，最后吴思羽愤而出走。“出走”常常被当作女性反叛常规生活的开始，有意思的是，如果把吴思羽的出走与美国影片《克莱默夫妇》中乔安娜的出走比较，便会看出其间的不同之处：二者同为中产阶级家庭主妇，乔安娜为寻找自我而出走，弃夫贵家和于不顾；吴思羽则是因实现不了夫贵妻荣的预期而导致对丈夫的失望而出走。於梨华的笔不仅刻画出文化乡愁中的“无根一代”，更是深层次地揭示了华人女性的精神危机。这也是作为女作家的於梨华最能体现其女性创作特色与文学成就之所在。

与於梨华堪称双璧的聂华苓，以60年代的《失去的金铃子》、70年代的《桑青与桃红》、80年代的《千山外，水长流》等长篇小说而名世。其代表作《桑青与桃红》，以同人异名的典型手法，宏观地展开对无根一代历史渊薮的叙写，表现被命运所强加于的放逐与逃遁，不断的出走与不断的流离失所，以致身份错乱到难于自我确认，造成她们从文化角色到人格精神的分裂，造成她们无可归依的现实窘况。《千山外，水长流》的女主角莲子身上寄寓的也是海外华人暧昧难言的身份特征：他们是混血儿，在故国他们是客人，在居留国他们是外国人。他们注定悬空在两种文化之间，两个时空中间，感受飘零的沧桑。聂华苓的女性视角特长之处在于，她将历史性的变迁轨迹落实在女性于父权社会中逃亡的经历。她不仅描述了各种变乱带给人们无奈的逃亡，更揭示了女性对男权的依附在变乱中所呈现出的苦难形态，并以此象征化、寓言化了逃亡者的生命形态与精神弱质。

2.“绿叶”对“根”的女性言说

60年代留学欧洲并结婚生子定居于瑞士的赵淑侠，与於梨华们的经历如出一辙。当她重新拿起笔时，从小说集《西窗一夜雨》到《当我们年轻时》，写的都是“无根一代”的两难处境与惶惑。如《西》中作为杰出人才留学德国的陈志翱，原该有着想当然的前途无量，谁知在他精英身份的背后，是生活的不如意与事业上的不得志，这与《考验》中的男主角境遇如出一辙。正如赵淑侠借《王博士的巴黎假期》中的王博士之口，道出他们在西方的真实处境与心境：“自己该到哪里去呢？美国、瑞典、德国？……啧！不管去哪里也是一样的难，一样地当外国人。”

也许正是出于这种共同的飘零与迷惘感，她们在后来的创作中不约而同地表现了回归母体的主题，促使赵淑侠成名作《我们的歌》在1978年的诞生。《我们的歌》中塑造的三个留学生形象各具典型性与代表性，其中余织云的形象集中反映了当时留学欧美女性普遍存在的充满两难抉择与矛盾的心路。她对母亲“女人顶重要的是嫁个好丈夫”的传统想法不以为然，但在现实面前又觉得可资实用；内心深处的传统情结使她对西方文化不无抵触，但在现实生活中又受西方物质生活诱惑；爱江啸风但又不想与他回到已生情怯的故土去，选择与何绍祥留在异域生活又不免心有戚戚。经历了有形无形歧视下的生活，他们三个最终都走出内心的郁结。江啸风为了民族文化事业，牺牲自己的学业、爱情；余织云经历了重重失落与痛苦后，跳出心灵的樊笼，出走回国；一心想做“世界公民”的青年科学家何绍祥，在无情的现实面前也醒悟过来，并严正宣告，“我关心的不再是个人的成败荣辱，而是要以中华儿女的身份，在国际科学界放射奇异的光彩来，要让所有西方人说：这个优秀的科学家是中国人，他的成就和荣誉是让我们羡慕、敬佩的”。小说较为全面地呈现了中国留学生、华侨华人在欧洲的生活境况，呈现了他们在西方文化背景下的认同与背离、追求与失落、理想与现实之间的生活境遇与复杂心态，表现了他们对人生观与价值观的重新定位，以期实现赵淑侠的写作初衷，即中国人要回到自己原来面貌，以自己的文化和传统为荣，自信、自强与自爱。

无独有偶，这种回归民族家国本位的创作初衷与意念，在於梨华70年代创作的《傅家的儿女们》中已露端倪，到80年代出版的《三人行》中，她更是旗帜鲜明地发出落叶归根的信号。在《傅家的儿女们》中没有实现的愿望，在《三人行》中的两位老教授陆耀先和傅光宇身上彻底实现了。傅博士第一次回国，看到祖国的情形，便明白自己最需要做的是什么，他下了不要任何优厚待遇也要留下来工作的决心。陆耀先这位在美国生活了三十多年颇多建树的学者，是那样高兴能回到祖国讲学，一心要为振兴自己的国家与民族出力。尽管他们在国内的亲属以往也曾遭遇伤害，国内各方面条件至今也仍不尽如人意，他们有过很多不适应，有过失望与不满，但改革开放的大气候，亲近故土的行为，渐渐消除着他们的误解与隔膜，激发了他们寻找个人价值真实意义之所在的激情。於梨华作为留学生中的一员，触摸着国内外形势发生的巨大变化，敏锐地感受并捕捉到这一代华人精英内心世界与思想随之发生的波动与变化，而另一位颇具实力的女作家陈若曦的小说《向着太平洋彼岸》之名，正可以囊括此类创作的主题意旨。可以说，经由女作家的倾情而作，落叶归根的精神指向成为当时华文文学中的主导声音。

不过，从性别分析的角度来看，会发现《我们的歌》除了有那个时代文学叙事所通常难免的意图直露、说教直白的流弊外，人物关系也打上了那个时代所特有的典型烙印。如余织云从贪图生活享受的物质女人到自我觉悟做有精神的人的过程。其中男性爱人加先进启蒙者的引导居功甚伟，而这是中国革命文学叙事中性别关系的一个经典模式。这在一定程度上说明，不仅是中国古典文学，还有现代革命文学也在对海外华文文学产生影响。

散文一直是女作家们较为偏好与擅长的文体之一。欧美华文散文创作琳琅满目，不一而足，典型者有吕大明。与赵淑侠经历相似的吕大明，以其中国女性特有的典雅、婉约、含蓄、柔美的言说韵味，把蕴含着中国古典文化浓厚底蕴的绿叶，以散文的形式，伸展在欧洲大陆上，令人刮目相看。吕大明是学者型散文家，她既倾倒于西方文化之精粹，又痴情于中国文学之博大。从她的散文中，既可见她汲取儒、佛、道、基督教等中西教义的影子，又可见她无处不在的中国古典流韵与西方修养的品位，同时发散着一种至情至性至爱至美的人格风度。这一切，构成吕大明散文高远而古雅、深邃而精致的言说风格与艺术魅力。如她的《候鸟心境》，引屈原《抽思》之"望北山而流涕兮，临流水而太息"作底，写异乡人心境：走进一家中国人的商店，"只为买一帖治乡愁的药方"；"为体验另一种乡愁而不断旅行，从极南到极北，既要治疗乡愁又要体验乡愁，异乡人就在这种矛盾的心境下，穿越过天地，穿越过日月。异乡人也是梦想像屈原《涉江》所描写的：攀登昆仑，渡过游水，逆流上沅江……异乡人所涉的江在地图上是找不到的，从极南到极北，所涉的是一条名为望乡的江……"从屈原到吕大明流贯的"望江"情韵，使她们在欧洲大陆上绽放出属于华文女性特质的文学绿意。

3. 全球化视野下对性别关系的改写

旅居海外的华文女作家，一般都拥有多元文化下多国生活的经验，这也使她们较容易拥有全球性的多角度视野，与对事物的多方位观照与思考。一方面，她们带着中华传统意识的烙印进入西方文明体系，以根深蒂固的东方视角审视西方；另一方面，置身于西方文明圈中生活的她们，难免不受其潜移默化的影响，使她们可以超越本位，对东方文化与形象进行重新审视与发掘。这是一种既不同于以往东西方各为其主的主观视角，又是建立在东西方文化观权衡上的客观视角。很久以来，在西方人心目中，东方女性与其性别关系已定型为西方殖民文化中的模式，成为西方中心视角下想象与虚构的产物。欧美华文女作家所拥有的兼顾多种文化的全球性视野，让她们可以站在一个相对超脱的高度上，既游离自身传统的拘束，又可以洞悉西方的偏见，发掘出既往不曾发现或不敢言说的中国文化与中国女性的特质，以此改写既往的性别关系所象喻的文化关系模式，改变西方读者对中国的刻板印象。近年来，创作业绩相当突出的英华女作家虹影，是这类创作中最具代表性的作家。

在明显强势的欧洲中心主义面前，如何发掘东方文化的内涵，让中国文化以一种开放的姿势争取与世界的平等对话，获得自我认同，这是虹影在进入21世纪伊始创作的小说《k》所蕴含的深层意图。《k》的表层故事建立在20世纪30年代的一位英国青年朱利安·贝尔为寻找革命激情，从英国到中国武汉大学文学院任教，不意与文学院院长夫人林邂逅并陷入婚外情的讲述上。林是朱利安的第11个情人，因此朱利安给她编号为“k”。两人的私情败露后，林陷入似乎并不脱东方传统逻辑的自杀境地中。朱利安回国，最后战死在西班牙内战战场上。

在虹影的笔下，朱利安·贝尔无疑被赋予了某种文化观念象征。他既是男性观念的化身，也是西方观念的化身，当他成了林的情人后，他没想到会陷入这样一个完全被置换的关系中。“k”这个西方符号，一开始就标明从朱利安·贝尔视角出发的对林的在二者关系之中的身份性质。在他的眼中，林最初只是一个他者，只是“k”这样一个无生命的符号，但是随着情节的发展，林渐渐颠覆了k的文化身份。林是一个将“房中术”视为养生之道的东方女性，在来中国之前自认为已是一个中国通的朱利安·贝尔，在林的“采阴补阳”的文化行为中，不仅不能使她如愿成为他预设的“k”的身份，反而让朱利安始料未及地成为林眼中的“他者”，是她展示自我生命观照生命的“他者”，二者关系与预期的巨大落差既给他带来讶异，更带来惊喜；令他迷醉，更给他带来灾难，从迷失到崇拜，最终落入一个他从未想象也从未体验过的“失语”境地，朱利安最后不得不带着不是被预期中的革命，而是被一个东方女性所改变的创伤，以战死的方式寻到对这种境地的解脱。虹影通过林的形象大胆颠覆了对东方女性的传统想象，同时借此也颠覆了西方对中国的想象。这个改写，显然是虹影在全球化语境下，对性别关系所表征的中西文化关系所做的重新审视与想象的结果。评论者认为：“从性的角度关照文化，观照人类终极关怀，这是虹影突出于多数女性作家的一个关键。”（黄咏梅语）

赵淑侠的《赛金花》同样表现了这种全球化视野下的创作特质，她的立足点带来对被西方猎奇者与中国传统女性观双重塑造过的赛金花形象的改写。她突破男性化的历史眼光对历史人物赛金花的习见，将其放在中西文化冲突、交融的历史背景上，用现代女性观点来考察其曲折多变、荣辱与共的悲剧命运，赋予她一种现代意识，塑造出一个崭新的、立体的女性形象，表现出作者对女性命运与现实人生的热切关注与深刻思考。赛金花是晚清名妓，历史的机遇使她曾经在中国近代史上留下过自己的痕迹，其传奇的一生曾被作为文学创作的素材，但是这些创作都是男性作家笔下遵循封建的道德价值观进行的创作。在这样的男性话语霸权下，赛金花是祸国殃民的“红颜祸水”。但是，赵淑侠将笔下的赛金花还原成了一个真正的女人，有自己的七情六欲，自己的爱恨情仇，自己的无奈与辛酸。更重要的是，赵淑侠肯定了赛金花在外交舞台上曾经起到过的积极的作用，从正面肯定了她。在传统男性话语笔下的祸水赛金花，却从与西方人的交往中获得了自立自强的地位，找回了自尊，也找到了真正的爱情。①

如果说虹影的《k》是用颠覆传统中国女性形象来改变西方对东方的刻板印象，那么赵淑侠的《赛金花》则是借助西方的视野来改变东方对传统女性的塑造。站在全球性的文化视野格局中，这样的重新审视、发掘与改写势必还将继续，如虹影新出炉的《上海王》。小说女主人公筱月桂的形象，让人们似乎看到对赛金花故事的重新讲述。她们试图借助对东方文化特质的发掘，对历史场景的重新想象，颠覆既往的文化关系与故事规则，表现那些在传统中失语的女性在历史上所发挥的作用，以期改变人们对女性形象的刻板印象及其存在价值的定位。

---

① 吕周聚：《现代女性视野中的赛金花——赵淑侠的〈赛金花〉解读》，载《世界华文文学论坛》2002 年第 3 期。

4. 中西文化交融中对东方女性的重构

着力于东方女性形象的塑造，一直是华文世界的一个文学重点，欧美华文女作家更是借此来标明自己的文化身份，释放自己的文化立场。因此，她们笔下的东方女性，一般都具有鲜明的传统形象特征。但更为鲜明的是，在中西文化交融的大背景下，东方女性的传统元素，被她们赋予了重构女性形象的魔力。陈若曦，一位先后辗转生活于中国内地、台湾、香港和加拿大、美国等国家和地区的华文女作家，从她对女性形象的重构中，可以看到欧美女性创作的这个渐变过程与特征。廖淑贞是陈若曦70年代代表作《远见》中的女主人公，这是一个典型的贤妻良母，在她身上集中体现了人们所熟悉的东方女性的诸多传统美德。这位本一心一意献身家庭的台湾妇女，为了顺从丈夫的"远见"与获得绿卡，不得不在美国社会的生存夹缝中顽强拼搏，把东方女性的坚忍与忠贞表现到极致。当她完成"远见"使命后，却发现了丈夫对她的背叛，她的忠贞与贤淑在此遭到残忍的戏弄。但美国生活的经历，让她在看透华人男性对女性资源的赤裸利用后没有选择绝望与自杀，而是走向独立。在另一名作《纸婚》中，陈若曦借一种在移民中出现的以"假结婚"取得"绿卡"的行为，以东方女性所特有的人性温暖把一个在表层故事上不无讽刺意味的"中西交融"的故事，真正引向纵深。

与上一辈留美作家相比，改革开放后通过各种途径涌向北美大陆的新一代作家们，其心态与处境已大为不同。冷战结束使他们的去国不再有身世之痛、断根之哀；地理上的全球村概念与文化上的全球化态势，使他们在异国他乡少了许多漂泊感；个体主观上的进取与文化自信，消解了包括生存在内的许多压力。扬东方文化之优势，打入美国主流文化与上层社会之中，成了他们敢有的野心与梦想。求知与冒险的积极心态，使他们对异类文化的不适、隔膜乃至对抗降低到最低程度。反映在文学中，小说主题、题材、话语、格调便与上一代的移民完全不同，"无根一代"与"落叶归根"的意念，被落地生根、反客为主的进取所取代，钱宁的《留学美国》、陈燕妮的《遭遇美国》、周励的《曼哈顿的中国女人》、曹桂林的《北京人在纽约》、查建英的《留美故事》、易丹的《天路历程》、少君的《奋斗与平等》、张翎的《交错的彼岸》等许多作品，就是这时代的产物。如果说从前的女性形象承载更多的是回归民族家国本位之意识的话，那么现在她们表现更多的则是认识美国，融入美国，改善自我，实现梦想，体现自我的诉求。这种诉求自然会影响到对东方女性形象的重构，近年活跃在北美华文文坛的严歌苓，其长篇代表作《扶桑》，正可代表新移民文学的某些特质。

《扶桑》是小说名，也是小说中女主人公之名，她在19世纪后半叶被拐卖到美国做娼妓，因此，她不仅是生活在美国社会最底层的“猪仔”的一员，同时还是华人社会最底层的一员。她们在那里被蹂躏的程度通常使她们活不过20岁。但在严歌苓的笔下，更为奇异的倒还不是她们被摧残为男性享用物的出奇之处，而是卑贱的扶桑被赋予如地母一般的品质。她的身体与身份在被动地承受强权的凌辱，但她的品格却完全不被这种凌辱所驱使。她貌似麻木痴傻的微笑里面，却蕴含母性无边的悲悯与宽恕。扶桑这个意指东方、光明、神木的名字，被用来命名身份最低贱的华人娼妓，本身即充满作者观念性的表达：被强权掠夺下的沦落并没能剥夺她内在的高贵。扶桑的形象在东方传统母性糅合西方基督精神的基础上得以重构。

这种中西交融的写法，其实在严歌苓登陆北美后的成名作《少女小渔》中已初试成功。小渔用假结婚骗取绿卡。在这既违法又违心的勾当中，小渔的“不洁”却逐渐被她身上那种既有东方文明古国之传统的人情美，又有西方世界文化之理想的人性美所取代。一面是底层边缘人的生存黑幕，一面是东方女性温暖的人性证明，她的介入使异域生活与文化形态都发生微妙的变化。这也是最早从新移民中提取“假结婚”现象做创作素材的陈若曦在其名作《纸婚》中着力塑造的女性形象特征所在。当女主人公们在西方阴暗的生存黑幕之下仍发出人性之光时，女作家们的叙事意图一下变得十分明朗：在貌似卑贱的女性形象中，寄托的是东方古国的文化意象，隐喻的是来自遥远时空的人类文明的品质。作者在混淆了天堂与地狱、东方与西方的世俗界定后，又大胆混淆了叙事的主流与边缘、宏大与屑小的认知模式。

在於梨华、聂华苓那一代人的感受中，乡愁是文化的乡愁，文化冲撞曾成为不可弥合的证明。但在新移民女作家的笔下，反思历史、表现冲撞，寻求文化之间的共融与变异，常常是为了寻求沟通与理解，而不再是单纯的不适、排斥或固守。可以说，今天欧美华文文学着力重构的女性形象，体现的是这样一种新的文化理念，当然，它同样体现的也是这样一种文化现实。

综上可见，女性形象作为特定历史与文化图像的显现物，她既承载着传统与文化的遗绪，又反映着时代与观念的演化，当她置身所处的具体现实语境之中时，她又会生成各自不同的言说形态与势态，充分显示各自特质的女性形象。近半个世纪以来，世界华文文坛上涌现了众多才华横溢的女作家，她们一方面置身异域现实，心怀故国情结，体验与感受族裔与性别的双重边缘地位带给她们的困境与思考，以写作的方式，倾诉心声，犹求友声，彼此抚慰，相互鼓励；另一方面文化身份的多重性，文化背景的多元性，思想资源的丰富性与复杂性，与特具个性的性别感受、性别体验与性别视角的契合，带给她们丰富充沛的创作资源。在东方文明与西方文化之间，在古典情结与现代认同之间，在传统观念与现实问题之间，在男性社会与女性自我之间，华文女作家借由文学的途径，既昭示了自身存在的价值与意义，又为世界奉献了大批独具社会影响力与艺术魅力的文学作品。同时意味更为深长的是，她将不仅大大有助于我们对处于国家与文化双重语境间的华文文学的认知与研究，而且还有助于我们对处于文学与现实双重语境中性别问题的认知与研究。

（原载《女性文学教程》，河北教育出版社 2007 年版）

华文微型小说的叙事自觉与阅读期待

作为华文微型小说的长期阅读者、欣赏者与受益者，面对微型小说在我们当下华文阅读市场中所占据的愈来愈大的份额、在读者心目中所占据的愈来愈必要的位置，面对微型小说写作队伍的日渐壮大、写作产量的日益增多，我深深感到，我们的确需要有这样与之相称的国际性学术研讨活动，使爱好与关注微型小说的各方作者与学者，能够汇聚一堂，交流心得、剖析得失、总结经验，切实改变华文微型小说理论远远滞后于写作的现实状态，从而促进华文微型小说写作的持续性繁荣与健康发展。

在收有第一届、第二届世界华文微型小说研讨会的论文集中①，我看到在对华文微型小说的国别、域别以及作家写作状况的综合性研究之外，很大部分论文是对微型小说这个文体体式内涵及特征进行探究与精研的论文，这是近年来在其他体式小说研究中所远远没有的景象。我以为此种景象起码可以反映微型小说可能正处于以下几种相关状态：

其一是微型小说虽然比同族小说兄弟制小篇微，但唯其因制小篇微，对叙事诸因素的铺展容量有限，叙事因素与技巧之间构成的关系空间才如此突显：它既显示了本身极为丰富的可供几近无穷尽的叙事层次的可能，同时又给叙事者提供了极具文本艺术想象力与创造力的诱惑与挑战——日益精湛与高超的叙事，对任何一个叙事者来说，都是一个不可遏止的诱惑。形象地比喻，这是在足尖上建立舞蹈体系。换而言之，最有限度的微型小说所蕴含的最无可限度的叙事能量，刺激着叙事者欲罢不能的叙事实验与叙事热情，这也许正是它成为备受作者与论者青睐之论题的原因吧。

其二还可能反映的是，目前人们对华文微型小说的各种叙事模式仍处

① 第一届世界华文微型小说研讨会论文集《世界华文微型小说论》，王润华、黄孟文主编，UniPress The Centre for the Arts National National University of Singapore，1996；第二届论文集《世界华文微型小说论文集》，司马攻主编，泰华文学出版社 1997 年版。

于一个不能熟练把握或者说还未成型的阶段。从源远流长的“街谈巷语”到现代微型小说，从传统叙事到现代叙事的转换，囚禁与突破、寻求与革新、扬弃与重构，一切都处于摸索与众说纷纭之中。

其三是从这个事实上我们可推证另一个事实的存在，那就是尽管微型小说的写作从来就没有寂寞过，但对华文微型小说进行学理性的探讨却可能一直是比较薄弱的，或者说是不够重视的。而事实也是这样。在中国内地文坛上，80年代初中期的短篇小说，中后期的中篇小说，90年代初中期的长篇小说以及这个时期的散文，应该说都独领过风骚，不仅创作兴旺，评论也兴旺。对这些文体的小说写作，进行技巧上的探索与学术上的批评，成为作家与文学批评家们的职业自觉。相形之下，微型小说还没形成过这样的局面，或者说还没逢上这样的文学机遇。这种历史情况倒给我们今天的研究热情留下了一个充足的空间。

其四是一个与其三相比较后的反映：世界华文微型小说的研讨会在华语华文茂盛的东南亚地区已经开到第三届，不仅可以看到大批华文作家创作、发表、出版的优秀作品，而且还逐渐凝聚了一批学者、文学批评家进行跨国的介入研究与批评，这可说是其他单独体式的华文小说反而所没有独领过的风骚。两相比照，我们不能不意识到载体在这里面所起到的独特作用。在世界华人社会里，华文报纸可以说是最为大众化通俗化日常化普遍化的图文载体，由于报纸自身的限度与限量，其他体式的小说几乎不大可能如微型小说一般，能够一次性在此生存，华文报纸成了许多微型小说作家的摇篮、微型小说作品的原创地。有一个很个体也很感性同时也可能是很有意思的比较，在这里提供出来参照：在中国内地，无论是文评者、阅读者还是出版者，如果说对长、中、短篇小说乃至散文文体都有着更多的艺术性期待的话，那么对微型小说来说，更多的则可能是娱乐性期待。反映在报刊载体上，若报纸杂志刊登微型小说的话，那么便意味着它多少带有大众化通俗化的倾向；而在世界华文报刊上，感觉则恰恰相反，报刊会因刊登微型小说，从而使自身具有了文学性艺术性的倾向。这也许可以解释为什么微型小说这个汉语小说家族中的弱小品种，反而会在华语世界中得到较高品味的艺术期待，包括创作/作家、阅读/读者、研究/评论家在内的从文学生产到接受过程中的全方位的实践。如果说某种文学体式的昌行需要有一定境遇的话，那么也许这就是微型小说这个文学体式在华文文学界中的独特境遇。

其五是一个最根本的反映：微型小说在世界华文文学界翘楚们的鼎力推动下，近些年在华文写作上呈现出愈来愈昌隆的景象，很重要的原因当是微型小说以文学的“节奏”，能与今日时代生活的节奏，获得了同步共利的佳遇。它拥有了在高度紧张的生活中除了追求物质享受之外仍需精神享受的广大华文阅读者。广阔的阅读市场使华文微型小说从文学群类中浮出，它的文本内在的与文本外在的各种现象，再也不能不引起具有社会责任感的文学工作者的关注与研究。而这对推动微型小说在华文世界的写作与阅读的良性发展，又无疑有着相当积极的作用。

从上述概观可见，在讨论微型小说所具有的文体特性时，不能不考虑到它产生的基本功用，首先是要满足大众读者这一阅读层次的需求，这显然使它不能不具有通俗性的一面；另一方面，微型小说又不能不是文学的，否则也会因它失去文学艺术的功能而失去它的阅读期待。因此，微型小说既要满足读者的不同层次的阅读，但同时又要含有提升读者阅读层次的潜在功能。有一个词我以为是可以较形象地刻画出微型小说的这种两面功用的过程：“勾引”。“勾”是伴随着阅读开始就要发生的“勾住”读者的作用，在这个阶段，文本的写作无疑具有迎合性与被动性，这也是内地作家近年来开始很认同的“小说要好看”的写作意识与写作自觉。但“勾住”读者当然不是文学文本写作的最终目的，“好看”是为了什么？文学创作的主动性将紧随其后而牵制着我们，那就是“引”。读者进入文本后，文本才会成为读者愿意走向的彼岸。也即是说，只有更好地“勾”，才能有更出色的“引”。一个出色的文学文本，不仅仅只是满足阅读需要，更重要也是更艺术的是，在于满足阅读需要的同时，能诱发出更高更新的阅读需要，这是读者永恒的阅读期待。

因此，微型小说在华语世界里，可以通过它得天独厚的现代生存条件，摒除或摆脱一种来自微型小说的几乎是“先天”性的不足带给它艺术地位的弱化——因为微型小说的体式表面上更容易让写作者觉得易于操作而趋向“滥作”，尽管在更深的层面上，微型小说在艺术上只能要求它的写作者更加“精耕细作”——发挥出文学独特的精神娱乐功用，引导华语读者的审美趣味，趋向艺术的最终旨归：对庸常生活的认识与扬弃、批判与超越。可以断定，微型小说正要在此基础上，才可获得它独特而长存不竭的生命力。在此认识背景上，回到本论题的核心之一“叙事”上来说，我以为，华文微型小说的叙事，要有一个比其他小说体式更应具备的自觉，那就是它与阅读期待之间更亲密的关系：既要满足阅读期待，又要提升阅读期待。本文想从一个较为纯粹的读者角度出发，考察在阅读期待视野中的几种叙事现象及它们之间可能产生的关系，以期为微型小说的叙事自觉提供一份有助的参考。

一、微型小说的故事性

小说，正如英国人福斯特所说："小说就是讲故事"，或者"故事是小说的基本面"，[①] 从中国古代"饰小说以干县令"（《庄子·外物》）至"街谈巷语"（《汉书·艺文志》）滥觞始，就必含有两个基本因素：一是被"讲"之客观对象，即"故事"。组成"故事"的基本要素是要有时间、地点、人物，以及事件在相对时间里的开始、过程与结束，它们一般是"故事"的客观层面。二是讲故事人的身份。"身份"的成分是一个十分复杂的综合体，比如性别、阶级、职业、角色、经历等等，它们组成了这个特定"身份"所内含的或潜在的立场与观点。有立场与观点，便就会有某种倾向性，道德的、文化的、民族的、政治的或者其他的什么倾向，它们不仅常常作为故事的组成部分，对故事的人物、事件本身直接发生显性的评判，或者在其中直接形成某种寓意；而且，更重要的也是更隐蔽的是，它们对"故事"怎样貌似"客观"的讲述，发生着潜性的制约作用。这些因素一般构成了"故事"的主观层面。概而言之，前者的必然形成了小说的故事层面，后者的必然形成了故事的警诫层面。但凡听故事者，无不期待于此。

张记书的《无标题对话》[②] 刚好可以为我们清晰地勾勒出"故事"[③] 的特性。爷爷给孙子讲自己的工作历史：爷爷上学时，不爱学习的爷爷老考零分，爱学习的爷爷同学老考一百。孙子问：以后呢？中学毕业后，爷爷进工厂打工，同学考大学。以后呢？同学当右派，爷爷升官。以后呢？同学被监督劳动，爷爷升官。再以后呢？同学在"文革"中被打成历史反

---

① ［英］爱·摩·福斯特：《小说面面观》，朱炳文译，花城出版社 1984 年版，第 23 页。

② 载《微型小说季刊》第 7 期，新加坡作家协会 1994 年版，第 14—15 页。

③ 参见《小说面面观》第二章《故事》有关"故事"特性的论述，第 22—37 页。

革命，爷爷被“三结合”成为领导干部。再以后“四人帮”垮台，同学平反落实政策刚要有好日子过却得了病，爷爷升迁；再以后，同学化为烟尘，爷爷再升迁……孙子表现的正是我所要说的听者对故事的潜在阅读期待：对未知事件发展进程永怀好奇与追问。时间魔术形成了小说文本内在的悬念，这是一个故事所应具备的基本特性。

故事时间成为叙事时间，这是表现叙事者对故事时间处理的艺术理念所在。一般人大都会对微型小说顾名思义说：微型小说是中短篇乃至长篇小说的浓缩。这句话从叙事时间意义上来说也许是对的。但是，微型小说不仅仅只是它们的浓缩，即使是在时间意义上。出色的叙事者在这里会充分利用次序、跨度、频率、节奏的处理，使它获得自己的时间生命。它不是因浓缩时间而成为长篇故事的梗概，而是因为它具有微型小说的叙事时间而成为意义完整的故事。

当我们为现代小说写作技巧用时间的叙事处理，使“小说更好看”而花样翻新，出乎意料、叹为观止的时候，却不能不感到微型小说这方面的单调与乏味。如果我们不把它当做一个独立的文学体式来看待的话，它可以是更长一些小说的压缩、梗概、片段和截取，甚而是一则散文、随笔、杂谈、小品。但如果我们确实是一直把它当作独立的体式来看待的话，那么它就应该有其自身的特定叙事艺术。大多数人都会这样想当然地以为：微型小说更容易写，因为在组成“故事”各个因素的结构环节上，它们的关系远比那些长的小说来得简单、简易。“故事”的讲述对作者来说，不仅是节省了笔墨纸，好像也可以同时节省了艺术思维的运作与脑神经细胞的艰巨劳动。这种想当然的“以为”，影响很大，它反作用于作者的叙事自觉，造成对微型小说这么一个特殊文学文体所应具备的叙事艺术规律探究的忽视或偏颇。

我们还可以从阅读感受的事实上，来反证微型小说对阅读期待的这种落空状态：如果读者想读到一个“过瘾”的故事，他一般不会选择微型小说来读；如果他不想只读到故事的话，那么他更不会来找微型小说。这种状况可以指证叙事自觉中两种貌似相反而实质则是上文所指的小说内涵的“故事”与“警诫”两个功能层面的同时缺失。它们也可以从写作的考查角度来如此概述：一是“不为讲故事（指叙事）而讲故事”；二是“为讲故事而讲故事”。前者指的是叙事者对叙事技巧的无能，它往往使小说的“故事”含量流失；后者指的是叙事者对叙事企图的无能，它往往使小说

“警诫”能量消解。二者殊途同源（注意，在具体实践中它们并非如此截然分开，而是互相渗透、彼此影响的），都是对微型小说的独特叙事艺术认识、把握不当造成的，使其“故事”既不好看也不好用。不能否认在这些微型小说中没有出现一点给读者阅读期待造成冲击力的因素亮点，如人物、场景、细节、事件乃至语言、结构等。或者说不能否认，讲故事的人对所描述的对象怀有一定的兴致与想法，但是正如人们对当下中国相声、小品中出现的次等调侃所诟病的那样，那是种“为买一笑强搔痒”的效果，它们不是统一在特定叙事机制下或者说是特定叙事机制所生成的有机成分，它们在文本中是孤立的、外在的。对“故事”进行叙事的理论认识与文本自觉的匮乏，使微型小说在其艺术表现方面不是更精致反而是更粗糙，不是更浑然天成而是更矫揉造作，包括结构和语言、寓意与说教。

二、微型小说的情节性

故事由时间魔术造成的悬念感，当然已远不能满足现代读者的阅读期待。情节也许便是在这样的期盼中被叙事诞生：逻辑悬念开始介入，因果关系造就了比时间悬念更激发想象力也更刺激情感的叙事因素——情节。我们可以演绎微型小说《帽子》[①] 如下，来说明情节的这个基本特性：

果：小孩对妈妈说——我爱你，没头发也爱，要一路爱下去……

因——为什么：妈妈要送给孩子以及同学漂亮的帽子——果

因——为什么：小孩和几位同学一起商定剃光了自己的头发——果

因——为什么：小孩的一位叫做古柏的同学掉光了头发——果

因——为什么：古柏得了癌症，在做化疗……

除了“故事”本身的道德寓意设计外，这是一例情节设计较完美的小说。时间魔术造成的线型顺延悬念，与情节的逻辑关系造成线型倒延悬念相互交叠在一起，使“故事”的呈现具有了艺术文本所应有的多重性阅读质感。

更精巧的情节链节，当推前苏联作家康·麦里汉的《隧道》[②]：列车停在隧道中，因为前方的铁轨在修复，作为乘客的儿子想利用这个时间空

① 作者喻丽清，见《微型小说季刊》第 7 期，新加坡作家协会 1994 年版，第 8—9 页。

② 载《微型小说选刊》1995 年第 10 期。

档，与在此地铁路线上做修道工的父亲会面。父亲得知后便把修复铁轨速度加快，以便与儿子会面；因为铁轨修复时间的提前，所以通车的时间也提前，故儿子只好通知父亲会面的时间提前；因为会面时间的提前，父亲更加快了修复的速度，于是通车的时间也随之提前。因果相互作用，又相互牵制，情节就这样随着故事时间的线型推进而呈链式交叉推进，一波未缓一波又紧，链接频率愈来愈快，主人公愈努力愈朝意愿悖反的结果已然渐显。读者的阅读快感不是由那个被蒙在父子关系鼓里的"修道工"使得他们自己终于不能相见的遗憾造成的，而是在于情节链接而酿成的主人公行意相悖的无奈过程：机巧弄人。同时，这里还有一种"幽默"的艺术质感，只是它不由通常我们熟知的语言来营造，而是由情节。如果有一种语言可以称为幽默语言的话，那么这样的情节也可以称其为幽默情节。是机巧并富有幽默质地的情节，使这个父子不能相会的故事被讲述得不同凡响，极大地满足并刺激了读者的阅读期待。

情节的运用使故事更加好看。波澜跌宕，异峰突起，曲径通幽，柳暗花明。由于受制于微型，小说情节不可能肆意展开，或者错综复杂，这使人们更注重情节表现的质量。要在读者心目中留下情节以一当十所起的强烈效果，微型小说的作者一般都会采取苦心经营情节的策略。我们可以看到很多像中国古代诗人做诗"炼字"一样苦心"炼情节"的作品。挖空心思编辑思维逻辑在生活事件中产生的正反差效应，使"故事"有一个顺理成章的过程与出人意表的结果，从而使"故事"有强烈的戏剧化效果，好像是通向微型小说叙事成功的捷径。

但是，因为"故事"过程演绎的是常态逻辑，结局突显的是非常态的逻辑，使"故事"的戏剧效果集中地在"结尾"处反映出来，以致许多写作者苦思冥想的焦点不是整个故事的"情节结构"，而是一个"结尾"。比如：一篇小说写一个人落水，另一个人见之忙纵身入水救人，非但没有救上人，自己反成溺水者。人问之，答曰，不会游泳。"小说"以此情节因果链节，尤其是"结尾"的反常规逻辑（会游泳者才会入水）式的揭晓，从道德上褒扬了这个有崇高生命感的"傻子"。而与之相反的、具有人格贬义的另一文本，则是由如此"结尾"的叙事完成的：一个人武艺高强，常在各处设馆授徒，名气颇响。一次，一个只闻其名不识其人的抢劫犯，碰巧抢到此人，忽知其人正名，正欲落荒而逃，此人却已将大把孔方兄拱手相送。诸如此类，变种多多，不胜枚举。我以为这是已被许多论者注意到并指正出来的关于微型小说经典文本的“结尾”模式，被众作者争先恐后模仿的原因。由此可见，倘若不能把握情节在叙事中的整体有机作用、效果与意义的话，那么就有可能像我们通常所看到的一些微型小说，好像门外汉学捧京戏，以为被人叫好的只是那一句最高亢亮丽的尾腔，至于唱段本身，倒是可以又乏味又含糊又似曾相识过的。

因而，在微型小说叙事自觉上，我们起码应该对“情节”要持有足够的警醒：一方面，情节因素的介入，可以使平面、线型的故事叙述变得丰满、有机、紧凑、吸引人。但是，由成功的“情节”而生成的逻辑思维模式，会对一些步其后尘而产生的“情节”逻辑思维起定式作用，使大批微型小说的叙事落入某种情节俗套；而另一方面，是对“情节”叙事因素在技巧表现上的缺乏与在文本意义上认识的不足，导致微型小说中“情节”锻造的粗糙，甚至弱化。而后者是使一些“非情节化”微型小说更像是一则散文、随笔、小品或杂谈的写作起因。

三、微型小说的细节性

从叙事技巧与叙事因素之间的互动关系来看，如果说“情节”可以使叙述变得丰满而富有生机的话，那么，“细节”可以促使描写变得具体而形象。细节似乎突显的是生活中某一个最扣人心弦的、是对故事中其他诸种叙事因素的营造起着“点睛”或“放盐”之作用的，并且可以让读者通过它感受整个叙事有机性的焦点。一个细节的崭露，常常会是整个叙事的天机所在。同时，“细节”也是叙事者对描写对象的心理经验、情绪感受在小说中的形象化。

从叙事因素与叙事接受者之间的互动关系来看，如果说，“情节”叙述作用于阅读期待中的欲望，那么，“细节”描写则是作用于阅读期待中的情感。换而言之，“情节”吸引读者的注意力，“细节”打动读者的心灵。从当下华文微型小说的成批作品来看，如果说还有相当一部分作者几乎是“本能地”知道小说的情节可以吸引读者的话，那么对“细节”的功用，可就不甚了了。推理之，可能有以下几个原因：一是对“细节”能够作用于阅读者情感这样重要的文学性功能不甚了解；二是对“细节”表现对文本所起的艺术作用力不够重视，以为在微型小说中好歹能把“五要素”凑合一起交代清楚就不错了；三是即使明白“细节”表现的重要与好处，但由于要在微型小说这样的“方寸”之地上进行“细节”的耕耘，来收获与“情节戏剧化”耕作一样的果实，的确需要较高的叙事整合能力。这样在叙事自觉上，也会促使一些作者或驾轻就熟或避难就易，更多地追求自己对单一的情节叙述能力在文本中的体现。

我们试举黄孟文的《官椅》[①] 来说明上述有关“细节”的观点。“官椅”作为这篇微型小说的命名，其实是已显示了这个“故事”可能具有的“细节性”而非“情节性”（试与譬如“官场沉浮记”比较之）。“小说”描写一个退休官僚在平民日常生活中产生的心理不平衡。庄老先生虽然人退休了，但思维惯性仍在他的官僚生涯中滑行。于是，如今作为普通人的庄老先生整个情态作态，就不能不是一个时时刻刻都要把自己的当下与过去相比较，就不能不是一个坐在家中“官椅”上而官威犹存的人。他接了一个送杂货的电话，就气呼呼的。类似“细节”便引出相关的对比性画外叙述：从前自己在官署做官时，电话拨接由女秘代劳，对下级更是颐指气使的。而现在，却只能对狗发号施令，像抓住救命稻草一样抓住自己昔日官威的余风。为了显示“官威”乍去还在的复杂情态、作态，决定了本文的叙事自觉必将更多地注重细节、刻画细节、表现细节。置放在家中的一把“官椅”，即是显示如此“官威”的一个至关重要的细节性道具，它自始至终牵制着本文的叙事导向，酿造着本文的主题倾向。

然而，即使是在这样的“细节”表现中，我们也会看到大量的直观式的、漫画式的、概括式的描写，而非如“细节”本身的艺术特性所要求那样，它一定是最具个性，最具人人心中有而笔下无的，否则，“细节”就只能是“粗节”了，一种我以为其实是只能显示事物共性而非个性的描写对象。对“细节”的描写，实在是很能显示一个作者的小说艺术功力的。在“细节”上沦为叙述的，形象表现一般会更容易趋向单薄与单面，语言表现一般会更容易接近“应用”性，或者按照理查兹的概念说，是更接近科学的语言而非诗的语言。形象的单平与语言的非诗化，是消解“细节”生命力的致命病毒。这可以说是导致微型小说非文学艺术化的一个重要原因。

也许正是因为“细节”在微型小说这个特殊文体中的写作运行较为困

① 黄孟文：《黄孟文微型小说选评》，新加坡：云南园雅舍出版社 1997 年版，第 24 页。

难，我们现在所看到的大部分作品都是以“情节”结构的。如果从叙事自觉上来说，作者对“情节”表现的追求远远超过对“细节”表现的追求。但也有这么一种情况：在可以“细节”结构取胜的小说中，如描写市井小人之间的心计，君子之间的虚伪，同事之间的争吵，上下级之间的报复，或公共汽车上一个女人的坏心眼，公园里呆坐的一个老人的寂寞，一个主妇对家庭生活的厌倦，一个单亲母亲对孩子的失望等等，有些作者也会挖空心思地给这样以描写人情世态为主的文本，安上一个通常微型小说都要安上的出人意表的“结尾”。比如，我在上文谈到“情节结构”的“结尾”时所举的“武师的故事”。在那个故事里，故事的叙事策略在于“情节”。现在，我们把这个故事的叙事策略放在“细节”表现上进行模仿：一个抢劫犯洗劫了一个人家，这家男主人公在整个被洗劫过程中都表现出极大的懦弱（文中所有细节表现都是为了让读者接受这个人“懦弱”的概念定义），众人赶来后，“小说”推出了主人公身份，原来是大名鼎鼎的武师。尽管读者在此阅读中也能体会到这是生活中名不副实之现象感受的形象化，但因为不是情节逻辑所致，而是在细节感受层面上硬装上的结尾“反差”，整篇小说便显得立意牵强、叙事生硬、结构造作、阅读想象空间狭小，无法产生深层次的阅读期待。

那么，在受文字字数局限的微型小说中，是否能够完全通过“细节”的表现，把小说叙事的艺术理念及功用发挥得淋漓尽致？请读罗斯·奥斯汀的“迷你故事”《马利农场》[1]：

> 那广告上写着：抵押房产出售，若干物品全新未用。
>
> 烈日无情地烤炙着大地，老农无奈地伛偻着走过农场，迎向买主。（细节一）
>
> “早啊！你是屋主吗？”买主期待着问道，“你指的全新物品是什么呀？”
>
> 老农疲惫的眼神扫过那干旱的农田，龟裂的老木屋（细节二）：
>
> “他妈的雨量计！”

很明显，“细节”不仅是建构本文题意的要害，而且是酿造本文意韵的酵母。它不仅给阅读者留下大量的想象空间，并且诱导你进入它所设定的这个想象空间里，领会自己能够感受到的多种艺术效果，比如“幽默”，

① 张至璋译，见《微型小说季刊》第7期，新加坡作家协会1994年版，第59页。

甚而还有点“黑色”。在这里，要特别指出的一点是，本文“细节”的表现，成功地为阅读者指向了它所暗藏在“故事”表层之下的故事情节关系；不仅如此，阅读感受力强的读者，还可以让自己的再创作走向本“故事”之外的情节关系。众多微型小说赖以“结构”的情节关系，被本文叙事暗藏在故事表层之下、故事之外，使得本文叙事能够提供出远远超过本文载体容量的故事之外的故事，一个可以激发阅读者再创作的文学空间。这也应该是用“文学语言”建构起来的文学文本所应有的品质。它体现了作者高超的叙事技巧，让精短的文本充分体现了文学艺术魅力之所在，满足并提升了阅读者的阅读期待。

除了上述我们讨论到的故事、情节、细节等叙事因素的作用外，我们还应该注意到，其实在小说文体家族中，微型小说是最易于通过叙事技巧的运行，产生特定的叙事艺术效果，从而使文本成为实现整体性叙事寓意的文体。这也是中国古代文学叙事艺术留给我们的一笔丰厚遗产，我们可以从史传诸子的文章中，从《山海经》中，从《聊斋志异》中以及很多古代作家的作品中，读到譬如螳螂捕蝉黄雀在后、五十步笑百步、黔驴技穷、高山流水、精卫填海、夸父追日等等流传千古、至今脍炙人口的“故事”。这些故事因其所具有的整体类比性、寓喻性、象征性，而成为具有普遍性适用意义的生活经验、生存道理与生命精神。它们甚至以哲理的结晶形态，千百年来都在深刻地影响着并引导着我们的思维，成为我们民族的一笔精神财富。但在今天的华文微型小说作品中，已很少能看到这样寓意深刻、韵味隽永的佳作了。通俗地说，人们写得很“实”。叙事如何赋予故事、情节、细节这样的“实体”本身以类比性、寓喻性、象征性呢？如何处理文本的“实”与“虚”之间的关系？除了思想的智慧外，这里的确还需要技巧的智慧。但是如果我们在叙事自觉上放弃掉或者弱化掉这个可以说是为微型小说得天独厚而在的叙事资源，那可真是有点暴殄天物了。

以上所述，概出于个人陋见，就此请教于方家。值得可喜可信的是：今天的华文微型小说，在有广大华文读者市场的前景下，在有众多的作家与评论家的参与和努力下，写出能够满足并提升读者阅读期待的作品，一定会化为作家的叙事自觉，华文微型小说将因之更加繁荣。

（原载《厦门大学学报》（哲社版）2001年第3期）

关于中国高校女性学教研问题的思考

中国近年来对“女性学”教学设置、教材编写乃至学科建设等诸问题研讨的兴起，是与20世纪80年代后西方女性主义思潮的西风中渐、与世界性女性学教研风潮的影响与冲击，有着十分密切的关系。正因为有这么一种特定关系，在谈论当下中国女性学教学与科研问题时，就不能脱离它的国际性，确切地说就是西方欧美国家的学术背景。这种情况与20世纪初中国人文主义启蒙者在倡导妇女解放思想背景下兴起的女子教育，其思想来源、教学范式、学术资源大多来自西方的情景，有着相类似的地方。这是中国裹挟在百年来世界性的现代化浪潮中几乎不可避免的一个现代性进程。

但是，在中国具体而特殊的现代革命史进程中，不无残酷的以阶级斗争、民族斗争为主要矛盾的转化，伴随着五四时期高扬的科学与民主、人道主义与人文精神的式微，在妇女解放的表层话语下所必涉及的对性别矛盾问题的探索与解决，没有进一步深入发展成为中国现代革命的必要任务之一，也是势所必然。这实际上也可以从当时的革命主流话语更热衷使用在中国语境中更趋于政治意义的“妇女”一词，而逐渐不用更具有性别意义的“女子/女性”一词中看出，这个把妇女阶层——发育成年并已具一定劳动力的特定阶段的女性[①]——用来作为一种政治力量的意识与态势。这种只用“妇女”力量不谈“性别”问题的主流意识与态势，随着新中国无产阶级政权的建立，不仅没有改变，反而愈被强化。这可以从“中国妇女联合会”的命名，并一统省、市、地、县以下各级“妇联”组织机构，

① “妇女”一词在古代语义学中已被界定为成年的、具有一定劳动能力的女性。如东汉许慎《说文解字》释：“婦，服也，从女，持帚洒扫也。”可见其为劳动力之意指。清陈弘谋序《教女遗规》曰：“夫在家为女，出嫁为妇，生子为母。”可见其为成年之意指。在现代汉语的具体运用中，其约定俗成的语义，正是指处于青壮年时期的女性。

遍布全国各地的“妇女”干部学校，于今遗风犹存的“妇女”研究机构与学术成果的命名中看到。也正是因为这个根本性的原因，新中国成立后，以鼓励妇女参加社会工作，政府实施同工同酬政策为标志的“妇女解放”实绩，使“男女都一样”的思想在社会组织层面上才得以广泛倡导、推广以及认可。与其说“男女都一样”在话语层面上似乎表达是一种性别取向的话，莫如说它其实内涵的是新中国妇女的政治取向与价值取向，它对新中国解放妇女生产力无疑起到非常重要的精神激励作用。

而从另一方面来看，“男女都一样”的妇女解放观，其负面效应在今天的理性反思中，却也是显而易见的：它起码在表象上就笼统地取消了女性性别特征，而在深层次上则简单地掩盖了性别不平等的诸多复杂问题，同时还公然鼓励了一种实质上是以男性为标杆的性别标准与社会风气。于是，除了卫生学领域里的妇女健康研究外，女性问题通过妇联组织的处理，沦为家长里短婆婆妈妈的日常琐事，它不仅无关当时最为敏感的敌我矛盾问题，更无关国计民生的大事要事，女性问题的私人空间化使它无法进入公共空间的视野内，彻底丧失了它的社会重要性，因此女性问题以及隐藏其后的性别矛盾问题，仍然不是以“阶级斗争为纲”的并且面临百废俱兴的新中国所要关注并解决的问题。忽略女性问题的依然存在与认识女性问题性质上的偏颇，导致的直接结果是在意识形态上、人文学科中有关女性学教学设置与研究活动的销声匿迹。在如此国情之背景下，20 世纪 80 年代中后期初露端倪，90 年代繁衍开来，于今方兴未艾的中国女性教研设置及活动，从内在动因上来说，是与中国女性问题长期以来并未得到正面的、全面的、彻底的、清晰的提出、认识与解决有关，这是一个潜在的深沉积累，在思想开禁、观念解放的适宜气候中必然会喷薄而出；从外在动因上来说，则是与中国思想界、文化界、学术界在与国际交流与接轨过程中接受西方欧美国家有关女性学研究思想与教学模式的启发、影响与带动有关。

同时还应该看到，这也是与国际社会科学界掀起世界性的文化研究热，把文化关系作为各个领域里学术研究的重要内涵有关。在大文化的视野中，性别文化已然构成整个人类文化的核心部分。以性别分析作为基本出发点的女性主义批评的视野、方法与立场，之所以到今天能够渗透到包括自然科学在内的各个学术研究领域，进行史无前例的重新认知，正是因为其性别文化的历来无所不在所致。所以，结合我们本国的具体情况，比照西方欧美国家女性学教学的进程、方法与模式，就成为我们今天观照、思考、讨论中国女性学教研设置与活动的基本思路。

一、女性学教学研究与学科建设

综合性高校的女性学教学状况与其他学科的教学一样，必须是与其科研水平的状况紧密联系在一起的。中国高校的教研传统，向来是以教学推动学术研究，以科研提高教学质量。在现行高校教学体制中，学科建设更是既是教学的物质基础，又是教学的质量保障。因此，要谈本土化的女性学教学，首先不能不谈女性学学科的建设问题，否则在高校中实施女性学教学便会失去一个根本的依托与长远的可持续发展的支柱。因此女性学学科的建设，是女性学教学的势在必行；女性学学科的建设问题，是谈论女性学教学所不能回避的问题。众所周知，女性研究伴随着二百多年来从西方渐进于世界性的女权运动与女性主义思潮，而逐渐蔓延、渗透、发展成为一个广泛涉及众多领域的诸多学科的研究活动。由于学术研究的内部规律与学科管理机制使然，女性话语对诸多学科的渗透，在开垦出学科研究领域的另一片天地、开启学科研究方法的另一扇天窗的同时，却也使女性研究更多地甚至是无奈地显示出它某种程度的依附性。

但是，一门在研究活动中走向成熟并具有可持续发展潜力的学术，必将会从依附于它学科的状态中分离出来，形成一个具有一定理论体系、研究范畴、内在学理及学术规范的学科。而一个学科规模形成的鲜明表征，莫过于研究机构的建立。20 世纪 60 年代在美国发生的以《女性的奥秘》为思想特征与文化取向的新女权主义运动，其显著成果之一，是借助大学教育改革之机，把女性问题研究推进到大学中去，使大学讲坛也成为研究女性问题的论坛。这无疑是一个社会运动促动大学教育，促使女性研究在大学里立足、扎根、生长，并逐渐发展成一门学科的绝佳范例。自此以后，在欧美各国，依托于政府机构、民间团体、大学、妇女组织的女性研究机构可说是层出不穷。① 而在中国，由于其特殊的现代史进程，女性研究起步较晚。高校专门性的女性研究机构最早成立于 1987 年（郑州大学妇女研究中心），北京大学中外妇女问题研究中心成立于 1990 年。国内各大

① 金蓓：《当代国外女性学概述》，《社会科学》1996 年第 5 期。

学的类似研究机构大都成立于20世纪90年代以后。仅从全国高校迄今并不长的时间里出现以“妇女”或以“女性”或以“社会性别”为关键词命名的研究机构其各自开设的教学课程与研究项目来看，女性研究所涉及的领域与学科已相当深入与广泛，历史学、文学、哲学、社会学、政治学、人口学、教育学、心理学、医学等等都有它相当活跃的身影。2001年3月，首届高校女性学学科建设研讨会在北京大学召开，说明女性学学科的建立在学界已拥有共识性，表明女性学学科建设的问题已被提到高校教研的关注面上。2001年7月，大连大学举行“妇女/性别研究与高等教育实践”国际论坛，该论坛属于一项国际合作教育的活动项目，其主要目的在于“推动妇女/性别研究的可持续发展和在中国教育/学术领域中的主流化进程”，这个目的实际上也道出了当下高校女性学教学与研究最关键的两个问题，即“可持续发展”与“主流化进程”，二者相辅相成，彼此推动。而这一论坛的成功举行，亦说明高校女性研究在此前所具有的基础与发展势头，从来自国内高校各个研究领域与学科的学者身份与报告内容来看，也可佐证女性研究的上述情况。2001年8月，“社会性别与文学文化理论暨学科建设学术研讨会”在上海社科院举行，学科建设问题是来自高校的学者着重关注与探讨的，它的可能性、可行性、必要性与其内涵，直接与女性学在高校教学研究机制中的合法生存与正当开展有关。而由日本城西大学与中国社科院亚太日本研究所联合举办的三届“中日女性学研讨会”，则表明了女性学在亚洲地区的发展态势与教研联手的情况。

但是，必须指出的是，与欧美各国女性研究机构的成立情况有所不同的是，中国高校女性问题研究机构的成立，大多并不表明女性学教学与研究在大学中已取得了学科地位，也不表明它在本校所具有的教学规模与学术规范。这里有一个特殊的具体情况是，在中国，我们有一个强有力的半官方半行政的国家性机构“中国妇女联合会”的存在，应该承认，与欧美妇女解放的社会性运动促进高校女性学的产生不同，我们大多数的研究机构是在妇联的推动、参与，甚至直接组织下成立的，尤其是世界妇女大会在中国北京召开后，尤其是在特别注重妇女理论研究与建设的彭珮云副委员长主持妇联工作后。这几年妇联在这方面的工作与投入功莫大焉。一方面，它加速了女性学研究机构的建立进程，在全国范围内倡导并推动了女性学研究；而另一方面，也是我们不能不看到的一种实际情况是，有的研究机构其实只是一个空架子，它的成员大多是其他院系的兼职教研人员，尽管这也是一种人力资源的共享，但没有编制、没有资金、没有学科规划，没有学术梯队，没有教学体系的教研机构，在现行高校的体制中，大多形同虚设。所谓女性学的教学与科研大多是依附在其他学科上的。这种现象虽然一方面说明了女性学研究具有很强的整合多学科知识的潜力，具有跨学科的特征，但它也不能排除另外一种可能性：它的研究思维、方法、宗旨、目的与范畴，将被所属学科的属性与主导性所左右，而且，也完全有可能被无形消解于其中。

再者，女性学在目前中国高校教研现行体制中有两个层面的根本性缺席。一个层面是学科性设置的显性缺席，新中国成立后的高教学科设置中没有女性学（医学中的妇科除外）。至今人文学科从一级学科到二级学科也没有设置女性学。这直接关系到女性学教学与研究的开展与发展，比如申请从国家到地方的科研基金，比如科研成果的计量（全国性的唯一一本妇女理论刊物《妇女研究论丛》，在综合性高校评职评价体系中并非核心刊物，至今也没有进入权威或优先刊物），比如教学课时的安排与内容的组织，而更重要的，是教研成果的被承认及由此派生而来的价值感与成就感。如果要从根本上来改变这种缺席状况，这就涉及一个重要的论证：女性学究竟是一门什么样的学问，它为什么要独立于其他学科之外而学科化？它有什么必要学科化？它学科化的目的与意义是什么。另一个层面是学科性构成缺席，即在各个学科内部结构设置的隐性缺席，比如女性与文学，女性与历史，女性与哲学等。这也涉及一个重要的论证：打破学科中原有的知识结构，介入性别的研究因素，在本学科的建构中有何必要与意义？

女性学在学科设置上的空缺，无疑会影响教研人员的学术选择与学术行为，造成必然的偏见与轻视，使高校教研活动中历来存在一种风气，那就是对女性问题研究缺乏必要的关注与兴趣。不仅是男性学者，包括女性学者在内，对女性问题研究不仅缺乏兴趣，而且还有一种难以言说的次等感与逃避感。非中心、非主流、非社会性、非普遍性、非重要性的认定，一直笼罩并左右着人们在女性学教学与科研项目上的主动进取，从这一点上来说，如果没有近年来国际（主要是欧美国家）女性学教研率先学术化、学科化的影响与导向，这种情况可能还会更严重、更长久地持续下去。

从女性学研究的关键词“妇女——女性——性别”在高校教研话语中

的渐变，也可看到女性学研究在综合性高校中形成的历史性微妙境遇；从而也使得这个渐变，成为它自身所处的微妙境遇中的话语策略性的展示。

二、中国女教传统与女性现代化

如果把近年来中国女性学教研活动的初具规模与范型，放在80年代后全球化趋势的大背景下来看，无疑是与西方欧美国家的女性主义思潮与女性学教研模式的影响分不开的。但如果把它放在中国自身的教育历史沿革中来看，中国女性教育的思想与模式，则并非是现代才从欧美进口的，而是中国古来有之的，是中国土生土长的产物。从这个意义上来说，此次会议[①]以“妇女学教学本土化”为主题命名，并不能全面地、真实地反映并体现出中国女性学教研活动的历史面貌与复杂内涵，从而可能导致对当下中国女性学教研活动所面临的问题不能做出更深入、更准确、更到位的剖析与研究。

中国的女性教育自有其悠久的历史，起码在先秦时就已颇为完整系统地蕴含在中国古代文化的重要构成与重要标志的“礼教”中，女性是什么样的一种性别，她的身份与地位，她的性别特征，她的角色属性，她的空间属性，她的言行举止……从形而上到形而下，已对“女子/女性”这个对象有了相当具体的研究、阐述与规范了。如在出自上古的《周易·系辞上传》中，开篇就有了对女性属性的界定：“天尊地卑，乾坤定矣……乾道成男，坤道为女。”[②] 如此，对女性进行一系列符合其身份与地位属性要求的教育，便也应运而生，这也是一个对中国女性进行男权文化熏陶的过程。在女教中，女性品德的规范和训诫与对女性化才能的培训与褒扬并驾齐驱；修身养性和适应男性社会的审美要求与实用需求互为促动。《世说新语》曾记载这样一则意味深长的对话：赵母嫁女时教导女儿：“慎勿为好。”女曰：“不为好将为恶耶?”母曰：“好尚不可为，其况恶乎?”做女人既不能为好，也不能为坏，内涵如此玄乎，尺寸如此难于把握，女教的兴起可见不仅是在所必然，而且是很有必要。汉代是礼教形成的重要时

---

① 指2002年10月18日至21日在北京中华女子学院召开的“妇女学教学本土化——亚洲经验”国际研讨会。

② 元阳真人：《周易》，西南师范大学出版社1993年版，第73页。

代，先秦以法律劝导贞节，到了汉代则是用法律来褒扬贞节。① 恩威并用，物质精神双管齐下，是当时统治者施行女教教义的方法。前汉的刘向、后汉的班昭在集前人女教教义之大成的基础上，分别编写了《列女传》与《女诫》，二人因之被喻为女教二大圣人。这两本书应该就是在中国最先出现的专门化、正统化、主流化的女教教材。其后，唐代有太宗长孙皇后著《女则》三十卷，陈邈妻郑氏著《女孝经》十八章。最重要的一部教材是宋若华的《女论语》，其宗旨是在序里所表明的："妾乃贤人之妻，名家之女。四德粗全，亦通书史。因辍女工，闲观文字。九烈可嘉，三贞可慕。惧夫后人，不能追步。乃撰一书，名为论语。敬戒相承，教训女子。若依斯言，是为贤妇。罔俾前人，独美千古。"②

这真是女性化了的读史明志，而施教的目的显然是要女性传承特定的文化塑造。明仁孝文皇后，其丈夫明成祖残暴无德，但她却甘心情愿做丈夫感念不已的贤淑妻子，其中包括明成祖对她撰写《内训》的嘉许。明代还有吕坤的《闺范》，温璜母陆氏的《温氏母训》。至清代，女教在宋明理学的精神禁锢下越发昌行，教材的编写也愈发系统而全面。蓝鼎元的《女学》，内含德、言、容、功四个部分，堪称那个时代的经典"女性学"，后来李晚芳编纂《女学言行录》，简直就是与之相配套的。清代还有陈弘谋的《教女遗规》，王相母亲作的《女范捷录》。上述这些都是非常具有代表性、影响性的"统编教材"，加上无时无刻不融汇于身教言传中的家庭女教言论，夸张一点说也可用"汗牛充栋"来形容了。待王相把他母亲的《女范捷录》与《女诫》《女论语》《内训》合订，命之为《女四书》，女教的经典必读教材也就产生了。陈东原说，一直到近代，几乎每一个读书的女子，启蒙时都曾读过它们。③

令人感兴趣的是，明清时代是"女子无才便是德"的观念明确并倡行的时代，可读书的女子却并不见少。有人在做历史方面的田野作业时发现，古代女子的教育其实并没有我们想象的那样落后，换而言之是女性教育的权利似乎并没有被剥夺（李晓红，2002）。如福建连城地方有个培田村，村里有个女学堂，名"容膝居"，族中女子无论未嫁或嫁进，都可入学学习。这几乎就是现代女子学校的前身。如果是有条件人家的女子，家

---

① 陈东原：《中国妇女生活史》，商务印书馆 1937 年版，第 45 页。

② 宋若华：《女论语》"序"，胶州听雨堂 1900 年版。

③ 陈东原：《中国妇女生活史》，商务印书馆 1937 年版，第 281 页。

长就有可能延请先生来家私授。诸如此类，从表面上来看，好像是古代女子受教育的实际情况与封建说教颇有出入，并不相符。陈东原在他的《中国妇女生活史》也提到这种情况，但只述其然，不究所以然。如果我们仔细分析这其中曲折，就会发现这其实一点也不矛盾。明清时代，是中国几千年的封建王朝统治正在逐渐走下坡路的时代，皇权专制统治愈加僵化，政治上日益腐朽，男权专制文化也日益严酷。毁人性、灭人欲之封建礼教的清规戒律，随着宋明理学的倡行，随着男尊女卑性别差异等级观念的强化，从理论教条逐渐演化为社会规范与个人行为准则，逐渐形成全社会性的对女性深重的歧视与压迫。对女性思想的禁錮，精神的荼毒，个性的压抑，人身的摧残，由宋、元、明至清代，愈演愈烈，发展到登峰造极、无以复加的地步。女性社会地位每况愈下，女性身心完全不得自主。

与此状况相一致的是，清代的女教也发展到登峰造极的地步，其教材的编写可谓集两千多年来封建意识针对女性而炮制的种种教喻训诫之大成。而这些女教经典与教义，势必也要通过教育的渠道传输与女性。于是女教盛行的状况似乎与当时全社会性轻视女性受教育的话语表面看起来相当矛盾。但只要深入实际，便知其中奥妙。原来倡导女子受教与否，完全取决于受教的内涵。社会要女性受教育，但受的是三纲五常之教，特别是女性贞操教育与“事人”——“服也”——“贤妻良母”方面的教育；这种教育的结果还可以压抑并排除了女性对正常的或者说是与男性一样的有关才学方面的文化教育与智力开发的需求，“女子无才便是德”指的正是后者而不是前者。倘若女子能继承班昭之衣钵，男权社会不仅要大赞其才，而且还要视其才便是德。因此，在诸如培田村的女学堂里，她们所用的教材无论如何变化，《女四书》则是少不了的经典必读。

中国现代女性教育是建立在中国现代妇女解放的时代思潮与社会变革上的。以公立女子学校的建立，男女同校制度的实施为标志，彻底结束了自古以来男女在接受教育的途径与方式上就存在的不平等的现象。现代女子可以走出家门，与男性一样以“学生”的社会身份走进校门。全面废弃了封建女教观念、方式与教材的现代女性教育，按理说培养出的应是有着全新现代性内涵的新女性，但实际情况却并非如此，尽管当时女子上新学已成为不可阻挡的历史潮流，成为一种社会时尚，并且的确也培养出一批现代女性精英，但对当时有条件接受现代教育的大部分女性而言，能走进散发着现代气息的校园读书并不意味着她完全摆脱了男权传统文化对她的辖制。于是，现代教育与传统文化在女性身上得到了这样一个光怪陆离的“整合”：20世纪初始，出现在上流社会的女性所受的时髦教育背景莫过于出身于高校家政系。一个知书达理、新潮时髦的新式太太，必是家政系调教出来的知识女性。而家庭里的客厅则是现代知识女性扮演新角色的最佳舞台。尽管这个客厅仍在家庭内部的空间里，但它的确也是躲在庭院深深中的古代知识女子在生活空间中的一个进步。客厅的地位意味深长，它基于深闺与公共场合之间，基于社会与家庭之间，它既是社会伸进家庭的一个舞台，又是家庭伸向社会的一个触角，刚好成为既摆脱旧式女子的闺范樊篱，又未能完全进入公共空间充当社会角色的女性的滞留之地，同时也成为她们今后可能进入社会的预演之所。上流社会的客厅，常常成为太太们待人接物的议会厅，谈天说地的沙龙。从上海锦江饭店的创始人董竹君的自传中，可以看到她留学日本归国后做太太时的情形，这种情形可与现代著名作家冰心的小说《两个家庭》中的太太、《我们太太的客厅》中的太太，张爱玲《太太万岁》中的太太，相互参照，可读出我国现代女性教育的倾向性与成效性，这当与她们未能完全摆脱其附属性有关。

这种女教思路与范式，其影响与作用至今不可小觑，因为在今天仍大有市场，尤其是在亚洲地区。以经济相对发达的中国东南沿海地区为例：接受新一轮现代化教育洗礼的女大学生，在20世纪80年代末90年代初还流行“学得好不如干得好”，她们更愿意放弃深造机会诸如保送研究生之类，而加快进入工作市场的步伐。但是随着市场经济的飞速发展，她们则开始流行“干得好不如嫁得好”；至本世纪初，大批的年轻知识女性则宁肯放弃工作，重新回到学校，虽然有“学得好是为了干得更好”的驱动，但也不能完全排除有“学得好是为了嫁得更好”的潜在愿望，这与亚洲经济较为发达的国家与地区，如东南亚、港澳台、韩国，包括物质文明已然十分现代化的日本，有着相当类似的情况。知识女性似乎更关心的是如何做好一个幸福的母亲与甜蜜的太太，也就是称职的家庭主妇，增强包括文学艺术修养在内的现代素质，是女子教育与受教过程中双方潜在的角色意念与思想指导。

以上所述，旨在说明一个关键问题：女性教育在全球化的背景下，固然谈本土化是很有必要的，但针对中国实际现状来说，更有必要的是关注女性教育如何处理传统性别话语于今尚存的文化因袭与影响，真正实现现代化的问题。因为只有人的现代化，才有可能真正实现全民族全社会的现代化。而女性的现代化与现代化的教育理念分不开。中国女性教育古来有之，古代女教的理念在于培养符合男权社会规范的贤妻良母。现代女性教育的理念当然意不在此，但我们却从上个世纪初现代学府培养出来的“客厅太太”，一直到本世纪依然流行在经济发达国家与地区“学得好是为了嫁得更好”的女性中，依然可以看到古代女教理念在其中的一脉相承，不绝如缕。这个尖锐而敏感的问题其实一百年来一直在对现代女性教育提出挑战，就目前来说，它直接涉及本文所要提到的第三个问题。

三、女性主义理论与社会实践

中国目前女性学的教学与研究，就其理论基础来看，其资源主要来自于西方女性主义批评理论。用女性主义性别观的分析方法与批评方法，重新审视、清理并修正男权话语机制下所产生的历史、文化、宗教、社会、家庭以及思想观念等等，甚至包括自然科学领域里由此造成的人类活动的负面效应，应该说既是我们的主观期待，又是它的可行性客观效果。因此，今天中国女性学的教研内涵，从理论出发，也许完全可以摆脱历史的因袭与传统的承继，从女性人权与自我人格出发，审视过去，面对当下，重塑未来，编写以女性为主体话语的教材，以此建塑具有全新现代思想与人文气质的女性人格。但在实际应用上，则远非如此简单。在社会上依然存在性别歧视与性别不平等现状的今天，在女性“能岗”匹配概率比男性低得多的今天，在女性下岗概率比男性高的今天，在女性占取政治与经济资源比男性少的今天，女性学教学的立足点、出发点与教学内容的设置，就不得不面临着这样的两难处境：教学话语中建塑的性别平等的理念与实际生活中男女不平等的境遇；努力消除性别歧视的理想与必须与不平等现实的妥协。如果说过去倡扬“男女都一样”的观念表达了一种取消性别差异的倾向，而今天设立女性学教学的本身则表明了对男女差异的认同，而这种认同与于今犹存的性别歧视与性别不平等的社会问题混淆在一起的时候，今天的女性教育话语又如何与历史上的传统女教话语划清界限？提出诸如此类的问题不仅因为它们关系到女性教育的社会实效性，更因为它们会带给我们某种认识上的困窘，使女性教育的目标变得扑朔迷离，使女性教育的宗旨适得其反，从而使女性主体性并没有在社会环境中得到真正的体现，从而也使男权话语的历史并没有得到真正的改变。

譬如，马来西亚的著名华文作家戴小华女士，她不仅是位作家，同时还是一位社会活动家。众所周知，马来西亚与亚洲大部分国家与地区类似，还是个男权文化占主导地位的国家。戴小华利用自己的社会身份与作家身份，针对社会存在的实际情况，常常口诛笔伐男权思想，语重心长启蒙女性同胞，撰写并出版了大量有关女性问题的文章。这些文章涉猎甚广，从政治到经济，从社会到家庭，纵横捭阖，不乏尖锐而明晰。应该说她是一位具有强烈使命感的女权思想者，她的言论与行动，在大马社会，尤其是女性中间颇有影响。她曾经在一篇文章中论及性与权力的关系时指出：从历史的事例与经验来看，女人用性只能换取男人一时的恩宠或些许权力，若无聪明才智，更可能招来杀身之祸，而用权力轻易换取性的则比比皆是。“所以，女性想在这个仍以男性为主的社会中脱颖而出，一定要使别人因你的才能所吸引，而非因为你是女性……女性想在事业上更进一步，一定要得到男性的尊重。而男人对女人的尊重，不单只看你的工作表现，更和你的品德分不开。”① 从中可见，这番话语的指导思想首先是出于对仍以男性为主的社会现实的认同或者说是正视，所以它吸取女性有史以来以色事人的悲剧教训，倡导女性以含有无性别标志的才德，来取代有性别标志的美貌。这对今天的女性争取更有利于自身的生存与发展，应该说是提出了切合实际的、不无策略性或者说是技巧性的指导。但问题也恰恰在于此，显而易见，质疑与改善这个以“男性为主的社会”的不合理性的主动式话语，在这里被女性如何更好地去适应它的被动式话语所替代，因为前者是一个并不会使女性个体在此社会环境中获得更好生存的立竿见影的法宝。

于是，一个深层次的问题便浮上我们的视平线：摒弃以性/色事人，固然改变了有史以来女性宿命中的一大悲剧性（因为才德不会像花容月貌般转瞬即逝），但如果把女性的这种改变仍然置放在“以…向男性换取…”的思维模式与行为模式中，那么女性即使有才德与生命共久长，但她历来予取予求的悲剧性命运又怎么会得到实质性的改变？因为从“以色事人”到“以德事人”再到“以才事人”，虽然女性“事人”的本事一直在变，但“事人”的实质却没有丝毫改变。这番言论固然能代表西方女性主义在东南亚本土化了的“女性意识”，但它何尝不也是今天我们女性学教学所

① 戴小华：《谁说我不在乎》，吉隆坡：文雅出版社 1999 年版，第 189 页。

要面临的难言之隐：西方女性主义理论研究的先锋性与本土社会实践中不得不具有的妥协性。因而，女性学的教学由此被赋予一重更艰巨的任务：面对如此现实的问题，要设置怎样的教学内涵，如何调整我们的理论框架，才能够既满足她们对现实的需求，同时又能引导她们走出现实的羁绊；女性学的研究由此须面对一重更棘手的问题：我们要如何避免女性教育理论在社会实践中遭遇冲突而脱节，同时，又要如何警惕施予适应性的教育却丧失现代女性教育最基本的意义。

（原载《妇女研究论丛》2003年第5期）

“拟态环境”中的性别信息新危机

拟态环境（Pseudo－environment）是美国学者李普曼（Walter Lippmann，1889—1974）在其著作《公众舆论》（Public Opinion，Macmillan，New York，1956）中提出的一个概念与观点：指由大众传播活动形成的信息环境，它并非客观环境的镜子式再现，而是传媒对象征性事件或信息进行选择与加工，重新加以结构化以后向人们提示的环境。由于信息时代的人们依赖拟态环境，拟态环境会制约人的认知与行为，从而反对客观现实环境产生影响。在人们对性别问题与性别关系已有着足够的重视与改善愿望的前提下，必然会注意到在我们生活的这个全面信息化的时代，无孔不入的传媒在传播正面抑或负面的性别文化信息上，同样具有巨大的能量与作用。换而言之，人们对性别问题的意识、关注与探讨，已不可避免地要与人们在当下现实生活中所感受到的并飞速地在人们的生活与生命中占据着重要位置的传媒联系起来。如果说今天的性别歧视文化是人类数千年“父/男权”意识/制度形成的，那么今天的传媒也不可避免地会成为今天这个性别文化机制中不可或缺的重要组成部分，本来作为信息载体的传媒自身亦即会在其中演变为性别问题之一。

近年来，性别与传媒这两个分别带有鲜明的社会性、文化性、时代性、公众性、切身性的“事物”，因它们之间的关联而产生的话题，就频繁地出现在各种媒介上，被人们以各种各样的方式与形式所涉及或触及。在它成为中国人文学界近年来关注焦点的同时，也俨然成为一门显学。仅从内地高校近年来召开的相关主题的国际性研讨会之频繁便可见一斑。比如，2011 年将在陕西师范大学召开的“媒介与社会性别”国际研讨会，在复旦大学召开的“华人女性与视觉再现”国际学术研讨会等。这还不包括人文学科各领域性别研究中有关传媒的分论题，例如 2011 年将要在厦门大学召开的女性文学国际研讨会所设主题之一的“女性文学与媒介研究”，实可谓林林总总不一而足。不过，虽然今天看起来性别与传媒的关系与问题研究，似乎正当其“热”，但如果我们能够回首一顾，就会发现，这个热在内地其实也经历了一个相当“慢热”的过程。

应该说关注与研究妇女/性别问题，以及类似的关键词较常地出现在我们的话语中，应该归功于1995年联合国在北京召开第四次世界妇女大会。当时的中国以参与世界公共事务的姿态，把改革开放中的中国展示在世界面前，更具体地也可以说是展示在世界主流媒体的视野中。这次大会通过的《行动纲领》所确定的12个重大关切领域之一就有“妇女与大众传媒”。尽管这个领域对当时刚刚进入市场经济时代的中国人来说，无论是其内容还是概念，其作用还是意义，应该说都还是模糊不解的，它与“男女平等”是我国的基本国策一样，离我国绝大多数普通人，甚至离中国学界热衷探讨的命题都很遥远。譬如一般人不会不知道“计划生育”是基本国策，但对“男女平等”是否也是基本国策却拿捏不准。一方面是不甚了解，另一方面是出自对“妇女”相关的事情有种天然的轻视与无所谓。男女平等的基本国策也好，性别与媒体的世妇会行动纲领也好，因此而有了被束之高阁的味道。换言之，性别与媒体，这个问题被世妇会所郑重提出，无疑因为它是具有世界性的，但对当时的中国来说，无论是从文化层面上还是经济层面上来看，无论是从公众意识还是个人意识来看，都还未进入或者说是还未获得那样一个必须建立在某种特定的社会与经济形态上的体验或经验。

于是，在接下来的几年里，我们看到的是，一方面是中国传媒在经济与文化市场开放的双重刺激下，开始了一个与国际接轨的高速发展期；另一方面则是在经济与文化市场开放的双重刺激下，在以妇女身体作为商品价值体现的原始动机驱动下，借助方兴未艾的传媒技术与手段、形式与渠道，妇女在新中国成立后几近灭迹的物化形象不仅死灰复燃，而且似乎变本加厉地遍布于公共活动场所，大举侵入私人家庭内部，几乎占据一个正常人活动的所有视听空间。由此，多少具有讽刺意味的是，在接下来的那几年里，在经济市场与文化市场双重刺激下的大陆性别与传媒，正在有过之而无不及地上演当年北京世妇会《行动纲领》中指出的这种现象：

> 媒体通讯——电子、印刷和视听——继续显示负面和有辱人格的妇女形象……大多数国家的印刷和电子媒体没有以均衡的方式描绘妇女在不断变化的世界中不同的生活和对社会的贡献。此外，暴力和有辱人格的或色情的媒体产品对妇女及其参与社会也产生负面影响。制

> 作强化妇女传统角色作用的节目同样具有限制作用。全世界消费主义趋势创造了一种气氛，其中各种广告和商业信息往往把妇女主要描绘为消费者，而且以不适当的方式针对女孩和所有年龄的妇女。

当中国妇女形象与地位在传媒上真实地倒退回几十年前的“旧社会”中去的现象愈演愈烈时，却也有不少人对此产生“对比性的”困惑与质疑，尤其是从“男女都一样”“妇女半边天”时代走过来的女性们，那感觉一整个就是“沉渣泛起”“旧态复萌”。这种状况也引起了一些有识之士与妇女团体的密切关注。1999年，新中国成立后首次规模最大的中国妇女50年理论研讨会在北京召开。

值得注意的是，在主办者安排的大会重点发言中，不约而同地出现了两个实证报告，一是时任中国妇女理论研究所副所长刘伯红研究员所做的关于报纸杂志上的妇女形象的报告，二是笔者所做的关于流行广告中的性别形象的报告。这两份反映出已然在我们日常生活中无孔不入的传媒传输给大众有目共睹的但却令人麻木不仁视而不见的“显示负面和有辱人格的妇女形象”的报告，引起了与会者的强烈共鸣，也引起了始终与会倾听的全国妇联主席、人大常委会副委员长彭珮云的重视。在全国妇联的重视与推动下，经过两年时间的问题调研、理论探讨与解决问题的实践，2001年，全国妇联与中国妇女研究会联合在北京举办了以“大众传媒与妇女发展”为议题的研讨会。彭珮云主席在开幕式上做了“充分发挥大众传媒在促进妇女进步与发展中的作用”的重要讲话，明确指出这次研讨会的主要任务是总结大众传媒在推进男女平等和妇女发展方面的成绩与经验，分析大众传媒中存在的不利于妇女发展的问题，探讨解决问题的对策和建议，以便更好地发挥大众传媒在宣传男女平等基本国策的作用，推动妇女进步与发展。[①] 此次研讨会有备而开，内容丰富而扎实，主要就以下几个方面展开交流、探讨与认识：一是传媒中存在的性别歧视与原因，二是制媒者性别意识对传媒的影响，三是传媒对受众及其妇女发展环境的影响。

对这些问题与解决方法、途径的探讨，实际上也在提请我们意识到传媒在我们生活的这个信息化时代的巨大影响力，如果我们无法避免或不能拒绝它的到来，那么我们就需要也必须考虑到如何更好地去改变它运用它，使它为创造正面的非性别歧视文化，营造两性平等话语的社会氛围而

---

① 参见《中国妇运》2002年第2期。

服务。当然这无疑是一个十分艰巨而漫长的工作。俗话说得好，病来如山倒，病去如抽丝，何况这是一个由几千年男权文化为深厚基础的回潮，本就不绝如缕，哪堪金钱刺激。但我们需要去做，也有责任去做，这需要调动全社会的力量共同努力才能做到。全国妇联是国家体制内设立的全国性重要群众团体，也是把解决妇女/性别问题当做其社会职能之一的唯一"专业"团体。其所在的身份与位置，使之可以调动到尽可能多的资源，尤其是体制内资源，来推动此项工作的展开。就本次研讨会来说，来自全国各界各领域的工作者与研究者提出了一些建议。例如，在实际工作的层面上，向政府决策或职权部门提议，进一步发挥体制保障功能，在主流媒体上设立专门栏目，加大传播男女平等与性别意识力度；建立制度化的传媒监测网络，用不定期的简报形式，将比较典型的案例传递给媒体主管部门以及各大媒体，以引起重视，从而也可促使媒体性别意识的养成；在理论研究与学科建设的工作层面上，通过有效途径，让性别研究获得全国上下各个层次多种形式的研究基金的支持，等等。应该肯定，在自上而下的政策法规与自下而上民间诉求之间，在体制外与体制内之间，从党政相关部门到各企事业单位，从中小学教育到高校教研体系，从社区到家庭，但凡有涉妇女/性别领域的社会、文化、经济等活动，无论是从理论研究到实际工作，全国妇联这种性质的组织团体的确起到了桥梁与纽带的作用，组织与推动起来很是"给力"，所起的功能与作用无可替代。2001 年的这次全国性专题研讨会，在中国性别与传媒的关系史上有着重要的意义与作用，它所提出的问题与建议，在之后逐渐形成了一种合力，一种包括社会舆论在内的文化审视与批判的声音，逐渐地在我们的周围发生着一定的净化社会风气的作用。

从 2001 年到今天，刚好十年过去了。比较起来，之前那种可以在传媒中肆无忌惮地把女性置于男性性欲望化对象中进行露骨塑造的现象如今大为减少。如果考察这个过程与结果，我们可以发现有一种可谓良性互动的效应已在其间形成：这十年来，受众包括性别意识素养在内的文化素质与审美趣味有了明显提升，把女性性特征进行商品化塑造不再畅通无阻，在大多数公共空间里，不再总是遭遇"把肉麻当有趣"的消费层。传媒上带有明显性别歧视话语与形象的现象与产品，有可能遭遇有形无形的反感、质疑、非议乃至抵制，譬如公众话题类的"狗比女人好的 N 条理由"等，房地产业的"老公我要""唯房子与女人难养也"等，美体业的"做女人挺好”“一握在手的幸福”等，销售业的洗衣机与现代洗衣妇的刻板联结等，酒类广告中的女体酒瓶等。当人们意识到此类产品即便制作得再精美，也无法遮盖其低俗恶俗而难登大雅之堂时；当人们意识到商家与传媒的联手，并不能借以获取更大的经济利益，反而有可能因之而败坏其公众形象之时，以此作为卖点的产品与创意就会逐渐退出市场——无论是文化市场还是经济市场。从这个层面上看，总体来说，当今性别与传媒的生态环境，较之十多年前应该说是有了明显的改善。

但是，在我们看到这种显明变化的同时，另一种较之隐性与深层的问题，也到了应该被着重提出并寻求改变的时候。这是一种观念性的习惯性思维与表达，它在人们的潜意识中潜伏得更深、更隐蔽，使人更难于察觉它的存在而习以为常。而在当下更当引起重视的是，这种来自于源远流长根深蒂固的性别歧视意识和与之产生的言论，已借助日益强盛而多样化的传媒形态，形成“拟态环境”效应，似乎呈现出愈加肆意横流深入人心之势。以下这些典型个案，可浓缩笔者所要表达的问题与忧虑。

在北京世妇会召开的第二年（1996），中国女足冲出亚洲并踢进奥运会，最终获得奥运亚军，这使有足球情结的中国人感觉很爽，中央电视台为此还专门做有一档名为“铿锵玫瑰”的节目，举国上下很为其骄傲与自豪。但耐人寻味的是，骄傲归骄傲，自豪归自豪，可在人们的潜意识深处，她仍然不足以代表中国足球。无论之前与之后，但凡有中国男足在与别国男足对打中输掉了比赛，就一定会有“中国足球何时冲出亚洲”在传媒上的大规模舆论。这种表述起码反映了一个事实，那就是在人们的意识里——不管是有意还是无意，人们仍然认为只有男足才能代表中国足球，代表国家形象，而女足在这样的表述中沦为中国足球与国家形象的“他者”。传媒对这一表述方式没能起到修正的作用，反而起到推波助澜的作用，使其流“毒”至今。

以近年广受媒体青睐受众热捧的娱乐明星周立波之经典语录见证，周立波在其脱口秀中谈到股市时说：“股市应该不是战斗机，而是民航机，理论上出事的概率应该比中国足球冲出亚洲的概率还要低。”周立波的比喻足够轻松俏皮，在受众哗然一笑之间，就把一种天然的意识与观念更加天然地强化了。不仅是在立波秀剧场与电视广播等传统媒介上，它还通过新电子媒介，如互联网、博客、微博、手机、动画游戏等，铺天盖地，毫发无损地更加牢固地传输给表面上看起来从观念到生活形态上已与上一代毫无共同语言与经历的“80后”，抑或“90后”。笔者在此随举一例：

> 男人，热恋中的男人，再高贵的男人等等通通算上，在恋爱面前就只剩下一个字：贱。我不怕挨骂，因为上面我已得罪了所有男士，可现在我要说，这个字原本就应加在女性头上的。不是自古就说红颜祸水吗，看古往今来多少帝王将相英雄好汉是因为女人反目成仇痛失江山的。我们可以断定，这个字赐予天下女士更加名副其实。[①]

如此陈腐不堪的观点与议论，竟然出自无论是自诩还是被命名为新新人类的“90后”，我们就该明白谎言是怎样因为重复/传媒而成为真理的，性别歧视意识的获得是如何轻而易举，而要去除却要比我们的想象来得艰难。因为颇具讽刺意味的是，该文还是应“新概念”作文大赛而作的，并获当届一等奖。另一个很具代表性的例子是：曾经制造出平民娱乐英雄李宇春的湖南卫视“快乐女声”，今夏又火热举行，在总决选的一场晋级赛中，为吸引眼球，一个据说是网络红人的13岁小孩赫然坐上评委席。这事情当然不雷人，雷人的是媒体赋予这小孩的话语权，让他在据说有多少多少万人的现场，在多少多少亿的电视观众前，在两位女歌手倾情演唱后，举手发表“真知灼见”：这两位都不适合唱歌，而适合回家做贤妻良母。其实这小孩也许只是为搏出位出镜随便说说而已，但也正由此可见几千年性政治形成的男女角色刻板印象“教会”他说的是什么样的话。而这些“95后”新新人类的陈腐言论，又借助现代传媒的强势力量加入到富含性别歧视的“拟态环境”中，可预见又会对包括“N后”在内的受众产生什么样的“下意识”影响。也许人们司空见惯习以为常乃至不当真，但人们正是在这样“盛大而隆重”的传媒场合场景中，不知不觉一次次地“被刻板印象”了。如果把人类几千年性政治话语比作人类文明机体中的坏基因的话，那么类似传播过程无疑是其中一个个的基因链。

举出以上具体而典型的实例，是为了说明中国性别意识状况虽然在这十年间有了很大改善，这是成绩的一面，但另外一面却还远非乐观。它显示了我们所面临的性别意识深层次的问题所在与严峻程度，由此也显示了十年前全国性别与传媒研讨会上所提出的任务与目标，于今仍有其尖锐而深刻的现实意义。它向我们显露了在性别与传媒的关系与流程上，至少还

---

① 李昕：《我的恋爱观》，《萌芽》（新概念作文版）2009年第3期。本文获第十届新概念作文大赛一等奖。

存在着这样一些问题并可望得到改变：一是作为信息源的个人，尤其是一些具有相当代表性与影响力的公众人物，特别是“新新文化人类”明显存在的对性别意识无知无觉的淡薄状态。二是信息源的错误在通过传媒时并没有得到媒体的有效修正或抑制，这说明制媒人性别意识的淡薄。这里还须指出的是，近十年来，从媒人员的女性性别比例实际上较前有大幅度增长，但女性从媒人员的增多，并不意味着她们在职业生涯中会比男性更具有自觉的性别平等意识，或者说是天然地就比男性更拥有男女平等观念，并把它运用于工作之中。因之，无论是男性还是女性从媒者，对他/她们进行系统的性别意识的扫盲与教育是相当必要的，这将使媒体在他/她们的把握中，可以尽量减少对负面信息的传播。三是即便带有性别歧视与性别不平等的“拟态环境”已然生成，但如果接受过性别意识启迪的受众能够做出相应反弹，从而也会反作用于传媒体系的自我修正。

总之，从传媒流程的这个角度来看，从信息源到受众的每个环节，只要在其间能够有一个在坚持性别平等方面起到应有的作用，就有望扼制、阻断或者消除性别歧视文化话语传播的持续性。这项工作无疑很艰巨，但也肯定很有效。总之，性别问题未有穷期，我们的努力未有穷期。这也是笔者希望再过十年以后来看，性别与传媒的这方面问题与危机能得到彻底消解。

（原载《中国女性文化》第16辑，现代出版社2012年版）

中国女性话语的文学境遇

为了方便阐述起见，本文把相对于或针对于男权意识形态的、具有一定女性主体意识的性别话语，统称为“女性话语”。在具体阐述中，女性话语将有涉“女性文学”与“女性主义批评”两部分内涵。

一

今天的一个中国知识女性，如果她正在对自己的某种表达进行审视的话，她有可能会甚而是更着重地进行在此层面上的审视：由她表达出来的那些观点究竟来自何方，是出于司空见惯的男性意识下的强势话语，还是真正出于自己？并且还能在此基础上对自己做更深层的层层剥笋式的探究：即使是这个“自己”，究竟浸染有多少不自觉的他性异质话语成分。在男性意识成为共性与普遍性的历史社会文化权力背景的前提下，女性能够如此扪心自问，无疑是做了数千年的男性附属性别、男性意识男性思想传声筒的女性往寻找自己的路上跨出的一大步。这种对自身属性进行文化性别的审视与质疑的行为开始之日，其实就是女性意识萌生之时。女性意识相对于有史以来存在于人类社会中的男权既成思维范式，无疑具有反叛与挑战的先锋性。它在中国的萌生到今日成为一种越来越趋向广泛的、有异于曾一统天下的男权话语的形式存在，已历经百年发展过程。考虑到它的出现必是建立在女性也有接受教育的权力的社会共识、女性也可介入社会空间活动的社会风气、提供予女性各种形式的发言于公共领域等社会条件基础上，女性写作就不能不重点进入我们考察的视野之中，而女性文学便是其主要生成物。换而言之，要考察中国女性意识形成之进程状况，中国女性文学可提供最有效的研究文本，反之，女性文学亦凭借其具有女性意识的写作文本而获得实质性的命名与存在。

中国女性的现代写作史，与中国20世纪社会现代化进程有着密不可分的关系，后者是阅读现代中国女性文学文本的重要参照系。本世纪初愈演愈烈的倒皇思潮，辛亥革命结束长达两千多年封建父权宗法制统治的成功，五四前后反旧思想旧道德，提倡民主科学、个性解放、男女平等、婚姻自主等新文化运动，都构成对旧文化思想体制与社会结构秩序的强力破坏。在此社会变革条件背景下，挣脱旧文化秩序角色锁链的新女性才可能产生，才可能催发了中国历史上第一次女作家群体的出现与介入文化性书写的文学亮相。伴之而显的也是前所未有的女性书写自己的力度、强度与密度。人们可以像感受她们的文学文本形态那样直接感受她们的生活形态、生命形态与心理形态。如果对这一时期前后出现的女性文学文本进行系统考察与梳理的话，会发现她们具有两种显明的话语特征。这两种特征后来也一直贯穿在她们的文学表现中，反映着女性话语在不同时代的不同境遇。

一种是以“出走的少女”为表征的、基于寻找自我解放之需求而构成的倾诉式文本，具有“妹妹找哥哥泪花流”之特征。当时，易卜生《玩偶之家》中的娜拉，因其表现出的女性自主性和与旧生活决裂的姿态，正与新文化运动所倡扬的意志自由、个性解放与人格独立等精神导向相吻合，似乎成为中国女性现代性的形象代言。然细察之，娜拉出走的言行虽为新女性所效仿，出走的主题亦为现代女作家所青睐，但她们写的则是一个完全中国化的文本——以少女为主角，以“妹妹找哥哥”为心理依托。这个形象，其资源其实更多地来自中国古典文学中的反规女性：不管是女扮男装代父从军的花木兰，还是女扮男装金榜题名的孟丽君，不管是《聊斋志异》中那些自主随意的狐精花妖，还是闺阁后园里那些灵魂出窍任情奔放的倩女丽娘们，全都是少女身；再加上新文化运动提出的妇女解放具体目标，如废除缠足、恋爱自由、教育平等，其适应对象正是少女们。

以当时出现女作家最为集中的北京女子高等师范学校来说，来这所新式学校就读的大多数女学生身上，几乎都带有同封建家庭奋争过乃至决裂后出走的痕迹。这种痕迹留在名噪当时的庐隐、冯沅君、石评梅、陆晶清、苏雪林等女作家身上，并大量地、鲜明地出现在她们的作品中。如庐隐的代表作《海滨故人》中出现的女学生，她们有的为家庭环境所不容而出走，接受新式教育以谋求生路与自立；有的是为逃避包办婚姻，学校成为她们的避难之所；有的则反而不惜以婚约为条件，换取进入学校的短暂自由与朦胧的希望。她们都有一个潜在的心病与危机，那就是一旦毕业，她们将往何处去？社会还没有为她们准备好相应的自立位置，她要么嫁人，要么回家，这恰是花木兰杜丽娘式反规少女的翻版：她们的反叛多发生于女儿期，一旦到了嫁为人妇的年龄，所有的精彩都结束了——一个关于女性反规的故事已然无能为继，她们以嫁人回家的形态，回到了传统角色的本分之中，回到了文化成规之中。二是她们的出走，都有一个心理依托，如孟丽君[①]式是以女扮男装为依托，倩女式[②]则以爱情男主角的引领为依托，而后者是大多数普通少女反叛成规的原因与动力。女作家沉樱以《某少女》这个模糊指称，来命名她的一部表现“出走”主题的小说，很能涵盖上述两种特点的普遍性及其共性特征。

“某少女”是一位革命时装剧女主角的扮演者，剧中角色对扮演者的影响，正如五四氛围对一个生逢其间少女的影响，这使“某少女”有把自己的人生也“戏”一把的勇气。她给一见钟情的“情人加同志”式的“哥哥”，写了五十八封渴望哥哥带她出走的信。但这哥哥“不过觉得她是个可爱的、天真的小妹妹，说是想把她作为自己的恋人，那是没有这意思的。……于是便下了决心和她断绝了。”对“哥哥”来说，他断绝的只是爱情，但对“某少女”来说，断绝的却不仅是爱情，更重要的是她“出走”的路，她追求新生的希望。所以“某少女”如此哀哀而泣：“我的前途是空虚，我的目前是晕眩，我的心已经碎了，我不知什么叫做人生，也不知道我为什么还活着……我只好带着这快将我压毙的沉重的疑问，回到那黑暗的家乡！”[③] 这就是为什么五四女作家们笔下的少女们，总会出现“莎菲女士”一样的精神病状。那其实是些正在经受着或预感着自己的“出走”正在夭折的少女们。她们的未来，已被诸如鲁迅的《伤逝》所明明白白展示：“出走”成功后的“少女”并没有得到《爱情的开始》之后的理想，她们在《胜利之后》《喜筵之后》写下的只能是诸如《丽石的日记》《鸽儿的通信》一类的哀伤，发出诸如《春痕》《或人的悲哀》之类的悲鸣。

把代表着出走不成功的“某少女”，与代表着出走成功的“子君”放在一起看，她们恰好完整地勾勒出五四前后“出走”女性的命运：意欲出走的某少女们会因“哥哥”的无情，致使出走意图流产而坠入无望的黑暗；出走成功的子君们，会因“哥哥”的抛弃，而使出走无功而返，重坠绝望的黑暗。“妹妹找哥哥”的依赖性，使“泪花流”成为必然。这种以哥哥作为先进表征，引领妹妹脱苦海的意象，后来成为革命话语中女性解放的模式，比如大春之于喜儿，常青之于琼花，余永泽、卢嘉川之于林道静

---

① 孟丽君是清代弹词作家陈端生的作品《再生缘》中的女主人公。

② 倩女是元代戏剧作家郑光祖的作品《倩女离魂》中的女主人公。

③ 以上引言见沉樱小说《某少女》，人民文学出版社 1979 年重版。

等。这种具有“少女式”与“依赖性”之特征的反叛，在潜伏着女性个人命运悲剧性的同时，也潜伏着中国女性解放一个更为深层而漫长的命题。

相对于“少女”形象，成年妇女通常是以充任“妻子、媳妇、母亲”之角色作为表征的。现代文学中的妇女形象大致有两类：一类是被压迫与被侮辱的女性，这类形象展示了中国封建宗法制统治下的妇女所身受的苦难与凌辱，代表作品如鲁迅的《祝福》，叶绍钧的《这也是一个人》，柔石《为奴隶的母亲》等等。而另一类就是以“万能的母爱”为表征的、基于反父权制文化秩序之需求而构成的讴歌式文本，它具有“以母亲的名义建塑无名的自己”之特征。五四时期，新青年对父权制封建统治造成“祖国/母亲”苦难的不满，对“天地君臣父子”秩序的破坏，首先表现在对家庭父权制的决绝上。反映在文学表现上，就是“母爱”话语的涌现，形成文学儿女们联手抬出“母亲”形象的文本景观。这无疑是新青年反父权专制的一个策略，他们由此获得反叛父权传统最充足的理由与力量，“祖国/母亲”相对于“国家/父权”的专制与现实腐败，便成为儿女们深情怀念、讴歌、渴求的理想对象。而另一方面，在父权制“国/家”弱肉强食的替代中，“母亲”作为冷酷的、破坏性的“父子之争”中唯一的维系纽带，具有她特殊的地位与作用。她是“父子”这对矛盾中互相联系、相互转化的一面；是体现生命与情感、和谐与安宁的一面；是具有弥合与重生的一面。

因此，这个“母亲”与其他文本中出现的母亲符号所指有所不同：“母亲”不再只是作为被排除在父权宗法统治秩序之外的软弱无能、自身难保的生育机器，也不是一个逆来顺受、被压迫被奴役被侮辱的对象，而是一个可以与不合理的“父系”统治现实构成相互抗衡的理想的力量。在文学表现中，“母亲”常常在儿女们的梦幻与回忆中出现，带来温馨甜蜜的生活场景与高度人性化的情感世界，这恰与“父权”秩序下冷酷无情、僵化教条、死气沉沉的现实环境构成鲜明的对比。此类对比意象可以冰心的代表作《超人》为典型：主人公何彬在现实生活中表现出无比的冷漠、颓丧，是一个了无生机与生趣的病态青年。作为此种情状的对立面，则是在他梦幻中出现的由母亲构成的那极具丰富情感的、生机盎然的理想世界。他在现实世界中清醒的、有意识的人性之沦丧与他在梦幻世界中不由自主的、天然的人性复苏之表现可谓判若两人，“母爱”提供了如同行尸走肉的儿子回到有血有肉、有情有义里的精神环境，“母爱”使僵尸般的青年获得拯救与复活的希望与机会。

在冰心的笔下，凡被她作为与黑暗现实对比面或对立面出现的人物，一般都具有此类“母爱”之特征。在《两个家庭》和《第一次宴会》里是妻子或母亲；在《别后》里是好朋友；在《斯人独憔悴》里是姐妹：父亲与儿子们的矛盾，靠的就是姐妹“颖贞”来调和的。她体贴暴戾的父亲，爱护弱小的兄弟，周旋于父子之争中，给父亲照顾、给兄弟理解，用慈爱感化处于敌对两极的他们。在《最后的安息》《世上有的是快乐与光明》和《小桔灯》里，则是未成年的孩子们。他（她）们少年老成，皆具母爱情怀与圣人哲思，冲破阶级、层次、城乡之间的对立与差别，给不幸者仁慈，给心灰意冷者温暖，给孤独绝望者希望，给走投无路者光明。他（她）们纷纷担负起用至情至爱、至真至善的情感来慰藉、疗救、鼓励、感召人心的母爱角色。冰心把五四时代启蒙话语的一个层面与自己的救世之理念，构成她与其他作家遥相呼应的讴歌母爱的文本。如果从反父权政治的大背景来看，此类文本意在借“母亲”之美善，与“父”之丑陋现实做势均力敌的较量，从而构成对后者的否定；从考察女性话语形成的角度来看，这未尝不是现代女性借“母亲”符号之特定所指，在理直气壮张扬性别团体对社会的不满与谴责的同时，宣扬自己的理想与功用。

具有以上两种显明特征的文学文本，对于女性介入历史性书写、建构自身话语无疑具有历史性意义，但它们所体现出的局限也显而易见：就“倾诉”式话语本身来说，“字字血声声泪”的告苦与讨虐，必是建立在一个可为倚仗的支持者与解救者存在的心理基础上，这表明此时的女性解放意识仍然存在着的被动性与依赖性；而以“找哥哥”为表征的少女解放，正是以嫁为人妇为标志的“妇女”阶层无法彻底实现解放初衷的隐患所在。就“讴歌母亲”式话语本身来说，抬出“母爱世界”虽意在与父权现实分庭抗礼，但却不能不沿袭传统文化的价值观与道德规范，来完成对“母亲”角色的审美，这表明此时女性话语中依然存在的、也不能不袭用的男性视角。也正是上述这些缺乏独立性与自主性的局限所在，才使她们在错综复杂的历史境遇中无法避免如此遭遇：当反封建制主流话语被反映民族与阶级矛盾之现实危机的话语所替代后，与人文主义、人道主义、个性解放意识互为一体的女性意识，无疑也被排斥出主流意识之外，女性在历史与文学的双重文本中，对自我角色跃跃欲试的表现与探索明显中止了。这也就是为什么那些能够反映女性意识深化的文学文本，诸如“姬别霸王”式、揭示母爱“金锁记”等反规话语，反而会出自处于时代主流边缘位置上的作家张爱玲笔下的原因。

中国现代女作家第二次群体性写作景观出现在20世纪的八九十年代

（台湾约于七十年代始）。中国的又一次思想解放运动带来社会变革的思潮与实践，也又一次带给女性重写自身的契机。然此时全社会性的自审与反思、中心转移、权威消减、边缘置换等诸种文化现象纷至沓来，原以社会政治文化大一统的中心话语为背景，产生在女性文本中的“哥哥意象”无形消解，这也是为什么会在新时期伊始，出现近乎全社会性“寻找男子汉”之话语现象的深层原因之一；而异邦男子高仓健、史泰龙式的所谓硬汉子形象，也正是借此“哥哥缺失”的心理需求才得以风靡一时。20 世纪初以来一直伴有依赖“哥哥”情结的女性文本，在此背景下，出现“不见哥哥心里愁”的话语倾向。“寻找男子汉”成为新时期初女性文本的一个显明主题，应是必然。其代表作如张抗抗的小说《北极光》，作者用可遇不可求的“北极光”意象，作为女主人公孜孜以求的象征，把新时期女性寻求理想对象的心理动态表现得淋漓尽致。但同时，包涵在此意象中的诗化与虚化，却也隐约透露出这种寻求并非乐观。值得庆幸的是，女性新文化进程与中国社会文化进程一样没有被历史简单重复，女性心理定式铸就的文本形态已渐失现实生活之依托。女性几乎是在当时的思想大变革、时代大转换的特定情景下，在两性共有的困惑与茫然中，但对真理的求索与社会实践的勇气与热情却愈加澎湃的特定情景下，开始“寻找自己”的。从张洁、谌容到年轻的陈染、林白等女作家的笔下，我是谁？我从哪里来？我是什么？我有什么病？……一系列有关女性生命本质、生活状态、生存境遇的问题，在历史与现实之中，在真实与虚构之间，被女性自己所追寻、所探索、所思考、所描述、所呈现。女性文学此一话语的出现，在中国应是水到渠成的，是当时内外因、主客观条件互动的结果。历来在男性话语中“失语”或者说是“附言”男性话语的女性书写，在“不见哥哥”的文化大背景的成全之下，终于看见了自己，并尝试着说出自己的声音。此前“寻找哥哥”的文本，至此逐渐被“寻找自己”的文本所替代。这一步的替代对中国女性来说，无疑是别具重要意义的。因为它可能表征着中国女性摆脱自古而来的依赖性的结束与独立性的开始。中国女性意识从朦胧觉醒的状态中产生的女性话语，至此才获得一种实质性的突破与进展。

反映在文学表现中，自 20 世纪初绵延而来的上述两个显明表征便有了显著的变化：一是以“母亲形象”为代表的一系列传统女性角色形象，被置放在社会与家庭、文化与心理的结构和关系中重新审视并显示，传统角色尤其是“母亲”角色的美感，在女性自己的书写中，表现出一种共性的同时也多少令人有点发懵的解构趋向。这种趋向也许从张爱玲笔下的曹七巧就开始了，到了新时期后便大有发扬光大之气象，从写实闻名的方方、池莉到以现代派称雄的残雪，从诗意情怀的铁凝、迟子建到才思敏捷、思想尖锐的蒋子丹、陈染、林白（这份名单几乎可以把新时期以来最负盛名的女作家们都罗列进来）……直至以一篇传记《我有这样一个母亲》而横空出世的李未央，在她们的笔下可以十分清楚地看到传统的审美倾向被具有现代性的审丑意识所取代。这种变化当与女性“自省”意识的自觉与强化有关。她们从习惯性审美的母亲形象上进行“审丑”，其深层则意在审视包括自身在内的具有传承性、延续性的女性丑陋本质，从而揭示这种本质构成背后的文化成因。

显而易见，审丑意识与话语的形成，才使她们的文学文本真正拥有批判的精神与意义，才使她们拥有摆脱成规塑造与丑陋既定的可能；二是在破除以“哥哥”为文学隐形主角的“男性神话”阴影后，女性寻找并重现自身的过去与现在便成为一种必要与必然。应该说，也只有在这种情势之下，女性寻求自身的解放才可能进展为生命全过程的、具有独立意识的、自觉性主动性的行为。反映在女性文学中，寻找、挖掘、重现、表现女性生存境遇与生活形态，描述身置其间的女性生命状态与心理体验的文本开始出现并有愈演愈烈之势。一种有史以来约定俗成或司空见惯的书写格局被打破。如果说，从前的女性——如果她在写的话，那么她几乎就不能不是一边模仿男性塑造的女性形象在塑造自己，一边却不得不让没有被描述出来的那一部分成为空白的话，那么，今天的女性感应着时代激励多元话语齐生并存的大气候，愈来愈大胆地、愈来愈有意识地尝试对既成女性形象进行“正本清源”式的反塑造。同时，她们还尝试把那曾经是“不能言说”或“不可言说”的那部分，表现在“再现本身”之中。① 一些关注灵魂状态、重视内心体验、强调内在感受的女性文本，把被遮蔽的或沉沦已久的性别体验，个体的和集体的，从被覆盖的记忆、被封闭的身体深处唤醒，形成独特的言语形态，冲破习惯性的话语规范与阅读期待，浮出语言，成为今天众声喧哗中一道不应或缺的“自己的声音”。

应该指出的，上述两种特征并非截然分开，它们相辅相成：女性书写正是在寻找与再现自身的意识与实践中，才构成对自身角色的文化审视；

---

① “后现代在现代中，把‘不可言说的’表现在‘再现本身’中……后现代寻求新的表现方式，并非要从中觅取享受，而是传达我们对‘不可言说’的认识。”笔者在此引用此言，主要是想强调中国后新时期的女性写作含有此种特质。引文见［法］让—弗朗索瓦·利奥塔：《后现代状况》，岛子译，湖南美术出版社 1996 年版，第209 页。

而只有通过对自身角色形成的文化审视，女性才可能把一种由性别差异文化所造成的话语空匮、遮蔽、缺席等种种真实状态在文学文本中揭示。还应该指出的是，如果说世纪初的女性文本含有“求救”的被动心态的话，那么，本世纪初的女性文本却含有“自救”的主动意念。然“求救”固然渴望拯救者的倾听，“自救”的声音却更希望同行者的聆听。今天，“自救”者的声音的确宛如“自话自说”，这种状况，甚至造成当下一些对女性文学负面性、曲解性的判断，这也间接表明了女性文学目前的境遇：私人性的写作文本如果并不处在交流、理解乃至认同之中的话，它永远只是私人的，甚而是没有价值的。但恰恰是这样的“独白”，才是确立可以平等对话的地位、资格与价值的前提。可以说，女性“独白”最终是为了获得两性对话、交流、理解甚而渗透，从而达到话语的自主与和谐。这是中国女性在新文化意义上重塑自我的必由之路，同时也是今天女性文学文本出现的意义与价值所在。

二

应该看到的是，今天女性文学之成势与女性主义思潮在中国的传播不无关系。相对中国女性文学的历程来说，中国女性文学批评的情形相对滞后。无可讳言，女性主义理论话语与女性文学的写作实践一样，从它出现的那一刻起，便同样置身于有史以来以男权文化历史为背景的异性话语一统性危机与陷阱中。但是，生其中而异其质，在质疑的基础上颠覆与消解男权话语的权威性与不平等性，使女性主义批评获得自己有别于彼的理论立场与视域。从文学实践来看，但凡有体现社会思潮新动向的文学作品产生，就会有对其做出反应的批评理论的应运而生，从这个意义上来说，中国女性文学批评无疑是中国八九十年代风起云涌的女性写作现象所需要的产物。但它的性质与理论来源又远不止如此简单，它同时还是作为人类进入能动探索，并试图改善性别文化这个历史现象所需要的产物——女性主义理论——在中国文学批评领域的实践。显而易见，如果没有有别于习以为常的男权文化立场、视角、观念与方法的理论话语，就很难识读包括文学在内的人类文化现象中的男权话语体系之“蔽”与“弊”，当然也就没有被识读的女性文学。

“女性主义”一词译于英语“feminism”，一般用于泛指欧美发达国家中反对性别歧视、主张男女平等的各种思潮。从最初的追求男女平等的

“人权”基本诉求与理念出发，女性主义逐渐形成了一系列在发展中不断变化的多元理论体系。在当代美国，从理论研究分野上命名的女性主义就有自由主义女性主义、马克思主义女性主义、社会主义女性主义、精神分析女性主义、后现代派女性主义等等。除此之外，与欧美主流文化思潮的全球化趋势一致，在欧美女性主义思潮的全球化趋势中，还有自认可以代表本土与本民族立场与利益的第三世界女性主义。尽管西方女性主义理论经历百年的发展，至今不仅似乎仍缺乏（似乎也不追求）统一性与一致性，甚至在女性主义内部，也有着持久而激烈的理论论争，但这似乎并不影响它作为一种从根本上有别于有史以来由男权意识形态与社会结构所滋生的哲学观与方法论，对思想、文化、社会、学术各个领域产生广泛的话语渗透与深刻的影响，反而证实了它不拘一格的理论活力与实践生机。比如后现代女性主义理论中存在着两大阵营“本质论”与“构成论”的论争，在不乏激烈的论争中，并非是抵消了各自的优长处与影响力，而是在论争的过程中，不断地补充、丰富、精致了女性主义理论的内在肌质与肌理，否则，以黛安那·法司（Diana Fuss）为代表的观点，就无法在二者之间发现并总结出它们内在的辩证统一性，那便是在本质论中包含着构成论，构成论也离不开本质论。① 与女性主义理论的这种在发展中变化、在变化中发展的探索欲求相反，在中国的理论境遇中，这种情形则往往会被认为缺乏最后定论式的严密体系性与完整性，而被怀疑其合理性与科学性，或者是权威性。这样一种与女性主义理论本身生成期待就存在着南辕北辙的看法，当然永远也无法准确阐析出女性主义理论的意义与价值。就上例而言，无论是“本质论”的争取两性平等，还是“构成论”的解构既定社会意识、思维习惯以及男权思想与话语对女性主义的影响，应该说都具有很强的理论性与实践性。这是因为女性主义所关注与讨论的问题始终是人人都涉及其中的具体问题，是人与人构成的社会关系的问题，它的理论就不可能不是政治的理论。

从世界不同国家与地区的女性主义发展态势来看，可以说走向成熟的女性主义是理论与实践紧密结合的产物。在信息互通、资源共享的今天，欧美女性主义话语对世界文化的影响与渗透是不争的事实，但各种女性主义对欧美女性主义的传播与借鉴并没有妨碍，甚至还有助于她们根据本地

---

① 参见柏棣：《平等与差异：西方后现代主义女性主义理论》，见鲍晓兰主编的《西方女性主义研究评介》，生活·读书·新知三联书店1995年版，第14页。

区的社会特征与文化特点建立自己的理论体系与方法论，以此指导自己改造社会现状的可能性与途径、突破口与侧重点。从萌发的那天起便具有鲜明的反“权”性质的女性主义（可参照毛泽东曾指出的中国妇女身上的四条绳索：神权、皇权、族权与夫权），具有一个十分重要也十分明显的性质特征：它不会去建立、也不欢迎一种旨在唯一或者统一的权威性理论，它更注重在实践中被实践者不断地自我纠偏与修正，在内部思想的冲突与理论批判中不断补充与发展新理论，丰满多元化的思想体系。因此，女性主义既不是机会主义的，也不是教条主义的。正因为如此，女性主义才可能在不同的国家、地区、民族与种族中，在不同的学科学术领域里，获得自己存在与发展的土壤与生机。

女性主义文学批评理论，便是以二百多年来西方女权运动与女性主义思潮为背景而产生的。女权运动与在以文学文本为对象的研究中萌发的女性主义思想，有着异乎寻常的互动关系。女性主义者在进行解读历史与现实的文本实践活动时，文学文本常常会是她们最常关注的对象。对文学文本的女性主义研究，推动了世界性女性文学的勃兴；而大量具有女性自觉意识的文学作品的产生，更促进了女性文学批评理论的发展。美国著名文学批评理论家乔纳森·卡勒（Jonathan Culler）认为，自20世纪七八十年代以来，西方文学批评理论发生了一场深刻的变革，引起文学批评理论的根本变化，随着文学研究性质的改变，西方出现了三种影响最广的研究方法，以女性主义理论分析性别（sex）和社会性别（gender）在文学和批评各个方面的作用是其中的一种。甚至有学者认为，女性主义是当今后现代主义批评理论的中心。“作为一个流派，女性主义文学批评将性别和社会性别作为最基本的出发点，打破了将男性的眼光看做是放之四海而皆准的神话，彻底动摇了以男性为中心的文学批评传统。同时，女性主义文学批评深深地影响了西方文学批评，它多重角度的批评方法与充满活力的特征，开放了整个文学批评领域固定的疆界，赋予文学研究跨学科的性质和创新意识。”① 这个概括要言不烦地道出了女性主义文学批评的理论功能。

的确，女性主义文学批评理论，以一种有别于有史以来男权文化所形成的意识成规与思维定势的全新视角、立场、思维与方法，审视并描述文

① 参见刘涓：《“从边缘走向中心”：美、法女性主义文学批评与理论》，见鲍晓兰主编的《西方女性主义研究评介》，生活·读书·新知三联书店1995年版，第96—97页。

学的历史、现状与未来，而由此实践活动所产生的全新哲学观与方法论，波及并影响到人们对其他人文学科的研究，甚至包括对自然学科研究对象与方法论的研究。比如以美国理论物理学家、女性主义作家伊芙琳·福克斯·凯勒（Evelyn Fox Keller）为代表的学者，便是从女性主义所特有的关注社会性别的视角出发，重新探讨近代科学的起源，以及历史上存在的社会性别意识形态在其发展间所起的作用。① 也许正是看到并意识到女性主义批评理论的现行与潜在的巨大功能，乔纳森·卡勒才会如此热情地描述它：女性主义批评比其他任何批评理论对文学标准的影响都大，它也许是现代批评理论中最富有革新精神的势力。②

就中国具体的历史状况而言，“妇女解放”的话语是派生在辛亥革命前后的倒皇思潮和五四前后追求民主、科学与反封建制运动所产生的革命话语中。对文学女性形象的关注，也是派生在这样的一种话语需求中。正如孟悦、戴锦华在考察五四时期出现的一批女性形象时所曾敏锐地指出的那样：作为封建剥削阶级的对立面，受难或被扭曲的女性形象是最为鲜明的，她们代表着原来阴属阶层（指“阳在上阴在下”二元对立中属于被统治一方的弱势群体与阶层）所有苦难深重的一面，所以女性形象在表层意识上作为一种新女性观的观照与审视对象被提出来，而实际则是作为一种反抗、推翻“阳属”统治的同盟力量被提出来的。③ 显而易见，当矛盾的、敌对的、斗争的双方之对象与性质发生变化后，裹挟其中的女性问题、妇女解放议题，就有可能被搁置或牺牲。但在当时，文学中的虚构女性形象与现实女性的不良生存状况与生命状况一体，成为反抗阶级反对罪恶现实的最佳范例。这也在一定程度上表明了女性主义思潮（妇女解放思想）、女权运动（妇女解放行为）与文学、文学批评之间可以产生的一种多么密切而互动的关系。但这种密切而互动的关系由于特殊的中国国情，没有发展成为本土性的女性主义理论资源。这种先天性的缺失，不仅使中国女性文学没能建立起自己的理论话语，使女性文学批评一直滞后于女性写作，

---

① 参见［美］伊芙琳·福克斯·凯勒等：《女性主义与科学》，*Feminism and Science*. Oxfod UnivPr（Trade）1996。

② 参见［美］乔纳森·卡勒：《解构主义：后结构主义理论与批评》，*On Deconstruction*：*Theory and Criticism after Structuralism*. Thaca，Cornell University Press，1982。

③ 参见孟悦、戴锦华：《浮出历史地表——现代妇女文学研究》，河南人民出版社1989年版。

同时也带给西方女性主义理论在本土实践中的一些问题。

首先是外来的西方女性主义理论与本土女性文学实践之间被怀疑的游离状态。如果我们承认当下中国现实中的确有“女性话语”存在的话——包括批评话语与文学话语，那么，它的思想与理论资源显然更易于被人们认定为来自于欧美。于是，这样一个具有代表性的问题，就会被人们理所当然地提出：来自西方文化背景下的女性主义理论话语是否与中国女性的历史进程与实际情况相吻合？由此围绕着“女性主义”“女性文学”等概念本身，不仅有诸多争议，甚而怀疑它的存在，怀疑是人为划分的，进而怀疑性别分析的必要性。① 这些争议的深层原因，实际上是出自对中国女性意识是否具有主体性自主性的怀疑，从而导致殊途同归的两种看法的产生：一是继续忽略本土女性主义话语的产生与存在；二是即使承认存在，但也可以把它看作是一种严重脱离国情实际的话语来忽略。而事实上，我们可以看到从 20 世纪 80 年代前后涌现出来的那一批女作家与她们的文学文本，在以后二十多年间所发生的巨大变化。比如从张洁的《爱，是不能忘记的》到《方舟》，从王安忆的《雨，沙沙沙》到《长恨歌》，从铁凝的《哦，香雪》到《玫瑰门》，从张抗抗的《北极光》到《赤彤丹朱》……我们可以从中看到男性化的叙事模式是如何被具有女性意识的叙事模式所逐步取代的烙印，更何况还有一大批从一开始写作就表现出具有鲜明的女性主义写作意识、立场、观念与倾向的女诗人、女作家与她们的作品的涌现，如伊蕾、翟永明、唐亚平、海男、斯妤、叶梦、陈染、林白、方方、残雪、徐小斌、徐坤、蒋子丹等等。但人们还需要探究的是，她们与从 80 年代以来主要通过译介进口的女性主义之间究竟是怎样一种关系。女性主义对中国女性话语——包括理论话语与文学话语——究竟有何影响，影响有多大？也许正是基于上述论及的背景原因，大部分女作家，甚至女文评家，都会下意识地甚至是有意识地避开，或者干脆否认自己与外来女性主义之间的关系，或者说是影响。

在新时期伊始便以其文学成就独领风骚，并由此担任国家文化官员的著名男作家王蒙，曾就注意到这种十分微妙的情况：20 世纪 80 年代，由王蒙带领出访西方的中国女作家，在不巧被人问及有关女性文学、女权问

① 参见南帆、丹娅、荒林对话录：《女性主义——性别之间的战争》，见阿正编著的《世纪对话：文化嬗变与中国命运》，中国社会科学出版 2000 年版。

题时，“没有一个女作家承认自己关注女权问题……性别问题……更不要说是承认自己是女权主义者了”[1]。直至今日，这个问题依然存在。在中国特殊的性别语境里，要承认这样的问题，的确不是那么简单的。这里面有太多的暧昧，太多的难言之隐。她们似乎更愿意认同这种说法：我是女性，但不主义。[2] 承认西方女性主义对她们的影响会带来那些负面的阅读与认知后果？脱离中国实际？被嘲弄或者冷遇？被读成“妖魔化”的西方女性与女性文本？女性主义在中国的这种尴尬境遇，在其他第三世界国家中也有类似的发生。比如在秘鲁，尽管女性主义一词早出现于1920年，但女性主义是否是舶来品、是否与拉丁美洲的具体国情格格不入的争议一直存在。与此相反，有一部分女性主义学者则认为，女性主义不是外来的意识形态，这个词与“社会主义”一词一样，没有具体的民族和种族属性。[3]

还有一种情况是，与国内学术界对20世纪西方理论的积极回应相比，对女性主义理论的回应显然要微弱得多。譬如在进行有关后现代主义理论、后结构主义理论、后殖民理论的传播、研究与论述中，对包括其中的女性主义声音就有淡而化之或略而不涉的现象。本土“性别歧视”的意识似乎是更直接地反映在诸如此类的学术行为中。[4] 于是我们可以看到一些饶有意味的现象：一个对“女性主义”嗤之以鼻或极为反感的学者，却可能极为沾沾自喜地使用解构主义、后现代主义、后殖民理论与概念，以表明自己思想的先锋，学术研究的前卫，与国际思潮的接轨。就如一些人从不怀疑自己是人文主义学者并以此为标榜，但却对“男女平等”的理想怀有根深蒂固的怀疑甚至抵触一样，浑然不觉“如果两性之间的关系不能平等的话，人文主义传统就是一场笑话”[5]。

而与之相反的另一种情况是对女性主义做望文生义的、想当然的甚而是

---

① 见刘慧英：《走出男权传统的樊篱：文学中男权意识的批判》，生活·读书·新知三联书店1995年版，序第1页。

② 崔卫平：《我是女性，但不主义》，《文艺争鸣》1998年第6期。

③ 苏红军：《第三世界妇女与女性主义政治》，见鲍晓兰主编的《西方女性主义研究评介》，生活·读书·新知三联书店1995年版，第19—54页。

④ 一些学者也已注意到此种现象，如胡玉坤“有感于国内学界对后殖民研究的积极回应及对女性主义声音的忽视”而着意介绍《后殖民研究中的女权主义思潮》（《妇女研究论丛》2001年第3期）。在高校对西方批评理论的授课与讨论中，此种现象更是常见。

⑤ ［英］阿伦·布洛克：《西方人文主义传统》，董乐山译，生活·读书·新知三联书店1997年版，第285页。

特具男性意识与思维特征的诠释，然后再给予非难，这是女性主义话语在日常生活与社会生活中经常遭遇到的问题。譬如90年代颇为流行同时也颇受非议的“小女人散文”。所谓“小”与“大”，在中国的文化语境里，已被约定俗成为具有一定价值取向与意义程度的词语。“小”与在中国文化生活中亦已被约定俗成为贬义的“女人”联系起来，其实就是中国文化圣人孔夫子早已深入人心的“难养”之论中的“小人＋女子”。用此概念来命名“女性散文”，其轻视义与贬义昭然若揭。女作家与作品被评论圈进这样的界定里原就不幸，然更不幸的是，此命名乃出于“小女人散文”始作俑者女作家黄爱东西本人。只是，按照黄爱东西自己的说法是：相对生活在城市里的伪君子，我宁肯做真小人，因为我是女人，所以就是“小女人”。[①] 可见，此“小女人”而非彼“小女人”也，非但不是，而且似乎还是作者刻意制造出来的一种具有性别意义的反讽，但人们却没有耐心去倾听她们到底说的是什么，“小女人”这三字标签，已足以使他们或“惊艳”之，或“棒杀”之。各怀目的的言传者望文曲意，大多数不知内详的读者望文生义，“小女人散文”的写作初衷与真实意义从此淹没在人云亦云中大打折扣或扭曲变形。

再譬如近年来争议颇烈的“美女作家”与“身体写作”。“身体写作”原是法国女性主义文学批评提出的一个写作策略。关于“身体”这个概念，首先应是出自哲学层面上的意义，是与“灵与肉”“精神与物质”“理性与感性”等一系列二元概念相关联问题，由于这些二元概念之间被赋予的等级制，使它们之间的分离与对抗不仅成为哲学家们热衷讨论的问题，也成为文化实践的策略。这种二元对抗的意义与形式，最经常地被艺术家们所运用，对“身体”的作为常常成为反清规戒律及精神统治的先声与信号。由于在社会学的层面上，这一系列的二元对立等级制与性别等级制的相联系，使得“身体写作”这个文学行为具有了严肃的性政治意义与文化意义。但在“女性身体”完全成为男性欲望化对象的中国文化语境中，“美女作家”加上“身体写作”，其轻薄、调侃的贬义完全消解了女性写作的意义。批评者与受众大都既不深究也不细究中国语境中“身体写作”所含的男权视角，与女性主义“身体写作”之间存在着南辕北辙似的区别，而一概以中国式内涵充斥之想象之，再与女性主义联系之，然后鄙之攻击之。这就是为什么说最可悲的莫过于女性主义话语的内涵被男权习惯性思维所推理所演绎，然后再给予非难。

---

① 黄爱东西：《男女有别》，陕西旅游出版社、经济日报出版社1997年版，第419页。

在此情形下，男权中心历史化社会化的“女性问题”言说，不仅不可能就此终结，甚至只会更趋复杂化——从被忽略的空白，到不屑的冷漠，到眼下热闹得呈扑朔迷离状。对于进入公共空间试图进行任何交流的女性主义话语来说，在交流过程的任何一个环节上，她们几乎都不可避免地要受到来自历来就是以男性视点为中心的文化话语所间离、所扭曲、所操作。甚至在这样的过程中，她们本身即同化为操作机制的一部分。误读、曲解、遮蔽、利用、篡改乃至代言……以天经地义的名义，以理所当然的强势。这对女性主义在中国的传播、交流与理解，显然更是一重障碍。

中国的女性文学批评实践状况表明：它是新时期以来中国女性文学文本批评之需要，又是20世纪八九十年代以来中国改革开放、思想解放、众声喧哗的大气候下产生的一个质疑、挑战男权话语体系的声音，同时它还是受世界性的女性主义思潮和理论话语启蒙与互动下有机生长的一部分。由于中国社会历史文化沿革所具有的复杂性，注定了女性寻找自我追求性别平等的努力不仅是最漫长的，同时还是错综复杂的。尽管从文学艺术扩展至社会生活层面上的女性意识与女性话语，已成一定态势是不争的事实，但未成定势也是不争的事实。在文学的写作、阅读与理解上，更是存在着十分错综复杂的情况。曲解与误读、忽略与冷置、陷阱与利用，男权话语对女性话语的设置、误导与误用比比皆是。因此，举证与分析、辨识与澄清、论证与批判必将伴随着女性主义批评的实践。相对有史既成的男权话语体系而言，女性主义话语也许不成“体系”，但它提供了有别于他的具有认识论与方法论意义上的崭新视野，是开启、帮助、推动人们更为全面地认识自己的一个有效思路。女性主义话语在中国文学及其他学科领域里的渗透，不仅表明了它的被需要，同时也表明人们改善自我、争取性别平等、更文明地生活的决心。① 在此大背景下，有理由相信，女性话语的中国境遇不仅会得到有效的改善，更有理由相信会得到长足的发展。

（原载《东南学术》2004年第1期）

① 高校专门性的女性研究机构最早成立于1987年（郑州大学妇女研究中心），北大中外妇女问题研究中心成立于1990年。国内大学的类似研究机构大都成立于20世纪90年代以后。仅从全国高校出现以“妇女”或“女性”或“社会性别”为中心语命名的研究机构迄今不长的时间里，从给各自高校学生开的课程上来看，女性研究所涉及的领域与学科已相当深入与广泛，历史学、文学、哲学、社会学、政治学、人口学、教育学、心理学、医学等等都有它活跃的身影。

第　三　辑

从闺阁诗到散文：从秋瑾看女性写作近代之变

考察近代女性写作与其社会背景，可见随着近代思想启蒙、变法维新、辛亥革命等一系列事件的发生，社会风气已然发生很大变化。其实历史上能识文断字舞文弄墨的才女并不罕见，但具有男女平权思想、有政治主见、热心社会活动的近代女性，已不再是此种意义上的闺阁才女。因为古代才女们的写作多囿于"内言不出于阃，外言不入于阃"，在写作形式、内容、传播上都受到很大局限，而接受现代思想、介入社会生活乃至参与政治活动，不仅改变了中国女性旧有的生活轨迹与生命形态，也改变了她们的文学形态、文学内涵与文学格调。在她们笔下纸上，不仅之前一直作为抒发个人情感的诗词，突破了以往闺阁诗的思想格局，成为可以影响世道人心的宣言，表征着近代女性文学与政治"最初的牵手"①；而且更重要的是，由于"文以载道"的潜在文统，在历史上一直为男性专属的散文文体，开始为女性写作所用。她们的言论文章，可以和男性的一样出现在公共媒体上，进入全社会的阅读视野之中。女性写作的欲望，被充满政治气息的时代所召唤；女性写作的内涵，被政治风潮激荡的人心所需求，参与政治造就了她们从阃内走向社会、从诗词走向散文的写作气象。如果说，中国散文的写作在历史上一直是与政治生活紧密联系在一起的，从而形成了它与拥有政治生活权利的男性这个性别紧密联系在一起的特性的话，那么，近代知识女性开始以介入政治生活的形态，前所未有地介入到中国散文的写作之中，从而改变了之前的那种性别与文体的刻板关系。

清末著名革命志士、诗人秋瑾是第一位在中国主流散文史中出现的女散文家，她所处于的时代结点、所具有的文化女性身份、所具有的性别意

① 参见王绯：《最初的牵手：近代妇女文学与政治》，《妇女研究论丛》2002 年第 5 期。

识与参政意识，特别是她的革命生涯与文学写作转型之历程，集中地、鲜明地、典型地体现了近代女性与文体写作之间的特殊关系。考察与分析秋瑾的写作个案，可以帮助我们更透彻更直观地了解近代女性写作发生变化的具体情况，以及这个变化对后来女性写作所产生的重大影响与其重要的历史性意义，无论是对社会学还是文学。

一

秋瑾，原籍浙江山阴，1877 年出生于福建厦门。原名闺瑾，字璇卿，别号鉴湖女侠。1904 年留学日本后，易名瑾，改字竞雄。其祖父曾任厦门海防厅同知，补用知府，父亲官至湖南桂阳州知州。秋瑾自小随祖父、父亲往来迁居任所，十五岁时甚至还随聘往台湾任职的父亲前往台湾居住。18 岁时，复随调往湖南的父亲离台居湘。那个年代，一个少女有如此经历，自然要比一般养在深闺的女子有更多经世历见的机会，何况秋瑾自幼天资颖慧，过目成诵，十岁能诗词，十五岁能经史，具备了那个时代出身于开通官宦家庭的聪敏女性所有的学识资质。[①] 1896 年，年届二十、风华正茂的秋瑾在湘潭出嫁，夫家是当地有名的豪富。而其夫王子芳，多少有些纨绔子弟的风貌习气，“风度翩翩，状貌如妇人女子”[②]，而秋瑾则“爽若须眉”[③]。二人习性既不一，志趣亦不同，“伉俪不甚相得”[④]。也许是秋瑾本来就异于常女的见多识广，心高气轩，使她难于与庸常丈夫相通相容，难于在这样看起来不无美满的婚姻中感到满足；嫁为人妇，生儿育女，婚姻与家庭似乎成了困住秋瑾凌天之志的樊篱。而这种角色与婚姻的双重不幸感，使得秋瑾愈发厌恶周边的琐屑环境，愈发发展不事家事宁事天下事的政治倾向。总之，年轻的秋瑾，虽然很快做了母亲，并在随后的

---

① 参见郭延礼：《秋瑾年谱》，齐鲁书社 1983 年版。

② 秋宗章：《六六私乘》，见郭延礼编：《秋瑾研究资料》，山东教育出版社 1987 年版，第 114 页。

③ 秋宗章：《六六私乘》，见郭延礼编：《秋瑾研究资料》，山东教育出版社 1987 年版，第 114 页。

④ 秋宗章：《六六私乘》，见郭延礼编：《秋瑾研究资料》，山东教育出版社 1987 年版，第 114 页。

几年里“日处深闺，为旧礼教所束缚”[①]，尽量充当贤妻良母的角色，但那颗不甘就此沉沦与束缚的心，却随着举目一望而知的国事民生而蠢蠢欲动。

1903年，27岁的秋瑾随捐户部主事的丈夫进京，这是秋瑾一生的转折点，也是秋瑾最终毅然决然弃家别子，走向革命之路的一个契机，因为京城动荡而精彩的政治文化氛围，与日常烦闷憋气的家庭生活更构成鲜明的对照与刺激。她愈来愈不安分于性别的命定，愈来愈相信自己会做出一番如男子般的大事业来，不愿自己在一种虚假的和睦中沉溺，更愿意顺从自己的政治爱好和疾恶如仇的天性。秋瑾对于国事关注度日盛，弃家别子心便日定。应该说，摆脱个人生活的困境，寻求个性解放与摆脱晚清国衰族弱的困境，寻求个人与国族的新生，在秋瑾对命运的抗争与思考中是合二为一的。诸如此类的既是因家事，也是因国事，而倾向革命，投身政治生涯，成了近现代女性个人解放的一种出路与模式。应该说与既定角色不符的个人气质，不甘性别命定的性格，再加上婚姻情感生活的不和谐，在当时通常是促使秋瑾这类女子逃离传统家庭，投身社会，参与革命的起由与直接动因。

从秋瑾幼时开蒙识字，接受教育的情况来看，她与当时一些家道殷实，而父母或出于思想开通，或出于文人雅好，或出于舐犊情深等原因的有幸孩子一样，虽为女性，但也被混同于男孩间一起教养，秋瑾因而得以在幼时与兄弟一起进私塾读书识字，“教以吟咏，偶成小诗，清丽可诵。及笄以后，渐习女红，尤擅刺绣，虫鸟花卉，阴阳反背，自出心裁，靡不毕肖”。[②] 从此记述中，可见秋瑾文化教养的背景与经历。她的成长似乎与当时被社会主流嘉许并认同的才女们并无二致，她们虽然生活在“女子无才便是德”的社会大环境中，但在以文为重的官宦书香人家的小环境中，常常仍以女子有才而得炫耀，如吟出“未若柳絮因风起”[③] 诗句的谢道韫，巧制《璇玑图》诗的苏若兰等。强调“女子无才”只是便于统治阶层对女性的驾驭驯制，但若女子文才运用适度，且不违女德，甚而更彰其德的

① 秋宗章：《六六私乘》，见郭延礼编：《秋瑾研究资料》，山东教育出版社1987年版，第114页。

② 秋宗章：《六六私乘》，见郭延礼编：《秋瑾研究资料》，山东教育出版社1987年版，第113—114页。

③ 《世说新语校笺》，徐震堮校笺，中华书局1984年版，第72页。

话，那么其才便是德。秋瑾原有的文化教养看起来似乎亦并不脱此窠臼。她幼时工诗词，及笄工女红，做得都很出色，这是封建社会无论大家闺秀还是小家碧玉都应具备的女子素质与教养。秋瑾的早期诗词，可以佐证她与此类女才子的并无二致。

如《送别》：阑干十二云如叠，路程三千水自流。未免有情烟树黯，相留无计落花愁。①

如《踏青记事》：柳阴深处啭黄鹂，芳草萋萋绿满堤。笑指谁家楼阁好？珠帘斜卷海棠枝。②

如《月》：有人饮酒迎杯问，何处吹箫倚槛传？二十四桥帘尽卷，清宵好影正团圆。③

如《梧叶》：白雁声中秋思满，黄花篱畔暮愁宽。却怜镜里容颜减，尚为吟诗坐漏残。④

如《唐多令·秋雨》：肠断雨声秋，烟波湘水流，闷无言独上妆楼。忆到今宵人已去，谁伴我？数更筹。寒重冷衾裯，风狂乱幕钩，挑灯重起倚熏篝。窗内漏声窗外语，频点滴，助人愁。⑤

以上所举，可见此类诗词的格调、情思、用意、造词，虽不乏典丽清雅，颇具李清照之风，可见秋瑾的精巧才情，然其抒闲愁排清忧的写作套路，终是不脱经典的传统闺阁写作之习气，无非吟花弄月、春愁秋悲、伤去苦别之类。若果如此，秋瑾充其量也只是个从小就能做诗填词，并以此一技之长而引起男性文人的惊诧与欣赏，从而得以传名于世的聪敏才女罢了。然而秋瑾的个性与才气，令她的视野冲破本分的禁忌，终是走到传统才女的反面去，发生了最令男权社会忧患并屡加警示过的这种情况：“有才”可能使女子拥有自己的思想，从而使女子不服妇德而失德。从秋瑾个

① 郭长海、郭君兮辑注：《秋瑾全集笺注》，吉林文史出版社2003年版，第54页。

② 郭长海、郭君兮辑注：《秋瑾全集笺注》，吉林文史出版社2003年版，第20页。

③ 郭长海、郭君兮辑注：《秋瑾全集笺注》，吉林文史出版社2003年版，第57页。

④ 郭长海、郭君兮辑注：《秋瑾全集笺注》，吉林文史出版社2003年版，第65页。

⑤ 郭长海、郭君兮辑注：《秋瑾全集笺注》，吉林文史出版社2003年版，第305页。

案来看，抛夫别子是她从思想到行为的性别质变。

读书识字的闺中通才教育与秋瑾个人的性格、体验、经历的契合，造就了一个不同于众的读书明史、明理、明志的秋瑾。可以说秋瑾是从接受传统的女教始，而以颠覆传统女性角色终。她在最初沿袭旧制，恪守本分，待字闺中时，就从自身女性的生活境遇出发，本能地对性别歧视现象表示强烈的不满。而历史上女英雄的存在，使她找到男女性别无分高下贵贱的证据，如她在《题芝龛记》中所述："莫重男儿薄女儿，平台诗句赐蛾眉。吾侪得此添生色，始信英雄亦有雌。"① 这种本能与朴素的认识，虽然肤浅，但却把她从中国历史上的那些闺阁型才女的群体中分离出来，与历史上以女扮男装的形态，行反角色定位倾向的少数才女形成了精神上的相知与承继，与她们恨不生为男儿身的慨叹如出一辙。《偶有所感用鱼玄机步光威裒三女子韵》一诗，真实地记录了秋瑾这种开始变"异"的心态。这是一个非常典型的极具代表性的场景：秋瑾坐在闺房里的妆台前，但她并非在"照花前后镜"，而是与历史上以鱼玄机为首的才女们进行神交笔会，她从镜子里看到了处于现实中的自身，从自身所处看到了历史上的她们，虽然她们都身处于必须所处之处，都做着她们必做的分内之事，但内在的灵魂与冥想却已经离开这样的场景与躯壳，对性别角色变换的欲念已翩然起飞：

妆台喜见仙才两，客路飘蓬月又三。明镜萧疏青翼鬓，闲窗宽褪碧罗衫。

十联佳句抚膺折，一卷新诗信手衔。道韫清芬怜作女，木兰豪侠未终男。

高吟《白雪》谁能继？欲步《阳春》我自惭。小院伫闻莺睍睆，旧巢留待燕呢喃。

爱翻声谱常抛绣，为买图书每脱簪……②

妆台前见的居然不是传统期待中应该见的美色，而是不该在此场景中出现的"仙才"；因为爱翻声谱，常把女子最应该做的女红搁下，为了买不该看的图书反而用最应该喜欢的装饰物来交换……每一对物品意象的出现，都寄寓着秋瑾对性别既定属性的抵制与悖反，都预示着她反传统女德

① 郭长海、郭君兮辑注：《秋瑾全集笺注》，吉林文史出版社2003年版，第4页。

② 郭长海、郭君兮辑注：《秋瑾全集笺注》，吉林文史出版社2003年版，第112—113页。

的政治倾向。与她从工女红到抛女红的心路历程一致，她的诗词也经历了从闺阁里的轻愁浅忧到放眼历史的豪气侠义，如其《吊屈原》：

楚怀本孱王，乃同聋与瞽。谤多言难伸，虫生木自腐。臣心一如豸，市语三成虎。君何喜谄佞？忠直反遭忤。伤哉九畹兰，下与群草伍。临风自芳媚，又被薰莸妒。太息屈子原，胡不生于鲁。①

诗从屈原所处的环境议起，上自楚怀王，下至众臣心，不仅有史识，且洞见纤毫，自有贬扬，表露了她不同一般女子的襟怀与视野，不同一般才女的爱好与志向。正因为她的所读、所思、所感、所痛不与一般闺秀同，她的见识才会逾越闺阁之界，她的境界才会超越一般闺秀之限。秋瑾的志存高远，已锋芒毕露于深闺之中。这种显明的不同，一在于她表示出的女子自立的意念。古来才女多伤世悲情，最怕"嫁与东风春不管"②，或"风骚委地苦无主"③，诉说的皆是依靠的渴求与惶恐。然秋瑾则不同，她咏《秋海棠》是："平生不借春光力，几度开来斗晚风。"④ 二在于她有忧国救世的壮士情怀。她咏的《感事》是："竟有危巢燕，应怜故国驼！东侵忧未已，西望计如何？儒士思投笔，闺人欲负戈。谁为济时彦，相与挽颓波。"⑤ 面对国破家亡的局面，伊心跃跃欲试，欲救国民于水火之中，但她又深恨女性身份之所制，故有《杞人忧》："幽燕烽火几时收，闻道中洋战未休。漆室空怀忧国恨，难将巾帼易兜鍪。"⑥ 此诗取"杞人忧天"之典故，明显具有一种深刻而痛苦的自嘲成分：身为一女子，她的忧患在世人眼里只不过是庸人自扰罢了。故此，对秋瑾这样的中国女性来说，她的恨具有二重性，明写是忧国之恨，暗里更是女身之恨，因为她虽为女身，可不幸却偏有"国家兴亡，匹夫有责"的男性化价值取向，具有浓厚的责任感与使命感。二者之间的不能统一，愈发使此恨绵绵无绝期，铸就了秋瑾

---

① 郭长海、郭君兮辑注：《秋瑾全集笺注》，吉林文史出版社 2003 年版，第 111 页。

② 参见曹雪芹《红楼梦》第七十回中林黛玉所填《唐多令》词。

③ 参见唐人薛能《投杜舍人》诗。

④ 郭长海、郭君兮辑注：《秋瑾全集笺注》，吉林文史出版社 2003 年版，第 14 页。

⑤ 郭长海、郭君兮辑注：《秋瑾全集笺注》，吉林文史出版社 2003 年版，第 109 页。

⑥ 郭长海、郭君兮辑注：《秋瑾全集笺注》，吉林文史出版社 2003 年版，第 27 页。

此后悲壮生命历程的一个特殊底色。

二

对自古以来男女不平等现象的敏感与反抗，在秋瑾身上一方面外化为鲜明的男性化言行，另一方面则内化为强烈的男性化情结。这内外两方面的结合，形成秋瑾独具的男性化个性形态与生命形式。《剑歌》一诗，作于1903年至1904年之间，此时，她不仅常常身着男装，作诗亦从少女时代不脱吟花弄月的闺阁习气到完全的男性化。剑作为兵器，历来是男子佩带之物，既是男性性别身份的象征，又是男子汉气质的意象。“也曾渴饮楼兰血，几度功铭上将楼。”① “走遍天涯知音稀，手持长剑为知己。”② 托物言志，假剑抒怀，无论是壮国之怀，还是悲士之情，这里写的全都是男性命定的事业与性情。在此稍后所作的《宝剑歌》中，此种心志与意向更加明确了：

> ……君不见剑气棱棱贯牛斗？胸中了了旧恩仇？锋芒未露已惊世，养晦京华几度秋。一匣深藏不露锋，知音落落世难逢。空山一夜惊风雨，跃跃沉吟欲化龙。宝光闪闪惊四座，九天白日暗无色。按剑相顾读史书，书中误国多奸贼。中原忽化牧羊场，咄咄腥风吹禹域。除却干将与莫邪，世界伊谁开暗黑。斩尽妖魔百鬼藏，澄清天下本天职。他年成败利钝不计较，但恃铁血主义报祖国。③

这几乎就是秋瑾生命的政治宣言了。她的国恨家仇，她的暴力主张，她的天职，在其中已全然看不出传统女性角色气质与内涵的影子了。身份既男，所怀的便也就是天下事、国事，这里没有儿女私情，没有家长里短，没有为赋新词强说愁。她既不同于历史上大多数不离妇德的才女所作的“媚男”诗的格调，如唐朝赵鸾鸾所作的《闺房五咏》，咏“云鬓”“柳眉”“檀口”“纤指”“酥乳”④ 等，也不同于那种对自己的命运虽有怨却无奈的

---

① 郭长海、郭君兮辑注：《秋瑾全集笺注》，吉林文史出版社2003年版，第131页。

② 郭长海、郭君兮辑注：《秋瑾全集笺注》，吉林文史出版社2003年版，第131页。

③ 郭长海、郭君兮辑注：《秋瑾全集笺注》，吉林文史出版社2003年版，第252页。

④ 谭正璧：《中国女性文学史话》，百花文艺出版社1984年版，第200页。

遗怀诗，如五代后蜀花蕊夫人所作的《述国亡》“君王城上竖降旗，妾在深宫那得知”[①]，宋代洪惠英的《减字木兰花》“梅花无语，只有东君来作主”[②]；既不同于她们当中那些极少数偏离妇道的才女们所做的咏志诗，她们充其量只会做到恨不得身为男儿身为止，如南朝的黄崇嘏所作《辞蜀相妻女》“自服蓝衫居郡掾，永抛鸾镜画蛾眉……幕府若容为坦腹，愿天速变作男儿”[③]，也不同于宋代李清照偶尔为之、只留在渴慕中的大丈夫气节“生当作人杰，死亦为鬼雄。至今思项羽，不肯过江东”[④]。秋瑾不仅在外部言行举止装扮行事风格上仿效男子，更是在思想意识上把男性化情结演绎到纯粹，如其《宝刀歌》所述之怀：“一睡沉沉数百年，大家不识做奴耻。几番回首京华望，亡国悲歌泪涕多……沐日浴月百宝光，轻生七尺何昂藏?”[⑤] 在历史上可与之相媲美的男性爱国血性之悲歌，为数可能并不少，如屈原、杜甫、陆游、辛弃疾等，但从着意暴力行动，并立志为此献身的坚定性与明确性方面，秋瑾相比于众须眉可谓有过之而无不及。

在当时的历史条件与认识的局限下，对男尊女卑本能的反感与反抗，很容易转化为对男性性别身份与角色价值的认同。认同感促使年轻的秋瑾此后终其短暂的一生都具有男性化的心态与行为。她注目国家大事，关心民族存亡，热心政治命题，远胜于关心个人性感、家庭祸福、儿女情事。这个特性在她成人后的诗词里表现得淋漓尽致，使得她不仅不同于历史上那些以诗词名世的闺阁才女们，而且也不同于历史上那些以女扮男装彰显个人才能的奇女们。但是，如果从文学的角度来考查的话，有一个特别现象就会在这些不同中显示出来并足以引起我们的思索：尽管时代不同，秋瑾的思想行为与她的同性先辈们也如此不同，但用于表达与表现这种不同的思想与行为的文学文体在这个时候却还没有什么不同，也即是说，秋瑾此时固然很男性化，所写诗词也尽脱闺阁习气，但她用以表情达意的文体习惯却与她同性先辈们没有什么区别。这个现象一方面表明性别文化的规

---

① 谭正璧：《中国女性文学史话》，百花文艺出版社 1984 年版，第 212 页。

② 谭正璧：《中国女性文学史话》，百花文艺出版社 1984 年版，第 285 页。

③ 谭正璧：《中国女性文学史话》，百花文艺出版社 1984 年版，第 215 页。

④ 李清照：《乌江》，见王仲闻校注：《李清照集校注》，人民文学出版社 1979 年版，第 127 页。

⑤ 郭长海、郭君兮辑注：《秋瑾全集笺注》，吉林文史出版社 2003 年版，第 246 页。

定性与文体之间的确存在着某种必然的联系；一方面则表明这种以文体选择所体现出来的性别文化规定性，对人所产生的影响是如此强大与坚固，它以一种几乎被人们所忽略的、次要的、隐形的方式隐蔽起它所蕴含的文化的根深蒂固，这使它的改变甚至比思想的改变还来得迟缓与艰难。换而言之，当人们一旦习惯了性别文化规定性的表达形态后，它并不如我们所想象的那样会随着思想观念的变化而轻易地发生改变。因此，尽管秋瑾的思想与行为，在历史女性中无疑最具革命性与角色的颠覆性，但她所用以表达这种思想与行为的文学形式，却丝毫不具有革命性与颠覆性。

由于古代文体与性别之间所特有的关系，诗词固然是一种男女皆可通用的文体，但以治化、学术、载道、教化为己任的散文文体，则全然是为男性所有。此一阶段的秋瑾，虽已写有大量具有鲜明的男性角色意识与心理的诗词，但却还鲜涉散文的写作。以秋瑾为表征的近代女性与散文之间的关系，正在等待着一个历史性的变化，这个变化就是她们的性别身份与活动空间真正发生的变化，这其实也是中国女性能够进入散文领域写作的一个重要因素。

三

1904年，28岁的秋瑾不顾夫君的多方阻挠，变卖首饰，自筹旅费学费，东渡扶桑求学。此时的秋瑾，状态如困兽出穴，一破困囿于家事的抑郁，有得偿平生夙愿时所爆发出来的无比热情与冲天活力。她广于交游，结纳革命志士，马不停蹄地参加留日反清社团的活动，与陈撷芬等人重组“共爱会”。次年，秋瑾回国省亲并筹资，在上海与革命党人接触，参加光复会，在家乡绍兴倡导女学，发动女生留学。从秋瑾的这些行动中，足见其妇女解放的思路，这也是她自己在实践中走的路：从家庭里走出去，接受教育，开阔眼界，参与社会活动。回日本后，秋瑾转入由孙中山主持的同盟会，被公推为浙江省分会会长。是年12月，因抗议日本颁布《取缔清韩留日学生规则》，秋瑾与部分留日学生选择了回国。此时的秋瑾，既忧国难民患，又痛多数留学生乃“以东瀛为终南捷径，以学堂为改良之科举”①，并不思光复大计，更耻于女界向来的沉寂与甘为碎屑，便打定主意

---

① 王时泽：《秋女烈士瑾略传》，见郭延礼编：《秋瑾研究资料》，山东教育出版社1987年版，第89页。

要以身殉志，为革命献身："光复之事，不可一日缓，而男子之死于谋光复者，则自唐才常以后……不乏其人，而女子则无闻焉，亦吾女界之羞也。"① 秋瑾意欲效仿维新党人谭嗣同因感中国未闻有因变法而流血者便要从己始的意念而从容就义的壮举，也要用一腔热血，聊做先声，洗涮女界之羞，唤醒国人革命之意识。秋瑾回国后，一面任职女学，教化女生，一面联系革命党人，参加革命活动。1906 年，秋瑾创办的《中国女报》面世。此报是中国早期妇女刊物之一，从筹资到撰写、编校，事无巨细，秋瑾俱亲历亲为。女报因资金问题，虽惨淡经营，难以为继，仅出两期便告停，但其影响广大深远，尤其是秋瑾亲自撰写的发刊词，不仅是秋瑾的散文代表作，也是中国女性解放的政治宣言。1907 年 7 月，时任绍兴大通学校主持的秋瑾，因密谋反清事漏，被清军抓捕。秋瑾临危不惧，视死如归，被捕后仅二日，便从容就义于绍兴轩亭口，时年 31 岁。

秋瑾以一女子身份，果然做下当时女性根本无法做到的一件惊天动地留名青史的大事，成全了她革命志士的一生，但这还不是秋瑾生命价值的全部，在作为革命志士载入中国近代革命史册的同时，她还作为散文家载入中国主流文学史史册，这的确是前无古女的。秋瑾用革命使自己的生命成为传奇，用文学尤其是散文完成了这份传奇的宣言，她的革命轨迹与文学轨迹交相辉映，相互佐证并谱写了她的生命之歌。而她的女性身份，更由于这个性别身份在近代社会与文化变革中所处的敏感位置，使得她的革命与文学的双重生涯在女性写作史上有着一叶知秋的典型意义。文学在完成表达秋瑾特殊的生命形态之后，更留给后人一份有关中国女性在文学写作中的变化形态。

从秋瑾的革命生涯来看，1904 年的赴日留学是一个重大转折点。在行为方式上是从空谈到行动的转折，在活动空间上是从家庭到社会的转折，在角色转换上是从主妇到革命家的转折；而从其文学生涯的角度来看，则是其从诗歌到散文写作的转折。换而言之，秋瑾之所以能完成从女性文体化的诗词写作到男性文体化的散文写作的转化，则起因于她从活动空间到角色变换的一系列转折。1904 年前，秋瑾从幼始工女红诗词到稍后萌发抛绣脱簪意愿的少女始，其言语行事已不与常女同。嫁为人妻续为人母后，

① 王时译：《秋女烈士瑾略传》，郭延礼编：《秋瑾研究资料》，山东教育出版社 1987 年版，第 89 页。

受家事国事不如意之环境的双重迫压，她愈发不以贤妻良母为己职，反以天下安危为己任。清人顾炎武说，天下兴亡，匹夫有责，在男权社会里，这“夫”里显然不包含“女”，秋瑾却偏不信所教，慨叹生不得男儿身，每每反串角色，喜着男装，于诗词内外舞刀弄剑。在日本，她一方面以男儿标准行事，饮酒纵谈天下事，学习军事机械，选择暴力革命，准备舍生取义；一方面，在男子言行下，她又不能不面对自己女性的真实身份，从而也更清楚自己为什么总是形单影只，举目四望女性参加革命寥寥无几者的原因是什么。因此她力倡妇女解放，回国亲自创办《中国女报》，宣扬女权，发动女子赴日留学，鼓动女同胞参加革命，就是她的女性解放思想的具体实践。

在秋瑾的这个转折过程中，我们可以注意到的一个文学事实是，在此之前，哪怕是用以表达最男性化的、最反传统的、最革命的思想，秋瑾袭用形式大多是诗词歌赋。而在此之后，作为职业革命者与社会活动家的秋瑾，便自然而然地或顺理成章地更多使用散文文体，用以面对社会与大众的表达和宣传。这种由于文体自身所存在的社会属性，造成性别角色对文体不同取向情况，还可以从秋瑾革命后写与友人与学生的诗词中找到佐证。如写于1906年的《将赴沪别寄尘》《寄友》和1907年间的《答小淑用见赠韵》：

祖国沦亡已若斯，家庭苦恋太情痴。
只愁转眼瓜分惨，百首空成花蕊词。①

何人慷慨说同仇？谁识当年郭解流？
时局如斯危已甚，闺装愿尔换吴钩。②

素笺一幅忽相遗，字字簪花见俊姿。
丽句天生谢道韫，史才人目汉班姬。
愧无秦聂英雄骨，有负阳春绝妙辞。

---

① 郭长海、郭君兮辑注：《秋瑾全集笺注》，吉林文史出版社2003年版，第212页。

② 郭长海、郭君兮辑注：《秋瑾全集笺注》，吉林文史出版社2003年版，第216页。

我欲期君为女杰，莫抛心力苦吟诗。①

第一首诗把家庭、诗词归于一类，与国家存亡大事对应，说的是国家沦亡关头，情痴女子枉作诗，作再多也不过就是花蕊夫人的亡国诗，因此在第二首诗中表明更愿意以“闺装”，即闺阁/诗词换金戈铁马，挽救祖国。后一首诗意思更直接，秋瑾把最具有女性特征物的簪花类比诗词，再把女杰与它们相对：她虽然得到弟子写的诗笺一幅，也由衷赞赏弟子才华不亚于历史上两位有名的才女，但她还是希望弟子不要把心力花在吟诗作词上，而应该成为女杰。有意味的是，因为是与友朋私下的应答醉和，所以秋瑾用的也就是在这种情景中人们最好用的诗文体，尽管渴望“生当为人杰”的秋瑾，极具参政意识的秋瑾，已不屑做深闺中吟诗作词的才女，诗词文体的属性在此亦可见一斑。从这个角度来看，女性角色的转换也不能不与文体写作的转换发生联系；散文作为历史上男性化、社会化、政治化的文体，就不能不被参与到政治与社会活动中去的女杰们所擅用。

秋瑾现存文章十三篇，全是1904年离家东渡日本留学并参加革命后所作，足可见近代女性角色转换之间与散文写作之间的这种特殊关系。而从1904年夏赴日至1907年夏于绍兴轩亭口从容赴死止短短的三年间，秋瑾发表的散文名篇有《演说的好处》《警告中国二万万女同胞》《警告我同胞》《致湖南第一女学堂书》《中国女报发刊词》《敬告姐妹们》《普告同胞檄稿》《光复军起义檄稿》《致女子世界记者书》等，这些政论性散文作品，不是宣传光复革命，就是宣传女性解放，笔锋所至，犀利酣畅，不仅思想犀利，且激昂慷慨，气势才华均不逊热血男儿。试想如果秋瑾不行男儿事，作男子文，那么，后人如何能得见这些女子奇文，女子才气岂不湮灭于闺阁之诗内。可见跻身男性活动空间的基本条件，为政治主张宣传主义的明确目的，是秋瑾为表征的近代女性精英，能够进入传统上由男性掌控的散文文体中去写作的又一重要因素；反之，亦也证以秋瑾为表征的近代女性散文的出现与近代政治时势所发生的密切关系。

四

应该说，近代散文依然很好地保留了古代散文“文以载道”的本质精

① 郭长海、郭君兮辑注：《秋瑾全集笺注》，吉林文史出版社2003年版，第192页。

神，不仅如是，由于中国社会正处在一个思想急剧变革的时期，散文这个传统特质可以说更被使用者发挥到无所不及。但是，就如散文在此时已不复是男性写作的专有文体一样，它也不再专属于那些能够为治化而文学的政治精英或为学术而文学的文化精英们，它必须从上层走入民间，从精英走向大众，肩起“文以载道”的它，才能够在特定的社会与思想变革时期起到最广大的宣传效用。而散文要走向社会与大众，它要解决的一个瓶颈问题就是语言，这也正是从太平天国起，变法维新、辛亥革命、五四运动都会出现文白语言之争的根本之所在，成为革故与保守的分水岭之所在。秋瑾之散文，既然纯粹为革命与民众而产生，其能被通读的程度与效果，当然会被更加注重。不仅如此，由于秋瑾的一部分散文还要直接面对自古以来接受教育机会最少、文化层次最低的女性群体，因此，她的散文就不能不抛弃必须要有深厚文化修养与语言功底才能解读的文言文，而要最大可能地浅白如家常话。这从秋瑾为《中国女报》所撰写的文章中，可以十分鲜明地看到这一点，如《敬告姐妹们》：

> 我的最亲爱的诸位姐姐妹妹呀，我虽是个没有大学问的人，却是个最热心去爱国、爱同胞的人。如今中国不是说有四万万同胞吗？但是那二万万男子，已渐渐进了文明新世界了……我的二万万女同胞，还依然黑暗沉沦在十八层地狱，一层也不想爬上来。足儿缠得小小的，头儿梳得光光的；花儿、朵儿，扎的、镶的，戴着；绸儿、缎儿，滚的、盘的，穿着；粉儿白白、脂儿红红的搽抹着。一生只晓得依傍男子，穿的、吃的全靠男子。身儿是柔柔顺顺的媚着，气虐儿是闷闷的受着，泪珠是常常的滴着，生活是巴巴结结的做着：一世的囚徒，半生的牛马。
>
> ……难道我诸姊妹，真个安于牛马奴隶的生涯，不思自拔么？无非僻处深闺，不能知道外事，又没有书报，足以开化智识思想的。……如今虽然有个《女子世界》，然而文法又太深了。我姊妹不懂文学又十居八九，若是粗浅的报，尚可同白话的念念；若太深了，简直不能明白呢。所以我办这个《中国女报》，就是有鉴于此。内中文学都是文俗并用的，以便姊妹的浏览，却也就算为同胞的一片苦心了。①

---

① 郭长海、郭君兮辑注：《秋瑾全集笺注》，吉林文史出版社 2003 年版，第 377—379 页。

如《敬告中国二万万女同胞》：

> 唉！世界上最不平的事，就是我们二万万女同胞了，从小生下来，遇着好老子还说得过；遇着杂冒、不讲情理的，满嘴连说："晦气，又是一个没用的。"恨不得拿起来摔死。总抱着"将来是别人家的人"这句话，冷一眼、白一眼的看待。没到几岁，也不问好歹，就把一双雪白粉嫩的天足脚，用白布缠着，连睡觉的时候，也不许放松一点，到了后来肉也烂尽了，骨也折断了，不过讨亲戚、朋友、邻居们一声"某人家姑娘脚小"罢了！①

这种完全口语化的散文语言，就是为当时绝大多数无缘于文化教育的女性群体而写的散文，它不仅实现着秋瑾的"一片苦心"，而且也把自身带进了如此纯粹而现代的语言境界中。这使它直至百年后的今天，让人们读来依然如此新鲜生动，明白晓畅，没有任何滞涩之感与时代之隔。这种语言效果，即使是此后以倡导并身体力行白话而著称的现代文学大师们，如胡适、鲁迅、周作人、钱玄同等人的文章，也是有所不及的。换而言之，如果说胡适鲁迅们所写的是属于20世纪二三十年代白话的话，那么更早之前的秋瑾，却反而已写出今天看来依然极富时代与个性韵味的语言。与其说这是发生在语言上的奇迹，莫如说是性别文化所造成的歪打正着。

比较近代散文变革勃兴时期出现的一批富有新思想的代表性作家，这一点就会看得更明确些。维新运动的重要理论家严复，在戊戌变法失败后，致力译述西方资产阶级思想家的著作，影响深广者有如《天演论》。《天演论》"物竞天择"的进化论新思想，加上他一手功底深厚的漂亮文言，在文化知识阶层广受称道。然梁启超却批评严复太过刻意模仿先秦文体，文笔太务渊雅，如果不是读古书很多的人，一时半会还真的很难读懂。"夫文界之宜革命久矣。欧美日本诸国文体之变化，常与其文明程度成正比例。……况此等学理邃赜之书，非以洗畅锐达之笔行之，安能使学僮受益乎？"② 梁启超在这里把文体问题提到与文明程度等量齐观的地步，说得更为明确的是，似《天演论》这等学理深奥的著作，非以流畅简要通达的文笔来翻译，又岂能让尽多的学习者受益呢。近代思想家、革新派章炳麟则偏好"魏晋文"，他先是追随梁康改良派，后随孙中山，再从袁世

---

① 郭长海、郭君兮辑注：《秋瑾全集笺注》，吉林文史出版社2003年版，第362页。

② 梁启超：《绍介新著〈原富〉》，《新民丛报》第1号，1902年2月版。

凯，其间做有多篇振聋发聩之政论性散文，如《解辫发说》《驳康有为论革命书》《讨满洲檄》等，其思想颇为激进，然使笔则至为保守，因他例来主张文学应该雅正，不应采用俗语。可见严、章对古文文言的偏好与顽固的程度，即便他们有变革社会的新思想，也不足以令他们断然舍去这种语言方式。在此情理相悖的现象背后，最直接的原因似乎是自小养成的语言习惯，但往深处去追究，却可窥这种对文言的执着形态中，不无内蕴着使用者已然习惯了的文化知识垄断之意识，以其垄断所昭示的上流身份与阶级意识，有着少数知识贵族的文化优越感、虚荣感。《论语》云：子所雅言，诗、书、执礼，皆雅言也。自小就接受并浸淫于儒家学说教养而成的男性文人们，特定的语言观不免化为他们的语言无意识：文言与白话，是雅与俗的分界；雅与俗，是贵与贱的分界；贵与贱，是高与低的分界……对不同等级语言的使用，反映使用者最为潜在的身份与意识，就如秋瑾在东渡日本成为职业革命家前，即便她的思想再男性化，再激进，她大多也只能用或者说是习惯用旧体诗词来表达；就如严复、章太炎的思想即便再新进，但他们所用以表达这思想的语言可以很守旧。

于是，恰是没能得到科举应试教育的系统训练，从而得以远离文言文教养，更接近日常生活语言的女性，在倡导白话写作的声浪中，而更天然地接近白话，更得心应手于白话写作。从这个角度来说，性别歧视教育制度造成的文言先天不足，反而成就了她们在白话散文写作上得天独厚的性别优势。反之，平白如家常话的白话文，也能使自古以来与女性写作最为隔膜的散文文体，开始变成女性颇为擅长的写作文体。日后女性散文写作的发展态势，也可以证实这一点。秋瑾为了使妇女姐妹们能读得懂而写作的白话散文，在当时不仅顺应了变革社会与变革语言的双重意图，而且也很成了其中推波助澜的一个重要浪头，“形式的通俗化、大众化和革命的思想内容，正代表了近代散文发展的进步方向”①。

概而言之，文以载道的散文传统，使突破传统角色规范，参与政治的近代女性介入散文的写作；而散文作为革命思想与主义的宣传工具，则必须审时度势，放下温文尔雅的架子，走向通俗白话；而散文白话化则对文化程度普遍不高的女性群体写作更是个福音。时势造英雄，无论是作为革命家还是散文家的秋瑾，短短三年的革命生涯足以傲视群雄；不足20篇的

---

① 郭延礼选注：《秋瑾诗文选》，人民文学出版社1982年版，前言第28页。

散文作品，更是使她成为由古至今唯一彪炳史册的散文家。尽管她前无古人，在当时亦四顾孑然，有着先行者深深的孤独与悲哀，她一方面恨不得化为男儿身，但她也明白自己只能是男性中的异类，她一方面在女同胞中寻找知己，但她也明白她只能是女性中的另类，这注定了她终其一生只能是“走遍天涯知者稀”①。然秋瑾的生命历程与写作个案，对中国女性群体性地参与政治与参与散文写作来说，都具有开山意义。她不仅是辛亥革命的先行者，中国女性解放的先行者，同时也是现代女性散文写作的先行者。或者还可以说，要衡量当时中国女性思想解放的程度，还可以看她们介入白话散文写作的程度。

（原载《妇女研究论丛》2014年第6期）

① 郭长海、郭君兮辑注：《秋瑾全集笺注》，吉林文史出版社2003年版，第131页。

冰心早期女性观之辨析

冰心是中国现代最重要的作家之一，也是中国新文学初期最负盛名的女作家，她的文学活动自1919年9月以发表《两个家庭》开始，持续了近80年，影响了几代读书人。《两个家庭》与冰心紧接其后发表的《斯人独憔悴》《秋雨秋风愁煞人》《庄鸿的姐姐》等小说，与文学研究会的其他一些作家的小说，被认为是当时表现“文学应该反映社会的现象，表现并且讨论一些有关人生一般的问题”的作品。[①] 故主流文学史一直公论冰心是带着这些“问题小说”登上文坛并开始她在小说世界里的长途跋涉的。[②] 不仅如此，冰心也正是以这批小说的写作与发表，成为在五四时期闪亮登场的中国新文化、新文学阵营中最初的并颇为醒目的一分子。相对冰心持久不衰的文学历程与文学成就，冰心作品的研究成果也十分丰富，冰心早期发表的这些问题小说，亦总在研究者研究五四新文学业绩的视野之中被不断提及。本文在肯定冰心以文学作为成为五四新文化的一个有机构成、一个鲜明符号的基础上，对冰心的问题小说进行详细的剖析与比照，以期探明：引起当时19岁的冰心特别关注的并作为她的第一篇小说的主题问世而引起社会反响，从而力助冰心一举登上文坛的“问题”到底是什么？冰心在小说中是如何表现它们的？这种表现显示了冰心具有何种倾向的女性观？这种女性观与当时妇女解放思潮有着怎样的关系，在其中占据怎么样的地位与意义？弄清这些问题，才能较为客观准确地诠释冰心作品的思想，认识冰心小说的内涵，界定冰心文学言说的特点与意义。这可以说是冰心小说所“表现并讨论的问题”留给我们至今还没得到明确透视的一个问题。

---

① 参见茅盾编选：《中国新文学大系·小说一集》，上海良友图书印刷公司1935年版，导言。

② 朱栋霖等主编：《中国现代文学史：1917—1997》上册，高等教育出版社1999年版，第65页。

一

冰心的第一篇小说《两个家庭》最初于1919年9月18日至22日在北京的《晨报》上连载。小说顾名思义，是写两个家庭。两个家庭在小说中成为相互参照的对象。参照的系项是幸与不幸。幸的是三哥家，不幸的是陈先生家。陈先生原是个颇有才干的有志青年，但现在他为自己自暴自弃所找的理由是没有快乐，前途黑暗。作为好朋友的三哥十分不解："我们一同毕业，一同留学，一同回国。要论职位，你还比我高些，薪俸也比我多些，至于素志不偿，是彼此一样的，为何我就有快乐，你就没有快乐呢?"于是，小说借陈先生之口引出此篇小说的中心议题："你的家庭是什么样子，我的家庭是什么样子?"原来陈先生的家庭有一个不善家政、只喜出外应酬宴会和打牌消遣，并且动不动就以"不尊重女权""不平等"的意见来抵制丈夫劝告的太太。太太不贤，家政大乱，陈先生只好躲避在外，由烦闷而颓唐，由颓唐而堕落，乃至身心俱废，人亡家破。作为不幸的陈先生家庭之比照，三哥的快乐与家庭幸福则完全是因为家中有个不仅善理家政，更能"红袖添香对译书"的有知识且贤惠的太太。冰心在小说中通过两个家庭的兴亡，尤其是男主人公们的精神与生命状态的对比，来体现她鲜明的叙事意图与审美倾向：太太是男人成家的根本，立业的后盾。

如果把这篇小说与她仅在此前14天（1919年9月4日）发表在同一报刊《晨报》上的《"破坏与建设时代"的女学生》一文对照来看，就可以很清楚地看到当时年轻的冰心最关注的问题是什么，对问题有着什么样的看法与观点。在这篇文章中，冰心提出"女学生"现象。所谓"女学生"，一般是指当时受妇女解放思潮影响，走出家门，入校接受现代教育启蒙，具有一定文化知识，在思想观念与言行做派上都不同于传统的女性。"女学生"亦即新女性的异名词，也是当时广泛流行于社会的新名词。冰心认为"女学生"在中国的自由、平等、革命风气初开时，积极图谋"参政选举""男女开放"的行为，令人"看见她们怎样的文明，怎样的高尚，怎样的得社会赞同信仰……都羡慕惊叹的了不得"，冰心以为这是第一期"女学生"的境遇。但到了后来，因为是"完全的模仿欧美女学生"，所以"种种嚣张的言论行为"，"闹出种种可怜可笑的事实，大受旧社会的鄙夷唾骂”。而那些新人物认为她们学外国女学生并不像，因而也讥笑她们。既然“女学生”新旧两方都不讨好，“‘女学生’这三个字变成了女界中最不良分子的别名”。冰心以为“这就是中国女学界最黑暗的时代。也就使社会对待女学生的心理，转入厌恶女学生的时期”，女学生由前期的被崇拜对象到名誉“一落千丈”。①

作为一名当时积极投身于新文化浪潮中身体力行的女学生，面对这样的社会评价与境遇，冰心当然是有切肤之感的，并且也是有话要说欲吐为快的。从冰心言论的分析来看，冰心的确有她自己的角度与观点。按理说“女学生”如果食洋不化，成为新人物讥笑的对象，自然是应该被指出而有待改进的。可作为一个新生事物，“大受旧社会的鄙夷唾骂”，则应是情理之中，在所必然的，似不应成为冰心诟病“女学生”的不良而被引与新人物之言论并举。可见冰心显然在此有自己比较确定的想法，她既十分反感这种不中不洋，已完全不传统但也不真现代的“女学生”，而此系模仿欧美的“女学生模范表式”的结果，那么冰心的理想当然是要建立中国式的“女学生模范表式”。那么，什么是中国式的呢，什么样的女学生可以既不被“旧社会鄙夷唾骂”，又不让新人物“讥笑”呢，既可以在传统中体现现代，又在现代中固守传统呢？受到这样一种建设信念的鼓励，年轻的冰心甚至充满激情地宣告，“你们所厌恶的女学生，已经过去了，你们所崇敬的女学生，已经渐渐出来了”，并把挽回社会厌恶女学生的心理，建设令人好感的女性形象，当作一项艰苦卓绝的、庄严灿烂的事业。冰心以孔子“己欲立而立人，己欲达而达人”的话自勉，随即提出建设“女学生”亦即新女性形象的10项意见，其中包括“女学生”的装扮装饰、言论举止、生活方式、娱乐交际．修养教育等方面的内容。而对女学生的这种从外在到内在的事业建设，很重要的一个目的即为“改良家庭，服务社会”而服务的。冰心的确在这里为自己建设理想中的新女性形象找到一个合适的角色，一个合适的位置。女性的确也只有在这样的角色与位置上，似乎才能两全其美地在现代学养中固守传统，在固守传统中又体现现代气息。

《破》是冰心第一篇正式发表的议论文，在这篇文章里所提出的关于“女学生”问题与建设新女性形象的思路，正是此后相隔不逾半月冰心发

① 卓如编:《冰心全集》第1卷，海峡文艺出版社1994年版，第5—10页。

表的第一篇小说《两个家庭》的立意。后者完全是对前者中心论题的文学表现，是对前者理性认识的形象演绎。《两个家庭》中的亚茜与陈太太，她们各自正代表着冰心所论及的新女性形象的正反两种类型。作为正面形象的新女性亚茜，显然接受过现代知识的教育，文、理、数皆通。冰心通过细节描写，把亚茜的这份现代教育素养，一一体现在创造家庭和谐、幸福生活与家政管理的才能上："文"可与丈夫对译书，"理"用于科学化教养孩子，"数"则用以结算每日家计账目。这显然是冰心在《破》着意强调的新女性必要避去"好高骛远、不适国情的言论"，去做实用的、通俗的如"家事实习""儿童心理""妇女职业"等思想的形象化与具体实施。反面的新女性形象则是陈太太。陈太太在"尊重女权""平等""放任"（应是"自由"之义）的口号下精于打扮，热于应酬，"成天里不在家"，没有责任心，率性而为，于家政管理上一塌糊涂，于教养孩子、匡助丈夫事业上更是谈不上。在这两个形象的塑造中，需要我们细心鉴别的是冰心的用心：在冰心的笔下，真正受过现代教育，有着现代知识装备起来的，会洋文、会数理，在婚后依然保持自己姓名的亚茜，浑身上下无疑都在散发着我们闻之可辨的现代气息，但就是这位现代女性，不仅绝口不谈女权，其所作所为更是经典贤妻良母。反而是没有一处可以看得出有接受过现代教育痕迹的，在小说中一直以夫姓冠名的，没有任何一技之能可以用以经济自立的家庭妇女陈太太，在小说中则深谙"女权"说，动不动就为自己不做贤妻良母、不理家政找到一个理直气壮的颇为时尚的挡箭牌。

与对新女性内在的关注与表现相呼应的是冰心对其外在的特别关注与表现。无论是在冰心的论说还是叙事中，都可以看出她最为反感的并一再引以警示的是女性在社交活动中的行为做派。交际必与装扮联系在一起，在交际场合中出现的女性装扮，便势必成为公众对女性形象的第一印象。冰心以为珠围翠绕、飞扬妖冶的外在形象是危险的，是会贬损女学生价值的，"因为社会要凭着服饰断定我们的人格"，所以服饰成为冰心很关注的女性外在形象。她以为服饰风格要稳重雅素，样式要平常简单。作为"女权"负面效应人物出现的陈太太，第一次出场是在家中，睡眼惺忪，衣饰不整，慵懒娇惰；第二次出场时她已打扮得珠围翠绕，十分妖冶醒目，但这恰表明她马上就要出门应酬去了。打扮与否成为陈太太交际与否的信号。什么样的装扮似乎是与什么样的生活方式、交际方式联系在一起的。服装装扮在这里，不仅是人格的体现、品位的象征，同时也是人物的角色符号。有一则西方幽默说，当母亲问孩子她出门要穿哪套衣服比较漂亮时，孩子给她拿来了睡衣。在孩子眼中，睡衣就是母亲履行角色职能，与孩子们在一起，表示母爱的信号与符号，而能够表明母亲在履行角色本分职能的服装，在孩子眼中才是最漂亮的。陈太太的形象恰是冰心在《破》中深以为虑的那些被公众厌恶了的女学生形象，以为正是此类言论行为装扮，才败坏了女学生在公众心目中的形象。可若按此思路推理，小说中陈太太的“女权”言行，符合的该是亚茜的“女学生”身份，而亚茜的所作所为符合的该是陈太太的“家妇”身份，二者之间的逻辑错位，原是这篇小说中最难于理解的地方，但也许正是在这个地方，才特别地显示了冰心要努力建设女性新形象的别有匠心：小说要在最大限度地扭转民众对“女学生”不良印象的基础上，同时要最大程度地表现出这样一种看法——那些既让守旧的人“鄙夷唾骂”也让新人物讥笑不屑的“女学生”，其实并不是女学校亦即不是现代教育的过错，女学校并非是“女子罪恶造成所”。现代教育是完全可以培养出像亚茜这样的用现代知识装备起来的贤妻良母，她们于家于国都有绝大的好处的。那些空喊口号，不事家务，热衷社交，不中不洋的女子，虽然受惠于女权风气而产生，但她们更多的只是乘其时髦，只知皮毛，用其概念，充之一己之解，行之一私之欲，弃家庭角色与责任如敝屣，以解放的名义，耽于社交，以社交的名义，耽以玩乐。这不是女权风气之害于女性，就是女性曲解了女权的含义。“女权”之于冰心，实在是有她自己的内涵与界定了。

上述可见，冰心对现代新女性的构想尺度，乃是把她置放在能够更完美地充当家庭传统角色的位置上来要求的。可是，作为五四新文化浪潮中青年的一员，现代的冰心，究竟又是在什么地方，在何种层面与何种程度上，与五四时期反封建、反旧文化思潮，表现出它们之间的共同性与一致性呢？我们可以从冰心在稍后（10月7日至12日）连载发表于《晨报》上的小说《斯人独憔悴》里，看到她正是以表现封建家长制对青年个性的压抑与对理想的摧残的主题，显示了她反封建家长制的思想倾向。但具体到女性为何要解放，如何解放，解放到何种程度等诸问题，冰心紧接其后（10月30日至11月3日）以“实事小说”题注并连载发表于该刊的小说《秋雨秋风愁煞人》，可能会提供与《两个家庭》相互参照的分析与佐证。

《秋》中的女主人公英云是现代女校的在读女学生，女学生身份是当时新女性最显著的特征。但这位新女性解放的程度似乎也就到此为止了：

她甚至还没挨到毕业，就被嫁到封建大家庭里，仍然充任旧式女主人去了。这种新瓶装旧酒的女子，似乎还很适宜当时那种在风气渐开的新时代里旧家庭的胃口，“第一是说我美丽大方，足以夸耀戚友。第二便是因为我的性情温柔婉顺，没有近来女学生浮嚣的习气。假如我要十分的立异起来，他们喜悦我的心，便完全的推翻了”①。能够接受女学生当媳妇的理由，大约也是旧家庭能表现迎合潮流，还不完全落伍的地方。那么接受过现代学府教育的英云，可不可以像《两个家庭》中的亚茜，用现代知识来改造旧家庭呢？英云的确想到了，而且途径与目的也出奇地相同：一是家政管理，二是教育弟妹（孩子）。但英云举步维艰，几无收获，改造不成，自己反而在这环境中沉沦颓丧下去。把英云与亚茜做比较，可见两人都是由具有现代知识教育背景的新女性来充任家庭主妇的，亚茜可以用现代知识管理家政，教育后代，使夫贵家荣，但英云却空有一身本事而无以施展。这样编排的人物、故事与情节，小说要告诉给我们哪些信息呢，换而言之，它反映出作者冰心什么样的思想意图呢？首先最主要的当然是家庭观：在大家庭里，掌权的仍然是封建的遗老遗少，它构成新青年的精神压迫与个性压抑。而在小家庭里，做主的是接受过现代知识教育的小字辈自己。小家庭进步，大家庭落后不可取，这也正是表现冰心与反对封建家长制的五四新文化浪潮之间的共通之处、合拍之处。其次是女性观：女性应该接受现代教育，女性应该把新知识用于家政与家教之中，新女性可以在小家庭中成为一个绝好的贤妻良母。从中可见，冰心虽然力主女性接受新式教育，但并没有要改变女性传统角色及位置的意思。也即是说，小说反映出来的冰心观点是：女性的传统角色与位置不变，要变的是角色的知识结构与家庭结构。现代女性在小家庭里沿袭传统角色大有可为。

二

冰心的第一篇论说文与第一篇小说，以不同文体的形式传达出同一个思想主题，无可置疑地显示了冰心当时最为关注的是现代新女性的形象问题。把这两个文本与紧接其后发表的小说对照来看，可看出冰心关注新女性形象是与她关注家庭的问题紧密联系在一起的。她是从家庭主妇的定位

---

① 卓如编：《冰心全集》第1卷，海峡文艺出版社1994年版，第37页。

上，来对新女性形象进行考察、讨论与设置的。可见女性在此时的冰心意识中，还没有把她们作为社会角色的意义提到认识与讨论的层面上来，尽管讨论与表现的是女学生、新女性——她本人亦即女学生、新女性，社会角色的功能在这样的身份中显然可以呼之欲出，但她们仍然是作为家庭角色和与之产生的问题而被着重提出来的。现代女子教育产生具有新女性特质的女学生，要让社会不厌恶并能接受女学生，就要展示女学生对家庭建设的特大好处。我们从中可以看到这个从女学生到家庭主妇之间的模式，从本质上来说，仍然是几千年女子教育理念与运行的延续。中国女子教育古来有之，从上古的《易经》到清代的《女四书》，两千多年的女教教材与言论可谓汗牛充栋，其基本思想与目的就是要把女子教养成一个合格的家庭主妇，即贤妻良母。教义训诫的洗脑与实际技能的训练，甚至包括明清时代对身体的重塑，从幼女期就开始了，都是在为她将来嫁为人妇做资格上的准备。比较冰心此时的言论与小说，现代女子教育的功能似乎亦无逾其范，它似乎也是在为女性如何更好地扮演贤妻良母而服务的，不同的是这个贤妻良母因有现代知识的装备而新潮，她所在的家庭因之而新式。如果把古代女子教育称之为“闺训”的话，现代教育在此意义上似乎也就是一种新“闺训”。

从冰心最初发表的言论及小说的思想倾向来看，她显然是把“女学生/新女性”当作问题对象提出来的，并在此基础上进行矫正与重建形象工作的。“女学生”是新事物，她的出现不仅表征女性解放的趋势，也表征现代新文化的主流。冰心针砭当时风头正健的“女学生”形象，从表面上来看，表达的是一种与现代主流文化并不全然和谐的声音。那么，她的意见与观念，究竟与当时的女性解放思想背景处于一种怎样的关系，复原并分析这个背景，找出它们之间的联系，将使我们更为清晰地看到冰心女性观形成的渊源，以及它在女性解放进程中所处的位置、意义及特点。

我们知道，“女学生”是现代女子教育的直接产物。而现代女子教育的发蒙，却要追溯到1844年英国基督教循道公会的女教士艾迪绥在宁波创办的中国第一间面对社会各阶层公开招生的宁波女塾。宁波女塾之后，各口岸城市的女子学校也竞相出现。1850年，美国圣公会在上海创办“禅文女塾”。次年，又办“文纪女塾”（1881年改为圣玛利亚女校）。1859年，美以美会在福州创办“育英女校”。1860年，英国长老会在厦门鼓浪屿创办“仁女学”。据资料统计，至1860年，基督教各教会在五口通商城市创办的女子学校至少有12所。[1] 1860年，中法《北京条约》签订后，传教士更拥有出入中国内地租地建房的自由与权利，教会女子学校亦随之由最早在五个通商口岸的城市设立，而向沿江沿海伸展，并向中国广大的内陆地区渗透，女子学校在这一时期得到迅速的发展。至1900年，中国的教会学校已经发展到几千所。[2] 女子学校在中国如此大规模大范围的设立，使中国女性受教育的人数与机会随之增多。更由于早期教会学校有设点不分穷乡僻壤、招生对象无分贫富贵贱的特点，从而使女性接受教育的面大大扩展。也许教会在华设立女子学校，主观上说不无为传教、为传播西方文化目的之所需，但客观上却为中国女性接受公共教育提供了史无前例的机会。教会女校成为培养"女学生"的摇篮，中国有史以来第一代女留学生便诞生其中。

教会女子学校的存在，对中国近代教育体制发生重大影响。如果把教会女校引入的西方教育观念、体制、模式以及它所展示出的新的生活方式，看做是促进中国近代教育变革的外因变数的话，那么面对千疮百孔的社会现实与萎靡不振的民族素质，一心想通过女性教育而奋起拯救的资产阶级变法维新思潮，则是其内在变数。19世纪60年代兴起的以富国强兵为目的的"洋务运动"，已然开始孕育着维新派富国强民的思想。而富国强民的目的与希望，促使一些具有资产阶级启蒙思想的知识分子，不能不去关注中国女性在精神与身体双重禁锢下的生存状况与生命状态。与西方国家乃至日本国情的比较，使他们认识到国民文化水平的整体性低下，是与"女子无学"有着直接的关系；"女子无才便是德"的精神规范，已然成为民众心智愚钝、国力贫弱的根源。其代表人物宋恕在1891年出版的著作《六斋卑论》中，郑观应在1892年刊行的《盛世危言》中，都以西方教育体制为参照，力主中国必须实施具有男女平等性质的女性教育，他们的主张为维新派的兴学热潮做了理论上的铺垫与舆论上的准备。

1894年中日甲午战争爆发，以中国割地赔款的结果宣告了清政府"洋务运动"的彻底失败。在中国亡国灭种的危机已迫在眉睫的情势下，广开民智、强国保种的呼声日益高涨，变法维新运动应运而生。与宋恕、郑观应二人英雄所见略同的是，维新派人士亦共识女性教育为富国强民保种之

---

① 朱有瓛、高时良主编：《中国近代学制史料》第4辑，华东师范大学出版社1993年版，第117页。

② 郭卫东：《基督新教与中国近代女子教育》，《历史档案》2001年第4期。

本，其领军人物梁启超在1896年专题发表《论女学》一文，以统观天下之势，阐述女学盛衰与国之盛衰、民之强弱之间的利害关系，因之极为重视并大力提倡女子教育，以为广兴女学是变法图强的一个重要措施，所以兴办女学也是迫在眉睫的当务之急。在维新派领袖康有为、梁启超、严复等一干人的极力鼓与呼下，在变法维新运动的推波助澜之下，同时也是在教会女子学校的比照与示范之下，1898年5月，中国人自己创办的第一所现代意义的女子学校"经正女学"在上海开张。梁启超为此亲自操刀，撰写《倡设女学堂启》，阐明办学宗旨与希冀：希望妇道昌明，因为"妇道既昌，千室良善"，而千室良善，国家焉有不强盛之理。而要使妇道昌明，关键便在于要教育培养出"上可相夫，下可教子，近可宜家，远可善种"[①]的女性。维新派的这个办学宗旨与培养女性的思路，既识大局、启新法，又不违背传统女教的基本精神，在当时新旧变革之争中取得了一个恰到好处的折中效果，颇得上下共识，民间办女学的走势遂一路看涨，近代史上一些声名赫赫的人物都与兴办女学有关。如严复在天津兴办"严氏女塾"，吴怀疚在上海兴办"务本女塾"，蔡元培兴办"爱国女学"，张之洞在湖北兴办"敬节学堂"……情势至此，1904年，清廷正式颁布近代第一个教育法《奏定学堂章程》，章程对尚还不允许完全向社会开放的女子教育，界定以明确的教学目的及内容："所谓教者，教以为女为妇为母之道也……不宜多读西书，误学外国习俗，致开自行择配之渐，长蔑视父母夫婿之风。……令其能识应用之文字，通解家庭应用之书算物理，及妇职应尽之道，女工应为之事，足以持家教子而已。其无益文词概不必教，其干预外事、妄发关系重大之议论，更不可教。"[②] 1907年，清廷学部为振兴女学，奉旨制订并颁布专门针对女子教育的补充规定《奏定女子小学堂章程》和《奏定女子师范学堂章程》，其中阐述举办女学的理由与目的，几乎就是前章规定的重申。饶有意味的是，"此种化民为俗、相夫教子的女子教育政策，几乎完全是维新派的持论，连语言也毫无一致"[③]。从中我们可以很清楚地看到一个事实，国势日衰引发维新派的"保国保种"之说，"保国保种"之计引发女子教育之举，而维新派关于女子教育的理念，因上得朝廷

① 梁启超：《饮冰室合集》第二册，中华书局1936版，第19页。

② 舒新城：《中国近代教育史资料》中册，人民教育出版社1981年版，第383—384页。

③ 陈祖怀：《中国近代女子教育述论》，《史林》1996年第1期。

认同，下合社情民意，固随着女子教育的繁衍，一时成为一种影响广泛、深入人心、占据主导地位的理念。

但是，随着清王朝国势与政局的与日俱艰，日渐壮大的资产阶级民主革命派与革命党人，在西方“天赋人权”“男女平等”思潮的浸染下，在其办学主张与教育理念里，女性教育除了与改善女性素质以“保国保种”、塑造新式贤妻良母以宜家宜国的目的直接有关外，女性参与政治、参与社会活动也开始出现在他们的设计、提倡、鼓励与褒扬之中。1903 年，自诩为“爱自由者”的金天翮发表《女界钟》，敲响了与所有旧女性形态决绝的警钟。在他的设置里，诞生的是全新的女性观与女性形象。金天翮从女子之道德、品性、能力、教育、权利、婚姻、参与政治等诸方面，全面破旧立新，他指出女性之所以畸形是因为旧制度使然，女性深受缠足、装饰、迷信、拘束四大害，让她们从思想到身体都失去自由，没有自主。他强调女性应有入学、交友、营业、掌握财产、出入自由、婚姻自由等六项基本权利。在这些权利之中首要的就是女子入学受教育的权利，我们虽从中可窥女性受教育在当时已成解放女性的第一共识、头等要事，但其实更要害的是女性需要什么样的教育问题。金天翮提出全新的女子教育观，谓教育旨在培养有人格、有个性的女性。何谓有人格有个性之女性？他提出八项具体标准：一是高尚纯洁完全天赋之人；二是摆脱压制自由自在之人；三是思想发达具有男性之人；四是改造风气女界先觉之人；五是体质强壮诞育健儿之人；六是德性纯粹模范国民之人；七是热心公益悲悯众生之人；八是坚贞节烈提倡革命之人。在这八项标准中，倒有五项与政治活动与社会生活有关。不唯如此，金天翮还在此书第七节，专章论及女子参与政治，以为这是当时世界性的大势所趋，是中国女子不可回避的问题。他极力倡导女性应该与男性一样，拥有知识与能力，进入社会，积极参政，既可以由此改变女性命运，又可对国家发挥“女国民”的作用。①

可见入学教育是女性能够参与政治活动的基础条件，而女性参与政治则是女性教育的一个目的。把女性参政意识贯彻到女性教育中的结果，是培育出具有参政意识与能力的女知识分子。金天翮有关女性解放的意图与程序，可以用“放足、剪发、读书、参政”归纳之。这实际上也描述了中国女性要获得彻底解放的一个完整过程，同时也描绘出真正具有现代意义

---

① 参见金天翮：《女界钟》，上海古籍出版社 2003 年重版，第 56—66 页。

的新女性，亦即“女国民”的形象。它显示的是女性要改变自古以来的角色既定，进入社会，改造现实，创造历史的全新理念。这显然与培养新式“贤妻良母”为宗旨的维新派女教理念与女性形象有着本质上的不同。跨进20世纪新纪元的中国，在迎接女性教育兴旺局面的同时，也迎来了近代女性参政的第一个浪潮。中国近代革命史与妇女史上赫赫有名的唐群英、秋瑾、康同薇、张汉英等就是这样一批从“贤妻良母”的角色框定里冲出来，具有强烈参政意识，成为社会活动家的女性。如果说，那时候的参政意识与社会性行动还只为某些女性精英所具有的话，那么到了五四时期，随着女子教育体系的日渐现代化，新文化思潮的日益推广，女性参政与改变角色命定，应该说已成为女学生较普遍的心理期待。

把冰心在《破》文中引社会各方面人士厌恶此类“女学生”的言论，并提出修正女学生不良形象的十点意见，与冰心在系列“问题小说”中塑造的新式贤妻良母的形象综合来看，可见冰心的女性观，与金天翮打造“有人格有个性”的女子教育理念，并由此派生出来的“女国民”形象颇为不同。比如很明显的一点是，金天翮指出中国女子有四害，没有交际，与世事人情隔绝，造成女性精神与身体的双重禁锢，愚昧无智便生其中。因之，社会交际正是现代女性在妇女解放思潮中获得的一项权利。但从冰心笔下女主人公的表现来看，她们利用了交际自由的口号与风气，行应酬玩乐不务家事正业之实，冰心对此尤其深恶痛绝，她发表的第一篇小说，就把才志双全的陈先生最后的家破人亡，归咎于陈太太借“女权与平等”整日价忙于外出交际、疏于家政所致。冰心对女性这种交际风气的恶感，甚至一直持续到十多年后，即1933年发表的小说《我们太太的客厅》中，还更有表现。其中女主人公的形象，从她置身的场景到她的言行，全然是现代新文化的产物，但却俨然是一新派交际花，端是《破》文中被冰心称为“第一期女学生”与《两个家庭》中陈太太形象的合二为一。前者表现了“在应酬宴会的地方，她们的装饰，十分惹人注目，不中不西，不新不旧，那一种飞扬妖冶的态度，还是带着‘第一时期女学生’的色彩……这是最危险的色彩”①，这里所谓的“第一期女学生”，在冰心的描述里，就是仿照西方模式，图谋“参政选举，男女开放”的女性；而后者在打扮装饰上，在男女平权话语的使用上，与前者如出一辙，只是她常常出没于人

---

① 卓如编：《冰心全集》第1卷，海峡文艺出版社1994年版，第7页。

家的客厅里、牌桌上。女性交际的不良形象，在冰心的眼里成为“最能打倒社会信仰心”的危险因素。

结　语

把冰心最早发表的小说与论说文相互对照，可见：一是冰心的问题小说并不属于“只问病源，不开药方”一类。在其发表的论说文《破》中，她极有针对性地开出十项建议，以挽救被社会所厌恶的女学生形象；在其小说《两个家庭》中，更是对应性地塑造了两个家庭与其主妇形象，不仅表达了自己对新女性形象鲜明的好恶倾向，而且提供了十分明确的可以疗救现代家庭绝症的形象药方。二是从冰心系列“问题小说”来看，冰心心目中的理想女性是接受过现代教育、拥有现代知识的女性，她们寄身所在的理想环境是不受旧式父权大家庭拘束的小家庭结构，这些都表明了她与五四新文化运动指向的某些一致性。但她的理想女性在理想的家庭环境里扮演的是理想“贤内助”角色，则可见其与梁启超为代表的维新派女子教育思想、与传统女教思想之间的深厚渊源。这种渊源使她与金天翮为代表的且在五四时期发扬光大的“女国民”教育思想的主旋律并不吻合。究其根本原因，则是因为此时的冰心并没有对女性角色的传统定位产生本质上的质疑与改变其定位的意向。这个原因甚至妨碍她无法到达稍后出现的鲁迅、卢隐等作家，在其小说中体现出来的对现代家庭与角色关系质疑与解构的深度。

近代女子教育是与近代妇女解放思想的历程相伴而生而长的。当时的女学生正是从维新派为了“保国保种”而必先去除妇女束缚的思想中，从辛亥革命前夕呼唤打造具有全新人格的女国民的思想中，从五四运动倡导民主、人权、人道为出发点的妇女解放的思想中，一步步走来的。她们身上带着除旧革新的浓重硝烟，矫枉过正或鱼龙混杂在所难免。察冰心所构建的新女性形象之本相，析其女性观之实质，还以客观面貌，当为本文努力之处。

（原载《南开学报》（哲社版）2005 年第 5 期）

“私奔”套中的鲁迅：《伤逝》之辨疑

包括研究者在内的众多读者，对鲁迅小说《伤逝》①，一般都持有这么一个共识：《伤逝》是一篇很有影响的作品，它是鲁迅写的唯一一部有关爱情婚姻家庭悲剧的小说，它不仅体现了鲁迅对中国妇女问题由来已久的关注，同时还是鲁迅对此问题所做的思考、探索与努力有了新的收获与起步的标志，它“不但是那个时代斗争生活的一面镜子，同时也是鲁迅思想发展历程中的一面镜子”②。也由此，《伤逝》一直是人们研究与探讨鲁迅女性观的一个重要范本。不过，虽然对此范本的解读者与研究者层出不穷，但其阐释思路、观照角度、论证方法乃至结论，大多大同小异，甚至互为引证袭用。如果对这些代表性的旧论新见概而述之的话，可见不外有二：一是直接引用小说《伤逝》中男主角涓生所表述的思想言论，如经济基础论，爱情更新论等，再辅以鲁迅本人观点“社会解放论”，以铁证鲁迅之思想本源；③ 二是把鲁迅现实婚恋关系，拿来实证小说中的人物形象与关系，如子君形象为“同居前许广平同居后朱安”论，甚而还有指说是写另一和鲁迅有情感关系的女学生许羡苏的，以此坐实鲁迅因对在自己生命中出现的这三个有特殊关系的女人，或出于不安，或出于内疚，或出于婚后恐惧症等复杂微妙之心理，乃作此文以洗白自己对原配夫人的冷漠，即哀其不幸怒其不争，以警示新人（指许、苏）切勿重蹈覆辙，暗示要对

① 鲁迅小说《伤逝——涓生的手记》，完成于1925年10月21日，后收入《彷徨》集，北新书局1928年版。

② 孙俊：《浅谈〈伤逝〉——从子君的悲剧看鲁迅思想发展的一个侧面》，《宁夏大学学报》（人文社会科学版）1982年第3期。

③ 此类观点鲁迅在其杂文《关于妇女解放》（《南腔北调集》，同文书店1934年版）、《娜拉走后怎样》（北京女子高等师范学校《文艺会刊》1924年第6期）等文章中都有论及。

旧人（指朱安）负责到底等等。[①] 前者引经数典，论之有据；后者出于鲁迅自述小说构成之“杂取种种人”法，言出有理，如此研究，本也无可厚非，只是如此把作者或小说人物之言论直接证为结论，把小说人物等同生活原型的阐释方法，显然没有超越语言内之物，从而无法统观并释读出文本所蕴含的语言外之物——话语类型、意识形态乃至更为深广的历史文化结构与背景，既无法真正理解作品的意义问题，更无法反观意义的产生方式。而这正是一个真正有价值的文本需要人们解读与挖掘的地方。

如果我们能够摆脱“小说者说”对文本研究的强大影响，从文本自身内在结构分析出发，就会发现《伤逝》在整体叙事上，在人物的塑造与情节铺陈中，存在着明显的叙事破绽与逻辑缝隙。如从女主人公子君的形象塑造上来看，子君的思想、性格到言行、做派，在与男主人公涓生同居前后都出现了反差巨大、截然不同、判若二人的断裂与不统一。同居前的子君，自信、勇敢、有理想、追求新思想，渴望新生活，充满朝气；她可以大无畏地宣称“我是我自己的，他们谁也没有干涉我的权利”；她可以在讥笑、猥亵和轻蔑的世俗眼光中，目不斜视地、镇静地、坦然如入无人之境地骄傲来去；她让处于寂静、空虚、焦躁中的男主人公涓生充满期待，并因为她的来临而骤然生动起来。可是，“这彻底的思想就在她的脑里”的修养，这散发着强烈自我性、革命性、先锋性的精神气质，这比涓生“还透澈，坚强得多”的性格，却在同居后倏然无存，可谓来有踪则去无影。从后来的这个子君形象上，我们看到的是一个麻木不仁，没有思想，不会表达，更没有追求，只会沉默着煮饭养狗喂鸡的旧式妇女，看不出任何经过现代教育的新女性痕迹，她让涓生感到沮丧、厌恶甚而绝望，感到与她在一起“便是虽战士也难于战斗，只得一同灭亡”。[②] 如果说人们确实看到听到的只有男主角涓生单方面的喋喋不休——它一方面将子君罩严在他的话语下成为一个沉默的影子一直到死；一方面把作者哀她不幸怒她不争的心态、情态与意态，表现得路

---

① 可参见陈留生《〈伤逝〉》创作动因新探》（《南京师范大学报》2003 年第 2 期）、李允经《婚恋生活的投影和折光——〈伤逝〉新论》（《鲁迅研究动态》1989 年 1、2 期合刊）、宗先鸿《〈伤逝〉人物原型的变形艺术》（《北华大学学报（社会科学版）》2005 年第 6 期）、张江艳《从〈伤逝〉看鲁迅的妇女观》（《新疆教育学院学报》1992 年第 1 期）等文章。

② 鲁迅：《伤逝——涓生的手记》，《鲁迅全集》第 2 卷，人民文学出版社 2005 年版，第 113—134 页。

人皆知——只是出于“手记”这种文本形式的特有效果，那么涓生在求宽恕的语意下，却充满贬损对方的语气；在自我忏悔的语表下，却充塞训导对方的语意，则是任何情节性变因与文本形式都无法遮掩的了。由此悖反语言行为而产生的言不由衷的效果，甚至使得一些敏感的读者从涓生形象中读出“虚伪”的感觉来。应该说，正是这种言不由衷的“虚伪”感，给叙事者极力要在文本中营造的真诚性语境造成极大的破坏与割裂；而这种语境的割裂与矛盾则直接带给叙事本身无法克服的悖谬感；而叙事的悖谬感则直接带给《伤逝》疑义的存在与解读的迷惑性。

当然，笔者要在此特别强调的是，对《伤逝》疑义的指出，并不是怀疑其作为鲁迅最具代表性、最具社会影响力同时也是最具研究价值的作品之一的身份，而是恰恰相反，正是由于这些疑义的存在，才使《伤逝》隐含有丰厚的远不止于与故事表层因素相关联的那些信息，同时，它也才真正挑战了人们的解读与认知。如果人们能够去除为尊者讳的媚俗心态，正视《伤逝》叙事中明显存在的那些逻辑破绽与意图悖谬，那么，这样一个问题势必会被提出：作为一个具有思想家、五四新文化旗手、中国现代第一篇白话小说《狂人日记》作者等多重精英身份的鲁迅，为何会在这样一个短篇小制中，留下诸多显而易见的叙事缺陷？这个事实本身蕴含了什么，说明了什么，意味了什么。小说艺术大师米兰·昆德拉曾说过：“每一时代的小说都和自我之谜有关。”①但现在笔者更感兴趣的是，如果一个时代的小说之谜呢，它又会与什么有关？它显然蕴藏着超乎研究作者与其“语言内之物”的层面。正是在这个意义上，《伤逝》的叙事之谜，才真正使它成为现代文学史上绝不多见的研究范本。

一

从《伤逝》故事层面上来看，它的叙事是通过现代个性与妇女解放双重话语背景下的“私奔”行为来实现的。私奔，“旧时指女子私自投奔所爱的人，或跟他一起逃走”②。在此释义的基础上，结合从“旧时”一直绵

① ［捷］米兰·昆德拉：《小说的艺术》，唐晓渡译，作家出版社1993年版，第22页。

② 中国社会科学院语言研究所词典编辑室编：《现代汉语词典》，商务印书馆2005年版，第1289页。

延于今的私奔行为特征，我们可以做出更准确的定义：私奔可指一对男女两情相悦，却为权势或环境所不容，私下从原有生活环境与秩序中逃离的行为。据此，我们还可归纳出“私奔”的两点要义：第一，私奔在古典情境中特指女性所发生的行为；第二，私奔成为婚恋自主的代名词，在不同的历史与社会情境下具有叛逆性与革命性。

与此同时，“私奔”作为一个在日常生活中出现的反常事件，在满足人们反规心理与破禁欲望上，还兼具相当的戏剧性。由此，“私奔”才会成为古典文学中的叙事模式，广受创作者与受众的青睐与欣赏。饶有意味的是，“私奔”以明显构成对封建宗法制与道德礼教反叛与对抗的行为，却在封建社会中以文学叙事的形态大行其道，这多少反映了封建社会对“私奔”行为貌似壁垒森严内里却稀松平常的态度。如果我们对这种看似十分矛盾的现象，做深一步探究的话，会发现它的逻辑成因在于：“私奔”虽然反叛的是封建礼教的清规戒律，追求的是婚恋自主，但是，这种叛逆与反抗行为，也仅仅是起于情欲而止于情欲。被誉为女性同情者的清代作家曹雪芹就已然深谙其秘，他在其不朽之作《红楼梦》中，让荣国府的老太君贾母，专门上演了一出针对“私奔”模式的故事《凤求鸾》的“掰谎记”：“编这样书的人，有一等妒人家富贵的，或者有求不遂心，所以编出来遭塌人家。再有一等人，他自己……想着得一个佳人才好，所以编出来取乐儿。”[①] 贾母的“掰谎”，一针见血，好在一是挑明了“私奔”模式的出处：它只不过是出自如此一干男人的移情所致；二是挑明了女性做出此叛逆行为的始作俑者是男性，男为主动，女为被动。故此，前者之因决定了“私奔”起于情欲而止于情欲的特质；后者之因形成了“私奔”中最重要的也是最基本的性别关系特质。

可见，“私奔”所含有的叛逆性、革命性元素，充其量只是表达出男性潜意识里最希望得到的贞洁女人，往自己性开放的欲求奔近了一步而已。假设女子个个都墨守礼教女德，那么向来以“风流”为褒义的男性形象，又何从诞生？换而言之，女性私奔，在现实中只会在更大程度上成为满足男性性欲望的另类行为；在文学叙事中只会在更大层面上成为男性欲望化的虚构对象。因此，古典叙事通常在男女主角完成“私奔”的反常出轨行为后，便就

---

① 曹雪芹：《红楼梦》，北京师范大学出版社 1987 年版，第 877 页。

照常入了轨，再也不“鬼不成鬼，贼不成贼”的了，① 都做回正常贤夫良妇去，这是“私奔”修成正果的喜剧版。而在另一种悲剧版中，则是以女子痴情献身，男子忘恩负义，构成一个始乱终弃的叙事。悲剧版表面看上去似在颂扬或同情女子，批判或贬斥男子，但其主观意图与客观效果其实都不免含有对女性的训诫在内：淫奔女子的下场有多么可悲，没有父母之命媒妁之言的男女关系有多么不可靠。可见，“私奔”模式的确并非如我们以往所认知的那样，具有多大的叛逆性与革命性。也许，在客观上它的确具有反父权宗法制之效应，但在主观上可以说是毫无反男权之意识。换而言之，作为女性在封建社会里最具叛逆性革命性的表征，“私奔”模式其实并不构成对男权社会秩序的任何侵犯与挑战，并不具有反性别歧视或压迫的内涵，这才是“私奔”这个有悖封建伦理，伤风败俗大逆不道的叙事，能在封建社会中得到最广泛的欣赏、捧场与流传的潜在原因。否则，有关“私奔”的故事与情节，也不会新瓶不换旧酒地、层出不穷地、不绝如缕地在墙头马上、柳毅传书、张生煮海、倩女离魂、牡丹亭、西厢记、陈三五娘、唐伯虎点秋香、追鱼……诸如此类的文本中再现、演绎与繁衍，成为古典文学中最令人难忘、最喜闻乐见、最脍炙人口的情景。

以反五千年封建之专制文化，倡导民主科学之现代文化为标志的五四运动，使中国社会风气为之一变。个性解放、男女平权、婚恋自主等一系列表征现代文明观念的思想，促使中国社会关系发生了一些重要变化，性别关系即是其中之一。对这一时期或以这一时期题材或背景而创作的小说文本进行系统考察，可以发现出现于中的一个相当明显的解放模式，而这个模式是与我们耳熟能详的性别模式联结在一起的：代表五四新文化的先进人物，把深受旧文化荼毒的、向往新生活的人物从禁锢她的环境中解救出来，前者清一色为男性，后者清一色为女性。也正是因此，二者之间本因人生拯救之命题而生成的社会关系，不得不被揉进了因婚恋解放命题而构成的性别关系之中，由此形成了中国现代版的私奔模式。换而言之，这个模式之所以还被命名为“私奔”，正是因为它含有与古典私奔相类似的、并不因现代变革而改变的既定性别关系与情爱内容，男性在其中成为身兼女性人生与婚恋双重解放的启蒙者、解救者。若析其原因，大致有二：其一是出于性别角色差异的历史定式，女性对男性从精神到物质、政治到经

① 《红楼梦》中的贾母，在做“掰谎记”时对“私奔”女子的评价。

济、心理到体能的全方位依附，使得现代解放模式中的性别关系也概莫能外；其二是出于社会心理的传统定势，即只有婚恋关系才会使这种解救行为多少吻合了伦理层面上的合法性与合理性。因此，这个定式注定了他们二者构成婚恋关系的同时又构成解救与被解救的关系。反之，这个关系必然也蕴含着这样一种定势：是否具有古典式的婚恋关系也决定了现代解救行为的能否实施与实现。

总之，“私奔”模式中蕴含的大快人心的叛逆情结与深入人心的戏剧化元素，加上五四时代社会条件对女性的局限，使得以五四为背景的女性解放——男性启蒙女性，先进男性解救苦难女性的过程，在现代小说叙事中沿袭成几同自古以来情哥哥与情妹妹私奔的模式，不管是先救后爱式还是先爱后救式。

二

把鲁迅小说《伤逝》置放在上述所论中进行参照比对，可见它所具有的内含古典元素的中国现代版“私奔”之思想特质与叙事特征。

首先它完全吻合“私奔”模式中的“情节”元素：一个女子因与一个男子私下相好而不见容于家长与世俗，女子相从男子离家出走。

其二，它完全吻合“私奔”模式中的“起于情欲而止于情欲的”婚恋元素：女主角子君之所以能够做出“私奔”行为，是因为她与男主角的婚恋关系，因此她才可能那么大无畏地目不旁视地从家中昂然出走。当这种关系一旦消失，她轻者胆怯懦弱苟且偷生，重者则缩回旧家庭走向死路。这也即是子君于同居前强烈标榜的自我性、革命性、先锋性的精神气质，为什么会在同居后倏然无存，人物性格、性情、修养、言行出现截然断裂、判若两人的叙事原因。与之相佐证的还有巴金完成于1931年的经典之作《家》:《家》中的三少爷觉慧与丫环鸣凤就是因为有恋情关系，所以鸣凤才寄希望于三少爷对自己的解救。但因三少爷忙中疏忽，便使原可以“私奔”来解决的解救未能实施，从而导致鸣凤一筹莫展走向绝路。

当然，这个模式还蕴含着另一种形态的必然：由解救关系发展成为婚恋关系，它也从另一个角度体现了男女婚恋之于现代“私奔”模式乃绝不可少的情形。最典型的范例莫过于柔石小说《二月》中的男主角萧涧秋与女主角文嫂的关系。萧涧秋起初完全是出于阶级同情而解救陷于困境中的文嫂，但这种帮助后来却不得不发展成以“婚恋”为依托才能持续。这个解救，虽说最终还是因为当事人没能选择“私奔”，而以文嫂的自绝宣告失败，但这种形态却因为太适合日后中国革命与性别关系的国情，而发展成为革命叙事中最常见的也是最为流行的性别模式，这当是后话，可别论。但当时男性性别身份与女性解救者社会身份的重合，解救者与被救者性别身份与婚恋关系的重合，至少可以反映出当时的相关情况：五四时期反封建父权制/家长制，倡导妇女解放之最为见效的社会性成果，似乎莫过于青年们所争取到的婚恋自由。如果从小说叙事层面来分析的话，我们就会发现“婚恋自由”这个活跃于五四时期最富有时代表征与新文化话语的新鲜事物，其实并非如我们想象的那样全然具有现代性，准确地说，它应该是古典式私奔传统与现代个性解放理念相结合的产物。《伤逝》女主角子君说着“我是我自己的”，走在向古典“私奔”去的道路上，就是这个结合特质的经典写照。

其三，它完全吻合“私奔”模式中悲剧版的“始乱终弃”之元素。与涓生相好而义无反顾离家私奔的子君，后来却为涓生以种种冠冕堂皇的理由所弃，不得已悄然潜回娘家后自行消亡，正如古典私奔叙事中的李甲之于杜十娘：只是现代版书生的涓生良心未泯，故鲁迅一可以不用自己讨厌的因果报应说来结局涓生；二正可因此而生发出通常被人们解读为兼具忏悔、自省与辩白三功效的“手记”式文本。

其四，基于上述三者的吻合，它必然吻合“私奔”模式中最为核心的特质——反父权但决不反男权。对此最明显的鉴别是：无论是修成正果的喜剧版，还是始乱终弃的悲剧版，传统的性别权力与性别秩序在其间没有得到任何改变，女性身份与角色地位没有得到任何改善，女性始终被动、无能、缺乏主体性。在此情形下，女性追求婚恋自主的勇敢私奔，的确很容易演变为只不过是男性情史中一段浪漫而刺激的插曲而已。这个问题实际上在当时的现实中，就已成为反对抑或怀疑女性解放者的一个口实：把大批青年女子解放到社会上来，难道不是在为男性更方便地玩弄女性提供猎物吗？在废弃了父母之命媒妁之言后，她们只会更无设防地被男性所勾引，更轻易地做下淫奔苟且之事。而当时跑出家门，脱离家庭支持后的新女性，或出于志同道合，或出于生活所逼，与男性同居成风的事实，也为此类观点提供了有力证据。革命女作家冯铿的作品《一团肉》，驳斥与辩争的正是当时社会上流行的把新女性看做是异性玩具与享用物的“一团肉……像嫩鸡的香艳可口的肉”，“丝毫没有一个‘人’这动物所需要的灵魂的”男性观点①。

在此背景下产生的《伤逝》，男主角涓生所具有的性别与话语强势地位，便显得天经地义：忏悔式修辞结构本身就意味着他在这个始乱终弃的私奔故事中曾占有的主动权与决定权。私奔同居后的子君，扮演的就是一个不思进取，不懂爱情与人生要义，只懂煮饭吃饭饲油鸡巴儿狗，没有思想、声音与灵魂的庸俗主妇，行尸走肉。可想而知，在这样一个于主流价值观中毫无价值的女性形象面前，貌似忏悔者涓生，当然“只能”拥有实质上的大大优于子君的思想境界与话语环境。而正是这关键的一点，使得叙事无可避免地陷入最大的悖谬之中：他虽以忏悔者求宽恕的语调起笔，却满纸关不住他居高临下的视角与启蒙者的语气，他是她的精神导师与人生指南；他是她生活方式与存在价值的评判者；他是她生命与生活质量的掌控者、生死命运的主宰者。自从“破屋里便渐渐充满了我的语声，谈家庭专制，谈打破旧习惯，谈男女平等，谈伊孛生，谈泰戈尔，谈雪莱……她总是微笑点头，两眼里弥漫着稚气的好奇的光泽”那个时候开始，他对她连贬带损近乎讥讽的说教独白，事不关己近乎冷漠的评头论足，就充斥在他们的日常生活与情节发展中，而成为《伤逝》文本中最脍炙人口的经典格言，如“爱情必须时时更新，生长，创造”；如“她近来实在变得很怯弱了，加以每日的‘川流不息’的吃饭；子君的功业，仿佛就完全建立在这吃饭中”；如“我一个人，是容易生活的……只要能远走高飞，生路还宽广得很。现在忍受着这生活压迫的苦痛，大半倒是为她，但子君的识见却似乎只是浅薄起来，竟至于连这一点也想不到了”；如“盲目的爱，——而将别的人生的要义全盘疏忽了。第一，便是生活。人必生活着，爱才有所附丽”；如“她的勇气都失掉了，只为着阿随悲愤，为着做饭出神；然而奇怪的是倒也并不怎样瘦损……”；如“我那时冷冷地气愤和暗笑了；她所磨练的思想和豁达无畏的言论，到底也还是一个空虚，而对于这空虚却并未自觉。她早已什么书也不看，已不知道人的生活的第一着是求生，向着这求生的道路，是必须携手同行，或奋身孤往的了，倘使只知道搥着一个人的衣角，那便是虽战士也难于战斗，只得一同灭亡”等

① 冯铿：《一团肉》，作于1930年4月5日，生前未发表，后收于《中国新文学大系·散文一集》，上海良友图书印刷公司1935年版。

等。于是，“我觉得新的希望就只在我们的分离”当然就顺理成章了。不过，这个说法并非现代涓生才有，它只是古代书生李甲们对杜十娘们的现代汉语版，它只不过是再次以经典的形式重现了“私奔”悲剧版中男性人物惯常的想法与做法，它使鲁迅的《伤逝》也逃不出它的复制。

三

一场轰轰烈烈的现代女性解放，难道真的就是以这样的“私奔”形态作为标志与结果吗？若果如此，人们当然有理由怀疑中国妇女解放的真正程度与质量。这种怀疑，实际上已被置身当时的一些女作家们，直接反映在她们的文学叙事中。她们曾经也把“私奔”当作奔向解放之路，如沉樱的《某少女》，因此，她们也无可避免地要面对“私奔”以后的故事，也因此，我们才拥有可与《伤逝》构成比照的来自女作家的叙事——在鲁迅笔下那位在男主角稠密话语笼罩下真如一团“鲜嫩而没有灵魂的肉”的女性，却大肆活跃在她们的文本中，从剧烈的内心感受到不停地思索：“神秘的热烈的爱，渐感到平淡了……如环般的思想轮子，早又开始转动……人生的大问题结婚算是解决了，但人决不是如此单纯，除了这个大问题，更有其他的大问题呢……眼前之局，味同嚼蜡。这胜利以后的情形何堪深说。”[①] 她们并不沉溺于私情生活，尤其注意到小家庭之外的“一切，都是在继续地变迁着”[②]。人们可以从她们自己的叙事中，发现女性版的“私奔”与古典和现代一脉相承的男性版“私奔”，原来有着本质上与目的上的迥异：她们所追求的个性解放，不只是为了满足对自我婚恋的支配，而更多的是为对自我生命与人生的支配。因此，尽管她们也为婚恋自由而私奔，但私奔胜利以后依旧存在于其中的、并没有得到任何改变的性别关系，其实已不能令她们安之若素，甘之如饴。受“我是我自己”思想洗礼后的新女性，根本不可能如他们所想象与期许的那样，重新成为男人的附属品，重新回到愚昧的失去自我的旧女性形象中去。婚前独立的思想，自由的个性，解放的追求，现代教育的素养，并不会在婚后的她们内心深处荡然无存。也许只有女作家们，才会真实地知道从前那位叛逆的大无畏的少女，在成为少妇后的她们身上该留有怎样的痕

① 庐隐：《胜利以后》，《庐隐小说全集》（上），时代文艺出版社 1997 年版，第 224—235 页。

② 沉樱：《喜筵之后》，北新书局 1929 年版，自序。

迹：她们是如此不安分于回到旧有秩序与正常轨道中的生活，她们失望，焦虑，困惑，思索；她们的私奔也许的确会起于婚恋但已绝不会止于婚恋，这是现代女性私奔比之古典的不同之处，因此，私奔胜利以后困惑与质疑的小说，才会被现代女作家们大肆书写。

现在，我们可以把以曹雪芹为代表的古典版“私奔”，与鲁迅为代表的含有古典元素的现代版，与庐隐为代表的女性版，放在一起比较，就很容易看出其中本质性的差异，以及这种差异与时代尤其是性别视角的关系。古典版中的女主角，通常在私奔胜利后即回到传统既定秩序与角色中做贤妻良母，他们“从此幸福地生活在一起”；鲁迅的现代版看到他们私奔后“从此生活得并不幸福”，但却在无法摆脱“始乱终弃”的叙事套路的同时，也延续着强大的男性视角与男性声音，他让曾经大无畏的女性退缩回去；庐隐的女性版突显的是女性的视角与声音，她们让沉默的子君发言：她并不是他们笔下的木偶女，她们一旦发现私奔胜利后事与愿违，“幸福生活并未从此开始”时，她们新一轮的思考与求索便势所必然，同时，它还表明，这种独有的内心感受与生命体验，是一直处于引领私奔位置上的男性精英无法体验与代言的，甚至也是无法理解与沟通的，正如鲁迅笔下涓生之于子君的隔膜与形同路人。这种情状甚至促成了她们在叙事中自话自说的倾诉式文风，如庐隐《海滨故人》《胜利以后》《或人的悲哀》《丽石的日记》；如冯沅君的《春痕》；如绿漪的《鸽儿的通信》；如沉樱的《某少女》《生涯》；如丁玲的《莎菲女士的日记》等等。有意思的是，鲁迅虽然也用了当时男作家相对较少使用的“手记”式自诉文体，但二者之间却有着微妙而显明的不同：《伤逝》充满着男主角对女主角的主观性评判与训导，而与之相比照的如沉樱《爱情的开始》和《喜筵之后》等，表现的问题相类似，但更多的是对双方争议的言语、观点、场景的客观性再现，并不会让男主角成为她们叙事中沉默的影子。这让我们不能不想起华莱士·马丁的发现：“现实主义小说中的人物依靠他们所读之书中的成规来解释世界。”① 把这条定律放在性别分析的层面中来看，它的确很符合男性作家的创作，而一些女作家的创作则可以借用这条定律来如此表述：她们更依靠自己的感受与体验解释世界，包括两性关系。

① ［美］华莱士·马丁：《当代叙事学》，伍晓明译，北京大学出版社1990年版，第75页。

总之，现代私奔模式的叙事，在体现当时女性解放形态的同时，也潜伏着自古以来性别权力与秩序派生此中的负面效应，女作家们在此叙事中呈现出的主动式的反思与反诘，意味着她们对这个模式破解的开始：她们一旦意识到“私奔”并非可以实现她们为之叛逆与革命的目的，不能实现她们对自古以来性别困境的突破，那么私奔的神话将不会再在现实与虚构中被她们继续书写。这也许才是现代女性意识在私奔叙事模式中体现出来的一大突破，是现代私奔模式真正具有现代性与革命性的地方。

其实，这也是笔者要在这里特别提出的一种可供上述论述参照的史迹：一种从近现代起，被冰心、陈衡哲、白薇、袁昌英、苏雪林、凌叔华……直至张爱玲、苏青等等一大批在现代文学史上成名成家的女性之人生经历所佐证的事实（这还不包括那些进入自然科学领域里成名成家的新女性名单）/她们是通过现代教育的途径，而且绝大多数还是得益于女性长辈的鼎力相助与悉心指引，从而勇敢地完成个人解放，顺利地进入社会，成功地担当起社会角色的。但饶有意味并发人深省的也正在这里：哪怕这些事实都曾不断地出现在纪实性的散文与其他实录性文体中，但它从来也没能成为虚构类作品中的叙事模式。这个现象说明了什么呢？它至少说明了这么一种事实：性政治观决定了人们对叙事模式的好恶与取舍，它影响了包括鲁迅在内的大多数男性作家对现实尤其是对女性形象与性别关系进行了有选择性的想象与塑造，甚而干脆印证了结构主义批评家们的这个著名判断——“所有故事都由成规和想象形成”，小说并非是“生活的如实表现”①。鲁迅的小说似也不例外。

结　语

综合上述的参照比对与分析后，我们多少可以接近本命题的核心所在并做出相应判断：《伤逝》为何会出现言不由衷的叙事效果，如果鲁迅意不在构成对涓生的反讽，那么它只有一种可能：鲁迅虽已意识到私奔胜利后存在的问题，也极力要找出这个有关女性解放的问题所在，但男性的立场、视角、思维成规与想象方式，使之无法觉察到自古以来性政治权力在

① ［美］华莱士·马丁：《当代叙事学》，伍晓明译，北京大学出版社1990年版，第15页。

私奔模式中的存在与作用，使之不能不在此文本中留下这样的叙事破绽与意图悖谬。《伤逝》真实地体现了处于“私奔”套中的、以鲁迅为代表的现代男性文化精英们所具有的性政治观的成色与所到达的限度；并泄露出这种限度使得他们所创作的同类小说，并未到达同时代一些女作家叙事深度的事实。也由此，《伤逝》文本才具有了如此特殊的意义：它的意义不在于它表达了什么，而在于它是这样表现了。它以文学的形式，保存并提供了为我们解读此文本语言外之物的可能——为我们认识特定历史时期中国男性精英阶层的性政治观、话语类型，两性关系史与现代女性解放史，提供了独具价值的范本。

（原载《厦门大学学报》（哲社版）2007年第2期）

一种叙事：关于异性爱与同性爱

一、妇人杀夫——性政治与一种叙事原型

性，在人们的理解中，首先指的是它的生物性，由此而具有生理学或解剖学意义。但对社会人来说，性已不单纯只具有动物性本能。美国学者凯特·米利特（Kate Millett）在其论著《性政治》中，揭示性在男权制历史与社会中已含有的政治层面上的意义，以“性政治”概之，其特征为性别关系也是一种权力关系，这种关系呈现出“一群人用于支配另一群人的权力结构关系和组合”，甚至，还是“维持一种制度所必需的一系列策略”①。

小说《杀夫》原名《妇人杀夫》，是台湾作家李昂自己“十分喜爱”的命名②。相对于李昂的喜欢，改名者（据作者透露为“评审”）显然认为“杀夫”用语则更为简洁。可是，作家李昂为什么反倒喜欢赘语式的“妇人”在此小说命名中的出现呢？最直观的解释似乎只有一个：作者极不喜欢主语“妇人”哪怕是在语表层面上的匮乏。相对“杀夫”来说，“妇人杀夫”是一个语言结构意义更完整的陈述句，它不但陈述了一个两性尖锐对峙的极限状态，而且还陈述了一个反传统秩序的颠覆状态。如果从《礼记》“妇人，从人者也”的定义，从《女诫》“夫者天也”的定义，始看妇人与夫的关系，便知从来是妇人“事夫如事天”的关系。在这个关系秩序里，从“人”到了张开双臂双腿象征了顶天立地的“大”，再到束发加冠意味成年可婚配的“夫”，可清晰地看到父权男性本位意识等于人类意识

① ［美］凯特·米利特：《性政治》，宋文伟译，江苏人民出版社 2000 年版，第 32 页。

② 见李昂《写在书前》，《杀夫——鹿城故事》，台湾：联经出版事业公司 1983 年版，第 9 页。

对符号给予其意义的文化进程。流落在“人”的表形概念之外的（也意味着流落在历史主流文化之外的）妇人，“人为刀俎，我为鱼肉”可能才是其两性关系的真确写况。然而，令人难解的是，以“妇人杀夫”命名的故事反而长叙不衰。那么，人们在“妇人杀夫”这个反传统审美价值的陈述句中，究竟填充了一种什么样的叙事，才使它仍然达到具有传统审美价值的叙事价值呢？当然，回答这个问题是如此轻而易举，因为除了能看到一个又一个淫妇谋杀亲夫的叙事外，如“淫妇药鸩武大郎”中的“潘金莲杀夫”，我们还能看到什么？就如李昂叙事所揭示的“妇人杀夫”事件，最后不也在民间叙事（社会舆论）中又成为一桩司空见惯、见怪不怪，同时又最是让人在茶余饭后津津乐道的“无奸不成杀”的“情杀案”吗？

林市就是这又一起“妇人杀夫”中的那位杀夫妇人。她祖上原薄有资产，当家门衰微时，灾难便首当其冲落在身为女性的母亲与女儿林市身上。母女赖以栖身的一间瓦房被族亲以无男丁传宗接代而未亡人的可能改嫁之理由予以剥夺。从此她们流落街头，无以为生。当林市母亲以性与一团白米饭做交易时，被族人发现，从此不知所终。寄人篱下的林市成年后即被族亲以猪肉做交易卖给屠猪人陈江水为妻。此后她成为陈江水的性奴隶。她延续着母辈的命运：用两次遭丈夫强奸得“要死掉了”的少女初夜，换来饭菜果腹。母女俩几乎同出一辙的性感觉与食感觉的演示，高度概括了女性在男权社会中的生存本质。女性在这里被塑造成、被强制成、被扩充成一个性容器的形式，由此她才获得价值，获得维持生命存在的基本物质保证。一旦主人专有的性容器形式因各种生理的（如年老色衰）、心理的（如专有者的喜新厌旧）、道德的（如林市母亲被认为是淫妇）诸种因素而被认为价值消失的话，那么操有精神与物质双重给予大权的男主人，便会随之撤去他提供给她赖以生存的保障。因此她实际上无法不处于被其任意驱使与摆布的奴役地位。

作为妻子的林市每天的日子便被这样的场景所充斥：

> 他在晨间到猪灶杀猪后回来要她，这已经成为习惯……他总是在她不备中要她，……而至引得她连声尖叫。
>
> 林市当然也会本能的抵挡过，只不过陈江水的力气远非她能对抗，最后，她仍得被压在下面，……看着他眯细陷在肉里的眼睛，闪着兽类般的光。
>
> 他还每次弄疼她，……痛楚难抑使得她只有大声呼叫和呻吟。

> 还好不管怎样，时间再长再短，这事情总会过去……因而，几近是快乐的，林市走出房间，赶向灶前。这已经成为一个定例：在陈江水要她的那一天，他会带回来丰富的鱼、牡蛎，偶尔还有一点肉片……

林市，妇人，就是这样成为一个以婚姻形式确定下来的性奴隶，成为除了关心三餐果腹的饭食外，一无用心的非人非兽。叙事剔除了种种蔓生在女性身上由于只能被动而接受的苦难，最直接地以林市的生活形式暗示女性在夫妻伦理中的传统地位犹如屠夫丈夫与他刃下任其宰割的猪仔一样，只不过他对它发泄源于“人”的食欲，而他对她的发泄源于“人”的性欲。叙事中的林市母亲不断地在林市身上被人看到，这种情景强烈地暗示着林市母女的生存方式表征着一个从未被间断的、或者说是一直被父权制意识所保证着的连贯历史，一种命运之链，母亲与女儿，不停地沉淀、传送与承继。母亲不断在女儿身上复活、重现漫长的历史——这是一个只在一种视角中存在的历史，男性视角，不管它的讲述人是男是女，因为大量的女性也介入这种讲述，就如林市周遭以阿罔官为首的妇女介入男性社会对林市的塑造一样。

如果说，新婚初夜被如此施暴的林市没能“杀夫”的话，那么，习惯并麻木了的在以后的每一天中被施暴的林市便丧失了“杀夫”的冲动与可能。但李昂的叙事使事物朝它自己的逻辑演变一路发展下去：一是林市作为被动接受性虐的一方，她负痛而锐叫的声音非人非鬼，常常传至“二三里外”，众人皆以为是“猪嚎”。而这种惨叫声却被施虐的一方当作必不可少的性享受而被重复制造。这个在异性爱中的性爱常态，经过李昂几近客观的叙事，也掩饰不住它的畸态。它使阅读能够达到这样的思考：如果说，林市像宰猪一样的嚎叫也算是一种“声音”的话，这种声音所能表达的意义只有一种，那就是性受到强权的肆意侵犯与创伤而作为生存交换的真相的声音。小说顺理成章地刻画这种非人的声音被“人”听作“猪嚎”的声音。但是，如果作为对性的肆意侵犯与创伤是一种非人道兽行的话，那么，林市的声音实际上是作为一个人所能发出的最正常的声音，而那施行性暴力的一方才是非人，是兽类，把这种声音听作异类之声而无动于衷的“人”才是非人。以此类推，那个维持林市夫妻关系的，实际上也就是维持、默许、支持陈江水可以对林市任意施虐的社会才是非人的，才是非常态的。但即便如此，历史叙事（或曰社会成规）表明，如果没有其他极限压力使这种交换内容变形，以至于造成交换中止的话，这种不平等的惨无人道的交换形式仍会一直运行不止。正如李昂叙事中的林市不也是在默默地接受、忍受，并努力习惯中“几近是快乐”地活下来吗？但男权秩序对女性的无以复加的苛刻，反而毁坏了这个原就极不平等的交易。林市被虐而本能发出的“猪嚎”声，被老太阿罔官听到，阿罔官对林市的“猪嚎”做如是评论：

那里要每回唉唉大小声叫，骗人不知以为有多爽，这种查某（妇人，引者注），败坏我们女人的名声，说伊还浪费我的嘴舌。

……都是林市贪，早也要晚也要，真是不知见笑，那有人大日头作那款事情。……每回都要唉唉叫，三里外的人都听得见。

我们作女人，凡事要忍，要知夫与天齐，那可一点点小痛疼，就胡乱叫，再来败坏查埔（男人，引者注）人的名声。

……你们知否十多年前伊阿母，私通一个兵，伊阿叔赶到去捉奸，两人还压在一起，不肯分离……女儿跟阿母学看样……

由于阿罔官发言的正统性与权威性（守寡几十年并曾以上吊赴死明“贞节”），更由于林市已以“几近是快乐”的感受标志她对正统社会观的归顺，阿罔官如是评论，对林市的精神制约非同小可。从此林市为自己被迫接受性虐时所发出的痛叫声感到羞耻。如果说，林市的叫声表明一桩人性与兽行之间的两性交易真相的存在的话，那么，阿罔官对“唉唉叫”的实质的歪曲与指责，无疑起着抹杀与掩盖这桩非人交易事实存在的作用。阿罔官的言论活动及效应，几乎就是父权制话语活动的缩影。林市们只有哑巴吃黄连，为了不再被代表正统的舆论所指责，当天晚上，饭饱酒足的陈江水，在饭桌边“一把抓住林市，……兴起的将林市压在厅里的泥土地面。林市先是惊恐的闪避，再看无从逃离，终于逐渐放弃挣扎，只自始至终，林市始终闭紧嘴不曾出声……陈江水在有一会后方发现林市不似往常叫喊，兴起加重的凌虐她，林市却无论如何都不出声，在痛楚难以抑遏时，死命的以上牙咬住下唇，咬啮出一道道齿痕，血滴滴的流出，渗化在嘴中，咸咸的腥气”。林市不敢再痛呼，人们自然也就听不到林市的“猪嚎”了，一切又处于常态之中，尽管性虐在无声与黑暗之中不仅依然存在，而且还更“加重”地在进行。

但林市被迫以更大的痛苦换取的沉默，却打破了为夫者的交换均衡：陈江水供给林市食住，林市必付出“被虐的性＋痛呼声”。现在林市的痛呼声被社会正统舆论噤声了，尽管为夫者陈江水由此“每每陷入疯狂的狂暴怒意中”。“揍她、掐她、拧她，延长在她里面的时间，林市咬紧牙关承受，只从齿缝中渗出丝丝的喘气，咻咻声像小动物在临死绝境中喘息。”——由此亦可见一个做“人”与做“动物”的根本区别：精神上的控制与攻击往往比肉体上的控制与攻击来得奏效。这个现象还呈现了另一个事实：林市越想做“人”，进入常态社会中“人”的范畴里，她便得越加忍受、越像动物一样生活——为夫者得不到原有的享乐，便理所当然断绝了对林市的食物供应。“你先像过去哀哀叫几声，我听得满意，赏你一碗饭吃。”“林市惊恐着后退几步，看着白米饭困难的摇摇头。”林市母亲就是在一次一团白米饭与付出寡妇贞操的交易中而消失的，当阿罔官说破这个联系点时，像母亲一样从“妇人”中消失的恐惧，令林市顿然拒绝母亲式的“失贞交易”。那么，林市还有没有别的生存出路呢？林市痛定思痛，在为夫者断绝了她的食物供给多日后，出现在集市上，她要买十只母鸭仔来养，自力更生，走出一条用自己的劳动创造物质来取代作为性奴隶换取被饲养位置的路。可是人们几乎就在林市实施自给计划之始就能看到这个计划的破产：林市买生产资料的钱恰恰来源于为夫者赏她——“这个臭贱查某（妇人）开苞钱”。林市用于包裹这几个开苞钱的小油布包，正是阿罔官送她涂抹被“开苞”所造成的伤口。它们都暗示着她想自力更生的失败：女性根本无法选择自己的生存方式。他一定要维持他饲养她的经济地位，因为这是他能随意驱使她宰割她并享受她的政治保证。最后，走投无路的林市只有发疯，神经错乱，才能摆脱在“常态”秩序下没有出路的状态。以不正常的形态而实则是最正常的必然反应，举起屠宰刀，完成了“杀夫”行动。

当以阿罔官为代表的社会舆论把“杀夫”归结为“古人说，无奸不成杀”的“情杀案”时，我们看到李昂叙事最终的犀利，她成功颠覆了自古以来“妇人杀夫”中“无奸不成杀”的“情杀案”的所指，揭开其中的性政治涵义。在李昂叙事面前，人们开始有可能从“奸夫淫妇”的传奇叙事惯性中滑出，看到自古以来众多异性爱悲剧故事的另一种原型，它的变体在当代叙事中触目皆是：她们用性交换招工招干进城表格，用性交换好单位编制名额，用性交换好日子，用性交换成功机会，用性交换……当代的林市们开始在叙事中表述她们无法摆脱的性政治之天罗地网的境遇，她们比从前的林市稍稍进步一点的似乎只在于她们在“杀夫”时能够表示出更

"女性主义"一些的清醒。①

二、双镯——性政治另一种叙事原型

你……这样优美地站在海天之间
令人忽略了：你的裸足
所踩过的碱滩和礁石
于是，在封面和插图中
你成为风景，成为传奇

——舒婷《惠安女子》

在中国福建崇武古城中生活的惠安女的形象，可谓举世闻名。她们几乎就是中国传统女性的经典文本，在她们身上，集中了所有传统女性的美丽与美德。自从她们被"发现"的那天起，她们就成为"男性视角＝社会视角"下的女性最佳体现物。所有的塑造工具趋之若骛、层出不穷、变幻莫测地探窥着、塑造着永恒的她们。她们从来就是被观照、被书写的一群的焦点，是被以地名命名的女性群体的显影，如湘西女人，如阿里山姑娘，如米脂婆娘……她们是如此的美，从里到外，她们被人在观看中啧啧称美，赞不绝口。但当代杰出的女诗人舒婷却注意到观景的人们是如此容易忽略她们那双被蛎壳和礁石剜割得伤痕累累的裸足，而把她们的优美制作为封面、插图、风景与传奇，点缀在美术馆、图书馆、历史博物馆……在所有文化充盈的地方，展示着制作人的高超智慧与杰出技巧。她们无疑是他们的骄傲。

另一位女作家唐敏由此发现了一桩可以说是女性形象制作的秘密：这男人当权的古城，却向外部捧出了他们的女人。那些没有文化、洗衣做饭当苦力的女人，却成了外部人好奇探索的内容，她们的照片、绘像、文章在世上被灿烂地炫耀……与舒婷指出公众忽略的部位一样，唐敏由此也意识到一种被灿烂绚丽所遮蔽的可能内容，形成了如此切近事物本质的绝妙

---

① 李昂在"女性主义限制了我的小说吗"里谈到欧美女性主义者以为林市的"杀夫"是在失常状态下完成的，是非女性主义的。女作家林白在其小说《致命的飞翔》里，叙述了一个也是因性交易不公而导致的在清醒状态下的"杀夫"行为。前者参见《女性与文学》，岭南学院现代中文文学研究中心1995年版，第65页；后者参阅《花城》1995年第1期。

象喻：

> 我在农村插队时，学会了给柿子催熟。柿子摘下来硬如顽石，要用铁锤把铁打敲进柿子的心里，再拔出来，在伤口里灌进醋或石灰水，再插进竹签。就这样残害了柿子后，把它们放进瓦罐里、缸里，用盖子盖上，还要用沉重的粮食口袋或石头压住盖子，让柿子们在窒息的黑暗中，互相靠呼吸同伴的气味来度过时光。如果同情了它们，让新鲜空气进进出出，柿子就不会成熟，永远是硬的、涩的、苦的，不能吃的。为了让它们熟得快，还要在柿子的心脏边再插四条细竹签，不用几天，它们都变软了，甜了，红了，成了人人喜爱的甜水果。
>
> 如果有一只柿子写文章，说它的坚硬、苦涩是多么可爱，说在树上成长的光明日子，说夜空中落下的露水，说阳光的焦灼，或许还有人赞同。但是它把铁钉、竹签、石灰水和醋说成是酷刑，把缸和瓦罐说成是地狱，就没有人会赞同。因为柿子是这样甜蜜、美丽，怎么会是从地狱中来呢？
>
> 柿子的核不知从什么年代开始，不会发芽了。①

成熟、甜蜜、美丽、可享用的柿子，是这样在“残害”中被制成了。成熟、美丽、甜蜜的女人，究竟是怎样制成的？她的被“残害”性，有谁能觉察、有谁能说？如果她自己说了，那么有谁会在听、会“赞同”？这是一个关于两性关系的，同时也是被历史刻意抹杀与藏匿而变得神秘的沉重命题。80年代重新复活滋长的人道精神与人性思想，使人们特别是女性对自身所处的两性关系中的内容实质开始审查并认定，它当然地呈现在女性自己的书写中。显而易见，女性文化的被动历史状况，经由女性主义话语的渗透与激活，在这里已相当明确地被言语者表达。柿子好看又好吃了，谁又在乎她受了重创的心核与肉体已远离她的本性？惠安女和她典范下的被以地名命名的女性们好看又好用了，谁又在乎她们被扭曲被异化了本性？如果没有“惠安女”现象对作家的刺激，也许她还并不能写下这足以概括女性气质形成的全部奥秘的象喻文字，它简直是西蒙·波伏娃那句著名的口号式论断“女人不是天生的，而是被变成的”最妙形象注释。

---

① 以上引言引文均出于唐敏《霜降柿子红》，见《生命的标志唯有灵魂》，北京师范大学出版社1993年版。

一种常人也许更难于理解、更难于言说与书写的，或者说是更为离经叛道、更隐晦的真相，那就是女同性爱。有学者认为，这种独特的世界观形成的原因之一是它“对异性爱观念的批判意识”①。因为异性爱是以父权社会中的男性本位为主导构成的，是让男女两性都必须接受这样一个统治秩序关系的又一谋略：女性身处于这一谋略之中，身受着这一谋略的荼毒，以针对异性爱、排斥异性爱为存在的女同性爱——一种远比男性兄弟情谊表现得更真挚更强烈的姐妹情愫的发生，尽管它不免常常也要遭受“正常”或曰正统秩序的间断与破坏——的确能表明女性对两性关系不平等、不自由现状的不满意向；表明对统治秩序的最根本的一种批评态度。在这里有必要提出“同性爱”概念可能包含的对象范围，以澄清男性同性爱与女性同性爱在本质上具有的差别。考虑到男性作为一个性别群体所占有的历史、社会、文化主流、主导的地位及资源，男性对性对象的选择更多的是出于“一种生活方式”的享乐性质，就如在中国历史上，无论皇帝大臣、豪门贵族、官吏商贾，都有像蓄养妻妾一样蓄养男嬖的行为与记录，美其名曰：“雅好男风。”相对于这种“同性爱”之间所包含的强制式内容，不被记录的女性同性爱更像是一种出于政治性意味及意愿的组织联盟——出于对异性爱的恐惧与抵制。

努力不懈地寻找女性自己传统的邦尼·齐默尔曼发现，异性爱主义是一套完整的价值和结构观念系统，异性爱是唯一自然的性行为和感情表达方式。她注意到为父权制的文化环境提供感性帷幕的异性爱主义的观点充斥各种文学本文，譬如在仍然也有异性爱主义观点存在的描写女性同性爱为目的女性文学选集中；在只提男性亲密者而不提女性亲密者的女作家传记中；在不采用具有历史意义的女性同性爱作家的作品的选集中；在只选用作家的异性爱作品或非性爱作品，而撇开以写女性同性爱或女同性情谊的选集中；只谈妻子、母亲、性欲对象、少女、老妇及开放型妇女，避而不谈女性同性爱的专辑中。基于女性同性爱现象的存在及其政治重要性，邦尼认为：“女权主义文学选集中的异性爱主义——如同男性中心选集里的性歧视——起着抹掉女同性爱存在的作用，起着隐饰谎言的作用——妇

① ［英］玛丽·伊格尔顿主编：《女权主义文学理论》，胡敏等译，湖南文艺出版社1989年版，第26页。

女只能从男人中寻求感情的和性的实现，抑或根本就未寻求。”①

在父权封建制历史更为悠久与稳固的中国，更为强大的社会道德伦理观使女同性爱“文本”更沦为边缘的边缘，充满叙事的贬义或根本不被涉及。但从“五四”时期及稍后出现的女性书写中，我们可以看到它会被作为一种女性对异性爱前景的悲观、恐惑或抵触的对立情绪产物，而终于冲破清规戒律得到呈现。如在卢隐的《海滨故人》《或人的悲哀》系列中出现的那些人物，她们不是意气相投，志趣相谐，同类相惜地聚在一起，并对将来免不了的解散感到苦闷痛苦无以出路的抑郁少女们，就是那些被社会婚姻逼迫得不得不劳燕分飞的沮丧女人们。她们通过女作家最偏好的书信与日记的书写形式，字字哽咽、句句怀旧地抒发了昔日姐妹情，从而流露出对同性比对异性更为爱恋的心理痕迹。在人们熟悉的女作家丁玲自传中，我们也能看到她与两年形影不离的女友间的那种异乎寻常的姐妹情谊，以及异性爱对这种情谊的损害与破坏的迹象。

而在小说《绣枕》中就已披露女性内部之间存在着某种共通与传统的女作家凌叔华，更是笔力独具，她创作了似乎是理所当然地被正统文学史所忽略的女性同性爱故事《说有这么一回事》。两个在舞台上扮演罗密欧与朱丽叶的女孩子，在舞台下热烈地相爱起来——在如此叙事下，她们当然地会被阅读理解为她们畏惧于现实的异性爱结果，而宁肯在舞台下的现实中继续扮演着舞台上那以赴死作为真正平等与高尚的异性爱角色与异性爱关系。也可以说，经戏剧大师莎士比亚的塑造而传颂千古的罗朱式异性爱，极有可能潜伏着文艺复兴时期这位大师对异性爱观点的隐喻：一种真正平等自由的两性爱情，只存在于死亡中。君不见莎翁有前车之鉴：比莎翁远早两千来年的古希腊悲剧大师欧里庇得斯，根据希腊神话创作的《美狄亚》中的公主美狄亚，不惜背叛至亲家族，舍生忘死，帮助爱人伊阿宋重返家园登上王座，演出一幕可歌可泣的异性爱正剧，但最终却以伊阿宋的见异思迁、另娶新欢，由此丧失一切、走投无路的美狄亚疯狂复仇的悲剧而落幕。美狄亚身前身后，究竟有多少无名的女性在生活中上演这出经久不衰的异性爱悲剧。

凌叔华的两位女主人公，的确只有躲在舞台上死亡的罗朱异性爱

① ［英］玛丽·伊格尔顿主编：《女权主义文学理论》，胡敏等译，湖南文艺出版社1989年版，第26—27页。

中——现实中活着的同性爱中，抵制现实逼迫人们陷进并非平等的异性爱关系中，品尝真正平等自由的爱情芬芳。但是，众所周知，异性爱成规是如此正常地不可避免地来到，并注定会拆散她们的不正常同性爱联盟（即使是当事者本人，也一直要处在如此两难境地之中：一方面是当事人源于同性爱自我满足的美感与悦感，另一方面是当事者源于异性爱伦理现实道德下的罪孽感与不洁感），她们最为快乐无邪的人生便就此画上休止符。一个身心健康、精神健全有活跃独立之生命的自我也随之崩溃成异常人。凌叔华以异性爱的到来，毁灭了她的主人公那纯真无邪的、平等友爱的同性爱，毁灭了她的主人公的鲜活正常的生命的叙事，表明了叙事者对异性爱与同性爱所包含的复杂历史内容实质的认知与倾向，是为“五四”时期众多女性文本中所含蓄涉及的姐妹同性爱情谊的直白。

半个多世纪以后的中国文学，寥若晨星般出现了又一正面呈现女同性爱真相的小说《双镯》。这篇小说的素材便是来源于很具有中国传统女性典范意义的惠安女生活。她们所处的生活环境，自然也是极具典范意义的中国传统男尊女卑观盛衍不衰的地区。她们生下来就被视为父母的欠债鬼，娘家的赔钱货，是夫家传宗接代的工具。于是，她们很小就被用一双银镯预订给人家当媳妇，夫家用一年年的节礼，来确认这桩女人与货物之间的买卖。天下没有甘心亏本的生意，天下也没有白花钱买的女人，女人将用她终生隶属的命运作为代价来偿还。她们出嫁了还只能继续长住娘家为娘家充作劳力，直至怀胎生子才能到夫家做名正言顺的妇人，为夫家继续做劳工。严酷的性别压迫习俗下必有相对强烈的性别反抗习俗的诞生。《双镯》里已订给夫家的少女惠花，从她嫂子的命运上（准确说是从祖母、母亲、姐妹、祖祖辈辈的女性身上），看到自己已走过来的又将要走去的被注定在以“夫妻”名义为两性关系中的悲惨命运。在正常的异性爱与异常的同性爱之间，若她们能够正常地选择，她们会——

> 惠花轻轻说：“咱们姐妹要是都不嫁人，就这么亲热，也不枉生来这趟。”
>
> “姐你说，你说夫妻能有咱这情意？能比咱姐妹亲？”……
>
> 她们猛然搂成一团。这是一种本能的冲动，任何一个男子也未曾引起她们如此冲动，她们搂抱着痛苦！……她需要的也不单是姐妹情，还有其他，那双镯所给予她的梦想，以及那双镯所不能给予她的爱。秀姑也这么需要着。她们的心灵，是彼此畅通的，在长夜里、黎

明前，她们在枕边什么话没讲过，什么事没有议论过？那是一种永存的可怕而又不可抑止的诱惑啊！

这当然不是简单地单纯地由同性间的性来往而构成的“同性恋”行为，它包含着更多的由女性在异性爱历史境遇中产生的女性心理生成的复杂行为。她们之间产生着在外部压力下女性姐妹间才产生的强烈感情，她们不仅在生活劳动中友爱互助，更重要的是在其中她们共同分享着丰富的内心生活与精神生活。她们还图谋结合起来，以反抗男性假婚姻的名义理所当然地侵犯与蹂躏她们。当然，她们不可能有自己的正常选择——对社会选择来说是异常的；只有社会的正常选择——对她们选择来说则是异常。惠花作为被人预订的货，终于也像她的姐妹淘秀姑一样身不由己地出嫁了。“送嫁的行列在哭声中行进，犹如送葬。历来如此。”这大概是苦命的女儿借此发泄自己内心的恐惧情绪吧。但“迎嫁的男人们喜欢听这些哭声。他们时不时地带着骄傲和欣赏的神色回过头来倾听。”（请比较《杀夫》中“为夫者/施虐者”在性侵时，喜欢听“为妻者/被虐者”的“猪嚎”声）洞房之夜，惠花在买主丈夫“充满欲望的命令”下，“决心像那些不称心的新嫁娘，直站到鸡啼头遍就逃之夭夭”。洞房里理所当然爆发了一场接一场的性侵与反性侵的战争。好在只要顶过三个新婚夜，新嫁娘便可回娘家长住了——在为娘家继续劳作下，重续姐妹情缘。

与如此不由自主的逼迫性异性爱相比，那种发生在亲密姐妹之间的主动自由的感情组合，显然更具有吸引力。而惠花“真怕那个男人，要从此夺去她的姐，这知寒知暖、贴心贴肝的姐姐”，几乎就是半个多世纪前凌叔华笔下发生在洋学堂中的“罗朱”姐妹联盟的恐怖，就是她们对异性爱会剥夺她们联盟存在的恐怖。这种恐怖景象一步步朝她们理所当然地迫近。女同性爱联盟在庄严的传统和习惯的惰性下瓦解，不肯屈服以婚姻为表征的异性爱强权，惠花只能走向死亡。死亡被父权文化历史“制作”成女性唯一能够成功地从父权规范秩序中脱身而出的不归路。当然，这还得不考虑传统文化给她们备好的比阳间歧视成规更为严酷的阴间法律——看看人们给自杀的女鬼制作的地狱就知道了。具有深刻讽刺意味的是，惠花死后，秀姑接到由村委会转来的一封来自北京的信，信中夹着两张彩照：

> 相片上，秀姑和惠花腼腆地笑着，秀姑的一只手，搭在惠花的肩膀上；惠花娇憨地用另一只带银镯的手，勾住秀姑的手指。银镯放着白光，她们也容光焕发。

……从信里知道，这张相片将在一家画报上发表，题目叫《幸福的微笑》，这是风尘仆仆的摄影家们抢拍的风情佳作。[①]

惠安女作为中国有关于女性题材的典范性作品，同时也意味着其中典范性制作。新时期的女作家敏感地意识到了这一点，从“惠安女”现象上引发的对性命运的思考是尖锐的也是深刻的，舒婷关于她们被忽略的苦难与被置放在观赏位置上的优美的揭示，唐敏对她们被制成甜蜜、美丽的非人过程的洞察，都是极其出色的对女性自身的考察行为。但有一种现象，也许仍是中国特定历史的产物：富有开拓性的革命行为，其先行者一般为男性群体，即使在有关女性问题的领域。就如在惠安，性别歧视的文化背景造成的两性文化差异性，使它没能产生一个具有足够有发声能力与力量的女作家。于是，一个在惠安土生土长的具有人道主义精神与关怀的、对女性问题充满关怀心的男作家陆昭环，便充当了这样一个在文本中反男性叙事的角色，讲述出她们在男性观赏之下的重要生存真相——女同性爱。考虑到女同性爱是作为一种抵制强迫的异性爱而出现的女性间带有政治意味的组织与联盟，它的存在“包括打破禁忌和反对强迫的生活方式，它还直接或间接反对男人侵占女人的权力”[②] 的意义，我们实在不能够忽略《双镯》的叙事意义，它使在中国当代文坛上诸如以《一根绳子与五个女子》[③]《果园姐妹》[④] 等语言形象为表征的众多或含蓄或朦胧地涉及女性同性爱联盟的文本有了不可忽略的原型意义。

（原载《东南学术》1998 年第 5 期）

---

① 以上小说引言引文均出于陆昭环小说《双镯》，《福建文学》1986 年第 4 期。

② ［英］玛丽·伊格尔顿主编：《女权主义文学理论》，胡敏等译，湖南文艺出版社 1989 年版，第 39—40 页。

③ 小说，作者为叶蔚林。

④ 诗歌，作者为傅天琳。

在她们与作品之间

一、残雪与她的《两个身世不明的人》[①] 和《匿名者》[②]

残雪坐在书桌前。书桌上有空白的稿纸，还有汲得饱饱的墨汁的笔。残雪不用眼下众作家们纷纷用上的电脑写作。她伏在书案上，一笔一画的，眼见得原先关在她体内的一些东西变成她乐此不疲的汉字，争先恐后地跑到铺在她面前的白纸上去了，这使她每天雷打不动的写作更像了她的雷打不动的长跑。也就是说，我们尽可以把写作当作残雪另一种形式的长跑。

这是残雪的生活方式。

残雪坐在书桌前，一次新的长跑开始了，生活中形形色色的影像接踵而至，迎面扑来。残雪当然可以像一些长跑者那样，对此视而不见，跑完全程了事。也可能像另一些长跑者那样被浮光掠影迷住而放弃跑步初衷。然残雪恰是这么一个人，她的内心有着关注世俗生活的无比热情。很多细节，在热衷世俗生活但未必关注世俗生活的人眼里是司空见惯的或忽略不计的，但从残雪的眼里看出来，从她的心里反映出来，会像高度聚焦中的放大慢镜头，细腻、具体、清晰、真切、无可遗漏到惊人的程度。因此，如果你对残雪小说里出现的那些触目皆是的细节，动作的、对话的、情感的、心理的、物理的……有着非同寻常也是非同小可的印象的话，那真是太对了。当然，残雪不会停留在此，这只是她热爱的长跑内容的一小部分。她继续迈开思想的长腿跑着。沿途的生活影像纷至沓来。据拥有达到

① 残雪：《两个身世不明的人》，《作家》1989 年第 2 期。

② 残雪：《匿名者》，《残雪文集》（第二卷 · 痕），湖南文艺出版社 1998 年版，第 65—76 页。

过一定高速运动体验的人讲述，很多平常的物象在高速运动中的确会产生一种奇妙的变化，这绝对不是处在平常速度中的人能够体验到的。诗人说日夜在高速运转中成为让人不可分辨的灰色，飙车人说他在高速行进中跃出身体看到了躯壳的去向……人间事物在高速运动的残雪思维中，也许就这么合乎常人不可逻辑的逻辑，分离了它本身具体的形态，而抽象出事物的某些本质。

具体到令人吃惊的事物形态，与抽象到让人难于轻易理解的事物本质——如果用小说固有的因素术语来说，也可以说是非常具体的“细节”，与非常抽象的“人物”，在残雪的写作长跑运动中，奇妙地组合在一起。我们常常会被她的描述陷进一个十分具体的感官经验中，每项细节的真实都经得起生活逻辑最严格的审视，但当这些十分真实的细节在残雪的视野中被连缀成一个过程时（故事?），一种奇怪的荒谬感产生了，它竟是如此违反我们的生活逻辑与理念，因而它是反我们识读的，换而言之，它造成了我们识读中的一些障碍。时间不是运动中的斑马，灵魂并不可能是落到天上去的花儿……我们与她好像在某一个地方拧住了。但是，我们还是不要放弃残雪吧，因为我们好歹知道，长跑毕竟是一项绝对迷人的运动，虽然投身其中开头注定总会遭遇不适，但它却是我们可以通往自然健康、能够自我矫正畸形的人的道路与方式。

这是残雪以笔为径、以小说为运动空间的思维境界。

而要进入残雪的境界，唯一的办法就是让我们的思维与残雪一起跑起来。现在，就让我们跟她一起跑进她的小说《两个身世不明的人》或者《匿名者》中去吧。在跑动中，我们会逐渐看到并看明白她所看到的那些由本质性的东西精凝而成的诸多意象。譬如，“他”和“她”的那种永远无法拆解的天荒地老式的两性关系；在“他”和“她”的关系中介入了我们也能感知到的那种无所不在的文化关系；为什么“他”极力要摆脱的、同时又不以他的意志为转移的、与他与生俱来如影随形的东西被指称为“鹫”；为什么不时在“她”琐屑的生活中时不时出现并呼啸而过的火车被指称为“鹰”；为什么“她”虽然深陷于一种被指认为没有社会价值意义的生活角色中——譬如说“她”天天要往返井边洗菜——“她”却抬脚就能跨上不知从何来又从何去的“鹰”而摆脱随在“他”身上的“鹫”；为什么说她“是一个没有根底的女人”，“人人都以为与常理相悖的那种种事情，在我身上天天发生着”；为什么说“她有追求，这才是深深地震撼了他的信念的一件事”；还有，总在“他”和“她”相处中出现的房间，幽暗的、总是被“她”后来也被“他”糊起牛皮纸的房间是怎么回事？这个房间相对于外部世界又是怎么回事？“她”来了又去、去了又来，到终了却总是离开，“伴随你终身的将是他，不是我，然而我们还是要试一试，因为你是我唯一的”是怎么回事？“表面看似心照不宣，实则隔膜得很……她曾向他透露过，说这样正好，正合她的意，这才是他们之间关系的真实方面”是怎么回事？而他为什么总要到那个恐怖的停尸房里去找她？……天，残雪在这里把我们又带回那貌似真切而又无法把握的生活经验中。

本来，我们生活在那里面，混混沌沌，快乐得像只猪，因为从小就被社会告知且把它几乎转化为自觉性：“男人要先天下之忧而忧，而女人刚好相反，是要先天下之乐而乐的”，因为“快乐是女人的本事”[①]。因为，圣经早也就这么显示，“女人”之所以被造来本就是要肩负使这个世界/男人快乐的使命。那么，女人男人两性共存的世界里，女人快乐的本事真的令她本性快乐吗？男人获得女人真假难辨的快乐真的快乐了吗？诸如此类自欺欺人的两性关系陶醉感会在残雪引领的思维长跑中如被汗水冲刷掉的脂粉那样，人们可获得时机面对自己略有所悟、蓦然心惊：女人究竟做了多久的快乐之猪？女人还有人会有“忧”的思想吗？往日那一成不变、往复循环、得过且过的生活经验，零碎片断，从懒洋洋的感观迷沌深处浮现，在速跑的思维清明中化为一种有切肤之痛的有机体。因此，如果我们跟着残雪思维继续跑，我们多少也能心领神会诸如此类密集在残雪小说肌理上的话语所指：

> 从前，当他们与她生活在一起的时候，她是否实际上并不与他们在一处？她和他从人群逃出来之后，她的生活变得又简单又随意，以前种种是否全是虚假的模式？
>
> （看起来，我们真的要好好想一想，是什么样的“人群”使“她”的生活复杂而不随意，使她常常在“洗菜”类的劳作中不得不灵肉分体，随意念之“鹰”而去，以其逃避或超越“她”所正在的指定空间。）
>
> 她和他，各自单独隐蔽在某个有人的地方不是更合乎常情吗？这

① 《快乐是女人的本事》，《现代家庭》1999年第4期，第36页。

一进去，他俩就相互暴露在对方的眼里，这当中是有隐患的。

（好在一切不常之情总是与常情互生。这也许就是万物为保持自身优势所行的扬弃之道。因此，“隐患”常常成为打破既定常式的一个重要导火线。）

原来他也希望有一个同伙，那个同伙当然不是鹫，不是这种已有的存在，而是一个发现，他觉得要是不能发现一点什么，他就要完蛋了，他每天都在唾弃已有的生活，如果不出现什么意外的喜悦，他将在焦虑中死去。

（“他”在寻求终极之问的旅途上，才可能与“她”成为同路人，才可能获得新生的喜悦。）

与残雪一起长跑回来，无疑是挺累的，因为那不仅是一种体能运动，同时还是个智能的运动。若按残雪自己的比喻，她可能更愿意把自己的写作看作是一种“侦探”行动，从事物表现到事物本质的“侦探”，她曾经就是用这种知音级的同好解读了卡夫卡的《城堡》《审判》等小说，的确令读者领略了作家深入人类灵魂曲折隐晦处“侦探”所带来的惊悚与惊险。也正由于此，我们才在那种状态下接触了常态里所未能接触到的。具体的“细节”在观照生活的层面上焚烧，抽象的“人物”在哲学思考的层面上涅槃，这几乎是残雪所有小说的长跑技巧。应该指出的是，残雪的写作由此也成为一种既定写作的“悖理”——她的小说，既是小说，又不是小说；她的小说语言，既是小说语言，又不是小说语言；她的小说渴望阅读，又拒绝阅读……这就全看你在哪种层面上理解她所展开的文本了。她总是在约定俗成的写作规范与程式中做着无止境的反叛者。她放弃轻松快乐地躺在他人创造的模式上写，而偏偏要让自己紧张艰苦地跑出一种异常的写法，于是连带着读她小说的人也有着冒险与辛苦。但是，可以让我们感动的是，这样的代价换来的会是一种从未曾经的诗意体验，因为，你由此进入了事物的内部，看到了你从未到达过的事物，否则你真的无法理解，在长跑者阿甘的身后，为什么会有人不断地加入进来。

残雪曾说：“作为处在末世文化中的一名女性，我有可能以特殊的方法来进行最彻底的反叛与突围，有可能进行真正的、全新的创造。”[①] 而“有可能”的反叛、突围、创造的行为前提起码应含两个条件：一是生命

---

① 林丹娅、残雪：《诗意的痛苦：叩问灵魂》，《江南》1999年第1期。

必要，二是有效方法。如果你感觉残雪的小说的确与众不同，那么请记住一个比喻：相对思维的闲坐者、静立者或漫步者来说，她是长跑者——在残雪这个生命个体上，必要导致了方法，方法满足了必要，二者相辅相成，由此达到了残雪文本写作行为的“可能”。如果与群体生命相比较来说，显然在同一物理时间里，速度与距离的不同决定了生命时间的质量不同。“长跑”的写作形式，决定了残雪小说的特质。她无疑在中国小说界体现了一个异类的存在。不管她是有意为之还是无意天成，二者都挺让人寻思的。抑或正如残雪在小说中最后运用的象征：唯有在寻求终极之问的旅途上，“我们”才可能成为同路人，才可能获得新生的喜悦。

二、徐小斌与她的《银盾》《天籁》《清源寺》和《太阳氏族》

（一）《银盾》

秋收后的乡村场景，小说与社戏一起进入演绎。

戏是人生，人生是戏。这不，像戏里青衣一样美的村姑蜂儿与她总在织苇的老爹出现了。场景与活动在这场景中的人物被徐小斌描述得很平实，那是因为我们司空见惯了这种乡气。如果你没有读过徐小斌的小说，你当然无法知道这个平实的开头实际上已暗藏徐氏小说器质；如果你读过徐小斌小说，你依然会有刚读她又一篇小说时的狐疑：这会是出自那杆早先写下《对一个精神病患者的调查》或《迷幻花园》，还有最近让人议论颇多的《敦煌遗梦》或《羽蛇》（光听听这些名字吧！），还有什么什么的徐小斌之笔吗？——且慢，无论是谁，只要继续往下读，徐氏小说所特有的“质气”就从那里慢慢释放出来了：我们先在村姑蜂儿的眼里看见了一张脸，那张脸很美丽，很像蜂儿，浮在老生常谈的古戏中扮演殉情者的青衣脸上。人家为那戏里的红颜哭过，给那由红颜变成的女鬼怕过，也就罢了。但蜂儿却入戏了，她跑到后台去找那张脸——那张脸台前昙花一现，好像就是特意要来点拨一下长成美人的蜂儿心智的。只要是个女的，谁不打从女儿家过来？而有女儿家情怀的，有几个人曾不这么想入非非过：与其嫁汉生子把个美女变成个雌牲口，与其不嫁汉不生子，把个美女变成子宫癌乳腺癌神经病等症的病人，真不如就美死在十九岁。

但我们知道蜂儿实际上就是看到她自己要看到的东西而已，她响应了内心长久的感应与呼唤，没娘的蜂儿从幼年开始的寻母情结，在观看总是再现过去情节的戏里找到了一个释放点。当然，这个细节的出现是徐氏叙事的拿手好戏。徐小斌有这个天赋，或者说是有这种“异秉”，无论是在乡村还是城市，静默的心灵生活比繁动的躯体生活更紧张热闹的人往往会拥有这种“异秉”。他们用心灵穿行在世俗与灵界之中，以此超越世俗对他们无情的羁限，以此获得被世俗掠夺或蒙蔽的东西。也许在现实生活中，更容易被掠夺与蒙蔽的往往是女性，因而也往往是女性更容易拥有这种“异秉”。因此，蜂儿要获得什么（或徐小斌要表现什么），走这条界于虚实之间、阴阳之间、内外之间的生命感知行道无疑较为便当。蜂儿由此从潜意识走向有意识，由内心冥想走向个体行为，而个体有意识与个体行为的出现，致使一连串的社会意识与社会行为，随着一连串的角色情节，像游散在生活空间里的飞鸟，纷纷扎进徐氏小说的网结之中——

蜂儿到后台“寻母”碰到眼毒的戏班老板，戏班老板送给蜂儿一枚银盾。银盾里也在现一出古老的西洋戏，同时也是在出一幕被铸定的人生之戏：女人永远身死于爱人之心，心死于爱人之弃。

在古老的银盾铸成的情爱之影映照之下，现实的情爱之戏正依序进行：女人不爱他，而爱另一个他；他要女人死，另一个他便来阻挡；但眼看真救不活女人了，另一个他便忙着逃走了……世上情为何物，哪堪生也相许，死也相许？无论女人爱无悔还是爱有悔，我们可都看明白了那里面终归就是一个“空”字了……有意思的是，那个他就是手持铸有西洋古戏银盾的东土戏班老板。也许真的只有这个角色最明白：戏是人生，人生是戏，谁会把戏里的爱情当真？把戏里爱情当真的女人当真？古今中外真是概莫能外啊，嗯……哼？

所以，小说最末回到世俗场景来，你可千万不要惊疑：十九岁不想死的蜂儿想明白了，“女人不就是这么回事儿”。这是徐氏式小说的悲凉所在。但显然，徐小斌想明白的是“女人为什么就是这么回事儿”。因此，一个秋收后村姑看社戏的普通故事，就被徐小斌所洞明的内心情节充盈了。我们的确看到故事在发生，但我们已然知道，发生的已不是这个故事，而是穿行在古今中外的俗世与灵界之间的徐小斌的内心情节，那些漂浮在想象与既定之间、虚构与真实之间、书写与生活之间的女性性质或性特征：

> 女人如果仅仅生活在男人的小说里，人们完全可以把她视为一个极其重要的人物、一个复杂的多面体……但这只是小说中的女人。……于是产生了一种十分奇怪的混合现象。想象中她无比重要；事实上却一钱不值。她充斥一部部诗集的封面，青史上却了无声名。在小说中她可以支配国王和征服者的生活；在现实中却得给任何一个给她戴上戒指的男子当奴隶。在文学中她嘴里能吐出最富灵感的诗句，最为深奥的思想；在生活中她却目不识丁，只能成为丈夫的所有品。①

（二）《天籁》

徐小斌一定是先爱上那些花儿，然后才想为花儿写《天籁》这篇小说的。这是为花儿立传的意思。花儿大概就是属于民间口头文艺那一类的曲儿。花儿的音律，由并不识五音七律的人心里旋出，惊天地动鬼神，然后随风飘散，消失在宽不见边深不见底的老天与人心深处。

对民间艺术特别钟情的徐小斌——她正儿八经办过个人刻纸艺术展，为敦煌壁画专门写过既好看又好销的长篇小说《敦煌遗梦》——现在，对花儿的感应与热情，把她引进一个传说花儿的愿望里。徐小斌当然知道，有民歌的地方总是情歌第一茂盛的地方，何况是专以诉情见长的花儿。而有情歌的地方，似乎就会有一个王母娘娘，专事在男情女爱的人儿中间划道道，让他们无法逾越。鲁迅说悲剧将人生有价值的东西毁灭给人看。可是这“毁灭”倒酿就了多少有价值的情感。从这意义上来说，男情女爱的人儿中间是多么需要有一个王母娘娘做坏人，否则，花儿如何能唱出人间的至情至理至性至品来。《天籁》的故事框架似乎就是这样现成的，当然，徐小斌绝对不会老调重弹，她的小说重叙“王母娘娘”故事的乐趣似乎也恰恰在此：用当代情节完成对经典故事的改造。这种手段的运用常常使徐氏小说看起来“别有用心”——一种现代经典被诞生其中也未可知呢。

《天籁》传说的是一个唱花儿的美少女，名叫岁岁。8岁那年因“眼迷五色”而误了县文工团的考试，她母亲，一位当年走红过而今流落乡村的歌唱家作曲家，为绝女儿“色迷心窍”误了唱歌大事而弄瞎了女儿的眼

① 徐小斌：《我的女性观：让我们期待明天会更好》，《花雨·飞云卷：中国首届当代女性文学获奖作品精品卷》，花山文艺出版社2001年版，第244页。

睛。瞎眼的岁岁果然从此歌愈唱愈出色，如她妈所愿年纪轻轻便当上了花儿皇后，成了当地歌界顶尖人物。后来被外界传媒发现挖掘出乡村，精心包装，隆重推出，从而走向全国，并走向世界。在这个造物过程里，有个名叫田力的年轻导演加入进来，并深得岁岁芳心。田力受岁岁感召，好容易战胜了轻松而势利的现代城市爱情观对他的浸染，洗心革面渐向沉重而浪漫的古典田园爱情观回归，下了大决心要来好好爱美盲女岁岁。谁知岁岁母亲却大不稀罕这份看起来有些像中彩了的或像是被恩典了的爱情。早要如此，又何必当初，老太太是一不做，二不休，她要的根本不是凡夫俗子们想的那一套，她要的是岁岁能够把自己的天分发展到登峰造极，要的是通过岁岁的天分重获她曾失去的一切，她的生命要在岁岁的歌唱生命中延续而不是其他。

明眼人自然可以嗅出，至此“花儿”已大大走味，花儿皇后的枯萎已在必然之中。在这里，王母娘娘举起划道道的银叉上刻的不再是“门当户对”，而是“自我信念”。徐小斌在这里让我们明确无误地看到了“自我信念”与生命主宰者的权力结合后产生的威力与效果，同时也让我们看到了最后谁也无法主宰与塑造生命自然的一幕，包括曾经貌似成功了的“权力”。因此，王母娘娘不举犹可，一举“信念”便反被瓦解，这大概是徐小斌为“花儿”的自然生命力保存不被“权力”流俗化的最后一道自由吧。

经历了权力下的丧失，丧失后的获取，经典被流俗污染，理想被现实扭曲等等经验的饱餐后，不知读者是否认为作者传说花儿的愿望实现了。但有一点应该看到，其实故事一开始，“天籁”便已不存在。“岁岁真正唱好花儿，是在她眼瞎之后”，而眼瞎，正是岁岁母亲精心炮制的一个文化阴谋。可见岁岁破天惊世之歌，实已是“病梅”之雕，而非世人所以为的“天籁”所赐。如此说来，“天籁”亦本非“天籁”，徐小斌随手抛出一个属于生活常识性的叙事圈套，身在生活之中的读者会不会有点上当受骗了？

不知徐小斌是不是用在传说中走味的“花儿”做无言传说：“天籁”实为不可言说耶？

（三）《清源寺》

徐小斌在《清源寺》里讲了一个美女的故事。爱讲美女的故事似乎是人的天性。这使我们打从听到纯洁无比的小和尚一眼就爱上“老虎”美女的故事起，就耳濡目染太多的美女危险论。当然爱美女是男人的专利。爱上美女，小则丧身，大则亡国。然美女能把危险性之作用发挥到何种程度，则取决于爱上美女的那个男人的权势地位高低。历史本来没有女人的份，但却因了有被权势男人看上的美女，女人则有幸忝列男人的历史中，并在某些历史改写处充任了历史之果的直接原因。历史事实是如此惨重，影响是如此深重，以至于有点修养旺相的传统人家，都知道且不管男人的美妾艳妓，娶妻则首重平头正脸，德性为上。由著名的贾府老太太教诲的、王夫人实施的娶媳思想即是。那些禁不起美女诱惑，把自家大好江山断送的男人是历史的狗熊，人们爱讲它，除了一点点的幸灾乐祸外，大都是用来训诫后世男人的。这不是主流，不讲它也罢。

历史说到底是英雄为主角的历史。是真英雄就该坐怀不乱，不中美人计，能勇过美人关。这并非说英雄不要美女，英雄私生活中当然不会缺少一大堆美女，但绝不会让美女扰了君心，干了己政，浮出男人历史。所以在男人称雄的历史舞台上，我们通常便很难看到美女的身影。譬如楚霸王项羽，若不是军壁垓下，夜闻楚歌，知大势已去，面对宝马美女悲歌伤感“骓不逝兮可奈何，虞兮虞兮奈若何”，我们怎会知道项王东驰西骋、南征北战成就霸业间，还有离不了的虞美人等？在这样的历史故事里，我们能看到的听到的当然是他们，看不到的听不到的是她们。要不是近两千多年后有个叫张爱玲的女才子，讲了个叫“姬别霸王”的故事，我们真不知道身处彼时彼地此情此景中的女人们会怎么想怎么做呢。

同是司马迁讲的荆轲的英雄故事，我们在里面可以看见英雄的男性对头与男性知音，如志在一统天下的秦王，善击筑的高渐离之类，男性的阳刚充盈故事，更衬得英雄豪气干云，慷慨悲壮，气氛纯正。司马迁笔下的壮士，的确叫人很难看到他们与女人有什么瓜葛。这是除了用美女来考验英雄意志的写法之外，另一种正面描写英雄的套路，这种套路甚至一直影响到今天我们对英雄的塑造。但也许正因为如此，讲出或听到沉沦在历史英雄背后的女人的故事，就成为我们另一种潜在的渴望。历史书上那些穿插在男人故事间，惊鸿一瞥，留下泥痕爪迹的女人身影，就像谜一样悬在云障雾罩间，刺激着我们去探知，去推想，去讲出。“芥兰，燕王之女。绝色。性乖张。尝养清客，唯不及乱。后出家为尼，不知所终也。”这样的一个绝色美女，会有着怎么样的一种生活境遇？从而会留下这样的结果性记录？徐小斌的美女故事，似乎就从这则“史话”始，开始对一个古代贵族美女一生生活的想象与讲述，而大名鼎鼎的英雄荆轲，则被用来成全这个美女故事的最经典情节——在事业与美女之间、在友情与爱情之间，英雄通常选择前者，虽然可能会是不无痛苦的。

其实这句“史话”，也很让我们想起刚刚上演不久的电视剧《大明宫词》中的主人公太平公主。对太平公主的演绎，几乎也可以始于这同一份“史话”。对一部分听众来说，从讲故事的人那里了解到历史上美女的这份生活已然满足；而对于另外一些听众来说，了解为什么如此讲述这份已然沉没于历史深处的美女生活，似乎更饶有意味。如果了解到“出家为尼”一事起码是东汉以后才有的，那么连故事中的这则“史话”都像是一个谜呢。

（四）《羽蛇》

“世界失去了它的灵魂，我失去了我的性。”这是徐小斌写在长篇小说《羽蛇》前的题记。这里可说是包含了徐小斌对女性生存处境的全部感悟与认知：世界失去我的性，就如世界失去它的灵魂，就如我失去我的灵魂。这部小说同时还体现了徐小斌在文学上的所有特质：冥想、玄虚、神秘、奇诡、食古生化、不可思议。女性生命不可逃遁的悲剧性与对悲剧性的描述构成的匪夷所思的诗意，成为徐小斌笔下不可遏止的表现主题与文本的美学基质。女性的宿命被徐小斌浓缩成这样的意象：脱离了翅膀的羽毛不是飞翔，而是飘零，因为它的命运，掌握在风的手中。

羽就这样开始她的命运：她一出生就是一个不受欢迎的人，因为她不是男孩。六岁那年，弟弟在女人们的期待中终于来到，在带给她们巨大的满足时却带给羽无法抗拒的灾难，她因为逗哭了弟弟而被母亲暴打，外婆诅咒。在一个漆黑的夜晚，她结束了弟弟的生命，逃到另一个女人金乌的家中，开始了叛逆之旅。金乌唤醒了她作为女人的感觉，但她不可能一辈子不离开。为了六岁时那不可饶恕的错误，也为了金乌的原谅和不离开，羽来到了西覃山的金阕寺，她要用自己的血赎罪。刺青大师法严给了她世界上最美丽的文身，这是一条长着羽毛的蛇，狰狞而妩媚。但这一切并没有能真正埋葬她的过去，爱她的金乌已经离去，她所做的瞬间失去了全部的意义。女人们不能真正地懂得她，男人们也如此，包括她爱过的不爱她的。父亲对羽的处境无能为力，只能投以同情的无言目光。而弟弟一出生就带给她羞辱的记忆，并从此让她与永远的失败感相伴，让她一直追逐却永远与目标擦肩而过。她爱的男人，那个与她整整两个小时血汗交融的有着悲悯目光的僧人圆广，那个激情澎湃的、自喻为火神祝融的诗人烛龙；爱她的男人，那个百分百的好人医生丹朱。他们从来就只能在她的周边试探、徘徊，不能走进她的灵魂。或许丹朱的话是正确的，他说“所有的男人都根本不可能进入羽的世界，她让男人恐惧”。是羽那洞悉一切、坚持自我的力量让他们害怕，在那伪善杂乱的世界里，她天生就是一个异数。她需要一个面具，去掩藏她的逼人聪慧。只有在羽切除了脑胚叶，变得和众人一样愚笨时，那曾经乖戾的母亲才显露出难得的慈爱，但这最终的结果也只是羽用尽了全身的血去救活母亲家族唯一的男性血脉。她原有着那么向往美好和单纯、渴望爱和关怀的心，但她的眼睛却看到了世上的虚伪和丑恶，她只能像沉在湖底感觉到巨大危险的蚌，将自己紧紧封闭，把自己在别人的心目中异化为成一种危险的存在。在这里，徐小斌完成了她对母性与人性的审丑。而母性与人性复合体，正是她所认知的女性，一个在性别文化的过程中失去了真正的“性”的女性。

徐小斌所描述的故事总是充满玄机。以古代神话传说中的太阳氏族——一个在传统话语中历来表征男性化的意象，一种习惯上只被运用于主流的宏大叙事里的男性化命名中的诸神之名来命名《羽蛇》中的诸女之名，与女性本身的历史性处境构成一种意味深长的反讽：抑或是远古辉煌的男性叙事在今天的没落？抑或是对既往性别叙事界线的故意混淆？抑或是寄托着作者新历史主义的叙事企图？这种手段的运用，似乎与严歌苓用“扶桑”命名饱受命运播弄、身份低贱的中国女性有异曲同工之妙。它使徐氏小说看起来“别有用心”，从而产生了一种奇特的文本效果，正如陈晓明所感：“徐小斌对女人存在境遇的书写，充满了绝望的诗情，那些悲剧式的女性散发着诗意的美感。”

心窍过人，常常有神来之笔的徐小斌，便是如此这般地在她那些貌似平平的小说故事中暗含叙事机锋，使其文本话语充盈着不可多得的寓言性。

三、王安忆与她的《长恨歌》

（一）

“站在一个制高点看上海，上海的弄堂是壮观的景象。它是这城市背景一样的东西。”这是王安忆为自己在1995年写的长篇小说《长恨歌》起头的话。这句话，把所有打开《长恨歌》的读者，一下揪到看上海的一个制高点上。于是我们几乎可以与王安居一起居高临下，与王安忆的目光合二为一，以覆盖整个上海的视野高度，投向上海。于是我们先就看到了王安忆所看的，感觉到了王安忆所感觉的：白昼的日光与夜晚的灯光，使整个上海凸起的点和线熠熠有光，但“在那光后面，大片大片的暗，便是上海的弄堂了”。弄堂是上海的根基，没有弄堂，上海不成其为上海。弄堂纵横交错，织成了上海的格局，上海的脉络，上海的品位。它是在最根本的暗处，厚实地垫起人们眼里浮光掠影留下的上海印象。“上海的几点几线的光，全是叫那暗托住的，一托便是几十年。这东方巴黎的璀璨，是以那暗做底铺陈开，一铺便是几十年”。王安忆穿透这一点，就等于进到上海的骨子里去。因此，要写上海，弄堂是必然不能不在的。但不是浮光掠影的弄堂，是真正沉到弄堂的底部，在那一丝一缕的一砖一瓦的暗角褶子处。

于是，几乎不容迟疑的，我们成为一个被王安忆《长恨歌》的上海话语所操控了的镜头。她把我们迅捷地推向整面的上海，又好像是整面的上海迅捷地迎向我们，包抄着我们，令我们陷进一个四面八方的上海里。我们开始越来越身不由己地陷进她稠密起腻的上海话语里去，好像陷进上海弄堂的暗星云图中去。起头是无声的、浩渺的、模糊的、星星点点的，但随着它们越来越靠近我们，或是我们越来越纵深进去，它们就在黑暗中愈来愈明晰了。先是盘旋的鸽群，然后是老虎天窗，细工细排的瓦，细雕细做的窗框，细心细养的月季花，晒台，隔夜滞着不动的衣衫，水泥脱落的红砖墙，陡窄的木梯，亭子间，浅浅的客堂，院子，碰到平日不打开的大门，折回头，穿过最是烟火味的灶间——它既烹饪着上海人家常必要的色香味，又烹调着日常不息的流言，一起跟着出入的人口，飘出灶间后门，流向后弄，游荡在条条阡陌的弄堂之中。

弄堂是上海这座城市存在的标志性事物，是上海城市的根基所在，是上海生活的精髓所在。只有从这里穿贯过去的时光，才能凝结成上海历史；只有从这里流淌过的历史，才能散发出只属于上海气味的文化。写上海，王安忆就这么提纲挈领的，先发制人地写弄堂，铁定要把我们卷进上海的人物、故事与光阴中去。

（二）

从20世纪40年代始，就断断续续的但总是大红大紫到今天的作家张爱玲，当年就在上海出版并热销过《流言》。张爱玲在“流言”里道：我喜欢上海人。我为上海人写传奇。写它们的时候，无时无刻不想到上海人。她说，上海人是传统的中国人加上近代高压生活的磨炼。新旧文化种种畸形产物的交流，结果也许是不甚健康的，但是这里有一种奇异的智慧。① “流言”便是这种“奇异的智慧”的结晶之一。流言盛产于冠冕堂皇的上海之暗底的弄堂之中，与飘浮其上的冠冕堂皇不仅不搭界，而且还有点我行我素、分庭抗礼的意思。这使流言极具民间性，或者说极具民间色彩与民间身份。

流言之所以为流言，一定是在暗地里的，私下里的，本地里的。它就像上海本地话，发声送气音调间，总显得有点急促，有点迫切，嘈嘈切切的，怀着小秘密似的。它不像正史正言，要么一言九鼎，要么被一言九鼎所取代。它可能是无耻的，是粗鄙的，但却是真实的，本分的，坦然的。它即便有粉饰，有虚构，有想象，但绝不道貌岸然，唯我独尊，舍我其谁。它飞短流长，真假并存，从不排斥真相，甚至本身即是真相。它在想象中流淌，在流淌中扬弃，去芜存精，路遥知马力，日久见人心。因为它是在暗地里的看不见的，因此没有什么天敌可以完全剥夺它的存在。正因为流言“街谈巷语”② 的性质，它就如张爱玲所说的，会是“真正的性灵文字”。张爱玲喜欢以流言做传奇，就是以这种性灵文字通款文学，而文学却长命无绝衰。因此，流言看起来表面好似一时一时的，灰飞烟灭的，短命的，但它其实是前赴后继的，暗涌不断的。王安忆是这样感觉“流言”的性质与意义的：“这些流言虽然算不上是历史，却也有着时间的形态，是循序渐进有因有果的。这些流言是贴肤贴肉的，不是故纸堆那样冷淡刻板的，虽然谬误百出，可谬误也是可感可知的谬误。”这也许就是不说是海派文学起码也是张派文学长命无绝衰的底子。

我们曾跟着王安忆《长恨歌》的起头，高屋建瓴，然后穿堂入室，直抵作为上海背景弄堂中最隐蔽的皱褶里去。但是，如果没有流言其中，那么上海弄堂就是个死建筑。弄堂因为流言的产生而证实了自己的生命与思想的活力。弄堂是流言产生与流通的地方，流言百无禁忌地恣肆在弄堂里，带活了弄堂的空气，使弄堂鲜活，充满生命。若弄堂没有流言，那弄

① 张爱玲：《到底是上海人》（1943），《杂志》第 11 卷第 5 期，后收入《流言》。

② 《汉书·艺文志》：“……小说家者流，盖出于稗官。街谈巷语，道听涂说者之所造也。”

堂一定是死的，是徒有其表的，弄堂只有跟着流言，才会在流言中生生不息。与其说王安忆的《长恨歌》有张派文学的影子，莫如说是原来不是上海人的王安忆尽数洞悉了这种“奇异的智慧”，并接续了这种“奇异的智慧”。只有握住流言，才能真正握住一把在弄堂里转瞬即逝的光阴，才能真正握住上海的飞尘，一种历史的文化的飞尘，才能抵达上海实在的内核，上海才能钻进我们内心。因为流言才真是“上海弄堂的精神性质的东西”，“它们是上海弄堂的思想”。上海是属于弄堂的，弄堂的流言是上海城市平凡而永恒的言说。

上海城市的文化本质是弄堂的，弄堂生活的本质是流言的，流言的本质是女性的——女性的代名词在这里开始富有性政治的气味。

（三）

弄堂是家居的，流言是家常的，它们交织成为上海这座城市日常生活的气味与民间气息。它与石库门里又细碎又简陋的灶间一起，嘈嘈切切，忙忙乎乎，貌似无所事事，却无所不在，坚实绵密地填充了城市似水流年的巨大虚空的日子。

这样的日子，只能是女性的日子。既往的历史，把这样家常日子界定给了女性。女性在弄堂的深处蠢蠢蠕动着，衬起弄堂上面那些凝然高耸的炫目的光点与光线。那些光是属于男性的。人们眼里只愿意或更容易看到光，看到浮华，女性处于暗底之中，她们被光亮造成的巨大暗影所藏匿，人们不容易看到她们，或更容易忽略她们。她们不是因为不存在或因为小而被忽略不计，反而是因为太过广大、太过天经地义而被忽略不计。人们看她们用的是男性的眼光，男性的目光通常是看不到她们的，或者是不屑看到她们的。即便她们有聪明，有野心，那也是弄常里的小聪明、小心眼，不成体统，不成气候。她们与属于男性的城市不知有何瓜葛，城市向来就是男性英雄你方唱罢我登台的舞台，因为她们在历史的传说中——也即是在男性声音的传说中，早已被男性的想象之神箭射死在离城市很远的荒郊野外。[①] 现在我们可以有多么明白，要想看到笼罩在城市巨大投影下的女性其实有多么不易，能够洞悉城市生活的根本所在其实有多么不易，

① 《晋书·李特载记》：廪君乘土船从夷水至盐阳。盐水有神女谓廪君曰：此地广大，鱼盐所出，愿留共居。廪君不许……即立阳石上，应青缕而射之，中盐神，盐神死，天乃大开……因立城而其旁而居之。其后种类遂繁。

它的确需要慧眼独具，慧根独在。

这种慧眼与慧心似乎是天生地被女作家所拥有，也许女作家的确在这方面有社会性别意义上的优势。她们对女性与城市的瓜葛心领神会，心知肚明。半个多世纪前的张爱玲说，她写香港（抑或别的什么港），用的是上海人的眼光，所谓“上海人”的眼光，其实就是一种被她所把握的城市化的——弄堂流言化的——女性化的——文学化的眼光。也就是后来她自己命而名之的“张看”，这个“张看”，彰显的就是个体的、民间的因而也是女性的眼光，它绝不会是随大溜的。因此张爱玲并不自觉地要去写城市，她只想写活色生鲜的人，但因为女人与城市的瓜葛，她常常是在写女人的沧桑命运，却一不小心就写出了一座城市的命运沧桑。

到了施叔青，她很清楚自己要做什么，要写什么。她就是要“以小说的文字图录香港”，“为历史留记录”。[①]《香江三部曲》，形象化地图录一座都城的跌宕起伏史，她第一部写的便是《她名叫蝴蝶》，这是香港版的“长恨歌”，它“突出蝴蝶的象征，影射香港的形成”。只有主人公黄得云这个女性形象，才能圆满地承载起施叔青这沉甸甸的企图。

到了王安忆要写上海，对城市本质的认识，就更为明晰了。她知道，“要写上海，最好的代表是女性”。“长恨歌”就是“非常非常写实的东西”，“写了一个女人的命运，但事实上这个女人只不过是城市的代言人，我要写的其实是一个城市的故事”。换而言之，要写一个城市的故事，它的形象最贴切的是一个女性的形象，“要说上海的故事也有英雄，她们才是”[②]。女性才真正是上海这座城市形象的代言形象。

（四）

至此，作为女性形象的王琦瑶，在要写上海历史的意识召唤下，真是呼之即出了。城市——弄堂——流言——女性，它们之间构成了一种性别的、文化的、历史的、社会的……一系列象征与隐喻。于是王琦瑶在弄堂流言的氤氲中，向我们走来。她是王安忆“完整的表象蒸发为抽象的规定”[③] 的人物。也即是说，王琦瑶是王安忆对上海这座城市历史具体的抽

---

① 施叔青：《我写维多利亚俱乐部》，《联合文学》1993 年第 2 期。

② 王安忆：《重建象牙塔》，上海远东出版社 1997 年版。

③ 马克思：《政治经济学批判·导言》，《马克思恩格斯选集》第 2 卷，人民出版社 1995 年版，第 18 页。

象，又把这种抽象还原到文学的具体形象中来。因此，“王琦瑶是典型的上海弄堂的女儿”。“上海的弄堂里，每个门洞里，都有王琦瑶在读书，在绣花……上海的弄堂总有一股小女儿情态，这情态的名字就叫王琦瑶……上海的弄堂因有了王琦瑶，才有了情味……上海弄堂因为了这情味，便有了痛楚，这痛楚的名字，也叫王琦瑶……”王琦瑶不是一个人，她的一举一动都饱含象征与隐喻。因此，她的生活是“上海生活”（城市时尚杂志的名称，王琦瑶的玉照上了封二），她的身份是“上海小姐”（城市选美活动，王琦瑶榜上有名），她的名号是“沪上淑媛”（没有沪上淑媛出没的上海怎么能够算是“城市”），她就是上海的弄堂，上海的生活，上海的历史，上海的光阴，上海的气味，上海的文化。

这看起来的确有点玄妙或者奇怪：城市从来就是男性的（或者说在男性的感觉与话语中从来就是属于男性的，只是这种感觉与话语无论是在历史中还是在社会生活中，都已成为人类普遍性的感觉与话语），但却在她们的身上烙下了印痕，只是这种印痕从来不被认为有价值，值得文学来表现。即便是被她们破除常规偶一表现了，那也会明知是属于不入流的表现。王安忆知道自己是怎么看上海这座城市的，也知道自己是怎么来表现这样一座城市的，也知道这种看法与写法有多么与人不同！但自己沉浸在这种的写法中有多么恣肆酣畅，多么如鱼得水，多么自在天然，因为“女人天然是属于城市的”，天然就是属于这种“流言”的。她这样写的时候，很有点放任，很有点满足。除此之外，她知道这样写的结果，是要牺牲一点什么的。否则，王安忆不会在得知《长恨歌》获中国小说最高奖的茅盾奖后，不无讶异地说：“这个奖实际是个政府奖。过去评出的作品一般都是比较主流的，即使比较边缘的也是历史小说，主要对长篇小说的评价标准要求具有史诗型的。像《白鹿原》这样的作品，就可以说是比较标准的史诗型的作品。而这次我写的……离史诗的标准这么远的作品还能得奖，我自己也觉得很意外。”这实际上是在说，王安忆的写法是流言/女性的写法，不是史诗/男性的写法，这种写法很难进入以男性化史诗作为标杆的正统视线内。

但反过来看，男作家如果的确在理论上还未能想象这样来认识一座城市的话，那么如果她们不能写，或不会写，或不写，那么就没有人能够这样写。法国女作家埃莱娜·西苏也许就是在这样意义上才说，女性必须自己写自己，因为这是开创一种新的反叛的写作，并由此才能把自己写进文学史中去。① 由此可见，王安忆也完全可能是因为这样的写了《长恨歌》，由此也把女性写进城市的历史中去。这当然意味着一种有别于他的重写，重写一座城市，重写一种历史，同时，在重写中创造出一种新的史诗范式，这是她这样写的意义。

四、斯妤与她的《出售哈欠的女人》

把斯妤与她的写作活动，纳入文学研究的视野，是一件颇有意味的事。因为她几乎就是为论证某种艺术家创作活动的特质而产生的典型例证：一系列具有二元对立性质的元素，几乎无所不在地存在于她的生命旋律之中，犹如白天与黑夜，犹如斯妤与詹少娟，是一个事物的两面，是一个人的两面。

詹少娟是斯妤的本名，正如这个平俗的命名所示，这个她隐形于滚滚红尘芸芸众生之中，平凡地生活着，并有着平凡人所能得到的最大幸运：在她的人生道路上几乎没有什么大波折。她从小学业优等，聪明懂事。心灵既沐浴着身为教育者的父母带来的自由开明之风，身体又饱吸着家乡田园诗般的明朗健康之气。在她后来的成长过程中，无论是“文革”中的下乡种地还是“文革”后的上京求学，无论是如意婚姻还是事业小成，似乎也都是按部就班，顺理成章的事。人都说性格可以决定命运，但和顺的命运反过来却造就她一副和顺的性格和外表。这个特点是如此突出，以至于她常在斯妤笔下的人物形象上重现：她长相端庄，身板周正，心地善良，性情随和，言词拙讷，行为拘谨。因此，在交际场合她是一个需要藏拙而不苟言笑的淑女，在日常生活中是绝对不出轨的君子，在角色认定上她是贤妻良母一个。她看上去一点不出格，非常顺眼，顺眼得绝对让人想不到她会与艺术沾边，顺眼得让人会轻易地将她忽略。

但是，斯妤的出现，打破了詹少娟生命的简单形态与轨迹，它首先表征了被它命名的生命所具有的某种程度的诗性器质，接着标示了她以文学抵达诗性生活的一种言语方式。1980 年，斯妤开始文学写作，而散文作为一种文学样式，曾经是她的最爱。“我近乎执拗地在散文这个小小的空间

① ［法］埃莱娜·西苏：《美杜莎的微笑》，见玛丽·伊格尔顿主编：《女权主义文学理论》，湖南文艺出版社 1989 年版，第 396—399 页。

里着力耕耘，发誓要在它的内涵、形式、风格上有所拓展。”这真是斯好化了的文学言志，全然突破了她一贯温良恭谦的态度，于是从第一本散文集《女儿梦》开始，迄今为止出版的《爱情是风》《心的形式》《感觉与经历》等20余部散文集子中，我们可以清晰地看到她对上述理念持恒不懈的追求：80年代初期对“三家模式”的反叛，力图在散文中表现以真为宗旨、以善为极致的审美情趣；1985年后转为对人生荒诞与人性荒谬的审丑；而90年代前后萌发的女性意识的自觉，不仅使她的散文内涵增添了文化历史的质感，而且也增添了思想的厚重感与浓郁的思辨色彩。斯好对散文文体写作的偏好，对其拓展理念的执着与实践的自觉，成全了她在散文方面的建树，使她以散文名家蜚声文坛。文评家吴义勤曾指出斯好的那些带有终极意味的形而上追问的散文，改写了散文“轻文体”的形象，提升了当代散文的品位（梦幻与写实）。这个评价是十分中肯的。所以说斯好的出现，即便就是为了散文写作，那么至此也算是功成名就了。

然而，斯好的作家使命似乎还不止于此，散文文体的写作似乎并未全面开发出作家斯好的潜能。散文也许可以直接宣泄她的情感，也能充分体现她的智性，它给我们带来平实的生活气息，也不乏思想深度的冲击与震撼，但它并没有完成把她带入真正的文学创作中去的使命，因为文学绝不止于真实的表述或记录。文学与所有真正的艺术一样，它更能体现世界上所有事物本质之间的联系，以及这种本质联系与作家想象力之间的奇特关系。

或许是出于作家特性的感召，或许是出于斯好理性的思虑，1993年，斯好暂时结束了如日中天般的散文写作而转向小说领域。如果说写散文的斯好，还在人们的料想之中的话，那么斯好写的小说，可就大大出乎人们的意料。一向温柔敦厚，并以散文写真名世的斯好，作起小说来却一反常态，出手凌厉，风格怪诞，立意高远，内涵繁复，意味深长。一种洞明世事的清澈与鞭辟入里的尖刻，把众生相尤其是女生相的本质，通过充满想象力的架构入木三分地铺陈给我们看，令人触目惊心。如《狂言》中的“我”在失态后的狂出真理，“我不是透彻之后才善良（更彻底的善良），而是善良导致了不透彻。所以我说我更像个瞎子而不像是圣徒”。斯好把人性方面一个十分微妙的症候揭了开来：善良有时就是怯弱的道德美化与虚伪托词，所以看起来对人满怀善意的人，走到后来却只有对人的恐惧。《浴室》把这种人性的荒诞表现得更为具象化了：一个常常受制于人，不敢说不的怯弱女人，通过一次幻想式的境遇改变了她一直想改变的现状。饶有意味的是，用幻想替代现实恰恰是女人逃逸现实的通病，幻想的力量后面是真实的无能。因此，当女人也用这个方法去改变她的色狼上司——女性生存恶劣境遇的象征时，他反而得以如愿以偿地占有了女人身体。此时，身体被锐痛刺激的女人才真正如梦初醒。如果想了解女性主义“身体写作”的真正涵义，这个文本倒真是一个十分形象的诠释：也许头脑还在接受并制造幻觉，只有身体感受才会真正道破真相。斯妤的叙事揭示了女性在性别关系中不仅弱势而且劣势的生存形态、心理形态与反抗形态。对现实的逃逸，结果是被现实罩牢。女性幻想式的反抗反而成全了男性的梦想而成为男性的现实，女性的梦魇。

斯妤在小说中充分施展了她对事物本质的认识，故事被她以荒诞的形态所呈现，人生与人性的荒谬性尽在其中流露无遗。《出售哈欠的女人》《竖琴的影子》就是她此类小说的代表作。一直以写作短制个性散文著名的斯妤，冷不丁写出了这么一个中篇小说《出售哈欠的女人》，而且，竟写得与她那些沉稳练达、锦心玉笔的散文篇章相比毫不逊色。

——首先，我们在小说开头看到一个打哈欠的女人，她原是自由身，哈欠只是她的本能或者说是属性，除此之外，她纯洁得什么也不会，什么也不懂。后来，她误入城市，被一个男人发现。男人凭着社会人惯有的精明才智，马上意识到女人的“哈欠”本能潜伏着巨大的剩余价值。他挖掘出哈欠女人的商业价值，把女人私性的“哈欠”本能转化为社会性的“哈欠”功能，并据此理所当然地成为哈欠女人的主人，随心所欲地包装、出售女人的哈欠来为自己赚取巨额利润。哈欠女人几乎是在懵懂状态下就从此失去了自由身，成了被奴役与被出卖的，小说旨在……

——什么，出售哈欠？这不是荒谬绝伦吗？但更绝伦荒谬的倒还不在于此，而是这个“疯狂的世界”对“哈欠”真实而迫切的需求。按照市场经济最基本的一条规律，有求才有供，有求必有供。男人霸占并出售哈欠的灵感究竟来自何方？究竟是什么人什么事需要“哈欠”功能呢？头四个买哈欠的主儿都是女人，小说就此层面上剖开了有涉于现代都市商业机制下女性生存状态的、具有类的典型意义的四个横断面：A. 职业白领女性需要邀宠男上司（难怪都说女性被性骚扰责任在女性：谁叫她长得性感?）；B. 良家妇女需要避开桃色新闻；C. 娼家需要麻痹自己以便永不厌烦地强体事人；D. 女强人需要扳倒男性上司，可望由普遍的副职上升为特殊的正职，小说旨在……

——在被出售哈欠的过程中，这个原为一无所知的自由女人，在不自由的生态下，却被占领她的男人变得与男人一样有勇有谋有贪有欲起来。于是，这个被变化了的女人以其人之道还治其人之身，搞了一次真正的颠覆活动，与男人交换了角色位置，于是：治于人者（女人/哈欠）变成治人者（女人），治人者（男人）变成治于人者（男人/哈欠）。从上述这个角色转换公式里，我们似乎挺容易便看出了一个可堪为秘密的复杂问题：所谓“治人者”与“治于人者”位置差异原来与性别并无多大关系，有关系的是一种性别所具有的被转化为功能的本能。在具体情节中，被“城市的蛮横”变为有剩余价值的哈欠功能，现在醒悟过来（变得聪明起来?）的女人有意识地从自己原本的属性里剥离出去而强赋予他者，从而使他者成为有剩余价值可占有的人，小说旨在……

——城市男人在女人原有的被出卖与被掠夺的位置上咬牙切齿磨刀霍霍，女人则在城市男人的原有的权力位置上百无聊赖倦极思归。于是女人收回了自己的本能哈欠，用后天所得的权力与智谋把自己恢复为自由自在自然身，至此，女人的颠覆之举成为女人能够重获被掠夺的本能/回归自然的手段而并非目的。乡村女人不得不经历了城市男人的出卖与掠夺之后，她好像完成了一次“螺旋式上升”的进化，小说旨在……

如果从话语形态来看，小说所涉及的则有：

(1) 浪漫主义神话：自由自在的哈欠女人，混沌生长在牧歌式的乡村文化中，无忧无虑，无欲无求，自然本真，随缘来去。

(2) 现实主义描述：资本积累时期的掠夺，占有，拜金；城市文化背景下的女性生态、心态、物态；女性被物化的奇异过程；性别差异导致的颠覆之梦。

(3) 理想主义宣言：回归自然——在螺旋式上升的基点上（从无知无觉到有意识、到有能力自我决定命运），质本洁来还洁去。

当然，还有自始至终的女性主义……

如果从意识形态来看，小说所涉的有政治的、经济的、社会的、文化的、时代的，当然，还有自始至终的性别的……

斯好竟然可以用“哈欠”这么一个最原始、最简单的生理本能式反应，就交给我们一个繁复多变的人文万花筒。随便你怎么转动，你都能从这一个角度里看到当下生活里最抢眼的一束浪花。只是身为女性作家的斯好，笔下未免偏心了一点，因为你会看到，当哈欠女人已完成了一个螺旋式的进化里程潇洒归去兮时，那两个男人却还在为她所抛弃的东西分赃不匀，“如狗一样撕咬”，彼此皆头破血流，不堪收拾了。

很难猜测斯好写作如此绝妙小说的第一灵感来自何处——对包括女性在内的所有现代生活问题的超常警觉，都有可能直接成为斯好写作此篇小说的灵感源头，但斯好曾经说过：“……女性的直觉有多么敏锐，女性的颖悟有多么充沛，女性的意志有多么坚定，女性的思维，当她们思索起来，将多么深入浅出，直抵本质。而女性的想象力、创造力——一旦它们迸发出来，又是多么丰饶而绮丽。”① 我想，真是再没有比这篇小说的写作实践更出色地印证了斯好对女性、当然也是对自己能力的准确把握。同时，也没有比这番话更精彩地说明了这篇小说，乃至斯好所有写作的精到处与优长处：文化的斯好凭借自身的女性特质，能够在写作中洞穿文化。

文化的神圣在文心笔致一贯严肃的斯好小说里，竟不知不觉地让读者感觉成一出把戏。唯有能力洞穿某一事物的人，才有能力揭示出某一事物的荒诞性，斯好很好地表现了女性的能力。

当这些小说惊艳文坛时，一个文学的斯好真正诞生其中：在笨拙的言谈举止后面是思想的灵动与锋芒毕露；在循规蹈矩后面是诡异狡猾的横空出世；在躯体的懒散惰性后面是汹涌澎湃不能止息的内心生活；在粗糙的日常事务后面是精细入微的观察与思考；表面随和懦弱后面是敏感、尖锐、执着、特立独行。当斯好写出这些小说时，我们才能真正理解罗兰·巴特把作家区分为两类是什么意思：一类作家写重要事物，一类作家不写重要事物而只写人。他觉得后者才是真正的作家。而对于斯好来说，她起码以此实践了她的口出狂言——“不让自己仅仅是自己”——这样一个貌似简单实则极具伟大的目标。

五、陈染和她的《无处告别》

陈染少习乐器，理想是成为音乐大师。但社会风气的转变，令她不能不改弦易辙加入到高考大军中，于 1982 年考上北京师范大学分校中文系。

① 斯好：《作为另类》，《花雨·飞云卷：中国首届当代女性文学获奖作品精品卷》，花山文艺出版社 2001 年版，第 2 页。

一年级开始在《诗刊》《人民文学》等刊物上发表诗歌。三年级转向写小说，首作《嘿，别那么丧气》在《青年文学》上的发表，预示着那个年轻稚纯的诗人陈染，开始向1986年以《世纪病》脱颖而出的且日后愈发老辣精深的小说家陈染进发。大学毕业后陈染执教于北京职业技术师范学院。1989年，她的第一部小说集《纸片儿》被列入作协主办的“文学新星丛书”，由作家出版社隆重推出。20世纪90年代初陈染调入作家出版社任编辑，其间曾在澳洲及英国等地旅居游学，后居北京并从事专业写作至今。出版了《嘴唇里的阳光》《无处告别》《与往事干杯》《独语人》《在禁中守望》《潜性逸事》《站在无人的风口》等多部中短篇小说集。1996年出版的长篇小说《私人生活》，成为陈染文学倾向与个人化风格的标志性作品，显现出她较前更为明确的女性写作立场与姿态。在严肃文学相对低迷的当时，此书引起的社会反响可从它的发行十余万册从而打破先锋小说并不叫座的状况中看出。同时，文学评论界对此书也显示出浓厚的兴趣与格外的关注，这从评论界为它召开的研讨会及获茅盾文学奖提名中可见。同时，她的散文集《断片残简》《另一只耳朵的敲击声》《凡墙都是门》《沙漏街的卜语》等也相继出版。2000年5月，日记体小说《声声断断》与《不可言说》出版，前者被评论界指为她在此前用长达两年之久的沉默，蓄积起来的作为一个“纯文学”作家的新文本格式。陈染小说在英、美、德、日等国家以及港台地区均有出版与评介。小说《与往事干杯》还被改编为同名电影。1996年江苏文艺出版社出版《陈染文集》四卷。2001年，中国作家出版社出版《陈染文集》六卷。

作为一个特立独行的在文学思想与技巧的探索上都具相当成熟心态的作家，陈染的女性意识与特具个性的表达，使她的作品既发人深省又引人入胜。她以20年来不乏孤独的写作，成为中国当代文坛上不能忽略的一位独特而重要的女作家。

《无处告别》是一篇能够显著地体现陈染作为作家的个人气质与作为女性的写作理念的代表性作品。90年代后一种力图突兀于男性话语系统之外的女性话语，已被一些具有女性意识的女作家有意识地置放在观照女性在两性关系形成的历史中来操作。那些不断出现的关注灵魂生态，重视身体体验，强调内在感受的文学文本，成为她们从自身出发的话语存在。这是她们自己撞开的能够满足自己潜在已久的自由冥想与飞翔愿望的一条通道。它注定在既定传统话语的通道之外摇曳生姿，极具冒险，同时也极具主体创造的诱惑。《无处告别》中的黛二小姐，被陈染赋予了一个在传统话语中几乎不能建构亦不能认同的角色身份：因为她做了一门女人最不该做的哲学学问，这会使即便是最宽容的上帝也会发笑的——在这层意义上来说，她们的确是在重写哲学。陈染借用这位哲学女学人，相当理性地审视并清理她与外部事物的关系——当然这同时也是一个重建关系的过程。

在清理这样的关系上，年轻的陈染似乎是个老手。她的经验和深刻，与通常所说的个人年纪与阅历似乎并无多大关系，它更可能是来自于她的话语形态。这个话语形态源远流长，潜植于一个性别从古至今的存在。年轻的陈染，以个体感知为通道口，开启了一个来自于性别群体的极其深广的记忆。陈染的描述，是对自身记忆的描述，也是对记忆中自身的描述。她的文本常常是她在回忆的形式。在回忆的隧道中，她与世界事物的关系便从黑暗的远处渐变而来，昭然于她当下的目光之中：黛二小姐与朋友的关系；黛二小姐与现代文明的关系；黛二小姐与母亲的关系；黛二小姐与世界的关系……与早先现代女性的"出走"话语比较来说，陈染从清理这些关系中浮现出的"与往事干杯"与"告别"的意念，更具有一种不可溯回的决绝。只有今天的她，才会既对角色如此不适应同时又不想返回角色。她在此角色与彼角色之间东避西逃，也正因为她要逃避的是角色，所以她必然会在这个角色既定的世界关系里如此狼狈。她在象征传统的过去与现代的现实之时间中悬置，在象征东方文明的北京与西方文化的纽约之空间中漂浮，她游离传统规范之外又迷失于现代规则之中，"那里不属于她，这里也不属于她，她与世界格格不入"。她只能用"第三宇宙"的思维与话语规则，通向第三宇宙的空间，一个想象的世界。值得注意的是，陈染在这里揭示了一个可称作隐秘的联系：这个反现实话语规则的世界是一个诗的世界，"我"恰恰依赖的是诗的思维与诗的语言，飞向那个被秩序世界认定为失常的世界。

你别无选择，你无处告别，你在角色之间东避西逃，女性的主体性主动性被语意化解为零。在语意之后，是在语表中看不见的社会规定性——女性的努力，总在异己力场中碰着无形之壁。这是潜伏在她们勃勃生机中的暗疾。"她知道自己在与世界告别的时候，世界其实才真正诞生"。一个令她真正实现主体性的世界，被陈染以悲剧的毁灭形式来相互呼唤、传递与共鸣。

六、叶梦与她的《创造系列》和《紫色暖巢》

提起叶梦，就让人想起她的散文。提起她的散文，就让人想起她的创造系列。如果说，写散文流的是血，叶梦的血可谓真正的女性之血——真正的女性之血是为生产而流淌的。散文在叶梦这里，有着双重的意义，她既是为承载叶梦的生产而应世的，同时她又是叶梦的生产本身。

“不孝有三，无后为大”，这是中国人至今还畅“念”的金科玉律。为生命不绝种计，生育（各种形式的生育）乃生物的本能。人是万物之灵长，在对待生育的问题上自不与他物同。因为人是有可资炫耀的、愈来愈强大的理性，理性可对本能进行干预，甚至能够渗透进本能成为本能的组成部分，令本能成为有文化的本能。在事关重大的“续种”问题上，中国人的理性发挥得可谓淋漓尽致——在有人的地方，就有高度统一的生育话语，无论是生活话语还是文学话语。但是非常奇怪的是——我们从无数生活实例与文学范例中看到——人们对人类这个第一生产的能力与结果的重视程度恰恰与生产过程本身的轻视程度成正比。有读过巴金小说《家》的读者，一定不会忘记那个大少奶珏瑞是怎样在产后死于荒郊野外的：家族为避开女人生产所带来的血光之灾，而把她“放逐”出人群居住的地方，而这个情节正是人们公认女人生产之血是阴秽的、不洁的，接触它有着触霉与不祥的心理意识在文学作品中的典型反映。在民间话语里，人们还特意为死于生产的产妇们准备了比犯下任何罪孽而遭遣地狱的死鬼还更为残忍阴毒的惩罚方式：她们将永远浸泡在黑暗污秽的血窟之中，永不得超生。比较一下人们是怎样褒扬牺牲于毁灭生命的战争中的斗士吧，他们的英灵可上九天享乐；而牺牲于产房中的女人，她们的阴魂只配被打入十八层地狱受难。

我曾在杂志上读到过一则来自云贵偏远地区的民俗报告：那里的女性从事生产——维持人类生存的物质生产与延续种族生命的生产，而男性坐享其成的行为则充满理智——女人在荒郊野外一生下婴儿，婴儿便马上被人送到家中坐待在产床上扮成产妇的男人怀中。这无疑是一出古风犹存的男性生育象征仪式，同时也是今日乃显的男性种姓生育普遍意识的形象反映。从中可以看出一个最明显不过的事实，那就是女性生产过程被人为地严重忽略。皮之不存，毛之焉附？女性的生产行为被略去不计后，女性对生产的体验与体认、对生命的创造意识与价值便也不复存在。也许这就是为什么我们虽然可以感到几近无所不在的生育话语对我们的影响，但表现生育过程的叙事则几近空白。

在男性执笔柄的时代，就像女性“生产”在日常生活中被男权文化意识列为某种禁忌一样——你几乎不能想象男性不能生产这件事带给历史上无所不能的“男性”多么巨大的挫伤与遗憾！按照乔纳森分析的话说是：他们与孩子之间身体上的联系很少，这在某种程度上刺伤了他们。① 日有所思，夜有所梦，层出不穷的男性生产/塑造生命的神话，便是以此心理补偿为发端的吧？——在书写中也表现出一种明显的禁忌。更何况即便是无忌，不是当事者的男性，又能如何代为叙说“生产”之事？而在女性能执笔柄的时代，殊不知女性自己不会认为此事也是“血光之灾”？或虽不至于是如此吓人的事，但起码也是“绝大阴私”，是发生在自家裤腰带以下的寻常事，怎能登大雅之堂示之以众未免无聊，又不能得到如男作家写“性事”般可资炫耀的风流名声，却没得辱没了自家能如男作家般写重大题材的好身份与大手笔。女性的生产之事，不是根本不能说，就是属怎么好意思说。如此这般之下，女性虽为独一无二的“生产”体验者，但在最善表现自我体验的女性笔下，竟也几近空白。

这种事，有什么好在“行之远远”的皇皇文章中津津乐道的呢？还是躲一边去吧。

现在，女作家叶梦来写这种事了，冒着绝可能有的什么“小女人写小女子之事”的不屑，什么“小女子小题大做”的讥评，写下了名副其实的“创造系列”。女性的生育居然也是一种“创造”，不知道究竟还有多少女性拥有这种或者说还遗有这种未被掠走的自信？女性不正是因为她在生物学上的存在决定了她不无悲哀的命运吗？“人体结构即命运”，女性被动而弱势无能的命运不正是从女性生育开始的吗？不是从而导致了她一直被公认在“创造力”方面逊人一等的吗？但看叶梦的大胆反正，但听叶梦的“大言不惭”吧：我从小喜欢创造性的劳动，创造的欢乐弥漫着我的整个生命。有哪一种创造比得上生命的创造呢？我从这并非寻常的创造中享受到极大的快乐。叶梦的言语不说是对以往有关女性生育言说的颠覆，起码

① ［美］乔纳森·卡勒：《作为妇女的阅读》，见张京媛主编：《当代女性主义文学批评》，北京大学出版社 1992 年版，第 61 页。

也是一个振聋发聩的矫正。尽管历来罕有正面表现女性生产过程的景况，但有谁不从无所不在的生育话题里模糊领教了关于女性生产的可怕景象呢？整个生产过程似乎都被充溢着/暗示着诸如被动、无奈、兽性、不洁、阴森、恐怖、痛苦、地狱……之类的词语。女性担负着人类生产这一重大使命的神圣感、崇高感、创造感、光明感、欢乐感，能被男性话语/行为无情地剥夺到零。叶梦是幸运的，很多作家都曾把自己的作品比喻成自己的孩子，把自己的写作过程比喻为生产过程，但是真正能够不隔靴搔痒的恐怕寥寥无几。让我们设想一下，倘若叶梦不是女性，倘若叶梦不是知识女性，倘若叶梦不是身体心智完全成熟的高龄产妇，倘若叶梦不身逢女性可言说女性自身的年代，倘若叶梦不具有艺术家的敏感天赋，不是可以用笔生产作品的作家……埋没在万丈尘埃之下的女性生命创造的能力与意识，又岂能在文学世界中显现得如此彻底、明朗、自然与痛快！这不能不归结为叶梦所拥有的一份真正属于自己的身体意识与性别视角的作用，她说，“一个以女性立场写作的作家，一开始便表现她作为一个女性的表达，而不是对男性写作形式的模仿。……我既是一个女性写作者，我所有的思想、人格精神以及对于世界的看法（当然包括对男女两性的看法）已统统诉诸作品”①。于是，亘古不被言说的女性生产，在这里终于离断了陈腐的理念缰绳，启动了鲜活的感知之舟，划向了女性创造的盲区。

“我如此迷恋生命的创造。从萌发创作意图到制造出一个活泼泼的生命，我一直是这项创造的主宰”②。生命本原创造意识的觉醒，如此深刻地促动了作家对自我生命的审视，从而促动了对女性整体生命的审视。叶梦正是从做母亲始，开始产生对母亲、母亲的母亲的追溯与认识，进而开始对女性整体生命的追溯与认识。这种追溯与认识，不再是外在的了。也许可以这样说，感知“生产”蜕变了传统意义上的蒙昧女人，使她的生命从此获得了主动性与自觉性。《紫色暖巢》《走出黑幕》等篇章无疑是叶梦这种追溯与认识在书写中出色的表现。

叶梦写作“创造系列”的难能可贵在于，她由此到达了女性书写的一种特殊境界与涵义：她不仅是具有女性生命意义的，同时又是具有女性文

---

① 叶梦：《我的女性观：沉默》，《花雨·飞云卷：中国首届当代女性文学获奖作品精品卷》，花山文艺出版社2001年版，第405页。

② 叶梦：《创造系列（之二）》，《花雨·飞云卷：中国首届当代女性文学获奖作品精品卷》，花山文艺出版社2001年版，第441页。

本意义的。

七、须一瓜与她的《淡绿色的月亮》和《蛇宫》

淡绿色的月亮，想过去都有一种清冷寒战但又清奇柔软的感觉。当它出现的时候，将意味着什么？一反常理？不可思议？爱欲的高潮？暴力的前兆？表象的失真？异相的崭露？当须一瓜让她笔下的芥子不知是幸运地还是不幸地在一个寻常夜晚看到它的时候，有幸的读者起码有幸，因为它的确是一篇不太寻常的小说。首先是因为它出奇地好看，英国研究小说的福斯特曾说小说的基本面就是故事，他惊讶故事本是文学肌体中最简陋的成分，而今却成了小说这种非常复杂肌体中的最高要素。① 但我还要说，能把简陋变成复杂的最高要素的是讲故事的人。须一瓜讲故事的本领就像她在去年的中国小说界崭露头角一样，在近乎不动声色之下异军突起，倏然狂飙。

淡绿色的月亮，像丝绸一样光滑，高贵、明净、优美，还有甜蜜，这些都很让人跌入沉醉。但同时，这个月亮它又不寻常，在我们所能感知到的一切之下，它又暗含玄秘，伺机待发，令人既迷惑又忐忑。故事就是这样被须一瓜定调并开讲的。芥子与她高大健硕、柔情蜜意的丈夫关系很好。据说一个人对一个人的了解，最深入最快捷的途径莫过于性爱关系。照此衡量，他们在开场的性爱游戏中很和谐，这无疑是这对爱人性爱日深，相知日深，默契日深的表征，也是一种必然性的表征。但这个必然性突然在一个夜晚被一个偶发事件打断了：两位看上去个小体弱的蒙面歹徒，在保姆的里应外合下，持刀入室抢劫了他们。他们虽然破了点财，但好歹人命无损。这也是芥子丈夫桥北采取不低抗政策束手就擒的本意与预期效果。这个故事的确有点惊险，特别是发展到其中一个歹徒开始对芥子猥亵的时候，但好在有惊无险——这件按理在入宅劫财过程中很容易发生的劫色事件，被小说中的人物特殊关系注定了不宜施行所化解。

故事到此，最惊险最令人心悸的场面已经过去，就像小说中的警察谢高说的，按概率算，这事情不会再发生了。这很好，很让我们松口气，甚

① ［英］爱·摩·福斯特：《小说面面观》，苏炳文译，花城出版社 1984 年版，第 24 页。

至还有点隐隐的庆幸。尽管这种故事不算稀罕，但须一瓜欲擒故纵的叙事本事，还是能让人怀抱悬念、提心吊胆地看下去。但是，且慢，在人们一般都比较热衷对偶发事物的讲述与欣赏中，须一瓜却从容不迫坚定不移地朝着被表象遮蔽得更深的某种必然性挺进。她让那个偶发事件赖在故事里面再也不走。如侦探小说一样迂回不已、悬念迭起的案发现场描写，不过是须一瓜的小试牛刀而已，或者说只是她要引出正剧前的序幕而已。淡绿色的月亮所营造出来的平静而诡秘的夜色，在她的小说中，天生就不是要为一起即将发生的抢劫案做一个反差式的铺垫，而是要为揭示一个可能是被有意遮掩，或者是无意逃避，愈想愈会令人惊悚不已的问题而存在的。

事实也正如此，当你不知不觉被须一瓜曲折有致的故事引向欲罢不能的时候，你也逐渐清楚她在说什么，她说光滑下的鸡皮疙瘩，高贵下的猥琐宵小，明净下的阴暗叵测，优美下的丑陋与苦涩……一切都在预示着司空见惯的破碎与颠覆。当桥北认为抢劫的地震已经过去，芥子却正从麻木中苏醒，并引发了一场连绵不绝没完没了且愈来愈强势的心震。芥子无法从她的假想中解脱出来：拥有绝对身体优势的丈夫桥北为什么会选择束手就擒，并暗示她放弃反抗，而这样做的最直接后果就是她差一点在丈夫面前被强奸。人的生命与生存权在突发事件中高于一切，这道理是对的，但这个掷地有声的道理却在芥子的疑惑与解惑过程中稀瘫一团，丈夫的光辉形象可爱形象也在她的心目中稀瘫一团。这样的后果其实已与事件是否真实发生过并无直接无关，破坏芥子夫妻恩爱的不是抢劫案本身，而是从这个案子中被牵引出来的信任危机，抑或还有道德危机与价值危机。须一瓜她不是在说一个复杂的故事，她是在说人性的复杂，由此我要修正我在上面所做的判断：故事其实是因为叙述了人性的复杂才成为小说这个复杂肌体中的最高要素。

把人性置放在情与理的碰撞与激化过程中，匪夷所思却又有条不紊地撕裂给人看，是须一瓜在貌似冷静甚而冷漠的小说叙述中所构筑的拿手好戏。小说《蛇宫》从表面上来看，似乎更得益于它的取材，它与《淡绿色的月亮》所表征的意象恰好相反，江湖女郎，与蛇共舞，吉尼斯纪录，汪洋大盗……还有戳立在滚滚红尘中的那个既透明又有碍，既封闭又开放，既隔绝又浸透的玻璃房，一切皆不同寻常，但在这几乎就是戏剧化的人物与场景中，生活与生命中的某种必然性依然在她的讲述中坚定不移地逼近我们的神经，我们的心灵。她让我们在寻常与异常之间、表象与真相之间、偶然与必然之间，反观我们自身的存在，审视我们的人格与尊严。深邃而大气的题旨，理性、冷静、逻辑、缜密、纵深的叙述风格，与通常人们认为的感性、情绪、跳跃、绵密、平铺的所谓女性化相比，须一瓜的小说文本看起来的确更接近男性化——事实上已有不少人向我提起过她的这种特质。要讲清楚书写风格性别化界定的渊源实在不是这篇小文所能担负的，但我要说，如果人们据此认为须一瓜的小说不女性的话，那就大错特错了，不信请你们回到《淡绿色的月亮》中的案发现场，男性与女性叙事者的实质性区别就在这里显露无遗：前者会认为此地无故事，正如桥北与谢高两个男人一直劝说芥子的那样，他们从理性到身体都高度一致地体现出他们的事物观与价值取向——悲剧并未发生；而后者恰在此地掘出绵绵无尽的故事，就像芥子这个女人，虽然她在理智的层面上要与他们达成一致，但她的身体却一直在抵触这种赞同，一直到故事结束——悲剧已然发生。

福斯特还在他的《小说面面观》里饶有意味地说道："一个人选择了一个有价值的题材，并将这个题材本身的以及与其有关的主要知识通通掌握起来，这个人便是出类拔萃的了。"① 须一瓜是个跑公检法专线的地方报记者，得益于长期穿梭于这个非同寻常的世界里，面对不寻常的人与事，本来就心有七窍的须一瓜，似乎也比常人多穿越了一窍，她能全然不同于早年间自己的叙事渠道与风格，总有出人意表出奇制胜的洞察与感知。她的长篇小说《太阳黑子》，因描述出不可思议的但却具有普泛性意义的人性与人生，而将被改编成电影。虽然须一瓜是否会在小说界里一直出类拔萃下去还未能定论，但我敢肯定的是，她现在所呈现的小说因为显明地拥有这个特质而毫无疑问地出类拔萃。

八、刘思谦与她的《中国女性文学的现代性》

第一次读到刘思谦的文字②，就是关于"女人"的。而且这个"女人"不是别人，就是她自己。

关于她自己这个女人她说的两句话，对自以为"始终活在女性世界

① ［英］爱·摩·福斯特：《小说面面观》，苏炳文译，花城出版社 1984 年版，第 7 页。

② 刘思谦：《中国女性文学的现代性》，《文艺研究》1998 年第 1 期。

里”的我，不啻有醍醐灌顶之效，故至今深铭不忘。一句话是：“我身为女人，就从来不知道女人是什么。”另一句话是：“于是我听从了智者的告诫：对于那不可言说的事情要保持沉默。”① 第一句话把我从外来式的、书面式的、抽象式的、文学式的、感性式的“女性关注”，引向了中国的、实践的、具体的、文化的、知性的“女性观察”中，并令我从此深信提出问题的确要比回答问题的任务更为艰巨，更需要大智大勇，也更为可贵；第二句话，不仅促使我对“告诫体系”与“沉默体系”的洞窥欲望，而且更重要的是，她使我从此对一切热闹的言说背后保持着相当警觉的怀疑与探寻。窃以为这对我的“女性观察”来说，不仅有着方法论上的意义，同时还有着现实主义立场指向的意义。

也许就是从能清晰地提出此类问题始，刘思谦迈进了在中国学术界至今仍处于身份未明的、在意识形态领域中界说暧昧的、并注定在很长的一段时间里必承受理论之重的女性文学研究。尽管如此，在这里需要着重指出的是，从女性文学设身处地的境遇为出发点的理论探寻、理论建构乃至理论勇气，总使刘思谦的理论思维生机勃勃，理论视野丰满充沛，理论效果立竿见影。我想这也是使她能够对自己所扬之道有如此自信的认定的原因所在。她说：“我们需要一种清晰的能说明我们自己存在发展的合理性和规律性的具有广阔的学术前景的理论，我选择了女性人文主义。”在《中国女性文学的现代性》这篇论文中，刘思谦正是以其女性人文主义的价值立场梳理了中国女性文学的发展脉络，从中国女性近百年来探寻并建构自身的主体性价值这个角度切入，分析概括了“人——女人——个人”这一反映在女性书写中的人文思想及发展理路，提出了中国女性文学应有的本质特征——现代性，从而为中国女性文学概念的内涵外延提供了一个较为明确的界定。尤其是对“妇女”与“女性”这两个常被相互混淆或模棱两可的概念内涵，刘思谦心明眼亮地把二者置放在中国现代革命史的层面上来剖析，精到地阐述了与二者相对应的文学在成分、内涵与发展演变过程中错综复杂的轨迹，不无精辟地指出：新时期女性文学的新生，其内在的思想底蕴不能不是对政治化的妇女文学的反思。

刘思谦对女性文学现代性的解析，无疑是建立在对女性现代性的解析上。她在 1993 年出版的论著《娜拉言说——中国现代女作家心路纪程》

---

① 谢玉娥编：《女性文学研究教学参考资料》，河南大学出版社 1990 年版，序第 1 页。

中，就已具体分析了“女性”在中国出现并产生的历史过程，判断没有这么一批含有“现代性”的知识女性的出现，便显然不会有中国女性文学的出现。刘思谦以为中国女性现代性的内涵是和人的独立、自由、民主、平等权利的争取和实现息息相关，和批判父权专制对人（包括男人和女人）的基本权利的践踏息息相关，和女人自身在现代化进程中的觉悟和努力息息相关。女性文学便就是在一定的历史条件下产生的具有现代人文价值内涵的女性的新文学。也是出于这样的一种基本价值判断，她指出优秀的女性文学能够超越时代、超越性别、超越时效性和功利性而具有长久的历史和美学价值的原因。当然，正像刘思谦所意识的“女性”这个概念其实又是一个未完成的正在进行和发展变化中的概念一样，她对女性从历史、社会、政治等各个层面的文化中所得命名的诸多符号所指的剖析，可能还有未穷尽它们精细而微妙的全貌之处；关于女性文学的言说亦在有待于更全面地分析与更完善地论证过程中，但显而易见，此篇论文凝聚了刘思谦多年来对女性文学的系统研究与孜孜不倦的思考，它对中国女性文学的批评与理论建设——一如她既往所述——具有十分重要与可贵的贡献。

那一年，我们相逢在首届中国女性文学奖颁奖会暨第四次中国女性文学研讨会上，她对我说的话也一如既往深铭我心。她说：“自从进入了女性文学研究领域，我真正感到了生命的意义与欢乐。”这是一句朴素到不能再普通的话，但是它像一颗石子，打在我这个身为“女性”的生命总是茫然与僵滞的地方，激起我与她在那一瞬间共有的“热泪盈眶”的情状，我一下子领略了与她共通的那种心情，真的是可以用“悲欣交集”四个字来形容的。

作为“女性”，我太少感觉到来自同类的生命能动力。作为“女性”，她们在社会历史的场景中可以活得特别容易，可要生活却特别艰难。女性的生命总是与即行生活相互疏离，无法契合。女性的生命往往在活得很好中消隐不见，或枯竭死去。如果“女性”有一部自己的生活史的话，你会看到在那上面，其实只写满了这四个字，那就是“事与愿违”。

如果要考察“女性”为何会有如此低劣质量的生活，刘思谦本人的生命体验会为我们提供出一个具有本质意义的原因，她说：“我奇怪自己做了大半辈子女人竟对女人是怎么回事浑浑然一无所知；奇怪自己写了十余年文学评论动不动便是人的发现和觉醒什么的，可是女性的发现女性的觉醒在我的视区里竟是一个大盲点。”尤其具有论据意义的是，有这番生命经历的女人，还不是一个普通缺知少识的大众女人，在她的生命意识结构里，应该有她早在“五四”时期就具有现代知识女性身份与位置的母亲所赋予的“家学”渊源，更有她自身所具的高级知识女性的认知素质，这样的“女人”对“自己”及所行之事倘且如此无知无能，更遑论其“她”？女人做“女人”是这样，“女人”做“文学评论”以外的任何事也是这样，这就是“女人”生命最核心的大悲。而更悲上几分的是，有的“女人”终其一生也不会发生刘思谦的这个“奇怪”，于是活着有懵懂上的自足与快乐；有的“女人”虽能有感“奇怪”，但却见“怪”不“怪”，很善将错就错，于是活着有聪明下的外强中干；有的“女人”也能深知“奇怪”，并且一直都在寻找“别样的生活”，但却不是苦无出路，就是苦于“别样的生活”与她的若即若离，于是活着有清醒中的无奈与痛楚。

然而令人欣喜的是，我们看到的刘思谦，尽管生命已在浑然无知中流逝大半，但毕竟有恍然开悟的这一天，“找到感觉”的这一天。“这是一个同我自己息息相关的世界。一切都是如此亲切如此容易理解……冥冥之中我觉得她们早就在那里静静地等着我了，可惜我来得有点晚了。”这真是相见恨晚，又是千年等一回，言出由衷，情心可鉴。从无意闯入到有意探寻，刘思谦的生命意识才获得与她的学问意识、生活意识同步共融的良好生态，这实在也就是人生在世能够达到的最理想的栖居状态。心灵因之而获得归宿。一个人能活成这个程度就极不容易，若这个人是“女性”的话，那就更不容易。这就是为什么我会为年逾花甲的知识“女性”刘思谦——也为自己能如此贴近地看到一个人的生命在生活中发生如此“能动”的契合——深刻欣喜而欣喜的原因。虽然现在我们大多数人都未能获得如此体验，但刘思谦女性文学研究工作的实践成果，与她本身所具有的女性生命的实践成果，就像一片绿洲，预示着我们的生命可能到达的境界，我们的生活可能到达的质量。

无可讳言，中国女性文学研究目前仍处于基础阶段。而从事基础性的建设工作无疑是相当艰难的。望着大病初愈而睿智依然，意态谦和然意志坚韧的刘思谦，油然涌上心头的话语是：我不入地狱，谁入地狱。但我马上意识到此类习惯性话语根本无能表现女性文学研究者、长者刘思谦的工作境界，也许正是在被既定话语描述为地狱的地方，她启迪我们进入天堂的发现。

（原载《当代作家评论》2000 年第 3 期）

由诺奖想到文学与性别的那些事

2012年10月中国文学有件大好事，那就是作家莫言获诺贝尔文学奖。评论界研究界在媒体推波助澜下，有着很热烈的反响。厦门大学应时举行莫言与诺奖研讨会，意在“荟集当代文学一线学者，谈论莫言诺贝尔奖深入话题，审视中国文学走向世界的前景”，这会开得只能算锦上添花，不过奖前预言固然了不起，而奖后的研究与反思无论对当下或后世文学史则必不可缺。当然我在此并不是想说开此会的重大意义，我要说的是我注意到整个会议论文与发言几乎无涉性别研究，只有一位女教授在其发言临近结束时说：作为女学者我还想顺便提到，莫言为他的本质化的乡村找到的恰当肉身，那就是他作品中经常出现的地母式的、天生具有承受苦难的神奇力量、原始生命本能的、本质化的、奇观化的乡村女性形象。莫言在获奖演讲中也再次提到乡村、饥饿、贫穷、神话传说、泛灵、受难的母亲形象，再次证明了两者之间的关联性。女学者无疑是敏感的，她可能也意识到性别视野在如此“重要”研究中的缺失，所以尽管是“顺便提到”，但提出的问题与其提出本身的情状却已发人深省：在莫言创作中如此重要的一个关联性上，性别研究却出现集体性暗哑，这似乎是在情理之外但又似乎在意料之中，这背后到底说明了什么，是研究者的无意识还是思维习惯使然？是忽略还是漠视？实在不能不令人“浮想联翩”。

王蒙为1995年出版的刘慧英论著《走出男权传统的樊篱》作序中说，当他读到此书稿时，“大吃一惊”，接着他说：“一些年前，我与一些男女作家一起出国访问。我们的女作家被问及关于女性文学、女权主义等问题，我们的男女作家的脸上都显出了麻木、困惑、讥讽、无可奈何与不感兴趣的表情。没有一个女作家承认自己关注女权问题（似乎我们这里早已没有什么女权问题或者女权问题是一些低层次的不值得我们的优秀女作家去关心的问题），承认女作家与男作家有什么重要的不同，承认性别问题在自己的创作中具有重大的意义，更不要说是承认自己是女权主义者了。

我当时的绝对主观的感觉是，她们不愿意承认这些的心情恰如不愿意承认自己是妇联的工作干部。”王蒙无疑是敏感的，他链接起国内女同胞们历来对自己性别自卑感的表现。我敢说如果不是因为在国外，不是因为面对西方读者的提问，这种引发王蒙“主观感觉”的情景就很难发生，因为一切都尽在不言中，天经地义理所当然，谁会去想这样的问题呢？就是王蒙自己，虽然难能可贵地提供了“男女作家都……”的观察，但之后的问题还是习惯性地只对“女作家”说，而并未去想“她们”为什么会有这样的心理与表现。她们有意无意要与“妇女”的撇清，有意无意想混进与男女都一样，难道不正是因为男性是第一性，是社会价值的体现吗？

况且王蒙所提到的她们存在的许多“不承认”，其判断还是有失笼统与简单，因为不承认的前提是“有”，但客观地说，她们不是不承认的问题，而是根本就“没有”的问题，对性别意识没有意识，男性主流意识就是她们的意识。譬如说在写《爱是不能忘记的》和《沉重的翅膀》时代的张洁，一定是没有意识而不是不承认，而在写《方舟》《无字》时代的张洁，她一定是有意识而且也不会刻意不承认。类似的情况也发生在一直在写作中变化的铁凝、王安忆，张抗抗、方方等女作家身上，把她们早期的作品与后来的一比较，就能清楚地看到这一点。当然，我还要说的是，在这个出访团中肯定没有在80年代就已写出女性主义诗歌的翟永明、伊蕾、唐亚平、王小妮、海男等人，没有后来在写作中显现出鲜明女性意识的徐坤、林白、陈染、斯妤、叶梦等人。而更重要的是，一定没有1989年就出版《浮出历史地表的》的孟悦、戴锦华，更没有为之写序的李小江。（在此我举出的是女作家与女学者，我同样也可以像举出西方男学者西美尔、吉登斯那样举出中国少数具有性别意识的男学者男作家。）如果有，她们一定会十分内行且精辟地回答关于中国妇女或性别的那些问题。这事让我想起这么一件有意味的事：如果当年孟悦、戴锦华是把自己的书稿送给王蒙写序的话，那么使王蒙“大吃一惊”，“改变了我的许多认识与观念，我惊讶于我在女性问题上的皮相与粗疏，粗读了这份书稿我不禁惭愧于自己的视而不见与麻木不仁”的反思就会提前到80年代。类似此事也着实反映了如下两个实情：一是显然有太多的知识人（尤其男性）因为“觉得低层次”而没有去读原可以给他带来振聋发聩之效的性别研究论著；二是有如王蒙般这样的知识人如果都能读到此类书从而具有性别意识而一改性别观的话，那么起码类似下面的情况出现在学术界中的概率会大大减少乃至不会发生。

2008年，一个性别与华语电影的国际研讨会在南京召开。凭借中外名校与境外名导们的号召力，原来鲜少出席类似性别研讨会的男学者来了不少。尽管从理论上来说生理性别并不天然决定他或她就是拥有各自的性别意识与话语，但现实中大多数人还是以自己的性别非常“本质”地形成性别话语的两端，当争论出现胶着时，男学者依然可以抛出非常“本质”而很不学术的诸如“女人一思考，上帝就发笑”“好男不与女斗”之类的“玩笑”话来摆脱危机，占尽优势，从而不费吹灰之力地抵消了女学者所有的学术坚持与努力。此情此景终于激起年轻女学者的尖锐反弹，她们无法相信这种言行就发生在这种高层次而且主题就是与性别有关的学术研讨会上，她们无法在这样酸腐的学术空气里保持沉默。最后大会总结环节特许一位年轻女学者发言，她说的大意是：这次研讨会名师大家云集，是学习的好机会，我学到了许多，但也令我困惑的是，来参加此会的学者难道不该是具有最起码的性别平等意识的学者吗？可就在这样的会上，我们时不时地就会听到极其强盛而又极其腐朽的男权话语在上空呼啸而过……

是的，我也经历过不少诸如此类的学术场景，包括在研究生论文的答辩会上。君不见本土的“性别歧视”甚至可以做出如此的“扬弃”：现任教于北京大学有美国留学任教背景的胡玉坤博士，曾就“有感于国内学界对后殖民研究的积极回应及对女性主义声音的忽视”而着意介绍“后殖民研究中的女权主义思潮”。也许英国学者阿伦·布洛克所说的“如果两性之间的关系不能平等的话，人文主义传统就是一场笑话”（《西方人文主义传统》）的观点，可以用来警醒那些以人文学者自居标榜，但却对性别研究持轻蔑或无知的人。后来，我注意到研究会综述是这样表述此件事的：“在众多争议中，男性话语与女性意识的冲突成为焦点中的焦点”，“男性研究主体变成研究对象，这是本次会议最有意味的事”。（《世界电影》2008年第4期）也许，为了避免成为被研究的对象，是各界性别学术研讨会的参与者多为女性的缘故之一，故鲜少出现的男学者就会被誉为国宝熊猫。相反，如果女学者要融入主流学术圈，那么她最好就不要做性别研究，这也许就是为什么以写女性形象够劲的莫言研讨会上却无人对其做性别研究——除“顺便提到”的那位女教授之外。

很有社会文化影响力的《南方周末》，围绕莫言获奖专做了一篇名为《这18张椅子，决定着诺贝尔文学奖》的文章，“女院士及其他”的标题赫然其中，但如同鸡肋，就如妇联排在所有团体最末位置以及其他一样。该文透露男女院士对文学奖的评选所发挥的作用“没有任何区别”，“但没有提到获状者的性别有否区别”。不过瑞典王位继承法，也才在1979年修改为对生理性别“本质”上的平等，即允许王室第一个出生的孩子不论男女都可以继承王位。我注意到其中一评委因抗议写《钢琴教师》的奥地利女作家耶利内克获诺奖而退出委员会，耶利内克是著名的女权主义者，那评委说她的作品混乱且色情。我记得当年她在接受美国《纽约时报杂志》专访时说：“我笔下的男女关系，是作为黑格尔式的主奴关系来写的。只要男性还能通过工作、名望或财产，来增强其性别的价值，那么女性便只能凭其肉体、美貌和年轻来获得，这一点，什么都改变不了。”

当有人也问我对莫言获奖的感受时，我首先当然是为中国文学与作家由衷高兴，然后，也是由衷地感到，还好是莫言而不是某某某作家得了。我之所以这样说，是因为有一些被认为也很优秀的男作家，十分迷恋中国悠长的农耕社会秩序与父/男权文化制度同构出的乡村，鲜少对自己所塑造的性别关系与男女形象有着自觉的反思，性政治关系甚至存在于自以为是对女性的“溢美”中，把肉麻当有趣，沉溺其中，津津乐道，着意渲染，把玩不已，我不想这样男权化的刻板印象化的文学书写，成为现代中国送给西方读者的又一“奇观”。

也许我在此谈论的话题还是非常本质主义的，我知道，生理上的男女并不天然地决定其性别意识取向，但当你仍然面对的一直就是从本质上来界定与划分性别价值的现实时，你该如何谈它——是视而不见抑或干脆逃避？

最后非常感谢作为男作家的王蒙所到达的“不本质”之境界，这是理解努力携手共建平等和谐的希望。

（原载《长江文艺》2013年第6期）

学术简表

一、专著

当代中国女性文学史论　　厦门大学出版社 1995、2003、2006 年版
用脚趾思想　　上海人民出版社 1999 年版
中国女性与中国散文　　云南人民出版社 2007 年版
鼓浪屿建筑　　厦门大学出版社 2010 年版
性别视角下的文学语言　　南开大学出版社 2016 年即将出版

二、编著

女缘丛书　　厦门大学出版社 2005 年版
女性文学教程　　河北教育出版社 2007 年版
台湾女性文学史　　厦门大学出版社 2015 年版

三、论文（部分）

人物：值得玩味的文化现象：读长篇小说《怪味嬉皮士》
《文艺报》1993 年第 12 期
新背景下看文学　　《福建学刊》1993 年第 4 期
通俗文学在当代的困惑　　《厦门大学学报》1994 年第 1 期
探索女性奥秘的真实存在　　《光明日报》1995 年 8 月 9 日
解构角色定规
——中国女性书写的新立场
《女性与文学》，岭南学院现代中文文学研究中心 1996 年版

中国女性文化：从传统到现代化　《厦门大学学报》1997年第1期
以女神标名的郭沫若精神内涵之探　《福建论坛》1997年第5期
从神话到现实：女性主义文化描述
《未来的文化空间》，福建人民出版社1997年版
中国女性文化现状之视听　《创作评谭》1998年第4期
一种叙事：关于异性爱与同性爱　《东南学术》1998年第5期
诗意的痛苦：叩问灵魂　《江南》1999年第1期
女性人文主义的言说　《文艺报》1999年第15期
女性视点：广告与魔镜
载《中国女性文化（No.1）》，中国文联出版社2000年版
在她们与作品之间　《当代作家评论》2000年第3期
冰心“母爱形象”之探　《中国文化研究》2000年第3期
Chinese women's culture：From tradition to modernization
Chinese Education and Society 2000.6（SSCI）
云里风的意义　《世界华文文学论坛》2001年第2期
华文微型小说的叙事自觉与阅读期待　《厦门大学学报》2001年第3期
关于中国高校女性学教研问题的思考　《妇女研究论丛》2003年第5期
东南亚华文生态中的女性写作　《厦门大学学报》2003年第3期
我看东南亚华文女性文学　《文艺报》2003年第18期
解读所指：从“身体”到宝贝
——一次讨论会记录　《南京师范大学文学院学报》2004年第4期
女性话语的文学境遇　《东南学术》2004年第1期
立言：中国女性在行动　《中国图书评论》2005年第2期
妇女/性别研究主流化问题刍议　《妇女研究论丛》2005年第4期
冰心早期女性观之辨析　《南开学报》2005年第5期
华文世界的言说：女性身份与形象　《北京大学学报》2006年第2期
私奔：现代中国性政治的千年隐文　《河南大学学报》2006年第2期
东南亚华文文学研究进程论　《世界华文文学论坛》2006年第1期
中西语言观之辨异　《东南学术》2006年第4期
女性文学在和谐社会中的承担　《青春》2006年第3期
“私奔”套中的鲁迅：《伤逝》之辨疑　《厦门大学学报》2007年第2期
长恨歌之歌　《名作欣赏》2008年第5期

语言的神力：神话隐喻的性别观 《南开学报》2008 年第 4 期
女性写作：在混同中清明 《中国社会科学报》2009 年 8 月 11 日
冰心儿童观及其写作意义辨 《福建论坛》2009 年第 11 期
从互文性看张翎与严歌苓之叙事特征与意义 《东南学术》2010 年第 5 期
作为性别的符号：从“女人”说起 《南开学报》2010 年第 6 期
不能湮灭的先见：辜鸿铭的国学眼光 《光明日报》2011 年 4 月 19 日
性别与传媒的十年博弈 《中国图书评论》2011 年第 9 期
被谬赞的冰心：首开风气谁人知 《湘潭大学学报》2013 年第 4 期
论近年女性写作中的乡土伦理观 《东南学术》2013 年第 5 期
由诺奖想到文学与性别的那些事 《长江文艺》2013 年第 6 期
大革命时期的女性形象与文学创作 《厦门大学学报》2013 年第 6 期
女性与自然：如何“被现代”的文学 《社会科学》2013 年第 6 期
女性何以解放：以现代散文言说为证 《妇女/性别研究》2014 年第 1 期
从闺阁诗到散文：从秋瑾看女性写作近代之变
《妇女研究论丛》2014 年第 6 期

跋

在给学生上相关课程的第一节，我总是情不自禁地要追溯1977年后福建学者在当代文学理论和评论领域大展身手的光辉业绩——或者可为此行为美其名曰：彰显闽派学统。说的大体有两条主线，一是在闽高校与科研机构单位工作的学者，二是从闽出去的主要在北京高校与科研机构工作的学者。比如从厦门大学毕业到北京工作的学长刘再复老师，他那部在文艺理论界具有革故鼎新意义的《性格组合论》，在当年甫一问世，几乎洛阳纸贵。而其留校当教师的大学同班同学林兴宅老师，则别开生面首创用系统论研究的《论阿Q性格系统》，使他成为风光不逊后来易中天老师的学术明星。当年振聋发聩的三个“崛起”论者，其中两个就与闽地有关：一个是由北京至闽的孙绍振，一个是由闽至北京的北大教授谢冕。中国文学研究最高殿堂的中国社科院文学研究所，前后有三任所长为闽籍学者郑振铎、刘再复、张炯所担任。编撰《文学理论教程》后来又培养出诺贝尔文学奖得主莫言的北师大教授童庆炳，还有当年驰骋在京城各大报刊论坛上指点江山激扬文字的何镇邦、陈骏涛、曾镇南……我每每说到兴头处，眉飞色舞，很以为傲，想去大抵是因为自己也总是情不自禁地就沉浸在当年文学黄金时代里的缘故吧。

中国人在任何场合认识人，很爱问你是哪里人，或你从哪里来，若答是福建人，或福建来的，巧合多了，难免就会把特定事功与地域联系起来。闽籍学者在共同的地域背景下，其学问内外肌理有何关联性呢，这一定是个很有意思也很有意义的跨学科研究。但不管如何，人们看到的是，岁月如梭，其间不断江山代有才人出，南帆、陈晓明、谢有顺、吴子林……历经文学沉浮，闽籍学者从四面八方似乎又回到人们视野中。2014年金秋时节，学者们齐聚榕城，好像是一个回归又是一个提醒，这套文丛应该就是由此萌发的吧。

很高兴接到和张炯先生一起主编此套丛书的吴子林电话，由此我能置身于这个被自己传说过无数次的强大气场中去，由此我能显现自己微薄的研究，这事来得比我的宿愿更意外与幸运。本集所选论文涉及的研究对象或范畴大致可分为：一是关于女性文学、作家作品的文本现象、历史或现状的性别问题研究，二是关于华文文学、语言、文学理论、学科建设中的性别问题研究，以期多少能呈现出我在逝水流年的教研生涯中所关注的问题与思辨。

在汗牛充栋的书海中，这是我的声音。所以，感谢这个平台，感谢知音。

是为记。

丹　娅

2015 年 1 月 9 日于珍珠湾一米斋